Published by Harlequin Japan,
a Division of K.K. HarperCollins Japan, 2024

純愛を秘めた花嫁

ヘレン・ビアンチン／キム・ローレンス
／レベッカ・ウインターズ 作
愛甲　玲／青山有未／高橋美友紀 訳

ハーレクイン・プレゼンツ・スペシャル
東京・ロンドン・トロント・パリ・ニューヨーク・アムステルダム
ハンブルク・ストックホルム・ミラノ・シドニー・マドリッド・ワルシャワ
ブダペスト・リオデジャネイロ・ルクセンブルク・フリブール・ムンバイ

目次

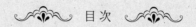

一夜の波紋

ヘレン・ビアンチン

ニュージーランド生まれ。想像力豊かな、読書を愛する子供だった。秘書学校を卒業後、友人と船で対岸のオーストラリアに渡り、働いてためたお金で車を買って大陸横断の旅をした。その旅先でイタリア人男性と知り合い結婚。もっとも尊敬する作家はノーラ・ロバーツだという。

主要登場人物

ティナ・マシソン……………ブティックの共同経営者。
クレア……………………ティナの母親。
リリー……………………ティナの友人。
ニコス・レアンドロス………企業の重役。愛称ニック。
バシリ・レアンドロス………ニックの異母弟。故人。
スティーブ…………………ニックの友人。ティナのボディガード。
サビーヌ・ラファージ………ニックの元恋人。

1

シドニー郊外のダブル・ベイにある豪奢《ごうしゃ》なアパートメントの前で、ニック・レアンドロスはレクサスの速度を落とし、地下駐車場の専用スペースに乗り入れた。

携帯電話が鳴ったので彼はすばやく発信者の番号を確かめ、かすれた声で悪態をもらした。

またサビーヌだ。今日はこれで何回目だろう。四回……いや五回か？　だんだん行動が異常になってきたなと、ニックは顔をしかめた。彼女と簡単に別れられるとは思っていなかった。それにしてもサビーヌはいつになれば、ノーと言ったらノーなんだとわかるのだろう？

何カ月も前にニックはサビーヌと縁を切り、それとない誘いを失礼のないように断ってきた。だが、サビーヌの抗議の仕方が自暴自棄になってきたため、彼女からの電話に出るのをやめた。この数週間、サビーヌはストーカー同然の行為をくり返し、毎日何回も携帯電話にメールを送りつけ、彼がたまたま行った先に姿を現す始末だ。メルボルンで彼が気に入っているいくつかのレストランや、パーティに二回、基金集めの催しにも現れた。

彼は警告をしたうえで法的措置を取った。それでもまだサビーヌはやめなかった。

ニックはエレベーターの列に近づいた。部屋の番号や階を確認する必要はない。そこはレアンドロス社が所有するアパートメントのひとつで、つい最近まで彼の腹違いの弟のものだった。

十六歳年下のバシリは、二十一年前にレアンドロス家の一員となり、深く愛されてきた。彼は父親のポールにとっては大きな喜びであり、ニックが敬愛する継母《ままはは》のステイシーにとっては大切な宝だった。

ニックは年の差を超えて弟と愛情で結ばれていたことを思い起こした。バシリの成長の過程は彼自身がたどった道でもあり、厳しいながらも愛情に満ちていた。ステイシーの導きがあるのだから当然だが。

しかしバシリはニックとは違い、向こう見ずなところがあった。彼は学業を難なくこなし、企業経営学で学位を取ってレアンドロス社に入り、ニックと同じように平社員から始めて楽々と成功を収めた。

バシリはシドニーに残って会社で必要な技能を身につけ、ニックはメルボルン本社を拠点にして、広くアメリカ、ヨーロッパ間を行き来した。

距離はずいぶん離れていても、兄弟の絆《きずな》が弱まることはなかった。

ハンサムで陽気なバシリは、人生と女の子とスポーツカーを……この順番で愛していた。

いたましいことに、二週間ほど前に彼が命を落とす原因になったのは、そのスポーツカー――ランボルギーニだった。

大勢の女性たちがバシリの隣、彼のベッド、レアンドロス家の財産の彼の取り分を狙《ねら》っていることにニックは気づいていた。だがティナ・マシソンは、いっしょに暮らそうとバシリがアパートメントに招いた初めての女性だった。

ニックはティナの妊娠のニュースを知らなかった。バシリは時ならぬ死の前日、母のステイシーだけにそれを打ち明けていた。

そんなことはひとことも口にせず、妊娠の徴候ひとつ見せないで、そのほっそりした赤褐色の髪の女性は、十日前バシリの墓の脇《わき》にたたずんでいた。

悲しみに打ちひしがれた人々から少し離れてティナは立っていた。自制し、冷静な様子だが、ニックが思わず慰めたくなるもろさが彼女にはあった。

それでも紹介されたとき、彼は礼儀正しく挨拶《あいさつ》して厳粛な場にふさわしく他人行儀な態度を通した。ステイシーがティナに、身内の集まりに出席するように招いたときも、彼は黙って立っていた。

ティナが招待を断ったのでニックは驚いた。事情が事情なので、彼女がこの機を利用してレアンドロス家との関係を深めようとすると考えていた。

正直に言えばこんな陰気でない状況でもう一度彼女と会いたかった。彼女にはどことなく彼の興味をそそるところがあるからだ。

彼女の姿勢、超然とした態度、古典的な美しい顔だち、クリームのようになめらかな肌。瞳は、色といい輝きといいエメラルドさながらで、謎《なぞ》めいていてその奥にひそむ思いを測りがたかった。

触れてはならない人だと彼は胸に言い聞かせた。

異母弟の恋人で、その子どもを宿した母親なのだと。

レアンドロス家の孫の存在は、ポールとステイシーに一縷《いちる》の望みを与えた。子どもは、ふたりの息子であるバシリの血を受け継ぎ、レアンドロス家の一員となるりっぱな資格を備えている。

ポールもステイシーも、ティナがふたりの支援、援助を歓迎するものと思っていた。ふたりの無条件の厚意と愛情を。

だがティナはステイシーの申し出を、次にはポールの申し出もていねいに断った。そのためステイシーの悲しみは慰めようのないほど募った。

今度はニックがティナの決心を揺り動かす番だ。

〝金に糸目はつけない〟とポールが言っていた。

金の力。十分な資金をかければ、たいていのものや人間は買える。そう皮肉っぽく考えながら、ニックは警備を通り抜け、最上階の部屋《ペントハウス》に上がるエレベーターに乗った。それに彼は人間性を見抜く目を持ち、戦略家として賞賛を受けている……不測の事態に備えて二、三の案を考えておいた。

その中でいちばん成功率が高い案を選び、実行すればいいだけだ。

ほどなく彼は大理石のタイルの床を横切り、凝った飾りが施された両開きの扉の前に行った。呼び鈴を押したが応答がないので、しばらく押し続けた。

バシリは、ティナのどこに惹《ひ》かれたのだろう。二十七歳のティナはバシリより六歳近く年上だ。未亡人である母親のひとり娘で、母親は五年前に再婚してクイーンズランドにあるサンシャインコーストのヌーサに引っ越していた。

学校の成績は普通で、スポーツと人生を愛していた。ファッション・センスに恵まれ、母親が所有するダブル・ベイの高級ブティックを任されている。

友人は多いが長いつき合いの恋人はいない。

彼女はなぜ呼び鈴に応《こた》えないのだろう？

いらだちを募らせたニックは、携帯電話の短縮ダイヤルでポールを呼び出し、最後にアパートメントを調べさせたのはいつかとたずねた。

父親の返事を聞いて彼は顔をしかめた。バシリが亡くなった日の翌朝だ。つまり二週間も前。

「こういう事情だから、ステイシーはティナの同居に口出ししないようにしている」ポールの声が鋭くなった。「二、三分くれたら折り返し電話するよ」

長く待つまでもなく、ビルの管理人がマスターキーを持っていくところだとポールから連絡があった。

ニックは管理人に礼を言ってドアを閉めた。床から天井まで届くガラス窓の向こうできらめく夜景には目もくれなかった。彼は居間を進みながら、人が住んでいる気配はないかと注意して調べたが、何も見つからなかった。

バシリの服はふたつある大きな衣装部屋の一方にかかっていた。主寝室から続いている洗面室のシンクの上には男性用化粧品がひと揃《そろ》いある。

それは心臓を杭《くい》で打たれたようにつらい光景だっ

た。奇妙にも、ポールから悲劇を知らせる電話を受けたときや、葬式のときよりも胸に響いた。バシリが戻ってきて、彼の服も、持ち物も、わが子を持つ喜びも、すべて僕のものだと主張することは二度とない。その証《あかし》が目の前にあるのだ。

ふたつ目の衣装部屋に行ってドアを開けた。空っぽだと知り、ニックの顎はこわばった。

室内を端から端まで歩き、ふたつの寝室を次々と調べると、どちらも空だった。衣装だんすにも整理だんすにも服はない。どちらのバスルームにも婦人物はなかった。

彼の唇からかすれた悪態がもれた。

ティナ・マシソンは引っ越したのだ。

彼女の動きから目を離さないようにポールが配慮しなかったのは明らかだ。だがニック自身、最初は彼女の動きを見守る必要があると考えたものの、その考えをすぐ退けた。きっと彼女は状況をできるだけ利用し、ポールとステイシーの申し出をなんでも喜んで受け取るに違いない。おなかにいる子どもをだしにして一生裕福に暮らそうと、さらに要求してくるだろう。そう思っていた。

ニックはダイニングルーム、キッチンを調べ、大理石のカウンターに鍵《かぎ》がひと揃いあるのを見て手に取り、ひとつずつ調べてから片手で重みを量った。それから鍵を上着のポケットに入れ、電話をかけた。

レアンドロスの名には敬意が表され、一般人には手に入りにくいデータへの門戸を開く。

十五分で必要な情報が手に入った。

ティナ・マシソンは数キロ先の小さな個人経営のホテルに滞在していた。たどり着くのに、さほど時間はかからなかった。

ほんの数分で彼女の部屋を聞き出した。ノックしても応答がないので、彼はもう一度、前より激しく、力を込めてドアをたたいた。

再度ノックしかけたとき、チェーンがはずれて錠が開き、ドアがわずかに開いた。隙間《すきま》から大きなバスタオルをほっそりした体に巻いた女性が見えた。

頭上高くにまとめたぬれた赤褐色の巻き毛、青白い顔、きらめくエメラルドグリーンの瞳に、ニックは目を走らせた。

彼だとわかると女性の目が少し冷ややかになった。

「帰ってください」

ドアがぴしゃりと閉まり、彼は悪態を噛《か》み殺した。

「もう一度そんな真似《まね》をしてみろ」彼は危険を感じさせるなめらかな口調で警告した。「こっちも礼儀を無視するからな」

チェーンをかける音が聞こえ、ドアが少し開いた。

「それを脅迫と取って警察を呼んでもいいのよ」

「呼べばいい」

「そそのかさないで」

「中に通す気はないのかい？」

「ええ、そうしなくてすむなら」

「今だったら、ふたりで話し合える」ニックは口調だけはおだやかに言った。「内々でだ。さもないと」彼はわずかに間をおいた。「僕は明日、君の職場に行き、そこで話をする」

しばらく沈黙が流れた。ようやくチェーンをはずす音が聞こえ、ドアが大きく開いた。

覚えていたより小柄だと思ったら、ティナは裸足《はだし》だった。体に巻いていたバスタオルは消え、タオル製のローブ姿になっている。

疲れているらしく、彼女の目の下には濃い隈《くま》ができていた。悲しみのせいか、睡眠不足か……それともその両方だろうか。

「またレアンドロス家の使者？」ティナは自分を叱咤《しった》して、最高級仕立ての服に身を包んだ長身の男性の黒に近い目を見つめ返した。自衛本能がむくむくとわき上がる。

「僕たちの紹介はもうすんでいる」

その声にはかすかにアメリカ訛《なまり》があり、彼女は不安で震えそうになるのを抑えた。父親は同じでも、ニックとバシリはまったく違う。

バシリには無頓着《むとんちゃく》な青年らしい雰囲気があったが、ニック・レアンドロスには無情さと力とが混ざり合ったなんとも言えない資質があり、それが女性なら誰も無視できない性的魅力と結びついている。

わたしが落ち着きを失っているのは、ホルモンのバランスのせいだろう。この男性のせいで心が乱れるはずがない。

「君は玄関先でこの話をしたいのかい？」

まあ、わたしはシャワーから出たばかりなのよ。

「服を着ますのでお待ちください」そう言うなり、ティナは彼の面前でドアを閉めた。

下着とジーンズ、ブラジャーとTシャツを身につけるのに彼女は数分しかかからなかった。髪はどうでもいい。化粧は……省略だ。

ティナが玄関のドアを再び開けると、彼が立ちはだかっていた。威圧感がさらに増したように見える。

ニック・レアンドロスのような男性は、面前でドアを閉められるのに慣れていないんだわ。彼女は意地の悪い喜びを感じ、彼に入るように無言で示した。

「ありがとう」彼はもどかしさを抑えてそっけなく言い、ティナのあとから奥に入った。

自制しなくてはと思いつつ、ティナは彼に向き直った。「話を片づけましょうか？」

一方の眉が上がったが、彼の視線は動かなかった。

「礼儀正しい会話は抜きにして？」

彼女は片手を上げてはねた髪を撫《な》でつけた。神経が張りつめている証拠を見せてしまったことを内心いまいましく思った。

「わたしたちの意見は対立しているのに、礼儀正しくする理由があるかしら？」ティナはきき返し、黒い目が少し冷たくなったのに気づいた。

「ステイシーと僕の父が孫の人生にかかわりを持ちたがっているからといって、君はふたりを責められるかい？」彼は静かにたずねた。

「この話の行きつく先を、わたしが知らないとでも思うの？」

「というと？」

ティナは首を傾《かし》げて可能性を挙げ始めた。「次にどうなるのか？　もうすぐあなたは、バシリの子にレアンドロスの姓を与えたいというご両親の希望がいかに理にかなっているか、わたしを説得し始めるでしょうね」彼女は言葉を止めて深く息を吸った。

ニック・レアンドロスは部屋を支配している。あらがいがたい彼の存在が、認めたくないほどティナの心をかき乱した。

「もしそれに同意したら、今度はレアンドロス家の伝統に従った養育、教育をするように言われるわ」

「それがなぜ問題に？」彼は理解できなかった。

「わたしの手に余るようになるわ」

「もちろんすべてお互いの合意で決まる」

「まあ、やめて」ティナは皮肉な目で彼の顔を探った。「子どもが生まれたらどのくらいで、あなたのご両親は親失格の申し立てをするかしら？」彼女は目を閉じ、また開いた。「そういう計画ではないと言ってちょうだい」

彼の顎がこわばった。「ステイシーがそんなことを考えているとは思えないが」

「でも、いずれそう考えるわ」

ティナの中に同居する激しさとともろさに、ニックは興味をそそられた。

「わたしが仕事に戻り、赤ちゃんを託児所に預けたらどう？」ティナは勢いに任せてまくしたてた。

「たまに社交的な催しに参加しようと思ってベビーシッターを雇ったら？」

「僕の両親はその子に手厚い世話をしてやりたいんだ」彼はひと呼吸おいた。「さあ、君の番だ。君の条件を挙げてほしい」

「そうしたらその条件をのむ？」彼女は疲れたように髪を撫でた。「せっかくですけどお断りします」

彼は障害をリストにしてそれぞれ対策を考えておいた。あとは単に時間の問題だ。「理由をくわしく話してもらえないかな？」

「なぜ一夜の関係でできた子に、亡き父親の姓をつけなくてはならないのか、わたしにはわからないわ」ティナがショックを与えたいと考えていたとしても、彼の表情から反応は得られなかった。「わたし自身その姓を名乗る気がなかったというのに」

ニックの目が半ば閉じた。「君にとってバシリはどうでもいい存在だったというのかい？」

ティナはしばらく考えた。「わたしたちは恋人ごっこをしていたのよ」彼女は少しためらって続けた。「それが……都合がよかったの。わたしたちふたりには」理由を話す義務はない。

「年齢の違いは気にならなかった？」

彼女の顎が少し上がり、目が危険な光を帯びた。「わたしがバシリをもてあそんでいたとほのめかしているの？　わたしたちは友だちだったのよ」

「それでも君は彼のアパートメントに移った」

だんだん説明しにくくなってきた。でもニック・レアンドロスには説明を受ける権利がある。説明しないとわたしの考えを納得してもらえないだろう。

「わたしはアパートメントを売ったの」ティナは弁解した。「次のアパートメントを買うために交渉中だったわ。それでバシリからホテルや短期の賃貸はやめて彼のところに移ったらと提案されたのよ」当時はもっともな提案に思え、彼女は自分も食費と光熱費を払うと言い張った。

「そして彼のベッドをいっしょに使った」ニックは

憎らしい口調で応じた。

彼女の目が緑の炎と燃えた。「一度だけよ」

それだけだった。たった一度。シャンパンを少し飲みすぎ、親しみのキスが発展し、なぜかベッドをともにすることになった。

本能的に理性が働き、バシリの唇、説得力のある手と闘い、中途半端な抵抗をしたのをティナはぼんやりと覚えている。そのときはもうあとの祭りだった。彼との行為はどうということはなかった。比べるほど経験があるわけではなかったが。

この二、三週間の鬱積《うっせき》した感情が一気に押し寄せてきた。「幻滅させてしまうわね、あなたのお父さまとお母さま……いえ、お継母《かあ》さまを。恋人だと思っていたら、ただの友人同士だったなんて」彼女は勢いで話をやめられなかった。「待望の孫を妊娠したのは過ちだったと教えてあげて」彼女は力を込めて言った。「いまいましい、意味のない、忘れていい過ちだったと」ティナは何かを殴り、投げたい気分だった。なんでもいいから胸の内で燃えるやり場のない怒りを……あまりに無分別だった自分自身に対する怒りを発散したかった。

「明らかに避妊はしなかった」

ティナはニックの頬に平手打ちを食らわせたくなったが、なんとか我慢した。「明らかにね」

「だが君は子どもをおろそうとはしなかった」

彼女は鋭く息を吸い、おなかを守るように手を当てた。「ええ」

ニックの目が細くなった。「もし僕の両親が妊娠に気づかなかったら、君はおろしたかい？」

ティナは迷わなかった。「いいえ」

静かな部屋に携帯電話の呼び出し音がしつこく鳴った。彼が携帯電話の発信者を見ていらだたしげに上着のポケットに戻す様子をティナは見守った。

「食事はすんだかい？」

　彼女の目が大きくなった。「なんですって?」

「夕食だよ」彼の声はもどかしそうだった。

　食べ物の話?「その質問に意味があるとは思えないけど」

「君が食べていないのなら、意味がある」

「なぜ?」

「いっしょに食事をしよう」

「もう一度きくけど……なぜ?」

　ニックは彼女にいらだちながらも魅せられた。それに女性に招待を断られたのは久しぶりだ。

「着替えてきなさい。僕は店の予約をする」

　ティナは目を閉じてから開き、猛然と彼をにらみつけた。「あなたはいつもこんなに横暴なの?」

　彼は携帯電話を取り出し、短縮ダイヤルを押した。

「僕は欲しいものを手に入れることで有名だ」

「ほんとう?」彼女は不思議にも驚かなかった。彼が苦もなくテーブルを確保したときもそうだった。

　ニックは彼女をじっと見つめた。「君は僕に逆らいたいのかい?」

「そんな生意気な真似は、どんな女性だろうと天がお許しにならないわね」ティナが冗談で返すと、彼の黒い目にユーモアらしき表情がよぎった。

「君は別かい?」

「期待してちょうだい」ティナは彼をひとにらみして玄関に歩いていった。「お帰りいただきたいわ」

　彼の表情は変わらなかったが、その奥に生まれながらの力、意志の強さが隠れているのは明らかだ。

　ティナはニックを射抜くように見つめるうちに、背筋が文字どおり硬直するのを覚えた。「あなたと食事をしたくありません」

「行き先が同じで、乗る車は別々ならどうだい?」

「それは言葉巧みな策略?」

「妥協案さ。もうすぐ七時だ。ふたりとも食事をしていないし、僕たちはまだ満足のいく決定に至っていない」

「わたしのほうはもう決定ずみよ」

「君に関してはね。まだ子どもの人生にかかわる問題がある。君の子の」彼は少しして言った。「とはいえ、僕の弟の子であることも明白な事実だ」

ティナは確かにおなかがすいていた。二、三日前から食べ物のにおいに敏感になっている。食事の支度をする必要がなく、好きなメニューを注文できると思うと心がそそられた。それにどう見てもニック・レアンドロスはすぐに引き下がりそうもない。

「着替えるあいだ、外で待っていてください」

「そして僕が外に出たらドアに鍵をかけるのかい？」彼の顔に皮肉っぽい表情が浮かんだ。「必要な服を持っていってバスルームで着替えればいい」

彼を殺してやりたい……せめて体を傷つけてやりたいと彼女は思った。でも議論の余地はない。親密な雰囲気が漂う個人経営のホテルの部屋より、ふたりが別々の車で行く店のほうがましだ。

少なくとも引き留められることなく自由にレストランを出ていける。ただ、まったく違う問題が生じるかもしれない。彼に脅威は感じないだろうが、彼が独自のルールでゲームをしそうな予感がする。

「問題があるかい？」

ティナは彼をきっとにらんだ。「あなたをどんな方法でやっつけようか、考えているところよ」

彼の口角が愉快そうに上がった。彼女は子どもっぽい報復の言葉を噛み殺して収納ユニットに行った。

無駄のない動きで彼女は黒いシルクのイブニングパンツ、エメラルドグリーンのシルク・キャミソール、それに合うジャケットを取り、バスルームに歩いていった。

数分後ティナは最低限の化粧を施し、髪に力強くブラシを当てて支度を完了した。バスルームを出てすばやくピンヒールを履き、現金と鍵をイブニングバッグに移した。

ティナは彼の値踏みするような視線に気づき、片方の眉を上げた。「出かけましょうか？」

ふたりはエレベーターで地下駐車場に下りた。何分か後には、ティナはニックの黒いレクサスのあとから今注目のダブル・ベイ中心部に車を走らせ、彼といっしょに客でいっぱいのこぢんまりした、居心地のいいレストランに入った。

給仕長は常連客用のへつらうような態度でニックに挨拶し、みずからふたりをテーブルに案内して飲み物係を呼んだ。

すばらしい料理で有名な、高級レストランだわ。ティナはさりげなく店内に目を向けた。

サービスは抜群で、彼女はミネラルウォーターを頼み、最初からメイン料理を選んで椅子にゆったりともたれた。

ウエイターが飲み物を運んできて、愛想のいい、うやうやしい態度で給仕して引き下がった。

「この店によく来るのね」

「ああ、シドニーにいるときはいつも」

なるほど。レアンドロス社はメルボルンに本拠地を置き、バシリの両親はそこに住んでいる。だからニックも、ニューヨークやロンドン、アテネ、ローマに商用で飛ぶ合間は、メルボルンに住んでいるんだとバシリが言っていた。

「わたしの決定をご両親に伝えるの？」

彼はわざとワイングラスの脚を指でもてあそんだ。

「僕たちの話がついたときにね」

ティナは彼の視線を受けとめた。「そのときは来ないわ」

「僕がひとつ代案を申し出たら？」ニックはひと息ついて言い添えた。「あるいはふたつ」

彼女は氷の入った水を少し飲んだ。「無駄よ」

「養子縁組をするんだ」ニックはあくまでおだやか

に言った。「互いの合意の額で」

ティナはぎょっとして声を失い、こみ上げてきた怒りで爆発しそうになった。「ご冗談でしょう」

「百万ドル」

彼女は口を開けてまた閉じ、ようやく言った。「だめよ」押し殺した声で言い捨て、イブニングバッグを取り立ち上がった。

「じゃあ二百万」

落ち着き払った彼の声に、ティナは彼に何かを投げつけたい衝動をかろうじて抑えた。

「三百万ならどうだ？」

何より懐疑心が勝った。ティナは背を向けたものの腕をしっかりとつかまれて足を止めた。蔑《さげす》みを込めた目で彼をにらみつけた。「放して！」

見返す彼の目の表情は読み取りがたかった。「座ってくれ。頼む」彼は恐ろしくやさしい口調で言い添えた。「ほかにも案がある」

「それ以上どうするっていうの」ティナは勇気を奮って言い返した。

「結婚するんだ」彼はわずかにためらった。「僕と」

ティナは心臓が止まりそうになり立ちすくんだ。しばらくしてやっと声を取り戻した。「あなた、頭がどうかしているんじゃない？」

ティナが思わずグラスを取って水を浴びせると、彼はさっとよけた。冷たいミネラルウォーターが彼の肩にかかり、上着とシャツに滴った。

次の瞬間グラスは彼女の指をすり抜けてテーブルに当たって滑り、タイルの床に落ちて砕けた。

ティナが茫然《ぼうぜん》としているうちに、ウエイターが現れて割れたグラスを片づけた。彼女は謝ったことを頭のどこかで意識していた。

そして悠々と説明するニックの言葉を聞いた。「結婚の申し込みをして、こんな変わった反応をされるなんてめったにないことだね」

ウエイターは大喜びで祝いの言葉を述べ、ニュースはまたたくまに広がった。

立っていたはずのティナはいつのまにか、情け知らずで傲慢《ごうまん》な男性の向かい側に座っていた。このシナリオは演出ではないかと強い疑問を感じた。

「今すぐ取り消して」彼女は声を押し殺して言った。

「結婚はお互いに都合がいい」ニックはものやわらかに続けた。「それでバシリの子はレアンドロス家の嫡子として法的な身分を与えられる」

彼女の声は氷のように冷たかった。「大切なことをお忘れでは？」

どこからともなくカメラマンが現れてフラッシュが光り、つかのまティナの目がくらんだ。

「わたしはかかわる気はありません」

「いやかい？」ニックはなめらかな口調で言った。

「言っておくが、僕は君の友人にも……最悪の悪夢にもなれる男だ」

2

ふいに何もかもが腑《ふ》に落ち、ティナはニックが憎くなった。心から憎いと思った。

「全部作戦だったのね」

今夜はこのときまですべて茶番だった。わたしのおなかの子が何より重要なのだ。子どもだけが。

「問題点を消していっている途中だよ」彼が悠然と認めたので、ティナは息をのんだ。

「わたしを、絶好の機会を狙《ねら》っている金目当ての女だと思ったのね？」返事がないのでティナは憤然となり、ささやくように言った。「この人でなし」

彼の表情は変わらず、見返す視線もゆるがなかった。「その可能性も考える必要があった」

ティナは落ち着こうと深呼吸をしたがなんの効果もなかった。「どうせ身辺調査もしたんでしょう？」

何も隠すことはないわ。ただひとつ別にして。まさかそこまでは調べられないはずだけど？

「私立学校出身で、スポーツを愛好し、十七歳のとき父親が事故死した」彼はつかのま言葉を止めた。

「一年後、自宅に侵入した男に襲われた」

ティナは顔から血の気が引くのを感じ、まざまざとよみがえる光景を懸命に払おうとした。一瞬のうちに彼女は、母親と住んでいたアパートメントでひとり寝ていたあの寝室に戻っていた。異常な物音で目覚めた彼女は寝室に人がいると気づき度を失った。

しわがれた声、不潔な服のすえたにおい。ごつごつした手が彼女の口をふさぎ、空いた手がベッドカバーを脇《わき》に投げ捨て彼女のナイトシャツをはぎ取った。ティナは殴ったり蹴《け》ったりして猛然と抵抗した。

あの恐ろしい夜から九年。ティナは心理療法を受け、心の動きにうまく対処できるようになり、闘う技を身につけた。

被害者として生きるのはいやだ。その思いから、防犯装置を強迫観念のように求め、男性不信に陥り、ときたま当時の悪夢に悩まされた。

「襲われたけど未遂だったわ」ティナは静かに言った。もう少しでレイプされるところだった。その寸前だった。男に片腕の骨と肋骨《ろっこつ》を三本折られた。

「君は入院した」

つまり彼は、医療記録を手に入れたのだ。

「スピード違反が一回、駐車違反が二、三回。それも発見した？」加速列車のように言葉が止まらなかった。「税金を期日内に納めているか調べた？」

ふたりのあいだに沈黙が流れても、じっと見つめる彼の視線は動じなかった。

「僕が提案しているのは名目だけの結婚だ」ニックはかすかに口調を強めた。

「見せかけだけ？　部屋も生活も別々なの？」

「お互いに都合のいいパートナーになる」彼はくわしく説明した。「社交生活をともにするんだ」

「家族としての義務や献身は全然いらないのね？」

「バシリは、わが子が手厚く世話を受け、レアンドロス家の名を正式に名乗ってほしいと思うだろう。少なくともそれなら、僕が彼のためにしてやれる」

「わたしの望みはどうでもいいの？」

「君は十二分に埋め合わせがつく。国内外の家々や宝石類、たっぷりの手当が手に入るし、旅行にも頻繁に行ける」

「だから感謝しろとでも？」もし目で人を殺せるなら、彼はその場で死んだだろう。「それであなたは？　こんな結婚をしてなんの得があるの？」

「妻、レアンドロス家の正式な跡取り、社交上のパートナーが手に入る」彼はひと呼吸おいた。「それに非常にしつこい女性を追い払える」

「あなたを何かから守る必要があるのか大いに疑問だわ。ことに女性からなんて！」

ティナは怒りのあまり考えもしないで言った。

「あなたの妻は、どこかのアパートメントに囲われている愛人に目をつぶらなくてはならないんでしょう？」彼女は前に身を乗り出し、きつい冗談を言った。「それとも同性の恋人がご趣味かしら？」

黒い目の奥に厳しい表情がよぎったと思ったとたん、すぐにまた消えた。

「話は終わりかい？」

ティナは彼の声の危険なやわらかさに気を留めなかった。「わたしの欲求はどうなるの？」

ふたりの視線がからみ合い、彼女は目をそらすことができなかった。「君は頼むだけでいいよ」

ティナは彼の顔を平手打ちしようとして失敗した。

その勢いを利用して引き寄せられ、唇をふさがれたのでティナはすっかり動転した。

こんなふうに唇を奪われるのは初めてだった。それは感覚に訴えかけることで彼女の意志を抑え込もうとする、実に巧みな策略だった。

放されたとき、ティナは立っているのがやっとだった。彼がテーブルに紙幣を置いたのも、背を向けてレストランを出た自分のあとに彼がついてきたのも、ほとんど意識になかった。

彼を無視することはできなかった。何しろティナがフォルクスワーゲンのロックを解除したとき、彼はそこにいたのだから。サンルーフつきの黄色のセダンは彼女がひと目惚《ぼ》れして購入した車だった。

彼女が運転席に座ると、ニックは身をかがめた。

「また明日」

「あなたなんか地獄行きよ」怒りに任せて浴びせた愚かしい言葉だった。彼女はそう認めながらエンジンをかけ、制限速度オーバーで出口を目指した。

ニック・レアンドロスみたいに我慢ならない男性は、今まで会ったことがない。できるなら二度と会いたくないわ。

ふいにクラクションが鳴ったので彼女は跳び上がった。いつのまにか信号が赤から青に変わっていた。

運転に集中しなさい。ティナは胸の中で自分を叱《しか》りつけて車を前に進め、ニック・レアンドロスをきっぱりと頭から追い出そうとした。

それなのに押しつけられた唇の感触、彼の味がいまだに唇に残っている。悩ましく動く彼の舌までも。

いいかげんにして！　忘れるのよ。

ニック・レアンドロスは、怒ったわたしを黙らせようと、男の優位を利用していただけなのよ。

ティナは寝苦しい夜を過ごし、マラソンしていたような気分で目覚めた。頭痛の兆しがあり、胃はまるで自分のものではないみたいだ。こんなときは甘い紅茶を飲んで、何も塗らないトーストを食べよう。

それともこれはただの迷信かしら？

枕《まくら》に頭をうずめ世界に向かって悪態をつきたい気分だ。でも、そうしたところでどうにもならない。仕事があるし、今日じゅうにニック・レアンドロスと対決しなくてはならない。彼が去っていくかもしれないという希望は、夏の降雪と同じで現実にはならない。

今は何時だろう？　彼女はデジタル時計を見て不満の声をもらした。あと一時間しないとルームサービスの朝食は運んでもらえない。

いいわ。それなら甘い紅茶は自分でいれればいいし、無料のミニバーにパック入りのビスケットがある。今日の新聞はもうドアの外に届いているはず。どうせ胃がむかつくなら、早いほうがましだ。

十分後、彼女は新聞を脇に置き、ゆっくりシャワーを浴びて服を着た。健康にいい朝食をとり、部屋を片づけてから時間を見た。

まだ早いが、忙しさで気をまぎらしたくてティナは働く気になった。ホテルの部屋に座って手持ちぶさたにしているよりブティックに行ったほうがいい。調度品の埃《ほこり》を払って掃除機をかけ、売り場にある商品を調べてから定時にブティックを開けよう。

朝早いうちはたいてい暇で、客が増えてくる十時にはリリーが出勤する。

ティナはノートパソコンとバッグを持って階下に下り、車に乗り込んだ。

ダブル・ベイまでは数キロしかない。彼女は建物の裏手に駐車して盗難防止の警報器を作動させ、正面の入り口に歩いていった。

上品なサロンのあるブティックがティナの自慢だった。奥の小部屋は日常設備が揃《そろ》い、在庫の保管場所も兼ねている。

馴染《なじ》みのある環境にいる必要があるわ。彼女はそう考えながらサロンの奥に入った。ニック・レアンドロスの提案をよく考えて合理的な解釈をするために。あれを〝プロポーズ〟と呼んでなるものですか。

ティナは以前は子どもについて考えたことがなかった。結婚など論外だ。

選《え》りすぐりの信頼できる友人たちと安全な仲間内でのつき合いをしているからだ。バシリによくからかわれたものだ。僕は猛獣の男どもから君を守り、君は財産目当ての女たちから僕を守るわけだね、と。お互いに申し分のない関係だった。

少なくともあの運命の夜までは。あの夜、友人のキスがそれですまなくなった。バシリがやさしく気遣いこう言った。〝そろそろ君が愛情を感じ信頼できる友だちと親密な関係を持って、悪夢から抜け出す潮時だよ〟ワインの勢いも手伝い、そのときは確かに筋が通っている意見に思えた。

それで妊娠するなんて皮肉な話だ。それでもティナはこの子が……愉快で思いやりのある若者の忘れ形見の、この思いがけない贈り物が欲しかった。


わたしがこの子を独占するのは正しいことかしら。もしバシリが生きていたら、きっとふたりで子どもを育て、レアンドロスと名乗らせただろう。

だったらなぜわたしはニック・レアンドロスの申し出にしり込みするの？

それはバシリの異母兄がわたしには手に負えないから。年上で、非情で……危険な男性。

でも利点もあることを認めなくては。子どもに父親ができ、相続財産、祖父母、家族に対する正当な権利が与えられる。安定した、愛情のある環境で成長できる。

ティナとしては、夜の終わりに絶対に言い寄ってこない決まった男性ができる。

もうひとつの利点は、ニックが商用で広く旅行すること。彼は同じ街、同じ国にいないときが多い。

ティナはカーペットと大理石の床に掃除機をかけ、雑巾《ぞうきん》で棚を念入りにふき鏡を磨いてから、後ろに下がってその仕事ぶりにわれながら見とれた。

このサロンには高級ブティックの上品な格調高さが備わり、設計も調度品もダブル・ベイの土地柄にぴったりだ。ダブル・ベイは、輸入品とオーストラリア人のデザイナーブランドで欲を満たす、高級嗜《し》好《こう》の女性たちが住むことで名高い。

服に対するティナの愛着は生まれながらのものだった。彼女は物心ついたころから服が大好きで、バービー人形に着せるときも彼女自身が着るときも、いろいろ組み合わせを工夫した。十代で母クレアのブティックを手伝い、ファッションとアクセサリーに対して鋭い眼識を、コーディネーションにかけては天性のセンスを備えていることを証明した。

迷わずこの分野を職業に選んだ彼女は、初めは母親の熟練した指導で、次の三年間はシドニーの大きな店で小売りを学んだ。戻ってからは母親のダブル・ベイ・ブティックの共同経営者になった。

そして五年前、クレアは人生二度目の恋人フェリペに出会って再婚すると、ヌーサに本拠地を移し、アパートメントを賃貸にしてティナに管理を任せた。

ダブル・ベイに住む上流の女性たちには、ほどよく定まった買い物の手順があった。九時半ごろ集まってコーヒーを飲み、十時半ごろさまざまなブティックを見始め、今流行のレストランでゆったり昼食をとってから、軽いキスで別れの挨拶《あいさつ》を交わし、ハウスキーパーが掃除をすませた家へと帰っていく。

十時にリリーが興奮を抑えつつブティックに勢いよく入ってきたとき、ティナは正面のウィンドウに飾っていた服を、靴とハンドバッグも含めてひと揃い売り、接客を終えたところだった。

カウンターのガラストップの上に折り畳んだ新聞があった。「これを見た？」リリーが小声でたずねた。顔には抑えきれずに笑みが浮かんでいる。

ティナは新聞を見てはっとした。ゆうべレストランで撮られた大きな写真が中央を飾り、〝ニック・レアンドロス、ティナ・マシソンと結婚間近か〟と大胆な見出しがついている。

「よく内緒にできたわね」リリーがからかった。

「話してちょうだい」

ほんとうの話をしても、とうてい信じてもらえないだろう……いくら友だちでも。「それはメディアのとんでもない誤解よ」断固たる策略家がそうさせたのよ。ティナは胸の中でそうつけ加え、リリーの好奇のまなざしを見返した。

「言うことはそれだけ？」

「今のところは」

折よくドアブザーが鳴った。ティナが振り向くと宅配便の男性が小包みを持っていた。

「これをどこに置きましょうか？」

そのとき客が三人、店に入ってきた。ひとりは真剣な買い物客だとティナは見て取った。あとのふたりはあまり買う気がなさそうに商品を見ている。ティナは口早に断りを入れてその場を離れ、宅配人に近づいた。「奥の部屋に」彼女はリリーに、送り主を確かめるあいだ替わってと無言で合図した。

しばらくして宅配人が帰っていくと、ティナは服を見ているふたりの女性に近づいて声をかけ、デザイナーと生地とスタイルのすばらしさを伝えた。

またお買い上げとなり、まもなく次々と売れて生産的な朝となった。ティナは少し時間を取り、新着商品の荷ほどきをすませることにした。

「まあ、すごい」

リリーのひそめた声を聞き、ティナは彼女に視線を投げた。「何が？」

「とっても魅力的な人のご登場よ」

男性客だとティナは察した。妻のために高価な贈り物を買おうとする魅力的な夫かしら？　彼女は目を上げずに言った。「行ってちょうだい」

「ぜひそうしたいわ」

リリーの崇拝するような言葉にティナはほほえんだ。貴重な雇人であり友人でもあるリリーは、男性を見る目に自信を持っている。

「でも彼はあなたのお客さまよ」

ティナは視線をサロンの入り口に移し、リリーに話しかけている人物を見て息をのんだ。

ニック・レアンドロスが……ここに？

もしわたしが彼のそばに行き、リリーの前でお芝居をすると思ったのなら、彼は間違っている。

ティナは平静を装って箱から最後の服を取り出し、しばらく空気を通せるようにハンガーにかけてラックに移した。昼食後に今日の入荷品をスチームアイロンで整えてから、ディスプレイ用ラックに移そう。

効果的に配置されたスピーカーから流れる静かなＢＧＭがくつろいだ雰囲気を醸し出し、クリーム色と麦色とベージュを絶妙に組み合わせた調度類に音が反響している。豪華なセッティングは、このブティックの名を知らしめている高級デザイナーブランドの服を展示するためのものだ。

「ティナ」

その声ならティナはどこにいてもわかっただろう。同時に彼女が聞きたくない声でもあった。でも無作法な真似《まね》はできない。ティナはしかたなく礼儀正しい仮面をつけ、ニック・レアンドロスに向き直った。

無言で挑むように見つめた。「ご用をお伺いいたしましょうか」神経はかき乱れているのに、ティナは冷静に振る舞えた。彼の形のいいセクシーな唇をひと目見ただけで、唇を奪われたときの感覚がよみがえるなんて、正気の沙汰《さた》ではない。

「昼食だよ」ニックが表面だけは落ち着いて言った。「君のアシスタントが喜んで一時間引き受けてくれるそうだ」

ほんとうに彼には我慢できないわ！「もう予定があるの」実際はないが、彼にはわからないだろう。

「予定を変更するといい」

「なぜ変更しなくてはならないの？」

「ここで取り決めについて話し合ってもいい。でなければ昼食をとりながら。選びなさい」

ドアブザーが来客を知らせた。

「今は話し合うときでも場所でもないわ」ティナは静かに言い返し、こんな立場に追いやった彼を内心憎んだ。彼女は即座に決めた。「五分待って」

ティナは四分で準備をすませてリリーに手短に説明し、ニックの先に立ってブティックを出て歩道に着くのを待ってからたずねた。

「どうしたいの？」低く抑えた声だが鬱積《うっせき》した怒りがこもっていた。

「ゆうべ君がやめた話し合いの続きがしたい」

彼のゆったりした口調には容赦しない響きが感じられたものの、ティナは聞き流すことにした。「わたしに選ばせてくれるの？」

その通りには最新流行のカフェとレストランが二、三軒あり、ニックは近くの店を指した。

ティナは背を向けて引き返したかった。もう少しでそうしそうになったが、どうせ彼もついてくるだろうと思い、踏みとどまった。

ニックはすぐにウエイターの注意を引いてテーブルを求め、席に着くやいなや切り出した。「今日の午後にもメディアが君に接触するかもしれない」

ティナはつい皮肉っぽい声になった。「だからわたしにはあなたの力が必要だとでも？」

ニックの視線は揺らがなかった。「僕たちが近々結婚すると、僕が宣言した記事の件でだ」

ウエイトレスがテーブルに来て、ペンと伝票を構えると、ニックがふたりの注文をした。

「わたしはチキン・シーザーサラダを欲しくないか

もしれないでしょう」ティナはわざとニックをひとにらみし、ウエイトレスのほうを向いた。「男性って、女性の考えがわかると思っているんだから、いやになるわね？」それはひとつでふたつの目的を狙った質問だった。

ウエイトレスは職業柄無数の客の振る舞いを見てきたらしく、正気を疑うようにティナを一瞥《いちべつ》した。こんなに主導権を握っているニック・レアンドロスのような男性を獲得するのに、ちょっとした犠牲も払おうとしない女性などいないのだろう。

「わたしはほうれん草とフェッタ・トルテッリーニのマッシュルームとベーコンソース添えをお願い」ほんとうはシーザーサラダが好きなのに、いまいましい。ティナはニックの目を見返した。「ふたりでえんえんとこのことについて議論してもいいわよ」

彼を殴りたい……それがだめなら、舌戦を数ラウンド闘わせたい。「バシリの子がおなかにいるのは別にして、わたしがあなたと結婚したほうがいい、もっともな理由をひとつ挙げて」

ニックは考え深く彼女を見た。「保護」それは約束できる、と彼は思った。「それに、忠誠と信頼」

愛や貞節はなしというわけね。

〝目を覚ましなさい〟胸の中であざける声がした。愛も貞節も問題にはならない。あなたはどちらも望んでいないのに、なぜそんなことを考えるの？

「それでこの子は？　あなたはこの子を自分の子だと言うつもり？」

ニックの目が細くなった。「僕が子どもの実の父親だと錯覚しているかって？」

彼女の顎が少し上がった。「ええ」

「僕は妻の妊娠を喜び、子どもが誕生したらすぐ養子縁組の手続きにかかるだろうね」

法律上はきちんとされることは確かだ。

「質問の返事を避けたわね」

「その子は両親の揃った、レアンドロス家の嫡子として生まれることになる」ニックが彼女を刺すように見た。「父とステイシー以外には誰にも、こまかな私事を話す必要はない」

「私の母もよ」突然、まだクレアに妊娠を知らせていなかったのをティナは思い出した。向かい側に座る男性を見つめた。「母には真実を隠さないわ」

「隠すようにと言うつもりはなかった」

必要な条件があと二、三あったが、ウエイトレスが料理を運んできたのでティナは待った。

「わたしは母のブティックの責任者なの」話が聞こえない距離までウエイトレスが離れると、ティナは言った。「わたしが仕事をやめて、社交家の妻になるとは思わないで」

「異議なし。ただし条件がひとつ」黒い目が彼女の目をとらえた。「医者が反対したら別だ」

反論したくてティナの瞳は深いエメラルドグリーンになった。ニックはその瞳に魅せられた。彼女の中には火と氷、強さと弱さが渾然《こんぜん》としている。

「わたしの利益を守るために、結婚前の同意書をいただきたいわ」

彼はもちろんそうするつもりだった。「ほかには？」

「どちらかが離婚の申し立てをすることにしたら、どうなるの？」

「その可能性はないだろう」

「だけど、もしそうなったら？」ティナは譲らず、彼の厳しいまなざしを見つめ返した。

「子どもの完全な親権を得るためなら、僕は法廷闘争も辞さないということを知っておいてほしい」

「親権は絶対にあなたのものにはならないわ」彼女は確信があった。「法廷はたいてい母親の味方よ。男親が子どもの実の父親ですらない場合はことに」

ニックの眉が皮肉っぽい弧を描いた。「僕が君に不利なように証明できないと思っているのかい？」ティナの背筋に冷たい戦慄《せんりつ》が這《は》い下りた。ニック・レアンドロスは富も権力も備えている。国内随一の弁護士を雇える富と権力を。

「いいえ」ほんの一瞬、間があった。「でもわたしは断固あなたに対抗するわ。わたしの決意をみくびらないで」

勇敢な女性の勇敢な言葉。ニックはナイフとフォークを取り、彼女にもそうするように勧めた。「食事をしようか？」

トルテッリーニは見た目もにおいもおいしそうだったが、ティナは食欲がまったくわかなかった。彼女はニックが食べている新鮮なレタスをうらやましそうに見た。クルトン、チキン・スライス、風味豊かなソース……ふと見ると彼の口元におかしそうな表情が浮かんでいた。

彼はひとことも言わずにウエイトレスに合図し、チキン・シーザーサラダを追加注文してから、にらんでいるティナを落ち着いて見つめ返した。

「何をしているつもり？」

「君が食べたいものを食べられるようにと思って」

ティナはますますにらんだ。「なぜそんなことをするの？」

片方の眉が上がった。「ふたりで食事をするたびに闘いの場になると思っていいかい？」

「わたしが選ぶたびにあなたが覆す気ならね！」

そうはいったものの、シーザーサラダが運ばれてくると、彼女は誘惑に抵抗できず、向かい側に座っている男性を完全に無視して黙って食べた。

「洗練された会話はなしかい？」

ティナは冷静に彼をちらりと見た。「消化不良にならないようにしていたの」

彼のやわらかな笑い声にティナはびっくりした。彼女の黒い目の奥のユーモアのきらめきに気づき、彼女の目がわずかに大きくなった。

「僕たちの関係は興味深いものになるね」

その言葉に動揺したティナは懸命に平静を保った。

「条件に……わたしはまだ同意していないわ」

「だが君はいずれ同意する」

「なぜそんなに確信があるの？」

「バシリなら、僕たちの結婚を理想的な解決法だと考えるだろうと、君は内心悟っているからだ」

ニック・レアンドロスが正しいことはなんの助けにもならなかった。「それに、代案がわたしの考えたくないことだと確信しているから？」

彼は返事を急がなかった。「まさにそのとおり」

ティナは彼に何か投げつけたくなり、もう少しでそうするところだった。「脅しは嫌いよ」

「事実を言ったまでだ」

彼の声にひそむ冷たい確信が、レアンドロス家の富と影響力に対抗しても勝ち目がないことをティナにまざまざと思い出させた。

この結婚は、わたしと子どものためになる。ただのビジネス上の取り決めだし、子どもは安定した教育を受ける資格がある。親権争いとは対照的だ。

ティナは屈したくなかった。ことに強烈な存在感で、彼女の心をかき乱すこの男性には。

とはいえ富裕層のあいだでは便宜結婚はそう珍しくない。便宜結婚をした男女は合法的な関係になり、富を築き、跡継ぎを設ける。それは有益な取り決めで、正式に記録され、境界が明確に定められている。

「すべて書類にしていただきたいわ」ティナは立ち上がり、ひたと彼を見つめた。「わたしの弁護士に目を通してもらって承認を取るわ」

ニックも続いて立ち上がり、財布から紙幣を出してテーブルに置いた。「書類はあとで、今日の午後に君のところに配達させる。君の弁護士にも急ぎコピーが届くようにするよ」彼はひと呼吸おいて言った。「弁護士の名前は？」

ティナは答え、胸の奥で渦巻く不安と闘った。虫の知らせ？　ばかばかしい。彼女は胸の中で笑い飛ばし、レストランを出た。これは個人的なものではなくてビジネスなのよ。

ティナは歩道に出たところで足を止めた。「お互い連絡を取りましょう」彼女はそう言って背を向け、後ろを振り向きもしないで歩き去った。

外見は落ち着いていたものの、彼女の神経は今にもぼろぼろになりそうだった。

ティナがブティックに戻ると、リリーが好奇心を抑えられずいきなり言った。「くわしく話して」

真実を話すわけにはいかないので、ティナは話をぼかした。「わたしたち、まだ相談中なのよ」

二、三時間して弁護士からの電話で、仕事のあとで相談したいと言われてもティナは驚かなかった。弁護士と向かい合って座ったとき、慎重にするように警告されたが、これも意外ではなかった。

それでも弁護士は、彼女の心配をひとつひとつビジネス面から適切に対処しましょうと同意した。

ティナは正式に立会人の前で署名し、涼しい夜気へと足を踏み出した。自分の運命を定めたばかりなのだと気づいた。

一時間後、携帯電話が鳴ったので出るとニック・レアンドロスからだった。

「この週末に僕の家で、家族だけの内輪の式を挙げるように手配した」彼はほとんど間をおかずに続けた。「メディアから何を質問されても、僕にきいてくださいと言えばいい」

ティナは愕然《がくぜん》とした。「週末？　そんなに早く？」

「延ばす理由は？」

彼女は目を閉じ、再び開いた。〝わたしの心の準備がまだできていないからよ〟でも心の準備ができる日が来るかどうかは、疑わしい。

3

それからの数日は、ティナがさまざまな用事をこなしているうちに忙しさにまぎれて過ぎていった。

真っ先にしたのは母への長い電話だ。そのとき結婚式の招待もした。

仕事はいい気晴らしになった。ティナはメディアの質問に上手に応じ、関連書類はよく読んでサインし、結婚式にふさわしい衣装を気合を入れて選んだ。

その日はあっというまに訪れた。クレアとフェリペとともに彼らが滞在しているホテルで朝食をとり、そのあとは母に勧められ、マッサージ、昼食、フェイシャルエステ、ヘア・トリートメントと続いた。

それらが終わると、クレアとフェリペが滞在しているホテルに戻って着替え、ニックのローズ・ベイの自宅に車で向かった。

ティナが選んだのはアイボリーのシルクドレスだった。美しい胴着《ボディス》に細い肩ひも、夢のように美しいシフォンのレイヤードスカート。それに合うアイボリーのジャケット。最後に同色のピンヒールで決め、エメラルドのペンダントとイヤリングをつけた。

家族だけの小さな結婚式は、新郎新婦のほかに、レアンドロス夫妻、クレアとフェリペ、司祭が立ち合い、ローズ・ベイにあるニックの優美な邸宅で執りおこなわれた。

厳粛な雰囲気が醸し出されるようにセッティングされた場所で、ティナはニックのかたわらに立った。

ダイヤモンドで覆われた幅広の結婚指輪を指にはめられると、彼女は不思議な感じがした。ニックから彼の指にはめる金の指輪を渡されたときは驚きを隠した。ふたりの結婚がどんなものか考えれば、なぜかそれは意外な振る舞いに思えた。

頬に彼の唇がかすかに触れたときもそう思った。カメラのフラッシュが光り、ステイシーもクレアも写真を撮っていたことにティナは気づいた。

式のあとでシャンパンが振る舞われた。彼女はそれを断って害のないソフトドリンクを飲みながら、背の高い、今は夫となった完璧《かんぺき》な男性と並んだ。

考え直してもあとの祭りだけれど、確かにわたしには再考することが山ほどある。たとえばティナ・レアンドロスになると同意したとき、わたしの正気はどうなっていたのかとか。

すでにティナはお芝居を始めていた。上品なラウンジにいるほかの人たちもみな同じだ。

ニックは彼の目的を達したし、ステイシーとポールにとっては、これで自分たちの孫が正式にレアンドロス家の一員になったのだ。クレアはただ愛娘《まなむすめ》のティナのために、互いを思いやる夫婦になってほしいと願っている。

果てしなく楽観的なクレアは、思いやりが愛情に発展し、愛になるのではと希望を抱いている。

まるでそうなりかけているみたいに！

「そろそろ出かけようか？」ニックが提案すると、みんな賛同の言葉を口にした。

市内の高級レストランでのディナーでもお芝居は続くだろうとティナは思った。でもほんとうに芝居なのかしら？　クレアとステイシーは親しくなったようだし、フェリペはポールとニックといっしょにいてもくつろいでいる様子だ。

振り返れば楽しい夜だった。レストランの雰囲気も料理も、そしてサービスも抜群だった。

ニックは父親の遺伝子を受け継いだらしく、ふたりの身長も肩幅も同じくらいだ。この親子は対等で、ふたりのあいだには友情と敬意が感じられる。

ポールが妻を愛しているのは明らかだった。彼のほほえみや、妻に軽く手を触れる仕草、目の奥のきらめきに愛情がにじんでいる。

傍《はた》から見たら、無二の親友同士のカップルが三組集まって楽しんでいる光景に見えるだろう。

見ためはあてにならないという証明だ。新郎新婦はお互いをほとんど知らず、ふたりの両親は今夜初めて会ったのだと誰が想像するだろう。

夜遅くレストランを出た彼らは、愛情込めて挨拶《あいさつ》をして別れた。

ニックはレクサスのロックを解いてティナを座らせてから運転席側に座った。少しすると彼はエンジンをかけ、車の流れに入った。

「何も言うことはない？」

ティナはニックの横顔を控えめに見た。薄暗い車内では、彼の顔の輪郭が際だって見えた。

「すっかり話し尽くしたわ」

「そんなにひどかった？」

〝ひどかった〟という言葉は当てはまらない。表面上は楽しい夜だった。ただティナは、結婚と式の裏に隠された事情をよくわきまえている。

「何もかも信じられないくらいだったわ」彼女はフロントガラスの外に注意を移し、煌々《こうこう》と照らされた街路と行き交う車を見つめた。

「確かにやりすぎだった」

彼の声に冗談っぽい響きがあったかしら？　それともわたしの思いすごし？

一日の疲れが押し寄せてきた。数夜の寝不足と重なっての不安と疑惑。ティナは目を開けていられなくなり、数分後にはもう開ける努力もしなかった。

居心地よく座り直したことは覚えている。そのあとはまどろみ、深く寝入って夢も見なかった。

目覚めたときは木製のよろい戸から日差しがもれ、彼女は自分がどこにいるのかわからなかった。やがて記憶がよみがえり、ニックの屋敷の二階の翼にある、ティナに割り当てられたスイートルームの大きなベッドにいるのだと気づいた。

まず時刻を見て驚き、次にブラジャーとショーツ、タイツとペティコート姿だと気づいて愕然《がくぜん》とした。なんてこと。ニックがわたしを室内に運び、ベッドに寝かせたに違いない。

個人のプライバシーなんて尊重されないのね。

一時間以内にシャワー、着替え、食事をすませ、ダブル・ベイに出勤しよう。うまくいけばニック・レアンドロスと顔を合わせずにすむ。

もう少しで成功だった。朝のコーヒーをもう一杯飲もうとキッチンに来たニックと、ばったりでくわさなければ。

「よく眠れたかい？」

朝からこんなに颯爽《さっそう》とした姿でいる権利は誰にもない。髭《ひげ》を剃《そ》りたての顔、整えた髪、黒っぽいズボン、青いシャツ、紺色のネクタイ、椅子の背にかけたスーツの上着。ニックはうらやましいくらい精力的なオーラを発している。

ティナは彼をにらんだ。「ゆうべ、わたしをベッドに寝かせずに、起こしてくれるべきだったわ」

「僕が起こそうとしたと思わないかい？」

「真剣に試みたとは思えないわ」

ニックが彼女を抱き上げて車から階上に運んだときも、ベッドに寝かせて靴と服を脱がせたときも、彼女は一度も目を覚まさなかった。妊娠からくる疲労だろうか。

彼はコーヒーメーカーを指した。「コーヒーは？」

コーヒーの香りに、どんな味かと期待をそそられたが彼女は首を振った。「カフェインはだめなの」

ニックは彼女の青ざめた顔、目の下の隈《くま》を見て、一瞬目を細くした。

「パントリーに紅茶がある」彼は冷蔵庫のほうを手で示した。「食べたいものをなんでも作ったらいい」

「時間がないわ」目覚まし時計を買うのを忘れないようにしなくちゃ。

彼の視線が鋭くなった。「時間を作ることだ」

ティナは目をくるくるさせた。「ブティックを開けるとき、果物とヨーグルトをさっと食べるわ」

「必ずそうしなさい」

ティナは敬礼してみせた。「了解」

まったく生意気だ、とニックは思った。彼はコーヒーを飲み干すと、スーツの上着を羽織った。

「僕は終日メルボルンに行っている。夕食は待たなくていい」テーブルの上のひと揃《そろ》いの鍵《かぎ》とふたつのリモコンを指した。「君用だ。家、ガレージ、門のセキュリティコードだ」そのとき携帯電話が鳴った。彼は発信者を確認し、無視した。「僕は家と庭の管理をするスタッフを雇っている」そう言うとドアのほうに向いた。「それじゃ」

ティナは出ていく彼を見守り、深く息を吸ってゆっくりと吐いた。

ある日結婚し、明くる日には現実に突入。

〝何を期待していたの？〟心の声がたずねる。

何も期待なんてしていないわ。

時刻を見てティナはあわてて動き出した。五分後には車に乗り込み、私道から幹線道路を目指した。ちょうどラッシュアワーの時間帯で道は込んでいた。ダブル・ベイは郊外住宅地ふたつ分しか離れていないが、ティナがブティックの鍵を開けたときには九時を二、三分過ぎていた。

食事が最優先、それと熱くて甘い紅茶を飲もう。奥の部屋の小さな冷蔵庫にヨーグルトが二、三個、りんごとバナナが少し置いてあったので、ティナは開店の準備をする合間に軽く朝食をとった。

リリーは早めに出勤してきた。結果的にその日は大勢の客が訪れ忙しい日になったので幸いだった。

彼女たちがほんとうに服に興味があるのか、それともニック・レアンドロスの新妻を品定めしたいだけなのかは疑問だった。ティナはなんとなく後者ではないかと思った。

「わたしに話してくれる気はある？」つかのま客の流れが落ち着いたとき、リリーが切り出した。「それとも少しずつ聞き出さなくちゃだめ？」

「結婚式のこと？」

「その指輪、すてき。びっくりするくらい高価なのは確かかね」リリーはいたずらっぽく笑ってからいかめしく言い添えた。「一部始終くわしく話して」

「衣装はアルマーニのアイボリーのアンサンブルと、ピンヒールのパンプスよ」ティナは指を折って数えた。「司祭とニックの両親、わたしの両親が列席して、式のあとは街でディナー」

「それから？」

「〝それから〟はなしよ」

「ニック・レアンドロスは見るからにセクシーよ」

確かにそうだと、ティナは胸の中で認めた。そのときドアブザーが鳴ったのでほっとした。

「話は終わってませんからね」リリーが小声で言ってから進み出て、サロンに入ってきたふたりの上品な装いの女性を迎えた。

昼食はリリーに買ってきてもらい、なんとか十分の休憩を取ってチキンサラダ・サンドイッチを食べた。リリーも同様にしていつもの三十分の休憩を返上し、殺到する客の接客を手伝った。

一日の終わりにはティナは、ただゆっくりシャワーを浴びて夕食をとり、早く眠りにつきたかった。

「どうだった？」リリーがたずねたのは、ティナが戸締まりをしてそれぞれの車に向かったときだった。

「ニック・レアンドロスの新妻生活の初日は？」

「よかったわよ」

「どうしたの、ティナ？」

リリーの静かで真摯《しんし》な口調に、ティナは少し胸がつまった。「何が？」

「わかっているはずよ」リリーがやさしく言った。「ただ、もし必要なときはわたしがここにいるわ」

困ったわ。言葉どおりではないかもしれないとリリーが感じるなら、わたしは演技に磨きをかけなくては！

「ありがとう、わたしはだいじょうぶ。ほんとうよ」ティナは晴れやかな笑みを浮かべた。〝そこでカット〟胸の中で監督が命じた。過剰な演技はだめ。

「ならいいけど」

小説よりも複雑な真実を打ち明けるつもりはない。だけどリリーは友だちで、洞察力にあふれて勘がよく、思いやりがある。

「ひどく忙しくて感情の起伏の激しい週だったの。ニック……」ティナは危うく〝レアンドロス〟と続けるところでなんとか踏みとどまった。

「すっかり夢中だった？」リリーが笑みを浮かべる。

「ええ」ティナもつられて笑みを返した。「これから家に帰って、妻役を演じるのよ」

「なんだか、つらそうな言い方ね」

これはゲームなのよ。ティナは駐車場から車を出しながらそう言い訳した。わたしは妻の仮面をつけていればいいの。

それはどこまでむずかしくなるかしら？

ニック・レアンドロスの家は、豪奢《ごうしゃ》な雰囲気を醸し出している閑静な並木通りにあった。建てられた年代も設計もさまざまな堂々たる屋敷が並んでいる。

ティナは優美な邸宅の入り口を守っている、華麗な錬鉄製の門を開けた。

傾斜のついた、ちりひとつなく維持された敷地に、小型の装飾庭木《トピアリー》で仕切られた車寄せがある。邸宅も印象的だ。クリーム色の漆喰《しっくい》壁の二階建てで、窓には大きな木製のよろい戸があり、淡い黄色と赤褐色という配色の瓦《かわら》屋根に、大きなパネルの両開きの扉がある玄関ときている。

右手には四台用のガレージがあり、直接屋内に通じる入り口があった。

ティナがリモコンでガレージの戸を開けると、贅《ぜい》沢《たく》なポルシェSUVの姿が見えた。

彼女はその隣に車を停《と》めてエンジンを切った。今朝出かけたときはガレージは空だった。新しく買ったのかしら。きっとそうだと思いながら、ノートパソコンを持って家に入った。

大理石の床、弧を描く広い階段、みごとな照明、格調高い家具、大きな部屋……。一階にはフォーマルラウンジとダイニングルーム、略式のダイニングスペース、キッチン、家事室。二階には、バスルームつきの寝室が五部屋、マスター・スイート、大きな書斎、プライベートラウンジがあった。

フォーマルラウンジとダイニングルームに並んでいるフランス窓を出ると大きなテラスがあり、そこから眺める港は絶景だ。広い階段を下りたところは彫刻庭園で、美しい設計の果てしなく広い池がある。

暇なときに散策すると楽しそうだ。昨日はその機会があまりなかった。

彼女の服は荷ほどきをすませて衣装部屋とたんすに入れてあり、スーツケースはどこかにしまってあるようだ。多忙な一日と、特にめまぐるしい週を過ごしたあとで、これはうれしい驚きだった。陰で働いている家事スタッフのおかげに違いない。

シャワーを浴びて着替えたらまた人心地がついた。ティナはキッチンに下りながら、空腹だということに気づいた。

〝マリア〟とサインのある手書きのメモが、冷蔵庫のドアに留めてあり、キャセロールを温めてお召し上がりくださいと書いてあった。

ティナはひとり分を電子レンジで温め、テラスで食べることにした。

空気は澄み渡り、陽光は消えかけていて、濃いオレンジ色の夕日がゆっくりと水平線に沈んだ。遠くの通りで明かりがつき始めて気温が下がり、きらめいていた港の海面が、暗く青みがかった灰色に変わった。

連絡船がマンリーを目指して進み、高速水中翼船が仕事帰りの客をノースショアに運んでいく。大型タンカーがヘッズを出たところに錨《いかり》を下ろし、客船が停泊位置まで二艘《そう》のタグボートに曳《ひ》かれていく。

日が暮れるとティナは皿を持って邸内に戻り、キッチンに歩きながら明かりをつけていった。

その日のブティックの売り上げはすぐに在庫を調べられるようにコンピュータディスクに入れてある。

インターネットに接続するにも、わたしのアパートの寝室なら理想的だった。ニックの書斎は？　彼の許しもなしには使えない。とりあえずはダイニングルームのテーブルで十分だろう。

ニックが入ってきたときもティナはまだそこにいた。表情を隠す前にティナが浮かべた生々しい恐怖を見て、彼の視線が鋭くなった。

ニックは唇を噛《か》み、猛烈な悪態を抑えた。「これからは門に着いたとき、君の携帯電話に連絡するよ」

「なぜ？」彼女はどうにかしっかりした声で言った。ここまですばやく防御を立て直せるようになるのに何年もかかった。「この家には最新式の防犯設備があるわ。気づかれずに家に入れる人がいるとは思えないけど。あなたって猫みたいに足音をさせないのね」彼女は冗談っぽく言おうとした。「だから今度からは口笛で呼んで」

ニックは表情をやわらげ、コーヒーメーカーに近寄りセットした。「忙しい日だった？」

「礼儀正しい会話を始めるつもり？」

ニックは鋭い視線を投げた。「ただの質問だ」

「ブティックは、真実を知りたがる物好きな人たちで大盛況だったわ」

ニックは誤解するふりはせず、ネクタイをゆるめ上着を脱いだ。「迷惑だったかい？」

「シドニーはバシリの街だったから」

「今は僕の街になった」

人々は、バシリの相手だったわたしが、なぜその兄と結婚したのだろうと考えを巡らすだろう。実際、そのことはすでに興味をそそっている。

だったら……わたしはそれに対処するまでだわ。

「フライトはいかがでした？」

ニックはカップにコーヒーを注《つ》いで砂糖を加え、テーブルのそばにやってきた。「平穏無事だった」

彼が間近にいるのでティナは落ち着かなかった。彼のコロンの香りはほのかだが彼女の感覚をかき乱した。強烈なセクシーさと生来の無情さとが効果的に混ざり合っている。鋼鉄のようにたくましい体、彫りの深い顔だち……抜群に魅力的だ。

そして侮りがたい力の持ち主でもあると、ティナは心の中で言い添えた。彼は対決するには手ごわい相手だ。

じゃあ、恋人としての彼はどんな感じかしら。

いやだ。どこからそんなことを思いついたの？

まさか知りたいはずがないわね？　どうかしているわ。

ホルモンのせいだとティナは結論づけた。そうに決まっている。ほかの理由なんてあるわけがない。

ティナはあわててノートパソコンに注意を向けた。「もうすぐ終わるわ」早ければ早いほうがいい。終われば自分の部屋に逃げられる。「もし夕食がまだなら、マリアが用意してくれたキャセロールが冷蔵庫に入っているわ」彼女は最後のデータを打ち込んで保存し、蓋《ふた》を閉じて立ち上がった。

「木曜の晩、親しい家族の友人から食事の招待を受けた。もちろん君も同伴する」

ティナは断ろうとしたがそうはいかなかった。

「もう決まった話だ」ニックが静かに言った。

わたしってそんなにわかりやすいのかしら？　彼女はそれ以上何も言わず、ノートパソコンを持つとダイニングルームをあとにした。後ろ姿を見守る彼の黒い目に浮かんだ、考え込むようなまなざしには気づかなかった。

驚いたことに、ベッドに入って何分もしないうちに眠りが訪れた。翌朝は買ったばかりの目覚まし時計の音で目覚めた。シャワーを浴びて服を着たあと、キッチンが空なのを発見した。ニックはすでに出かけていた。

その日も前日と同じく大忙しでアクセサリーがよく売れた。あの女性客たちがすぐに買ってくれるのは、レアンドロス家の御曹司の新妻を品定めする動機を正当化するために違いない。

批判的になるのはやめなさいと脳裏で賢明な声が言った。愛想よくほほえみ、ご愛顧に感謝するのよ。

閉店の時間になって携帯電話が鳴り、メールが入った。〝会議で帰宅が遅くなる。ニック〟

何を期待していたの？　ふたりでおしゃべり？

ニックはビジネス中心の生活を送っている。シドニー支社の管理をしている今はなおさらだ。

彼にあまり会わないからほっとしたはずでしょう？　それなのにこのかすかな失望感はなんなの？

ティナは数年ひとり暮らしをしてきた。孤独を愛し、誰とどう交際するか選ぶ力も備えている。店と衣服に対して愛着を持ち、クレアの志を継いでダブル・ベイ有数の売れ行きを誇るデザイナーブランド・ブティックを維持すべく日々努力している。

わたしはわが子に両親と輝かしい未来を与えようとしている。それ以上何を望むというの？

4

何を着ていけばいいかしら。ティナは数分悩み、頭の中であれこれ選んでは退けた。相手が家族ぐるみの親しい友人たちなら洗練されたカジュアルな装いをする必要があるが、社交界に参加するなら、周囲をほれぼれさせるような装いがふさわしい。

結局ティナはほっそりと体に合ったラインのスタンダードな黒いドレスを着ていくことにした。丸くて深いネックラインで、七分袖《しちぶそで》に黒いシフォンのひだが施されている。

メイクは控えめにして目を強調し、唇には温かみのあるピンクのグロスを塗った。仕上げにダイヤの滴形イヤリングをつけ、革のピンヒールを履いた。

これで完了だ。ティナはモヘアのショールとイブニングバッグを取り、階下に下りた。

ニックは大きな玄関ホールで待っていた。背が高く肩幅の広い体を、極上仕立てのダークスーツ、白いコットンシャツとシルクタイで包んでいる。

彼はとほうもなく魅力的に見えた。強烈にセクシーな生き物。あとは彼が歩きまわれば絵が完成する。

「なぜほほえんでいるんだい？」

物憂げな口調にはユーモアがにじんでいたので、ティナもユーモアで応じた。「社交界のジャングルへ、わたしたちは初めて乗り込むのね」

「煩わしい？」

煩わしいのはニックとしているお芝居だ。バシリが相手のときは、それはゲームで、遊びだった。ニックは彼とは違い、まったく予測がつかない。

ティナは彼と並んで歩いて車に向かい、助手席に座ると、車が通りに出るのを待ってたずねた。「訪問先の人たちについて、前もって知っておいたほうがいいことがあるかしら？」

「ディミトリは父と年来の友人で仕事仲間でもある。エレーニはステイシーと同じでディミトリの二度目の奥さんだ。ディミトリには最初の結婚で生まれた息子がいて、エレーニとのあいだに娘がいる。息子は結婚してロンドンで暮らし、娘は独身でニューヨークに住んでいる」ニックは彼女を一瞥《いちべつ》して前方の道路に注意を戻した。「ディミトリとエレーニは、ロンドン、ニューヨーク、シドニーを転々としていて、先週ニューヨークから帰ってきたんだ」

「わかったわ」

ティナにわからないのは、ボークルーズの丘の高みに立つ堂々たる邸宅まで弧を描く広い私道に、数台の車が列をなしていることだった。

「わたしたち四人のディナーかと思っていたわ」ニックが駐車スペースに車を入れたとき、ティナは静かに言った。

「ほかにも客が来るとは聞いていないが」

なんてこと。わたしは深みに投げ込まれようとしている。「パーティ・タイムね」ティナは彼をじっと見た。「どうすればいいのか教えて。わたしは物思いに沈み、黙って秘密めいた態度をとればいいの？　それともうっとりとあなたを見つめる？」

「秘密めいた態度というのは？」

「すばらしい夜の営みを思い出しているような態度よ。最近わたしたちがそんな営みを分かち合ったと想像されるのはわかりきっているわ」

「それは成り行きに任せようか？」

おもしろがっている声を聞き、ティナはわざと目を丸くしてみせた。

「わたしを信用しているのね？」彼が運転席から降りると、ティナは助手席側のドアを開けた。

「ふたりの力が必要だということをお忘れなく」ニ

ックは彼女に近づき、煌々《こうこう》とした明かりに照らされた玄関にふたりで歩いていった。

数分でふたりは、スーツを着た男性の使用人に上品なラウンジに案内された。取り次ぎがされるや主人夫婦に囲まれて愛情のこもった挨拶《あいさつ》を受けた。

「ティナ、ほんとうにうれしいわ」エレーニが温かな笑みを浮かべた。「ニックが奥さまをもらうのを、わたしたちはずいぶん前から待っていたのよ」彼女は愛想よく招待客を身ぶりで示した。「親しい友人同士の小さな集まりよ」彼女の表情がひどく悲しげになった。「バシリがあんないたましいことになるなんて……。知らせが届いたとき、わたしたちは打ちのめされたわ」

「ありがとう」ニックがそう答えて、ウエストにさりげなく腕をまわしてきたのでティナは驚いた。

エレーニに大きな部屋へと案内されながら、彼は期待されるイメージを演出しただけよと自分に言い聞かせた。だが彼がこんなに間近にいると、平静心に不思議な作用が起こった。

ニックは気づいているかしら。どうか気づかれていませんように！

紹介がおこなわれ、その中にはティナがすでに親しくしていて紹介する必要のない女性たちや、シドニーの新聞各紙の社交欄の常連もいた。

みながニック・レアンドロスの新妻に対して興味津々なのは明らかだ。ティナはそれを肌で感じた。

制服姿のふたりのスタッフが、飲み物とオードブルを差し出した。ニックがミネラルウォーターが入ったグラスをふたつ取り、彼女にひとつ渡したので、ティナはまたも驚いた。

「わたしに合わせてくれているの？」ティナはそっとたずね、彼の温かなまなざしを見返した。

「当然」

「お礼をするべきかしら？」ティナはからかうよう

な声でき、陽光を思わす笑みを浮かべた。
「その方法は僕が何か必ず考えるよ」
「リッツカールトン・ホテルで、ディナーは？」
彼のやわらかな笑い声にティナは心引かれた。
なぜこの人なの？　合点がいかないわ。わたしは
ほとんど彼を知らないのよ。
「デートかい？」
ティナはほほえんだ。「あなたの忙しいスケジュ
ールに組み入れられるならいつでも」
「ニコス！」
大柄で陽気な中年男性がニックの肩をたたくと、
それに合わせるかのように男性の妻がティナをかた
わらに引っ張っていった。
引き離して、いろいろと聞き出すつもりだろうか。
「エレーニの話ではダブル・ベイでブティックを経
営なさっているそうね。娘がもうすぐ結婚するの。
住所をぜひ教えて。娘と寄らせていただくわ」
「もちろん」ティナは礼儀正しい態度で住所を教え、
女性が身につけている品に注目した。輸入品のデザ
イナーブランド、イタリア製のオーダーメイドの靴、
宝石類。ほのかな香りはとほうもなく高価な香水だ。
ティナは訓練された目で見積もった。合わせると
相当な……いや、とんでもない金額になる。どうや
ら地元で買ったのではなく、海外へ買い物旅行に行
き、ミラノの本店で直接手に入れたらしい。
「ぜひ昼食をごいっしょしましょう」
「ありがとうございます」
「それにしても、バシリがあんな悲劇的な最期を迎
えるなんて。もちろん彼をご存じだったわね？」
承知のうえでしょうに。「わたしたちはいい友だ
ちでした」ティナは静かに答え、噂《うわさ》が暴走しかけ
ているのに気づいた。
「あんなに若くて」礼儀正しいながらも好奇心があ
りありと表れている。「たぶん少し放縦《ほうしょう》だったんで

しょう」

　バシリは愉快なことが大好きで何事も経験だと信じていたが、鋭い知性とビジネスの才覚を備えていた。「わたしはそうは思いませんでした」

「ニックには成熟している利点があるわね」自信に満ちた返事が返ってきた。

　だからいい選択だったと？　ティナは歯ぎしりしたい衝動を抑えた。男性の富、成熟度、社会的地位のために相手を選ぶ女性は何割いるのだろうか？

　でもわたしはそうしたのだ。〝選ぶ〟という言葉は全然当てはまらないけれど。

　自然にティナの視線は室内をさまよい、ニックの整った顔でとどまった。すっかり話し込んでいる彼をティナは見守った。見るからに力強く、堂々とした姿。遠くからでも彼の存在の影響力や、彼が難なく発する原始的とも言えそうなオーラが見て取れた。

　その瞬間、視線を感じたのか彼がこちらを見た。彼は短く断りを入れてから、ティナに近づいてきた。

「やあ、トゥーラ」彼の微笑には心からの温かみがこもっていた。「僕の妻を守ってくれたんだね」彼はティナをやさしく見下ろし、指をからませた。

「ダーリン、君に会ってほしい人がいるんだ」彼は年長の女性に視線を戻した。「失礼してもいいかい？」

　ティナはトゥーラの礼儀正しい返事がほとんど頭に入らないままニックと並んで歩いていった。

〝ダーリン〟と呼ぶのはやりすぎよ。わたしの手をしっかり握っているのもそうだわ。手を放そうとすると手首の内側を親指でそっとさすられ、ティナは一瞬声を失った。

　彼女がマニキュアを施した爪を立てても反応がない。ニックはさりげない仕草でつないだ手を持ち上げ、彼女の手の甲にそっと唇を触れた。

　ティナは黒い目の表情を垣間見るのがやっとだっ

た。物憂げなからかいと……なんとも言えない表情。それとない脅し？　それとも無言の挑戦？

そのゲームならできるわ……上手にね。わたしの仮面のつけ方は上達したんじゃないかしら？

「気をつけて、ニック」満面の笑みを浮かべたティナの目はきらめき、声にはからかうような響きがあった。「手に余るかもしれなくてよ」

「そのときは名案があるさ」彼の口調はいともなめらかだった。「僕に挑戦するつもりかい？」

「玄関を出たところで試合終了とご承知ならね」

折よくエレーニの使用人が招待客の注意を引き、ダイニングルームにディナーの用意ができたと告げた。

「延期かい？」

「それはどうかしら」

ダイニングルームはひどく大きく、テーブルには高級磁器、カットクリスタルのゴブレット、みごとな銀製品が並べられ、それぞれの中央に花が美しく飾られている。

座席カードによるとティナは魅力的な若い男性の隣だが、彼の名前を思い出せなかった。

「トゥーラの息子のアレックスです」彼はひと呼吸おいた。「母は手ごわいでしょう？」

ティナは誤解したふりをしなかった。「チャーミングなお母さまだわ」

彼は皮肉っぽい微笑を浮かべた。「礼儀正しい態度がお似合いですね」

「ほめられたのかしら？」

「もちろん。もし、あなたは美しいと言ったら、気を悪くなさいますか？」

アレックスは戯れている。こういうからかい方はティナにバシリを思い出させた。「気を悪くさせるつもりで言ったの？」

彼はショックを受けたらしい。「とんでもない」

ティナは微笑した。「それなら……ありがとう」

「ぜひシャルドネを飲んでみてください」アレックスが熱心に勧めた。「ディミトリは、ボークルーズに最高のワインセラーを持っているんです」

「やめておくわ」

彼は信じられないとばかりに言った。「自分が何を逃しているか、ご存じないんですよ」

いいえ、よく知っていますとも！

前菜の給仕が始まり、彼女はニックがゴブレットに氷水を注《つ》いでくれるのを見守った。

「ありがとう」

「君は気に入られたようだね」彼が静かに言った。

「嫉妬《しっと》かしら？」ティナが軽くかわすと、考えるような微笑が返ってきた。

「嫉妬するべきかい？」

彼女の口元がわずかにぴくついた。「新婚の夫なら所有権を主張しそうよ」

ニックが自分の皿からひとかけらフォークで取って彼女の口元に差し出したので、彼女は唇を開いて食べるしかなかった。

「ありがとう、ダーリン」

「どういたしまして」

彼は名優だ。本気なのかと信じてしまいそうなくらい演技がうまい。でもこれはただのゲーム……演技ならわたしも負けない。バシリと経験ずみよ。ふたりはそれを〝恋愛ごっこ〟と命名していた。

それなのに何が違うのかしら？

バシリはなんでも打ち明けられる親友で、信頼できる弟のように気心の知れた仲だった。彼の心も考えも、わたしは自分自身に劣らず知っていた。

それに比べニックは謎《なぞ》めいている。氷山みたいにほとんどが表面下に隠れているのだ。でも、真の意味での〝氷〟は当てはまらない。彼は情熱的で、異性に圧倒的な影響力を持つオーラを楽々と発散する。

その瞳の奥深くには、彼が人間の精神の複雑さを数多く目にし、知っているような何かがある。大勢の人が熱望するものの、ほとんどの人には備わっていない貴重な特性が。

恋人としては？　彼は何もかも知っているとティナは直感した。どこに触れたら女性をどうしようもなく夢中にさせ、落とせるかを。

愛の行為もそうなのかしら？　相手との相性がよかったら、ふたりが分かち合うものは独特のものになるはずだ。

招待客たちのほめ言葉であふれるディナーテーブルで癪《しゃく》に障る考えを巡らしても、頭ははっきりとはしなかった。

「ニックはハネムーンにあなたをどこに連れていくつもりなのか、ぜひ教えていただきたいわ」

女らしい軽い笑い声まじりにその言葉が聞こえ、ティナはかすかに笑みを浮かべた。「今すぐにはむずかしいですわ」

「ええ、でもそのうち行かれるでしょう？」

ティナはニックを振り向いた。「ギリシアの島々はすてきでしょうね、ダーリン」

彼の目が彼女のきらめく瞳と合った。「君をびっくりさせたいんだ」

「まあ、すてき」ティナは猫のように満足そうな声を出した。ニックが微笑して彼女の頬を軽く指で撫《な》でたとき、彼女はなんとか表情を保った。

ティナの顔は自然とやわらかなばら色に染まった。

次の料理を出す前にスタッフが皿を集め出したので、ティナは料理に専念して最後のひと口を食べた。

料理ごとに違うワインが出された。陽気なおしゃべりが続き、何時間もたったと思われたとき、ディミトリがラウンジでコーヒーを飲もうと提案した。

「疲れたかい？」

ティナは落ち着いてニックの黒い目を見返した。

「少し」

「すぐに帰ろう」

彼は難なくみなに暇《いとま》を告げた。数分後、ふたりはレクサスで幹線道路をローズ・ベイに向かっていた。

「君はみんなを虜《とりこ》にしたね」邸内に入るとニックが言った。

防犯設備を解除する彼に、ティナは慎重なまなざしを向けた。「同じようにわたしもあなたにお礼を言うべきかしら？」

弧を描く階段を、ふたりは並んで上がった。

「君には新しい顧客ができたようだね」

「そう思う？　友だちは普通より多い値引きを要求しがちなのよ」いかにも皮肉な口調を、彼女はかすかな微笑でやわらげた。「わたしは値引きにはしっかりした意見を持っているの。例外はなしよ」

ニックはその対決を見物したいぐらいだった。若き経営者対、大幅な値切りに長《た》け、一日の得した額を計算するご婦人たち。

階上に着くとティナは彼女の寝室がある翼のほうを向いた。「おやすみなさい」

「何か忘れていないかい？」

ティナはとまどって彼を見た。「なんのこと？」

「これだ」ニックは身を乗り出して、つかのま彼女と唇を重ね、ティナの平静心を打ちくだいた。食い入るようにティナを見つめる彼の目は、計り知れない表情を宿していた。「よくおやすみ」

それからニックは後ろを振り向きもしないで、彼女と反対の翼に歩いていった。

ティナは身じろぎもしなかった。今のは何？　おやすみの挨拶？　きっとそう。そのうち、子豚が空を飛んでいる幻覚まで見えてくるに違いない！

彼の意図を分析しようとしているうちに眠りが訪れ、ティナを救い出した。

5

「まあ、すごい」リリーがそっと言った。「わたしはどうしたってあんなふうにはなれないわね」

ティナが送り状から視線を上げると、目をみはるばかりに美しい、若い女性がサロンに入ってきた。

背が高く、漆黒の髪がウエストまで届き、とほうもない美貌《びぼう》に完璧《かんぺき》な化粧。着こなせる女性はごくわずかの、流行の先端をいく服に身を包んでいる。

色気のある女性だとティナは思った。まるで密林に生息するネコ科の動物。男性を虜《とりこ》にし、破滅に追い込める女性だ。

〝すごい〟という言葉だけではとうてい足りない。

「あなたが接客する？　それともわたし？」

「遠慮なくどうぞ」ティナは小声で言った。

リリーは熟練したファッションコンサルタントで、素材やデザイン、国内外のデザイナーにかけてはすばらしい知識を備えている。コーディネーションのセンスもよく、シルクのスカーフをどこにあしらえば美しい服を華やかに変身させられるか心得ている。

若い女性は次々と商品を手にしては退けていった。ティナはその声、かなり高慢な雰囲気、辛辣《しんらつ》さの感じられる口調に気づいた。

ティナはリリーにさらに五分与えてから援護にまわった。

「ご用をお伺いいたしましょうか？」

間近で見るとなおさらその女性の美しさは際だっていた。巧みな化粧で肌には染みひとつなく、髪は漆黒の流れとなって背中に落ち、彼女に合わせてサテンのように動いた。

「あなたのウェブサイトにあるデザイナー・リスト

によれば、こちらではジョルジオ・アルマーニを置いているそうね」

リリーがこのブティックにある商品を見せたはずだとティナは知っていた。「置いているシーズンの幅は限られています」彼女は適切なラックを指した。

「こちらが夏用の商品です」

ティナは女性の冷ややかな視線を浴びた。「このサロンでは幅広い商品を揃《そろ》えるのは無理なのね？」

ティナはわき上がる怒りを抑えた。「わたくしどものブティックではもっぱらお得意さまのために、シドニーの社交シーンにふさわしい品をご用意するようにしています」

「そう」女性は聞き流し、ラックを退けるような身ぶりをした。「これではどうしようもないわ。来月パリに行くまで待つしかないわね」

「その方法もございます」

優美な手が三足のピンヒールの靴を指した。それはバッグと合わせて壁際のところどころに展示されていた。「この商品はここにあるだけ？」

気むずかしくて小うるさい客だ。友だちと会って昼食をするまでの暇つぶしではとティナは怪しんだ。

「それは単なる提案で、カードをごらんいただければ、リッツカールトン・ホテルの隣にあるアーケードの高級靴店で入手できるようになっています」

「わたしは個人的なサービスを期待しているのよ」

どうやらこれは大口の仕事になりそうだ。我慢して愛想よく接するべきね。「もし衣装一式お買い求めでしたら、リリーが喜んでお手伝いをして、この近辺にある選《え》りすぐりの品をお見せしますわ」

冷淡な黒い目がティナをさっと見て髪でとどまった。「あなたの髪、ハイライトを加えて下ろしたほうがいいわ」

「今日は髪をアップにしたい気分ですの」ティナがすかさず応じると憐《あわ》れむような視線が返ってきた。

女性は蔑《さげす》んだ高慢なまなざしで一瞥《いちべつ》し、背を向けてドアのほうに歩きブティックを出ていった。

「やれやれ」リリーの声がすべてを物語っていた。

「よくもまあ、ずけずけと言ってくれたわね」

そのあとはいつもの調子で一日が過ぎ、ニックから帰宅が遅くなるとの電話があった。

空っぽの大邸宅に帰るのはあまり気が進まない。

「映画でも観《み》ない？」ティナが思いつきで提案するとリリーが乗ってきた。

「DVDで？　それとも映画館？」

「大きなスクリーンよ。まず夕食はどう？」

「乗ったわ。何時に、どこで？」

ティナはカフェの名前と時間を告げ、急いで帰宅してニックにメールを送り、上品なスーツからドレスジーンズ、Tシャツ、ジャケットに着替えた。

冷たい飲み物といっしょにピザを食べてすっかり満足したあと、ふたりは楽しい映画で現実を忘れ、機嫌よく、くつろいだ気分で外に出た。

「どこかでコーヒーを飲みましょうよ」

リリーは片方の眉を上げた。「たくましい夫の待つ家に急がなくていいの？」

そのとたんティナの携帯電話が鳴った。ニックからだった。

「今から街を出るところだ」

前もって電話してくれたのだとティナは悟った。

「リリーとコーヒーを飲みに行くところなの」

「場所を教えてくれたら、僕も行くよ」

彼女はリリーを見て声を出さずにたずねた。〝どこにする？〟返事を聞いてティナは場所を伝えた。

「十分で着くよ」

カフェは歩いてすぐのところにあり、客でにぎわっていた。テーブルを確保するには、空いたら間髪入れずに座らなくてはならない。ふたりがなんとかテーブルを見つけて注文をするや、ふたりの若者が同席していいかとたずねた。

「悪いけど、これからまだ人が来るの」リリーが断っても、彼らは椅子を引いて座った。

「まだ来ていないだろう」

ティナはふたりを順に見た。「もしこれが口説き文句なら、練習が必要ね」

「君の力で僕たちの腕が上がるかもしれないよ」

彼のあからさまなほのめかしに笑わないでいるのはむずかしかった。「ほかの人で練習したら?」

「それは名案だ」聞き慣れた、いともなめらかな声にティナが振り向くと、すぐ後ろにニックが礼儀正しい表情で立っていた。だが、その黒い目の奥にひそむ無言の脅しを無視するのは愚か者だけだろう。

ニックはティナの肩に片手を置き、身をかがめて彼女のこめかみにそっと唇をつけた。「ダーリン、問題でも?」

「リリーとわたしの手に余る問題はないわ」快い戦《せん》慄《りつ》が背筋を這《は》い下り、ティナは自分の弱さに嫌気が差した。

これはただの演技なのよ。本気であってほしくないでしょう? それは狂気の沙汰《さた》へと続く道よ。

ティナはニックにほほえんでみせた。興味を持って見守っていると、ふたりの若者はニックに見すえられてしゅんとなり、そそくさと席を立った。

「やあ、リリー」ニックは挨拶《あいさつ》してティナの隣の席に着き、あたりにいたウエイトレスにコーヒーを注文した。

そのときどんなおしゃべりをしたのか、あとでティナはほとんど思い出せなかった。覚えているのは、ふたりが観てきた映画と、リリーがその日接客した気むずかしい女性のおもしろい話に軽く触れたことだけだった。

「彼はあなたに夢中ね」リリーがそっと言ったのは、別れ際にティナの頬にキスしたときだった。「また明日ね」それからリリーはニックに向き直った。「コーヒーをごちそうさまでした」

「どういたしまして」

リリーが車に乗るとき、ティナはニックと並んで立ち、手を上げて別れの挨拶をした。

「どこに駐車したんだい？」

ふたりは半ブロック歩き、鮮やかな黄色のフォルクスワーゲンを停《と》めてある街灯の下に着いた。

「僕の車は次の角に停めてある」ティナがドアの鍵《かぎ》を開けると、ニックが言った。「待っていてほしい。僕が君のあとから行くから」

「なぜ？」

「黙ってそうするんだ、ティナ」

ティナはつんと顎を上げた。「そんなこと、ばかげてるわ」

ニックは親指で彼女の唇の中央に触れた。「待っていてほしい」それ以上は言わないで向きを変え、軽やかな足取りで歩いていった。

彼がどう思おうと知るものですか。ティナは運転席に座ってエンジンをかけ、ローズ・ベイを目指した。何年間もひとりで運転して帰宅してきたのに、なぜそれを今さら変えなくてはならないの？

幹線道路の車の流れは順調で、ニックの家の門に着くまで、ティナはバックミラーを見るのを我慢した。ニックが追いついていないとは思えなかったので、彼の車がガレージに入ってきて隣に並んだのを見ても意外ではなかった。

二台のエンジンが同時に止まった。ガレージの戸が自動的に閉まるとすぐ、二台のドアも閉まった。

「意地になって反発しているのかい？　それとも僕に対抗する決心の表れ？」静かであまりにも抑えた口調だった。

まっすぐ向けられる彼の視線を、ティナは断固無視して見返した。「なぜ両方ではいけないの？」

たちまちその場に緊張が走った。ティナは無言で優位に立とうとがんばった。

「中に入らないか？」

彼女は無頓着《むとんちゃく》に肩をすくめた。「ガレージには何か、独特の雰囲気があると思わない？」

「自分で歩きたい？　それとも運んでほしい？」

なめらかな口調に、彼女の背筋に戦慄が走った。

「あなたに落とされるかもしれないわ」この場は冗談でかわすのも一手だ。

黒い瞳にユーモアの輝きが見えたみたいだけれど……思いすごしかしら？

「前は無事に運んだよ」

それでもティナは先に立って家に向かい玄関ホールに入った。「尋問はどこでしたい？」

「キッチンはどう？」

「あら、略式なのね」ティナは皮肉を言った。「もしあなたが書斎を提案していたら、深刻な問題になっていたかもしれないわ」

やがて設備の整った現代的で広いキッチンで、ティナは彼に向き直った。「お説教の前かあとに、水を一杯飲んでもいいかしら？」

「先月のメルボルンの新聞の切り抜きの女性を、君に確認してもらう必要があるんだ」

彼は真剣だとティナは悟った。「わたしがその女性を知っているかもしれないと思うの？」

「すでに会った可能性がある」

「あなたがそう考えたのは……どうして？」

「リリーの話に出た気むずかしい客の説明からだ」

まあ、なんてこと。「人目をぱっと引く、ゴージャスで、黒髪がウエストまである女性？」

「そのとおり」

「名前はわかっているの？」

彼はズボンのポケットに片手を突っ込んだ。「サビーヌ・ラファージだ」

「恋人？」胸の奥が痛み、心が沈んでいくのをティナはどうすることもできなかった。「過去の人？それとも現在の？」

彼はティナの目をじっと見つめた。「過去だ」

「それなのにわたしに話しているのはなぜ？」

「僕は何カ月も前に関係を終わりにした」

「でも彼女は別れるのをいやがった？」

「そうだ」

たったひとことに、こんなに多くの意味がこもっているなんて。「彼女はあなたにつきまとって離れないのね」それは質問というより断定だった。ティナは首を傾《かし》げ、冗談っぽく言おうとしたがなかなかむずかしかった。「きっとあなたの魅力、財産、ベッドでの行為のせいね」どうにか少し笑みを浮かべた。「わたしの考えでは最後のふたつね」

「最後の項目に知識ゼロの人がよく言うよ」

ティナは彼から目をそらせなかった。「そのことについては、わたしはいつまでも感謝するわ」それは本心だと彼女は自分に言い聞かせた。最近の感情の乱れは妊娠ホルモンのせいに違いない。「ニュースの切り抜きを見せてちょうだい」

「書斎のファイルに入っている」

ニックは彼女の〝ファイル〟を持っているの？

ティナが見守る中、彼はキャビネットの鍵を開けて薄いファイルを取り出し、豪華で大きなデスクの上に開いて置いた。

写真に写っているのは、ブティックにやってきた女性だった。慣れたポーズに完璧な顔だち。見開いた目が輝いている。彼女には、何もかも持っていて、それを自覚している女性の自信がみなぎっていた。

「この人よ」ティナはあっさり言った。「彼女が問題になりそうなの？」

ニックはファイルを閉じてキャビネットに戻した。

「僕は弁護士に相談した。彼女はストーカーだ」彼は向き直った。「だからファイルを作った」

「そして彼女が今度はわたしを標的にするつもりだと、あなたは考えているのね？」

ニックの顎がこわばった。「そう思う」彼は続けた。「明日から住み込みのボディガードが、ガレージの上の独立した住まいに入る。表向きは、彼は執事兼家事手伝いだ」

「ボディガードはやりすぎじゃないかしら？」

「僕は州外と海外の出張を最小限に抑えるよ」

「彼女が何をするとあなたは考えているの？　わたしを襲うとでも？」

彼の目が険しくなった。「サビーヌは汚いやり方を知っている。君をそんな目に遭わせたくない」

汚いやり方……まさに同感だ。「自分のことは自分で守れるわ」身をもって教訓を学んだのよ。

彼は手を伸ばしてティナの頬を軽く指でたどった。

「僕は運に任せる気はない」

わたしのおなかの子のために。

とっぴな考えがティナの脳裏をよぎった。わたしが流産したらどうなるの？

厳然とした事実が答えを告げた。ニックはこの結婚を終わりにするだろう。

そのときは、ニック・レアンドロスにずたずたにされる前の生活に戻ることができる。

彼の容赦ない主張に対して怒りがこみ上げてきた。

「一挙一動を見張られるのはお断りだと、もしわたしが言ったら？」

「それはあいにくだな」ニックが最終決定とばかりに言ったので、彼女の背筋に震えが走った。

ティナは彼をにらみつけた。「たった今、わたしはあなたが大嫌いになったわ」

「僕はそれに我慢できると思うよ」

ティナが手近にあったクリスタルのペーパーウェイトをつかんで投げつけると、彼は楽々と受けとめて彼女の手の届かない場所に慎重に置いた。

その姿を陶然と見つめていたティナは、こちらに向けられた黒い目の無言の脅威に、凍りついた。

「行きなさい」彼が物騒なくらいやわらかな声で言った。「僕が後悔するような真似《まね》をしないうちに」

逃げるものですか。ティナは背の高い彼の頭からつま先まで眺めてから背を向け、肩を怒らせ、昂然《こうぜん》と頭を上げて書斎をあとにした。

彼女がそのことを思い返してみたのは、寝室に入りドアを閉めたときだった。

彼の優位に立とうとするとは、わたしは頭がどうかしていたに違いない。勝てると思うなんて狂気の沙汰だわ。

6

土曜は一週間で最も混雑が予想される曜日だ。その日も期待を裏切らず、顧客たちが新シーズンの入荷商品を調べにやってきた。

早咲きの花が春の訪れを知らせている。冬のあいだ裸だった樹木は新しい芽をつけ、日差しが大地を暖め、おだやかな夏を約束している。

サビーヌの気配はなく、ティナは感謝した。もっとも、彼女がそんなに早くまた姿を見せるとも思えないが。

エレーニとディミトリのディナーに出席した客がふたり立ち寄り、あれこれと見てまわった。そのうちのひとりトゥーラは、友人とずいぶん相談したうえで高価なアンサンブルを買うことにした。

「値引きしていただける?」

　値切り開始だ。ティナがいつもの値引率を申し出るとトゥーラの眉が上がった。

「だけどわたしたちは友だちよ。三割引きにして」

　友だち? あなたと会ったのは一度だけよ。「このアンサンブルは新シーズンの商品で、セール品ではありません」

「せめて二割は引いてちょうだい」

「その商品が一月にまだありましたら、二割引きにいたします」ティナはおだやかに言った。

「じゃあ、今が一月だと思って三割引きにして。二割はセール、一割は友だちのためということで」

　ティナは軽く笑って首を振り、カウンターに置かれた商品をハンガーにかけ始めた。「お上手ですね、トゥーラ」でもまだ力不足よ。「値引きにはわたしなりの考えがありますの」

「ひどいわ!」トゥーラが迫った。「わたしは得意客になれるのよ」

　そろそろていねいながらも厳しく対応しなくては。

「わたしはオーナーに代わってブティックを経営しています」ティナは静かに言った。「値引率を決めるのは彼女です」

「ほかのお店に行くわ」

「どうぞお望みどおりに。ただお選びの商品は、デザイナーのオリジナルですので当ブティックにしかございません」

　トゥーラは唇をすぼめた。「よく考えてみるわ」

「一時間お取り置きしましょうか?」ティナは腕時計を見て、愛想のいい笑みを浮かべた。「もし三時までにお戻りでないときはラックに戻します」

「いいでしょう」

「彼女は戻ってくるわ」ふたりの女性客がブティックを出ていくとリリーが断言した。

「そうかもね」

「彼女はあの服がとても気に入り、よく似合っていたし、彼女にはお金がある……だから、彼女はそれを買う、と」リリーはいたずらっぽい笑顔を見せた。「もしはずれたら、仕事が終わったあとでカフェラテをおごるわ」

「決まりね」

トゥーラは三時一分前にブティックに入ってきて、クレジットカードを差し出した。「あなたはなかなか値引きしないのね」

その口調にはどこか尊敬の響きが感じられた。

「いい業績をあげるように努めているだけです」ティナはおだやかに言い直した。「きっとその服にぴったりのバッグと靴をお持ちでしょうね」彼女はトゥーラの注意を展示商品に向けさせた。「それでも、こちらはすてきだとお思いになりませんか？」

トゥーラはバッグと靴を手に取り、即座に決めた。

「わたしのサイズがあったらどちらもいただくわ」

「電話で確認してみます」

五分後トゥーラは満足し、ティナは手数料を稼ぎ、リリーにカフェラテ一杯の借りができた。

ブティックを閉めたときは五時近かった。数分後、ふたりは近くのカフェのテーブルでカフェイン抜きのカフェラテを注文していた。

「今夜の予定はないの？」リリーがきいた。

わからないとはとうてい言えない。「家で静かに食事をするわ」これならいいだろう。

リリーは眉をつり上げ、からかうように目をきらめかせた。「ワインを少しとすばらしい食事……そして早めのおやすみ？」

「まあね」それはあたりさわりのない返事だった。

「明日は日曜」リリーは茶目っ気のある笑顔で大胆に言った。「ベッドでゆっくりと楽しめるわ」彼女はうらやましそうにため息をもらし、夢見るまなざしになった。「彼はきっとすてきでしょうね」

たぶん。でもその話はやめて。

もしわたしが、これは名目だけの結婚だと打ち明けたらどうなるかしら。おまけにわたしのおなかの赤ちゃんはニックの弟の子なのと認めたら？

厳しい倫理観でりっぱな教育を受けたティナ・マシソンは、一度の愚かな過ちのために大きな罰を受けている、と。

でもニックの男らしい魅力、富、社会的地位を考えれば、反論されるだろう。〝何が問題なの？〟と。

問題は、こんなのはわたしらしくないし、わたしが望まないから。

まったく複雑すぎて答えになっていない。

ウエイトレスが注文の品を運んできたので、ティナは湯気が出ているカフェラテをおいしく飲んだ。

「何も言うことはないの？」リリーに問いつめられてティナはかすかに微笑した。

「秘密にしておくほうがいいこともあるのよ」

「ひどいわ」リリーがやさしく非難した。「これからがおもしろいのに」

「今度はあなたの話をしましょうよ」

「ひとことですべて要約できるわ。〝待機中〟よ。理想の男性、理想の生活、わたしの夢が何もかも叶《かな》うのを待っているの。ずっと探しているけどひとりもいないわ。少なくともつき合いたい人は全然」

「悪い場所でばかり探しているのかもよ」

リリーは前に身を乗り出した。「わたしが望んでいるのは、流星が見えて、シンバルの音が聞こえるような……そういう熱烈な恋よ。もしかしたら〝気楽な仲〟で満足するべきかもしれないわ」

「それってそんなに悪い？」ティナはからかった。

「あなたにはミスター・ゴージャスがいるんだから、そう言うのは簡単よ」

携帯電話が鳴り、ティナが出るとニックだった。

「一日の仕事が終わったころかな？」

「忙しい一日だったから、リリーとカフェラテで一服しているところよ」

「帰るとき、僕にメールを頼むよ」

「わかったわ。じゃあ」ティナは電話を切った。

「旦那《だんな》さま？」

「よくわかったわね」

リリーはにっこりした。「帰れコール？」

「わたしはもう独身女性ではないという念押しよ」

「まるであなたが忘れているみたいね！」

もうたくさん。ティナは料金を出して立ち上がった。「そろそろ出ましょうか」

日が暮れかけた街を、ふたりはスタッフ用駐車場に並んだ車まで歩いた。

「すてきな週末になるといいわね」車の鍵《かぎ》を開けたリリーに、ティナはやさしく言った。「それじゃ、また月曜に」


フォルクスワーゲンのエンジンは順調にかかり、ティナはローズ・ベイに通じる幹線道路を目指した。

信号の間が悪くて大きな交差点で車を停《と》めたときだった。ティナはうなじから両肩に、なんとも説明しがたい、ちくちくする感覚を覚えた。

気味が悪い。あいにく土曜の夜なので、どちらを見ても車ばかりだ。

ティナが無視しようとしても、ちくちくする感覚は消えなかった。

自己暗示にかかっているんだわ。彼女はそう考えながら正門を開けた。わたしは誰にも尾行されていない……ローズ・ベイに入ってから数回バックミラーを確かめたでしょう？

ティナは車をガレージに入れて家に入った。早くシャワーを浴びて着替え、食事をしたい。

階段に向かう途中で、ニックが階上から下りてきたので、ふいに足を止めた。

ジーンズと濃い色のポロシャツ姿の彼は、まったく別人に見えた。ついもう一度見てしまう。広い肩幅、引き締まった胸、たくましい二の腕が印象的だ。

「こんばんは」階段の中ほどでそう挨拶《あいさつ》したものの、それはばかげて聞こえた。

「たいへんな一日だったかい？」

ティナは平静に彼の視線を受けとめた。「忙しかっただけよ」

「スティーブが夕食の用意をしてくれた」

「ボディガードが料理を？」

「週末、家で食事をするときだけだよ」

「彼の数多い才能のひとつ？」

「本人にたずねてみたら？」

ティナの目が丸くなった。「彼はキッチンにいるんじゃないの？」

「あなたのすぐ後ろにいますよ、奥さん」

ティナは、背が高くて筋肉隆々とした、若いテキサス人が後ろに立っているものと思っていた。

だがものの見事にはずれた。立っていたのは、中背で筋ばった体をした、細身のこれといって特徴のない四十代の男性だった。

「予想がはずれましたか？」

「どうかテキサス出身だとおっしゃって」

青い目の端に笑みでしわが寄った。「生まれも育ちもダラスですよ」

「よかった」

スティーブは考えるようにニックをちらりと見た。

「僕たちはうまくやっていけそうですね」

「次には、あなたたちは昔からの友人だとおっしゃるんでしょうね」

「スティーブとは長いつき合いなんだ」ニックが打ち明けると、ティナは彼の顎の線を指でたどった。

「ほかにもあなたにつきまとっている女性を隠しているんじゃなくて、ダーリン？」

ニックは彼女の手を取って手のひらの中央にそっと唇をつけた。ショックで彼女の目が大きくなり、強い感情が一瞬よぎったのを見て取った。

「着替えてきたら？」彼は落ち着いた声で言った。「夕食は三十分後だ。食後に、スティーブが君と打ち合わせをするだろう」

ティナは彼に取られた手を引き抜き、ふたりの男性をきっと見た。「わたしはキックボクシングをやっているし、空手は黒帯なのよ」

「それは有利ですね」スティーブが物憂げににやりと笑った。

退却して威厳を保とうと、ティナはすみやかに引き下がった。階上に着いたとき、ニックの声が聞こえた。「僕も二、三分したら行くよ」

「わたしの背中をこするため？」考える暇もなく口をついて出た。

「君が頼むなら、いつでも」

とんでもないわ。

ティナは頬を赤く染めた。自分の気まぐれな舌がいやになった。

二十分後には彼女はシャワーを浴びて、ドレスジーンズとやわらかなコットンのトップに着替えていた。湿り気の残る巻き毛を頭のてっぺんで結い、幅広の髪留めを並べて留めた。

キッチンに近づくにつれ、食欲をそそる香りが漂ってきた。思わず入ってみると、ニックがカウンターにもたれてワインのグラスを傾け、スティーブがビーフシチューらしき料理を深皿に取り分けていた。

「おいしそうなにおいね。手伝いましょうか？」

スティーブは野菜を盛り合わせた皿を示した。

「それをダイニングルームに運んでもらえますか？残りはニックと僕が運びます」

ふたりの男性は雇主と雇人というより、友人同士だとすぐに明らかになった。食事をしながらふたりが昔話をやり取りしているうちに、その場はくつろいで打ち解けた雰囲気になった。

もしスティーブの狙《ねら》いがわたしを楽にさせることだったら彼は成功したわけだとティナは内心認めた。でも、ニックとなるとそうはいかない。ニックがそこにいるだけで彼女の神経は張りつめた。

なぜなの？　まさか彼に惹《ひ》かれているはずはないでしょう？　少なくとも異性として惹かれてはいない。でもフェロモンが微妙な魔法をかけ、わたしの情熱的な感情を揺り動かし、必要のない大混乱を引き起こしている。

ニックを見るだけでそうなってしまう。彼の身のこなし、力強い横顔、目尻《めじり》の小さなしわ、唇の官能的な曲線。

その瞬間、唇と唇、舌と舌が触れ合ったときの感覚がティナの脳裏によみがえった。

胸の奥深くにはもっと多くを求める気持ちもひそんでいる。彼の手に触れられ、胸のふくらみを包まれ、隅々まで探られ、活気づけてもらいたい。

でもこんな考えは夢物語。現実はおぞましい記憶と、男性への不信感だ。

シチューも、デザートのりんごのクランブルもおいしく、ティナはスティーブをほめたたえた。

彼女はコーヒーを断って紅茶で我慢し、そのあとはスティーブに反対されても、片づけをすると譲らなかった。

結局夕食の後片づけは三人でさっとすませ、ニックの書斎に場を移して完全なビジネスの話になった。

「僕たちは絶対安全なルールを二、三決める必要があります」三人がそれぞれ革椅子に落ち着くや、スティーブが言った。「例外はなしで」

「こんな話し合い、大げさだと思わない？」

「僕たちが相手にしているのは正気の人間ではありません。サビーヌは精神異常による妄想からとんでもないことを信じ込み、目的のものを得るためには、どんなことでもやりかねません」スティーブは毅然《きぜん》としたまなざしになった。「現在までにサビーヌはメルボルンで現行の禁止命令を破りました。ニックが最近結婚してシドニーに引っ越したことで、状況はますます悪化するばかりです。彼女はもうここに移ってきました」

「それであなたの提案は？」

「あなたには電子追跡装置を携帯していただきたい。ひとつは車に、ひとつは身につけてください」

彼女は目を閉じて開けた。「冗談でしょう？」

スティーブは返事をしなかった。「毎朝ブティックに着いたとき、毎日仕事が終わって帰るとき、連絡を入れてください」

ティナは言わずにはいられなかった。「次には、暗号で連絡し合おうと言い出すんでしょう」

「僕とニック、警備会社につながるようにします」

ティナはふたりをかわるがわる見た。「こんなこと、わたしはお断りします」

「これは話し合いじゃない」ニックはぞっとするほどやさしく言った。

「わたしのおなかにいる子がそんなに大切なの？」

「母子ともに大切だよ」

もちろん母親がいなくては子どもはできない。

このままここにいたら、ひどいことを言ってしまいそうだ。それに沈黙には威厳がある。怒りはおさまらないけれど。ティナは立ち上がって戸口に行き、ニックに向き直ってにらみつけた。

やっぱり威厳はどうでもいいわ。「あなたなんか大嫌い」

部屋を出てドアをたたきつけたい衝動に駆られたが、ティナはみごとに自制して静かにドアを閉めた。

新鮮な空気に当たって怒りを冷まさなくては。

ティナは腹が立ってたまらなかった。自分自身に、バシリに、そしてニックに対して。わたしを襲ってこんな心の傷を負わせた侵入者は言うまでもない。ティナは心の傷に対処できると考えていた。〝実際、対処してきたわ〟と彼女は胸の中で請け合い、玄関のドアを開け、夜気の中に足を踏み出した。

セラピストに確かめるまでもなく、ティナは今、かき乱された心と葛藤《かっとう》していた。分厚く重ねた保護層の下深くに埋めたものと、闘っている。その一層一層が苦悶《くもん》の原因の証《あかし》となっていた。

〝あなたが愛と欲望を知り、最後のバリアを打ち破る日がやってきますよ〟

セラピストに彼女はこう返事をした。〝恐怖を感じても、とにかく試してみろとおっしゃるの？〟

〝忘れることが必要になるでしょう〟

当時も、この数年間も、誰かと感情的なかかわりを持つ気持ちには絶対になれないだろうとティナは思っていた。自分をコントロールすることがすべてで、彼女は教訓をよく学び危険を冒さなかった。油断した拍子の出来事が、予見できない結果になったときまでは。

そして、こうして望まない状況に追い込まれ、気まぐれな独裁者に人生をめちゃめちゃにされようとしている。

ティナは両腕を体にまわし、敷地の周辺を歩いた。黒いビロードのような空高くに昇った月が、足元を照らしている。敷地を守る大きな錬鉄製の門は閉まり、電子錠がかかっていた。彼女は通りに出る気がないので問題はないが。

肉体的な魅力は愛とは違うし、愛に近いわけでもない。そう考えながら、彼女は露でぬれた草地を歩いた。だいいちわたしはニックを好きとも思わない。

彼は、男性のいやな部分をみな持っている。無情で、力強く、容赦がない。感受性は？　彼に感じやすいところがあるとは思えない。

ティナは夜の冷気をものともしないで敷地内をもうひとまわりし、四回巡ってから玄関に引き返した。邸内に入ると、ニックが階段の手すりに物憂げにもたれていた。顔には謎《なぞ》めいた表情が浮かんでいた。

「終わったかい？」

ティナは顎を上げ、彼ほどの男でなければ倒れそうな目つきで見返した。「新鮮な空気の中で散歩でもしなかったら、あなたに怪我《けが》をさせていたわ」彼女は精いっぱい体を伸ばして彼をにらみつけた。「それに、早くベッドに行けと指図してごらんなさい。ひっぱたきますからね」

「僕は熱い飲み物を勧めるつもりだった」

「あなたが飲めばいいでしょう」そう言って胸がすっとしたティナは、彼の横を通って階段を上がった。

ティナが寝室に行き、服を脱いでベッドに入ったのは、彼とのやり取りとは関係がなかった。彼女自身が決めたことなのだから。

7

それはいつものように始まった。ティナは夜、暗くなった寝室で、夢も見ないで眠っていた。そのとき物音がした。とても小さな物音なので、彼女はほとんど潜在意識に埋もれたままだった。

再び物音がした。彼女のアパートメントのバルコニーに出る引き戸のカーテンに、何かがすれるような音だ。片目を薄く開けるとかすかな動きが見え、その瞬間誰かが部屋にいると気づいてぎょっとした。

全身に恐怖が走り、動悸《どうき》が速くなった。自分の心臓の音が聞こえる。男にも聞こえるに違いない。

〝目をつむって呼吸をおだやかにしなさい。あなたが眠っていると思わせるのよ〟そう警察に助言されたでしょう……立ち向かってはならないと。

静けさが恐怖を倍増させた。男はどこ？　持ち出せる重い品のほかにも値打ち品が少しはある。

一秒一秒が一時間にも思われたが、ティナにはかすかな音も聞こえなかった。

男がそばにいる気配を感じた。たばこの煙と……何か別のにおいがする。汗のにおいだ。

ティナは心の中で懇願した。お願い、お願いだから、欲しいものを盗《と》って出ていってちょうだい。

男がベッド脇《わき》の引き出しをすっと開ける音がして、彼女の宝石箱を空にするのがわかった。出ていくのよと彼女は心の中で促した。出ていって。

次の瞬間ベッドカバーが剥《は》がされ、ごつごつした手が彼女を押さえつけた。

〝やめて〟その悲鳴は声にならなかった。男がティナのナイトシャツの裾《すそ》をつかんで顔まで引き上げた。そのまま胸に歯を立てたので彼女は悲鳴をあげた。

ティナは蹴《け》ったり、ところかまわずこぶしで打ったりして猛然と抵抗した。そして両腕をつかまれ頭上高くひねり上げられたとき、彼女は大声をあげた。

〝売女《ばいた》め〟男は彼女の上で身を起こし、耳障りな声でうなった。

生き延びようとする本能で、ティナは必死で男の股間に膝蹴りを入れた。それが命中し、彼が痛みにうめいて床に転がったときの、あの高揚感と恐怖。

彼女は逃げるのが先決だと思った。寝室を出てアパートメントの外へ。〝出るのよ〟

「ティナ」

肩に手がかかったので彼女は山猫のように暴れた。

「頼むから、目を覚ましてくれ」

それでもティナは闘った。すっかり悪夢の虜《とりこ》となり、それが現実になっていた。

ただその内容が変わり始め、ティナが知らないシナリオに移っていった。彼女は悪夢の続きを知っているが、これとは違う。

今までの悪夢に出てくる侵入者は彼女を抱いて運ばなかった。名前で呼ばなかった。いったい……。

目を開けたとたん合点がいき、ティナは一瞬目を閉じた。もう暗くなかった。ティナがいるのは彼女のアパートメントでもホテルの部屋でもない。ニック・レアンドロスの家だった。何もかも一気によみがえり、胸を撫《な》で下ろしたのもつかのま、ここは自分の寝室ではないと気づいた。彼の寝室だ。おまけにナイトシャツがはしたないほどまくれている。ニックは腰にタオルを巻いただけの状態だ。

「こういう悪夢をよく見るのかい？」

ニックの耳には彼女の悲鳴がまだ残っていた。最初の悲鳴で彼は心底驚き、床を蹴って走った。二回目の悲鳴を目の当たりにし、彼女の青ざめた顔に鮮明に浮かんだその恐怖、そのショックを見て取った。美しい緑の瞳の奥に浮かんだ表情を、あの暗さを、彼は死ぬまで忘れられないだろう。

「下ろして、お願い」

〝お願い〟と言われてはしかたがない。ニックは彼女をするりと下ろし両肩を支えた。

「わたしはだいじょうぶよ。自分の部屋に戻るわ」

彼女はちっともだいじょうぶではない。それに家の反対側にある部屋に彼女を置きたくなかったし、二度と遠くの彼女の悲鳴でぎょっとして飛び起きたくなかった。

「その夜の話をしたいかい？」

ニックは彼女のまぶたが震えて下がり、また上がるのを見守った。「何年も前にすっかり話したわ」

「それでも君はまだ悪夢から逃れられない」

彼女の肌に震えが走った。「ときたまだけよ」

「寒いだろう」ニックはティナの背に手をまわして引き寄せ、彼女がいかに自分にぴったり合うか気づいた。ティナの髪の清潔でさわやかなにおい、ほんのり残る香水の香りを感じ、ニックは彼女の額に顎をつけた。

ティナは動くのが怖くて、立ったまま身じろぎもしなかった。彼の腕の中はとても……心地よかった。頬に触れる彼の肌から漂うかすかな麝香《じゃこう》の香り、固い筋肉の下のやさしさ。

身を投げかけ、首に抱きついて彼の顔を引き寄せたい。ティナは不可解きわまる欲望を覚えた。

でもそんな振る舞いは狂気に等しい。

「君には近くにいてほしい。僕の目が届くところに……夜、君の声が聞こえるところに」ニックはティナが身をこわばらせるのを感じて彼女を放し、一歩下がった。彼は身をかがめてベッドのカバーをめくった。「今夜はここで寝るといい」

ティナはニックに目をやり、見なければよかったと思った。筋肉を覆う肌はあまりにもなめらかだ。

彼は魅力がありすぎる。力強い肩、平らな腹部。あまりにも男性的で、どんな女性も、ましてやわたしは心おだやかではいられない。

彼と同じベッドに寝る？　彼は頭がおかしいの？

「あなたと眠ることは取り決めになかったわ」

彼の黒い目と目が合った。「今の中で意味のあるのは〝眠る〟という言葉だけだ」

「あなたを信頼しろというの？」

「約束する」

何年もひとり暮らしをしてきた彼女には、生々しい記憶がよみがえって悩まされたとき、抱いて慰め、記憶を薄めてくれる人はいなかった。

「自分の部屋に戻るほうがいいわ」ティナはニックから離れた。彼に唐突に向き直らされると、卒倒しそうになった。一瞬彼女の表情豊かな顔に激しい恐怖が走り、それから隠された。

ニックがかすれた声で悪態をついた。

彼はティナを膝からすくい上げて大きなベッドに

いっしょに横になり、カバーを引き上げて彼女が動けないように体で包んだ。「力を抜くんだ」

〝お願いよ〟こんなことは普通じゃないのよ。わたしが逆らったら、彼はどうするかしら？

「それはやめてくれ」

彼は心が読めるの？

「夜中にわたしをほかの誰かと勘違いしてごらんなさい。わたしがどんな反応をしようと責任は持ちませんからね」ティナは静かに断言した。

「眠りなさい」

地獄に堕《お》ちるがいいわとティナは思った。

しばらくしてティナは、彼の息遣いが深くリズミカルになるのを感じた。数分数えながら待ってから、もう安心と見てそろそろとベッドから出ようとした。

そうはいかなかった。ティナがこっそり動くたびに、体にまわされた彼の腕に力が入った。

彼は眠っている……それは確かだ。この安定した深い息遣いが芝居のはずがない。それともお芝居？

こんなふうに抱かれていると信じられないほど心地がよかった。人間のぬくもり、安全、安心感。すばらしい感覚だ。

あきれた、何を言っているの。ティナは内心で自分をあざけった。〝現実的になりなさい〟彼女はこんなに男性を意識したのは生まれて初めてだった。

ティナには脳裏を駆け巡る奔放なイメージを抑えるすべがなかった。彼の唇がうなじにそっと触れ、首元の無防備なくぼみを探ったら、どんな感じかしら。ニックが腕の中の彼女の向きを変えて胸のふくらみをたどり、やわらかな頂を順に味わってウエストから下へと味わい、愛撫《あいぶ》していく。

もうたくさん！　落ち着くのよ。

いったいどうしたの？　こんなふうに感じるのはただの肉体的な作用。彼とはなんの関係もないわ。

ティナにはニックが彼女の生活に侵入し、脅し、めちゃめちゃにしたことを憎む理由が大いにある。

あんなことをした彼を憎んでいる。それにサビーヌに狙《ねら》われるような目に遭わされたことでも。

ここにじっと残ってはいられない。五分したら、彼の腕からそっと抜けられるかもう一度試そう。

ティナが覚えているのはそこまでだった。目覚めたときはもう朝で、早朝の銀白色の光が部屋に差し込み、大きなベッドにひとりで寝ていた。

愕然《がくぜん》としたりはしなかった。悪夢とその余波の出来事も、ニックの腕の中で眠りに落ちたことも、ありありと覚えている。

でもこんなことは二度と起こさないわ。

彼女はそう決心してベッドから出て自分の部屋に戻った。シャワーを浴びてジーンズとトップを身につけ、何か食べようとキッチンに下りた。

ニックの気配がなかったので、ありがたいわと彼女は胸に言い聞かせた。テラスに座りコーヒーを飲んでいたスティーブに、片手を上げて挨拶《あいさつ》した。スティーブは立ち上がってキッチンに入ってきた。

「朝食をお作りしますよ」

「そんな」ティナは反対した。「自分で作れるわ」

「ニックからの伝言で、彼は早朝便でメルボルンに飛ぶそうです。今夜帰ります」

今日一日は心配ないと思うとほっとして心が軽くなり、彼女は果物とヨーグルトを取り、トーストを焼いて紅茶を用意した。

「何か予定はありますか？」

彼女はすぐに質問の意図を察した。「鍵《かぎ》のかかった門の外に出ていくような？」表情豊かにくるくるさせた目がすべてを物語った。「二、三時間したら外出するかも」まずノートパソコンでデータを調べてから母に電話しよう。そのあとはわたしの時間だ。

「許可を取らなくちゃいけない？」

ティナが軽薄な質問をすると、スティーブのゆるがない視線が見返した。

「もうあなたの車に追跡装置を設置しました。二、三説明がすんだら、出かけてかまいません」

ティナはからかうように言った。「暗号の件ね。どんな暗号にしましょうか」

「この件を真剣にとらえたほうがいいですよ」

「わかっているわ」彼女は朝食をテーブルに運んだ。

スティーブは厳しい、軍人めいた態度になった。

「ニックが漠然とした考えだけで、かなり高額な料金で僕をここに配置したと思いますか？」

ティナはしぶしぶ認めた。「いいえ、思わないわ」

「それでは、警戒を怠らないこと。自力で解決しようなんて思わないでください」わずかな沈黙は雄弁だった。「そして些細《ささい》な出来事でも報告すること。たとえ関係がないと思ったことでも、です」

ティナは仕事から車で帰る途中に鳥肌が立ったことを思い出した。いいえ、あれはなんでもないわ。

「話してください」

「あなたもニックも、なんなの？　人の心が読めるの？」

「顔ですよ」スティーブが教えた。

「わたしの顔って、そんなにわかりやすい？」

「無防備なんです」

自分ではガードが堅いと思っていたのに！「ちょっと感じただけなのよ」ティナがゆっくりと話し出すと彼の目が鋭くなった。

「決して直感を無視してはだめですよ。何も異常なものは見なかったんですね？　この通りまであなたを尾行してきた車とか？」

彼女は首を振った。「確かめたけどなかったわ」

「朝食が終わったら話し合いましょう」

ティナは新しいデータをノートパソコンに入れ、母に電話をかけて日曜の朝恒例のおしゃべりをしたあと、ジャケットとバッグをつかみ鍵を取り、ステイーブを捜しに行った。

　率直な言葉が心に響いたので彼の警告を胸に、彼女はダーリング・ハーバーに出発した。しばらく店を見てまわり、目に留まったイヤリングを買った。中東風豆コロッケ《フェラフェル》とボトル入りの水を買って、安い店が連なる路地を通り抜けながら平らげた。

　ローズ・ベイに向かったのは五時近くだった。彼女がふと思いついて自分のアパートメントに立ち寄ると、塗装もタイル敷きも終わり、新しいカーペットが敷いてあった。あとは電気工が新しいキッチンの電化製品に配線し、新しい照明器具を取りつけるばかりだ。それがすんだら彼女は倉庫から家具を移すことができる。

　アパートメントを空けたままにするべきか、それとも貸すべきかしら？

　かなりの資金をかけて一新したアパートメントを賃貸する？　ティナは首を横に振った。

　決意を固めた彼女は車に戻った。ドアの鍵を開けたとき何かが目に入った。ちらしみたいな紙がフロントガラスのワイパーにはさんである。彼女はそれを取り、あとで捨てようと助手席に置いた。

　家に着いたときガレージにニックのレクサスが停《と》まっていた。ティナはふたりの男性と夕食する前に着替えようと軽やかに階段を駆け上がった。

　仕立てのいいパンツとゆったりした薄手のウールのトップを着ることにした。五分でシャワーを浴び、十分で用意はできる。

　いや、できるはずだった。ところが彼女が衣装部屋を開けると中は空だった。どういうこと？　彼女は整理だんすに近づいて引き出しを開け、次々に調べた……全部空っぽだ。

　どこなの？

「全部僕の部屋に移した」

　ティナはゆっくりと振り向き、物憂げな声の持ち主と顔を合わせた。ニックはたくましい体の線がわかるジーンズと薄いウールのプルオーバー姿で、ドアの脇柱に何気なくもたれていた。

冷静になるのよ、と彼女は胸に言い聞かせた。

「なぜそんなことをしたの？」

「これから君はあそこで眠るからだ」

緑の瞳が燃え立つのをニックは見守った。瞳は彼女の気分をことごとく映し出す。今は疑問の余地もなく彼女は怒っていた。

「もう一度戻して。でなければ、自分で移すわ」

「どうぞ」ニックが体を起こして片側に立つと、彼女はその横を通り抜けた。「僕がまた戻すだけだが」

ティナは憤然と彼をにらんだ。「そのときは、わたしたちはふたりとも忙しくなるわね」

「そうみたいだな」

なんて横暴で無情な人かしら。ティナはいらいらしながらニックの部屋に入り、立ちすくんだ。ニックの大きなベッドが端にずらされ、少し幅の狭いベッドがもう一台そばに並べられている。

どう見てもわたし用だ。

でも、彼は考え直すしかない。わたしは絶対に彼の寝室をいっしょに使うつもりはないのだから。

間近の衣装部屋は彼のものだった。ティナはもうひとつの衣装部屋に行き、ハンガーごとまとめて反対側の翼まで運び、衣装部屋に入れた。三往復して何もかも戻すころには、彼女の怒りは増幅していた。

一瞬ティナは夕食を抜こうと思いかけた。だが、おなかがぺこぺこだし、ふてくされるのは流儀に反する。

ティナがふたりのところに行くと、スティーブはテラスでバーベキューをしようとしていた。グリルのステーキのおいしそうなにおいが漂い、歯ごたえのいいロールパンがあり、サラダが選べるようになっている。

ティナは小さなステーキを取り、各サラダから取り分け、上品な妻の役を演じようとニックの隣に行った。「メルボルンはいかがでした？」

「父の要望で緊急の旅だった」彼の口元に笑みが浮かんだ。「僕が出るとき君は眠っていた」

「かまわないわね？」気にするべきかしら？

「ふたりで解決しなくてはならない小さな問題が二、三あるが」

独立した屋外用のガス暖房器具が、夜気の涼しさをやわらげている。彼女はニックの力強い顔を見守った。明かりがゆらめいて高い頬や顔だちが際だって見える。

「明日から君は四輪駆動車を使ってほしい」

「わたしは申し分のない車を持っているわ」フォルクスワーゲンは彼女が自分で選んだ車で、鮮やかな黄色、サンルーフ、運転も駐車も楽な点が大いに気に入っている。「ガレージにある、あの高級でスマートなポルシェはわたしの車じゃないわ」

「あれに乗るんだ」ニックが言った。あの車は高機能で、加速がすみやかなうえ安全だ。それに彼女を気遣う僕の心の平和も保たれる。

「もしわたしが使わなかったら？」

彼女はまったく厄介な女性だ。「君は言い合いをしたいのかい？」

「わたしに言いなりになってほしいの？」

ニックは笑いたいのか彼女を揺さぶりたいのかわからなくなり、皮肉っぽく答えた。「とんでもない」

「これでそのことが再確認できたわね」

スティーブはせっせとバーベキューを片づけていた。食事が終わると彼女は食器を集めてキッチンに運んだ。

「僕がしますよ」スティーブがあとからついてきて言ったのでティナは首を振った。

「料理はあなたがしてくれたから、片づけはわたしがしなくちゃ。ニックと男同士のおしゃべりでもしてきて」

「彼は電話中です」

「それならひと休みしてちょうだい。ゆすいで食器洗い機に入れるぐらいできるわ」

スティーブは両手を上げて身を守る真似《まね》をして引き下がった。「わかりました。片づけが終わったら、犬を紹介します」

犬？　彼女が抱き締められる、ふわふわしてかわいい小型犬のわけがない。ビション・フリーゼ、ミニチュアプードルが脳裏に浮かんだ。

「どんな品種？」シェパード、それともドーベルマンかしら……。

「ジャーマンシェパードです」

ティナはすばらしい笑みを見せた。「もちろんね」

そう言ったものの彼女は良心の呵責《かしやく》を覚えた。スティーブはふざけた返事をされるようなことは何もしていない。「名前はあるの？」

「皇帝《ツァー》ですよ」

またもや雄。まわりはみんな男性ばかりだ。「五分ちょうだい」

ツァーは美しい犬で、強く、理解が早く、賢かった。彼女はたちまち大好きになり、犬のほうも好意を持ってくれていると知って喜んだ。

「散歩に行きましょうか？」

よく訓練されているツァーはどんな命令にも従い、彼女がほめるとうっとりと見つめ、手を差し出すと舐《な》めて前足を差し出した。彼女は心から笑って犬の耳をやさしく撫《な》でた。

「ゴージャスな犬ね」

「あなたの犬ですよ」

ティナは真顔になり、スティーブをじっと見つめた。「これも防犯対策？」

「煩わしいですか？」

そうかもしれない。何週間か前まで彼女の生活は、仕事、レジャー、スポーツを中心に巡っていた。その暮らしは心地よく、ティナは幸せだった。愛する店を好調に経営することに満足を覚えていた。

奔放な行為によって今はバシリの子を宿し、彼の兄と結婚し、夫の元愛人の脅迫にさらされている。

「それは控えめな言い方ね」

ふたりはいっしょに敷地内を散歩した。

「ねえ、あなたとニックは――」

「いつ、どこで、どうやって出会ったか？」スティーブが察して言った。

「ええ」

「十年前、ニューヨークで、共通の友人の紹介で」

「簡潔な返事ね」

「海軍特殊部隊の訓練の賜物《たまもの》ですよ」

ティナは彼を見た。「それで納得」

「そうでしょう」

いっしょに家に戻ると、スティーブはおやすみの挨拶をして引き返した。

ガレージの上の彼の部屋に行ったのか、ツアーの運動の続きをするためかはわからなかった。

ティナは腕時計を見て階段を上がった。のんびりとシャワーを浴び、本でも持って早めにベッドに入ろうと思い、そのつもりで寝室のバスルームに行き……足を止めた。

化粧台に並べた化粧品がなくなっている。

まさかニックがまたわたしのものを移したんじゃないでしょうね？

衣装部屋をすばやく調べ、彼がまた移したことが明らかになった。整理だんすの引き出しも空だ。

まったく！

怒りが潮のように押し寄せた。彼女は向きを変えるとニックの寝室に勢いよく入り、服をまとめ始めた。振り向くと、彼が部屋の中に立っていた。

「どこに行くんだ？」

ティナは彼をひっぱたきたかった。服で両手がふさがっていなかったらそうしていただろう。「わからない？　わたしはこの部屋であなたといっしょに眠る気はないのよ」

ニックはジーンズの前ポケットに両手を突っ込み、わずかに肩をすくめた。「君が時間とエネルギーを無駄にしたいのなら……」彼は最後まで言わなかった。「君がそれをゲストルームに運ぶたびに、僕がまた運び直すよ」

彼女は顎を上げ、怒りを込めた目で一瞥《いちべつ》した。

「どっちが先に疲れるか、見物ね」

「同感だ」いらだった様子で見守る彼を避けて、ティナは戸口から出ていった。

しばらくして彼女が戻ると、ニックはいなかった。彼女は引き出しからランジェリーをすくい取り、カーペットに落とさないように化粧品とバランスを取って運んだ。

三往復ですべて運び終わり、何もかも元に戻った。ティナは不満をもらした。あの男性優位主義者ときたら……。だがその先は続かなかった。

まあ、厳密にはそうじゃないけど。ティナは湯の温度を調節し、タイル敷きのシャワー室に足を踏み入れた。それでも、自信満々の彼に浴びせてやりたい言葉がいろいろあるわ。

温かいシャワーで怒りがしだいに静まり、彼女は体に流れる湯の感触を楽しんだ。

やがてティナはシャワーを止めてタオルで体をふいた。ナイトシャツに手を伸ばしかけ、それをニックの部屋に忘れてきたことに気づいた。

すらりとした体に手早くタオルを巻いて寝室に行く。彼女の強敵が整理だんすに腰かけているのを見つけた。

「捜し物かい？」

もし彼がわたしの服を取ったのなら……。

ティナは目を閉じ、ゆっくりと開けた。「あなたはこれを楽しんでいるのね？」

「別に楽しんでいるわけじゃない」

彼女の目に緑の炎が燃え上がった。「あなたを殺してやりたいわ」

ニックはからかうように眉を上げた。「君は戦う格好ではなさそうだが」

彼に飛びかかったティナは、抱き上げられて声をあげた。そのまま部屋を出ようとする彼の肩を、こぶしでたたいた。「下ろしなさい、この人でなし！」

「もう少しだ」

ティナは二度目の攻撃をしようとこぶしを上げた。

「やめなさい」

危険なほどなめらかな警告で分別を取り戻し、彼女はこぶしを下ろした、やがてニックは、彼の寝室のカーペットに彼女を下ろした。

怒りに駆られていても、ティナは女らしかった。ぬれた髪がくるくると巻き、肩も脚も肌があらわでタオルが滑り落ちそうだ。

「君はそのタオルを巻きつけたいだろうね」

彼に考え深げな口調で指摘され、ティナはあわててタオルの端を引っ張った。だが、頬が熱くなるのはどうしようもなかった。

女性が頬を赤らめるのをニックは久しぶりに目にした。彼のまわりにいる女性の多くは、男の興味を引きつける達人だ。さりげない恋愛遊戯は彼女たちの得意とするゲームで、彼は洗練された手管をすべて知っている。

「わたしはここにいたくないのよ」

「どちらでも君が決めるといい」ニックはいともなめらかに言った。「追加したこのベッドか、僕のベッドか」

彼女は自制しようと懸命になり、かろうじて怒りを抑えた。「あなたなんか大嫌い」

「それは前に聞いたよ」ニックは髪をかき上げ、彼女をじっと見つめた。「僕は事務処理をしなくてはならない」彼はつかのま黙っていた。「反対側の翼に戻るのはやめることだ。僕がまた君を連れ戻すだけで、君にはほかに道がない」

彼のベッドに釘《くぎ》づけにされてもう一夜過ごすと考えると、ここは従うほうがずっと賢明だ。

でも明日は明日。もう一度闘いを挑もう。

眠りかけたティナの耳に、嘲笑《ちょうしょう》する小さな声が聞こえた。〝だけど、その闘いで勝つのはどっちかしらね?〟

ニックが寝室に戻ったときは夜も更けていた。照明は薄暗くしてあったが、小さめのベッドで丸くなって寝ている、女らしい小さな姿は見て取れた。

じっと寝ていて、動いているのは呼吸のたびに波打つ胸ばかりだ。上品な顔だち、クリーム色の肌、やや開いた唇に、彼は視線をさまよわせた。

美しい。彼は胸の中で認めた。個性があり、猛烈に独立心が強く、感心するほどの力を内に秘めている。それに傷つきやすさもある、と彼はその珍しい取り合わせに気づいてつけ加えた。

ニックは彼女と人生を築くことをみずから選んだ。彼女のおなかにいる子どものために。しかしそれは厳密には真実ではなかった。ニックは彼女に興味をそそられ、挑まれ、その意外性に心を奪われた。

ティナの過去の苦痛をやわらげたいという気持ちもある。彼女の信頼を取り戻し、彼女に友人として見てもらいたい。未来の可能性を探ってみたい気持ちもあった。

そうするには時間がかかりそうだ。

でも僕には自制心がある。

僕はとても辛抱強い男だ。

8

ティナはシャワーの音で目覚めた。つかのま彼女は自分がどこにいるのかわからなかった。彼女の寝室ではない。ニックの寝室だ。幸いなことに彼のベッドではなかった。

前夜の押し問答での気まずいやり取りが脳裏によみがえり、ティナは少し顔をしかめた。

今、何時かしら？

時刻はまだ早かった。あと二十分は起きる必要がないだろう。でもニックがシャワーから戻ったとき、ここにはいたくない。

彼女はそっとベッドを出て清潔な下着を手早く取り、タオル製ローブを羽織って空いているほうのバスルームに行った。シャワーを浴びて下着とローブを着て、口紅まですっかり化粧をすませてから出た。

ニックはネクタイを結んでいる最中だった。ティナはじっと見つめる彼の視線を受けとめた。

演じなさい。彼女は胸に言い聞かせた。あなたにはできるわ。「おはよう」

ニックがひどく男らしく見えてティナの心はおだやかではなかった。濃い色の仕立てのいいズボンと、肩幅を際だたせる白いシャツに身を包み、持ち前の活力をなんなく発散している。

会議で発揮される力。

そして寝室でも？

ティナはそれについては考えたくなかった。

ニックは口元にからかうような微笑を浮かべた。

「よく眠れた？」ニックのほうは彼女が手の届くところにいると知っていたので熟睡できた。

「ええ」われながら意外だとティナは思った。でも実際、途中で起きた覚えはない。彼女は返事をすると衣装部屋に入って半ばドアを閉め、颯爽《さっそう》としたビジネススーツを選んで着た。

しばらくしてから彼女はバッグ、ノートパソコン、鍵《かぎ》を取り、キッチンに下りた。

「ニックはもう出かけました。早朝会議があるそうです」ティナが朝食の用意に取りかかっていると、スティーブが説明した。

ティナはびっくりするほど気分爽快だった。今日は月曜日。太陽は輝き、これから一週間が始まる。また新製品が入荷する予定なので、インターネットでヨーロッパのデザイナー数人の秋のカタログを調べなくてはならない。

それからスケジュールを確かめて、産科医の予約を頭に入れて行動しなくては。

テラスに通じるフランス窓の外でツァーが横になっていたので、ティナは挨拶《あいさつ》に行った。それに気づいて犬はみごとな尻尾《しっぽ》を振り、お座りをした。

「ポルシェを使ってください」出がけにスティーブから念を押され、彼女は表情豊かに目を動かした。

「いつもの朝のラッシュアワーに立ち向かう前に、一度試乗したほうが安心だわ。今夜にでも」彼女はうまく丸め込んだ。「明日は乗ると約束するわ」

「ニックが――」

「いいでしょう？」スティーブに返事をする暇を与えず、ティナは歩き続けた。

ニュー・サウス・ヘッド・ロードを通ったとき、いつもより交通量が多いような気がした。ブティックに着き、バッグとノートパソコンを持って初めて、ゆうべフロントガラスのワイパーにはさんであった紙に気づいた。

地元のピザ屋の割引きの広告かしら？　コーヒー一杯が無料とか？

たたんだまま丸めて捨てようとしたが、何か――

好奇心か直感を感じて彼女は紙を開いた。大きな広告文字があるかと思ったら、白紙に真っ赤な口紅でひとこと、〝売女《ばいた》〟と書かれていた。

誰の仕業か考えるまでもない。

サビーヌに決まっている。

わたしに接触してきたということは、彼女はわたしを見張って尾行していたのだ。

いったいいつから？　わたしがニックとふたりでディナーをとっている写真が新聞に載ったとき？　それともニックがメルボルンからシドニーに引っ越したときから？

一瞬ティナは身の毛がよだつのを覚え、それから良識が働いて理性のある考えが浮かんだ。

サビーヌが人前で何かをしかけるとは思えない。わたしはひとりでいるときはいつも油断しないようにすればいい。

この紙は……今夜スティーブに渡そう。

その日は予定どおりに進んだ。リリーは友人とのブラインドデートで新しい男性と出会い、はしゃいでいた。

「彼ってすてきなの」リリーが夢見るように言った。

〝すてき〟とは喜ばしい。「よかったわね」

「ありがとう。わたしたち、今夜映画に行くの」

一日が終わり閉店できたときティナはほっとした。終日かすかないらだちに悩まされ、サビーヌは来るかしら、いつ現れるかしらと、ドアブザーが鳴るたびに入り口を確かめていた。

リリーにもう少し残るように頼もうかと思ったが、ティナはその賢明な考えに疑問を感じてやめた。

ティナは久しぶりに恐怖を感じながら戸締まりをすませ車を目指した。その地域は照明が明るく、あたりには人がいる。

何もかも順調にいった。車のフロントガラスのワイパーに紙ははさんでいなかったし、突然誰かが現れて彼女をぎょっとさせることもなかった。道路は込んでいたがすぐ後ろを走る車はなく、ニックの家の通りに曲がったとき尾行者もいなかった。

ティナが車を入れると、ニックのレクサスもポルシェもガレージにあった。

まず何よりも着心地のいい服に着替えたい。体にぴったりの服はウエストがきつくなり始めている。それに空腹だから、スナック、果物、なかなか消えない吐き気を静めてくれるものが何か必要だ。

ティナが部屋に入ると、ニックはビジネススーツからジーンズに着替えているところだった。彼女はあわてて、たくましい裸の胸や腿、ぴったりしたブリーフから目をそらした。

この部屋をふたりで使うのをやめなくては。ティナはプライバシーを大切にしているし、いたるところで彼と鉢合わせすることが続けば、彼女の感情は絶対に無事ではすまない。

「いい日だったかい？」

どう答えたものかしら。最後のとどめを刺そうか。それとも夕食のあとまで対決は延期する？

「まあまあよ」ティナが胸の中で両方を検討して用心深く答えると、ニックがふいに近寄って彼女の顎を持ち上げた。ティナは彼を見るしかなくなった。

「〝まあまあ〟という答えの説明が聞きたい」

彼はジーンズを履いていたのでその点は安心だったが、少し日に焼けた、広くたくましい胸が目の前に迫ると、ティナの胸の鼓動は激しくなるばかりだった。

「報告は夕食のあとにまわせない？　着替えをして、まず食事をしたいわ」

黒い瞳にある表情がよぎったが、彼女にはそれが何かはっきりわからなかった。「五分だけ。ざっとでいい」彼がやさしい声で言った。

「わたしはあなたといっしょにこの寝室を使うつも

りはないわ。それから、誰かがわたしのフロントガラスに手紙を残したの」

「部屋の件は、議論の余地がない。手紙の話をしてほしい」

「ひとことだけ……〝売女〟と」

ニックはティナの顎の線を親指で撫《な》で、彼女の瞳が大きくなる様子を見守った。抱き寄せて甘美な唇を味わい、彼女の瞳を陰らせている緊張をやわらげたいと思った。もう少しでそうしかけたが、そんなことをしたら彼女をかんかんに怒らせ、せっかく得ているかもしれない好意を失ってしまう。

「手紙を捨てなかっただろうね」

「車の中にあるわ」ティナは一歩あとずさり、彼が放してくれたときはほっとした。「わたしは自分の部屋に戻るわ」

ニックが焼けつくような目で彼女の目をにらみつけた。「それはもう終わった話だ」

「あなたの家ではあなたのルールに従えとでも？」

「好きなように言えばいい」

ティナは不満の声をもらし、彼の片方の眉が上がるのを見てから衣装部屋に歩いていった。

部屋に戻ったとき彼はいなかった。ティナは腹立ちまぎれに、半ばおもしろがって服を集めて戻した。

夕食はマリアが前もって用意してくれていた。食後ティナは、スティーブに言われてポルシェの試乗をした。そのあと敷地内でツアーを散歩させた。

彼女がシャワーを浴びて寝る支度をしようと二階に行ったのは九時過ぎのことだ。ニックがいる気配はなく、また服が移されているのを発見したとき、彼女はののしるべきか泣くべきかわからなかった。

〝あきらめなさい〟独立心はわたしのものだけど、この件にこだわり続けても無駄だ。

それに、疲れていて彼と争う気分ではない……少なくとも今夜は。明日は何が来ようと対処しよう。

サビーヌがいつ次の手を打ってくるかと考えるのは、ティナがやりたくないゲームになった。必ず現れるはずのサビーヌを待つのは神経に障った。

外国映画の試写会への招待には心が躍らなかった。彼女はフランス語をわずかしか知らなかったからだ。

でもそれは社交行事で、収益はレアンドロス財閥が支援する慈善団体に行くことになっている。

華やかに装うときと受け入れて、彼女はニックと並んできらびやかなエントランス・ホールに入った。

ニックはすぐに注目を浴びた。その理由がティナにはわかった。レアンドロス家の御曹司で、裕福な後援者だという立場は別にして、彼には激しい情熱がある。それが生来のセックスアピールと相まって人の注意を引きつけるのだ。ことに女性たちの注意を。

黒いイブニングスーツ、白いリネンシャツ、黒い蝶《ちょう》ネクタイという装いの彼は最高だった。

〝魅力的〟という言葉では足らないと彼女は認めながら、通りすがりのウエイターからオレンジジュースが入ったフルートグラスを受け取った。

ティナは念入りに今夜の装いを選んだ。上品なイブニングパンツ、それに合う翡翠《ひすい》色のキャミソールとジャケット。宝石類はダイヤの滴形ペンダントとイヤリングだけにした。

中にはいくつか知っている顔もいた。ティナは軽いキスで挨拶を交わし、女性たちのイブニングドレスをほめた。ほとんどのブランド名がわかった。本物のデザイナーのオリジナルとコピーの違いも見極められることに気づいた。

人々の交流は洗練された形式でおこなわれた。その社交界に古くからいる人たちもいて、たいていは個人的に相手を苦しめたいと思わないかぎり、公の場で愛情を誇示することを喜んでいるようだった。

出席者たちが演じているゲームについてティナは考えにふけった。社交用の仮面がはずれたとき、みんなほんとうはどんな感じなのかしら。

「楽しんでるかい？」ニックのおもしろがるような口調に、ティナははずんだ声で返事をした。

「もちろんよ、ダーリン」

ニックは瞳をユーモアできらめかせて彼女と指をからませた。「君はよくやっているよ」

「まあ、ありがとう」

ティナには機知と洗練された魅力がある、とニックは思った。炎と氷。傷つきやすさ。その傷つきやすさに彼は心を動かされた。強く生きるのだという彼女の決意に。

「ニック」

ティナは官能的な声を聞き、誰の声か漠然と認識しながら、声の主を振り向いた。

極めつけの美人で、こんなふうに人目を引きつけられる女性はまれにしかいないとティナは認めた。ウエベルサーチのイブニングドレスに完璧《かんぺき》な化粧。ウエストまで届くなめらかな黒髪。

サビーヌだ。

ここは大勢の客がいる公の場だから、ニックは礼儀正しくするしかないだろう。

だが、彼はわずかに頭を下げただけだった。

「奥さまに紹介してくださらないの？」サビーヌが喉を鳴らすような声で言った。

男性を生きたまま食べるとはまさにこのことだわ！　サビーヌは目だけで愛の行為を営んでいる……そんなことが可能ならの話だけれど。

ティナは向きを変えてこの場を去りたかった。その気持ちを察したかのようにニックの指が彼女の手を包んだ。

「わたしたちはもう会いましたわ」こんな癪《しゃく》に障る立場に置かれたことを憎みながらティナはなんと

か落ち着いて言った。

サビーヌは彼女をちらりと見ただけだった。「あら、ほんとうに？」

対決する勇気がある？「先週の金曜日にわたしのブティックにいらっしゃったわ」始めたからには勝負をかけたらどう？「一回ばかりわたしのあとをつけて、わたしの車のフロントガラスに怒りをあおる手紙を残したはずよ」

「なんのお話かわからないわ」

いいえ、おわかりのはずよ。「警察の調べで手紙、とあなたの指紋が一致したらおもしろいわね」

みごとなまつげの一本さえ動かなかった。「嫉妬《しっと》って、ほんとうに見苦しいわね」サビーヌが甘ったるい口調で言った。

「まったくそうですわね」ティナが落ち着いて反撃すると、サビーヌは一瞬目を鋭く細めてニックに目を向けた。

「電話をかけたのに出てくれなかったから、がっかりしたのよ、ダーリン」

「僕が電話に出るわけないだろう？」

彼の声は北極の氷原さながらに冷たい。ティナは自分がそんな口調で言われたらと想像し、かすかな震えを抑えた。静かで取りつく島がなく、致命傷を与えかねない。

「わたしたちには思い出があるわ」サビーヌがマニキュアを施した指を彼の上着の袖《そで》にかけ、誘うようにふくれてみせると彼は袖にかかった指をはずした。

「君は想像力が旺盛《おうせい》だね」彼に冷ややかに無視されて、ほかの女性なら打ちのめされただろう。だが、サビーヌは感じないらしい。

ふくれっつらがひどくなった。「奥さまの前でくわしい話をしてもいいのかしら？」

「そんなことをしても無駄よ」ティナは心とは裏腹にやわらかな声で言った。「わたしはニックの過去や、彼が誰とどうしたなんて気にしないわ」

「ずいぶん……心が広いのね」

「そうでしょう？」ティナはにこやかに受け流し、ニックに促されてその場を離れた。

「助けてもらう必要はなかったんだよ」実際、ニックに救いの手はいらなかっただろう。彼はつないだ手を唇に持っていった。

「あんなことをしていても、なんにもならなかったわ」

体の奥から快感が渦巻いてきてティナの体はほてった。甘い魅惑的な魔術で神経の先まで震えた。

不公平だとティナは思った。こんなふうに感じたくない。感じる余裕なんてない。彼を必要とするのは生きながら死ぬようなもの……一瞬でも足を踏み入れたくない世界だ。

そう思ったとき客に着席を促すブザーが鳴り、ティナは薄暗い照明の中で上映される映画を楽しみに待った。もう仮面を取りつくろう必要がないので肩の力を抜ける。

サビーヌは近くの予約席を取れなかったらしい。客席はたちまち埋まったが、そばの席にサビーヌはいないようだった。

映画が始まり、ティナは片思いの悲哀や、俳優の身ぶりや表情にすっかり魅入られた。数分してやっとニックと指と指をからめたままだと気づいた。手を離そうとしたが、いつのまにかしっかりと握られていて、そっと手を引き抜くのはむずかしかった。

もう一度試して失敗した。ティナは彼の手の甲に爪を立てて無言で警告したが無駄だった。

いったい何が問題なの、とティナは自問した。ひとつにはわたしの平静心を保つのが問題なのよ。

休憩はなかった。映画はハッピーエンドにならず、恋人たちは別れてそれぞれの道へと歩み去った。

「楽しくなかったかい？」ふたりはメインロビーに

出て、エントランスを目指して歩き始めた。

「期待と違っていたわ。ずいぶん陰気《ノワール》ね」

「最後に何もかもうまく解決して、明るく楽しく終わらなかったから？」ニックがからかった。

「もちろんよ。だけど撮影技術はよかったわ」

ふたりは歩道に着いた。サビーヌの気配はなく、車に向かう途中で彼女が現れることもなかった。

だが、今日のところは帰ったとしても、忘れたわけではないはずだ。サビーヌは次はいつ、何をする気だろうか？

「ぜひ説明してもらいたいわ」ティナが切り出したのは、彼がレクサスを車の流れに入れたときだった。

ニックがすばやく彼女を見た。「サビーヌのこと？」

「ほかに誰がいて？」

「僕たちは共通の友人を通して会い、ディナーをともにし、パーティで再会した。そのあと僕が出席する社交行事にはなんでも、彼女は姿を見せるようになった」交差点に来たので彼はいったん話を止めた。

「彼女と関係を持ったのね」

「短い期間だったが」

「あなたが終わりにした」

ニックは事実をごまかそうとはしなかった。「それはむずかしいとわかった」

ティナは想像がついた。「電話もメールも招待も、あなたはすべて無視した。それから彼女のストーカー行為が始まった」ティナはフロントガラスの向こうの景色に目をやった。濃い藍色《あいいろ》の空に星がきらめき、明日は晴れると約束している。「それもあって、あなたは――」

「君と結婚すると決めたかって？　違う」

ほっとするべきかもしれないが、ティナはできなかった。

「サビーヌはあなたが欲しいのね」それがあなたを

悩ませているのね、と彼女は胸の中で言い添えた。

「僕には妻がいる」

この言葉でなぜ感情が渦巻くのかしら？　彼が楽楽とかき立てる官能的な情熱の虜《とりこ》になるなんて、正気の沙汰《さた》ではない。

今夜はずっと彼が近くにいて落ち着かなかった。彼のコロンが媚薬《びやく》となって五感をくすぐり、今までにない奔放な考えを運んでくる。

ティナは自制心を保ち、感情を、心を守って制御しておきたかった。もし自制心を失ったら、落ちる彼女を誰もつかみ止めてくれない。

「偽りの結婚だわ」

「お互いに適した結婚だ」

そう？　ティナはもうそんなに確信が持てなかった。

ニックが車で門を通り抜けると邸内に明かりがつき、ふたりの帰宅を迎えた。その光景に心地よさを認めつつ、ティナは玄関ホールに入った。

「このまま上がっていいよ。僕はEメールをチェックしないと。時差の関係でね」

一時間後ニックは階段を上がり寝室に入った。一瞬彼は、ティナが独立を主張して反対側の翼に引きこもったのかと訝《いぶか》ったが、彼のベッドの隣のベッドで、ティナはほっそりした体を丸めていた。

彼女は眠っていると違って見えた。枕《まくら》の上に広がる濃い赤褐色の髪に青白い顔。ニックはその横に入り彼女を抱き寄せたい衝動を抑えた。

そんなことをしたらティナはびくりとして目覚め、彼に怒りを浴びせるだろう。そして彼がせっかく築いてきた基盤を失うことにもなる。

9

無事に一日が終わったとき、ティナは明らかな安《あん》堵《ど》感を覚えた。ブティックの売れ行きは好調で、車で帰る途中も心配する理由は何もなく、ニックが街で仕事仲間をディナーでもてなしていると知っても意外ではなかった。

彼の帰宅が遅いならなんでもできる。まずツァーと庭を散歩して、サラダを作り、食後シャワーを浴びてから本を持ってベッドに入ることにしよう。ティナはしばらく読書をしたあと明かりを消し、夢も見ないで熟睡した。朝まで目を覚まさなかった。

ティナがキッチンに入るとテーブルで朝食をとっていたニックが目を上げ、冷蔵庫とカウンターを行き来する彼女におだやかな視線を向けた。あるのはヨーグルト、果物、トースト、紅茶。ティナは胃がむかつくといけないので、トーストと紅茶だけにすることにしてテーブルに着いた。

「ゆうべはどうだったの？」

ニックはよく休息が取れたらしく活力に満ちていた。仕立てのいいズボンに青いピンストライプのシャツとネクタイ姿だと、信じられないほど男性的に見える。ジャケットは空いた椅子にかけてあった。

ニックは皮肉っぽい微笑を浮かべた。「なんとか不備を取り除き、同意できない面が少々あることで同意したよ」

「まずまずというところ？」

「もっとどうにかなったはずだけどね」

今がチャンスだ。「今夜は時間がある？」

ニックは椅子の背にもたれ、興味津々のまなざしで彼女を見た。「何を考えているんだい？」

トーストも紅茶もおいしかった。胃のむかつきもない。「リッツカールトン・ホテルでディナーよ。わたしは約束は守るわ」

「僕たちのデート、だね」

すぐさま思い出した彼に、ティナは胸の中で高い得点を与えた。「ただし、車の運転も注文も支払いもわたしがして、あなたを家まで送るのが条件よ」

「役割転換かい？」彼女みたいに僕をおもしろがらせてくれる女性はいないとニックは思った。

「反対かしら？」

「全然」

ティナは腕時計を見て立ち上がった。「予約をしておくわ。七時でかまわない？」

「もちろん」

ティナはバッグとノートパソコンを持ってバランスを取りながら戸口に向かった。「それじゃ、今夜」

ニックはジャケットを羽織り、彼女のあとから出かける準備をした。おもしろい夜になりそうだ。

六時半少し過ぎに、ティナが淡い花柄のシフォンのレイヤードドレスに身を包んで階段を下りると、ニックは玄関ホールで待っていた。彼女は髪を高く結い上げて顔の両側に少し巻き毛を垂らし、宝石はすばらしい滴形のイヤリングだけにした。

「約束の時間を守る男性は好きだわ」ティナは彼に近づいて言った。「出かけましょうか？」

ニックは腕をさっと出した。「お先にどうぞ」

どっちにしようかしら。彼女はガレージに入りながら考えた。わたしはフォルクスワーゲンがいいけれど、長身の彼には乗り心地が悪いかもしれない。

ポルシェが勝ちを収めた。ティナは警報装置を解除して助手席側のドアを開け、彼にどうぞと身ぶりで示した。

「この役割転換はいきすぎじゃないか？」彼女が運転席に滑り込んだときニックが言った。

「人前であなたの男の面子《メンツ》をつぶすような真似《まね》はしないと約束するわ」ティナがまじめくさって言うと、彼のかすれた含み笑いが聞こえた。

「それはありがたい」

リッツカールトン・ホテルでの駐車は問題がなかった。彼女はエントランスに車を入れ、駐車係に車を預けた。

・

レストランは予約客でいっぱいだった。バーに数人の客がいたので、ティナは直接予約したテーブルに行くことにした。席に着くと彼女はソムリエと相談し、ニックに好みをたずねてから考えて注文した。

「君は前にも男女の役割転換をしたことがあるのかい？」ニックはうなずく彼女を見守った。

「言うまでもなく」

「当ててみよう。相手はバシリだな」

「当たりよ」ティナは少しまじめになり、バシリとふたりで恋愛ごっこをしながらおかしくて笑ったことを思い出した。

注文したワインを持ってソムリエが現れた。ちょっとした演説をしたあと、ティナが断ったのでニックに試飲を勧めた。

いざ注文となったときティナは礼儀正しくメニューに目を通して最初の料理を提案し、慣れた調子でメイン料理をいくつか選んで説明した。

「パンをいただけるかい？」

ニックのていねいな口調に、彼女は笑いそうになった。「もちろん。ハーブ、ガーリック、ブルスケッタ、トルコパンがあるけど？」

「トルコパンを。ひよこ豆のペーストも添えてほしいな」

ティナはウエイターを呼び注文した。

「ずいぶん楽しそうだね」ニックは彼女のどことなくいたずらっぽい目と目を合わせた。

「あなたは違うの？」

「気分転換になるね」

「楽しんでくださってうれしいわ」

彼は笑いたくなり、含み笑いをもらした。「君は本気でこのゲームをやり通すつもりかい？」

ティナがうなずいたときパンが運ばれてきた。

「ニック・レアンドロスの一日について話して」

「男として？　それとも企業の重役として？」

ティナはグラスの冷水を少し飲んだ。「後者よ」

男としての彼は、いつも彼女の考えや夢や生活に入り込んでいて、あまりにも親密すぎる。

彼女にはもう安全ネットがなかった。こんなに無防備に感じたのは生まれて初めてだ。

「会社の内外での会議や電話による会議に出席し、決議をおこなう」ニックは彼女の表情豊かな顔を見守りながら言った。「それから株式の一時的な下落、遅延、各国の時差による失敗に対処する」

重役、部長、個人秘書、秘書……そのうちの何人かは女性に違いない。魅力的な女性？　ボスに下心を持ち、深い仲になりたくて気を引くかしら？

「そんなときもあれば、違うときもある」

ティナは片方の眉を上げてみせた。「骨の折れることには事欠かないでしょうね」読心術ごっこならわたしもできるわ。

ウエイターが最初の料理を運んできたので、ティナはおいしく食べた。昼食は食べられるときにサンドイッチをつまんだ程度だった。

「君の番だ」

彼女は汁気の多いマッシュルームの詰め物のスライスを食べ、水を少し飲んだ。「ティナ……」彼女は危うく〝マシソン〟と言いかけた。「レアンドロスの一日を？　そうね。感じのいいお得意さまや、選《え》り好みする客、配達の遅れ、入荷しない商品の対応をするわ。ときたま現れる、万引きしようとする客も」彼女は思い出して言い添えた。「それから買った服をその夜に着て、翌日似合わないからと返品する客を扱うこともあるわ」

「〝お客さまはいつでも正しい〟という教えは当てはまらない？」

「そのお客さまが、公の場所で買った服を着ている写真を撮られたときは、当てはまらないわね」

料理はすばらしく、ふたりはレストランの雰囲気、静かに流れる音楽をゆったりと楽しんだ。

メイン料理になるとティナは旅行の話題を出し、今まで訪れた国々や、行ってみたい国々の話をした。

「パリに行きたくてたまらないの。オーストリアにはスキー旅行に行きたいわ。それからロンドン、ミラノのファッションショー、ベネチアにローマ、ニューヨーク」ティナは問いかけるように彼を見た。

「あなたはしょっちゅう旅行をしているから、もう胸が躍らないでしょうね。長時間のフライトのあとホテルのスイートで過ごし、会議に参加するだけで、社交上のおつき合いや娯楽を楽しむ暇はないわね」

ニックはワインを少し飲んでから水に手を伸ばした。「そんなところかな」

「辣腕《らつわん》を振るい、どんな激しい闘いにも生き残る？」

「そうだ」

「休みは全然取らないの？」

「めったにね」

「仕事ばかりで、遊びはなし？」

ニックの口元がおかしそうにぴくついた。「〝遊び〟の話をくわしく聞きたいかい？」

女遊び？　少しはあるに違いない。彼は豊富な経験を持ち、女性をよく知っている男性特有の雰囲気を備えている。そう考えると、ティナは想像もしなかったほど動揺した。

「全部は思い出せないんじゃないかしら」ティナはどうにか愛らしく応じ、彼の静かな笑い声を聞いた。

「そんなに経験豊富だと思うかい？」

「その返事は控えるわ。だってわたしが何を言っても……」彼女はわざと言葉尻《じり》をにごして、にこやかにほほえんだ。それから皿を片づけに来たウエイターにデザートメニューを持ってこさせ、目を通した。

「もし甘いものがお好きなら、とろりとしたなつめ椰子《やし》のプリンが――」

「たまらない？」

「ええ」ティナは晴れやかな笑みを浮かべた。「わたしはフレッシュフルーツ・コンポートでいいわ」

ふたりはのんびりと食後のコーヒーを……ティナは紅茶を味わった。ウエイターが請求書を差し出したので、彼女はわたしにと身ぶりで示した。

「君がぜひにと言うなら」ニックの声にはどこかおもしろがっている響きがあった。ティナは彼をひとにらみしてからクレジットカードを差し出した。

少しして彼女はコンシェルジュに合図をして車を持ってこさせた。

「楽しい夜をありがとう」彼女がガレージに駐車したとき、ニックがゆったりと言った。

「どういたしまして」

ふたりで家に入り、ティナは階段に向かった。

「何か忘れているよ」

ティナがかすかな驚きを顔に浮かべて振り向くと、ニックが近づいてきた。

「ここでおやすみのキスをすべきだろう？」

冗談……でしょう？

ティナはためらいがちに背伸びをして彼の頬に唇をつけた。少なくとも彼女はそのつもりだった。だが彼が動いたので、唇と唇が触れ合った。

ニックは身を引く機会を与えないで彼女の頭を両手ではさみ、唇を合わせてそれ以上のものに変えた。

はるかにすばらしいものになった。ゆるやかに探る唇の動き。官能的なその激しさに、ティナはめまいを覚えた。情熱の味、興奮させ、酔わせる力はビンテージ物のシャンパンに劣らなかった。

ティナは胸の奥で思った。これが彼のキスのやり方なら、愛の行為はどんな感じなのかしら。

〝そんなことを考えてはだめよ〟

彼女はキスがどのくらい続いたのかわからなかった。三十秒、百秒……もっと長かったかもしれない。

彼に放されたときティナはそこに立つのがやっとで、茫然《ぼうぜん》として彼を見つめた。

ニックは彼女の頬をやさしく撫《な》で、彼女の口元でつかのま指を止めた。「ぐっすりおやすみ」

彼が書斎へと向きを変えても、ティナはまだ立ち尽くしたままだった。ドアが閉まるかすかな音を聞いてやっと、彼女はふたりの寝室に向かった。

眠りはいつまでたっても訪れなかった。唇、口の中……ティナの全身が熱く燃えている。

こんなのひどいわ。


仕事が必要な気晴らしになり、ティナは大きな寝室をふたりで使うことに日ごとに慣れていった。

バスルームと衣装部屋がふたつずつあるので助かった。おかげで個人のプライバシーは保たれる。

それでも、こんなに間近で生活していると、ティナは常にニックの存在を意識させられた。彼の大きなベッドのカバーが折り返され、彼がその日に着た服がコートかけにかかっている。彼がシャワーを浴びたあとはいつも、バスルームから石けんのさわやかな香りが漂ってくる。

ときどき半裸の彼をちらりと見るだけでティナの胸は高鳴った。

今夜ティナが化粧の仕上げをしてから衣装部屋で服を着たときも、例外ではなかった。

ニックが上半身裸で立ち、ズボンをはいていた。一瞥《いちべつ》しただけで彼女の全身の神経がおかしくなった。動くたびにしなる力強い筋肉。日に焼けて輝く肌。

その瞬間ニックが顔を上げ、ふたりの目と目とが合い、からみ合った。彼がほほえむとティナの体の力が抜けた。

こんなにたくましくて魅力的な男性は、ほかにいない。楽々と女性に不思議な変化を引き起こす男性は。男っぽくて強烈にセクシーで……命とりだ。

「すぐに終わるわ」ティナはなんとかさりげなく言い、衣装部屋に入った。

彼女が選んだドレスは幻想的な濃い青のシルクシフォンで、体にぴったりするビーズ刺繍《ししゅう》が施された胴着《ボディス》、細い肩ひも、レイヤードスカートがついていた。最後に同じくビーズ刺繍が施されたジャケットを着て、オーダーメイドのピンヒールを履き、優美なダイヤの滴形イヤリングで仕上げた。

巧みに巻き毛を少し垂らしてティナが寝室に戻ると、ニックがゆったりと立ってこちらを見ていた。どんな女性も思わず彼に引きつけられて、心おだやかではいられないだろうとティナは思った。

ことにわたしは。

「用意はいいかい？」

ティナはイブニングバッグを取り、彼にすばらしい笑みを見せた。「ショータイムね」

「あとひとつだけ」

ニックが近づいてきたので、彼女はユーモアで身を守った。「歯に口紅がついている？　それともマスカラの染みかしら？」

「君は美しい」内面からにじみ出る美しさだと、ニックは心の中で言い添えた。

ティナは思った。彼はその言葉がわたしにどんな効果を与えるか、知っているのかしら。

「ありがとう」ティナは彼の非の打ちどころのないスーツ姿に目を走らせた。「女性たちは競ってあなたの注意を引こうとするに違いないわ」

「君は一線を越えようとしているよ」

ふたりで階段を下りながらティナはいたずらっぽくほほえんだ。「そうかしら？」

渋滞する道路を進んでふたりは市内に入り、一流ホテルの駐車場に入る車の列に並んだ。

王立小児病院の慈善興行は年一回催される輝かしい行事で、大勢いる満場の出席者の後援を受けている。ティナはそれを考えながらホテルの大舞踏室のロビーにニックと並んで立った。

ひとかどの人たちが顔を揃《そろ》えていた。社交界の長老二、三人と肩書きを持つ人たちが少し、ティナの店の常連客も何人か来ていた。

女性陣は一流デザイナーのイブニングドレスと宝石類で身を包み、男性陣はブラックスーツに蝶《ちょう》ネクタイ姿がまぶしい。

ウエイトレスたちがシャンパン、オレンジジュースを客に勧め、控えめな音楽は交わる客の話し声でほとんど聞こえない。

虫の知らせかしら？　ティナは部屋になんとなく目を走らせて思った。

サビーヌは時間ぎりぎりにご登場？

このチャリティのチケットは何週間も前に売り切れたものだ。サビーヌが入場するにはチケットを持っている人を説きつけて同伴するしかない。

そのとき巨大な舞踏室の扉が開け放たれ、客たちは席に着くように促された。ティナは内心安堵のため息をつき、ニックと予約席に行った。

だがあいにく、司会者が演説を始める直前にサビーヌが姿を見せた。

サビーヌのみごとな髪は、並み居る女性たちの中でも際だっていた。たとえ注意を引くには不十分でも、サビーヌは黒い服を選んでいた……その完璧《かんぺき》な曲線を包む、ストラップレスで背中の開いた新作ドレス。効果は抜群で、きっとどの男性陣の胸も高鳴らせただろう。

真っ赤な口紅とグロス、それに合わせたマニキュア。サビーヌは性的アピールの塊だ。

今宵《こよい》の彼女のエスコート役は洗練された男性だった。モデルのような風貌《ふうぼう》と体格はさぞ金をかけていることだろう。

すぐそばのテーブルに空席がふたつあり、サビーヌがゆっくりと近づいてくるのを、ティナはぼんやりと魅せられたように見守った。

驚いたことに、サビーヌとその連れが席に着くまで司会者は開会を遅らせた。

サビーヌを実物どおりに表す言葉は、どの辞書にもないだろう。

なお悪いことに、サビーヌはまっすぐティナの目に入る席に座った。ニックにも見える席に。

とんでもない一夜になりそうだとティナは思った。

だが、その言い方は控えめすぎた。サビーヌはニックの気を引くためだけに、あらゆる手練手管を駆使したからだ。

かつて分かち合ったものを彼に思い出させるために。もしかして今でも分かち合えるものなのかしら？

どうでもいいわ。ティナはそう胸に言い聞かせた。

ティナは冷たい水を飲み、料理をひと口食べたが味も歯ごたえも感じなかった。

同じテーブルの客と話もした。しかしあとで振り返っても、話題も自分が何を話したかも思い出せなかった。

一日じゅう現れたり消えたりしていた背中のかすかな痛みが急に激しくなり、苦痛が奥まで広がった。ティナは痛みをやわらげようと身じろぎした。

寝方が悪かったのかしら。うっかり筋肉を伸ばした？　まさか食べ物のせいではないでしょうね？

きっと立ち上がって少し動けば楽になるだろう。化粧室に行こうかしら。

しばらくして行事の進行がとぎれたのを機に、数人の女性客が席を立った。ティナもそれにならった。ティナがようやく舞踏室に戻ったときにはコーヒーが出ていて、あちこちテーブルを交替している客がいるかと思えば、ゆっくりとメインドアへ歩いている客もいた。

ティナが席に戻ると、ニックがすばやく様子を見て取った。「そろそろ帰るかい?」

「ええ、お願い」

ティナの顔は青ざめ、美しい緑の目の下に隈《くま》ができていた。それを見てニックの視線が鋭くなった。

「どうしたんだ?」

これが頭痛ぐらいのことならいいが、彼女はその程度ですまないのではと心配だった。「わからないわ」

ニックは迷わずコンシェルジュに連絡して彼女をロビーに連れ出した。外には車がすでに待っていた。

「まず家に帰りたいわ」ニックが最寄りの私立病院に向かったのでティナは反対した。次の瞬間急激な痛みに襲われてしばらく息ができず、彼女が抱いていた疑いは気分の悪くなるような確信に変わった。

あとのことは何もかもぼんやりとしている。彼女は救急病棟に運ばれて入院することになり、質問と点滴と検査を受けた。

自然流産と診断された。よくあることです、と。いくつか検査をしてスキャンし、痛みをやわらげて、ひと晩様子を見ることになった。何もかも申し分なければ、明日の夕方には退院できる。

「家に帰って」治療が終わったあともニックが残っているので、ティナは言った。

彼は沈んだ表情で測りがたい暗い目をして椅子をベッドに引き寄せた。「僕も残るよ」

「無理だわ」

「見ているといい」

ティナは疲れきっていて彼と言い争う元気はなかった。考える気力がなく、目を閉じてうとうとしながら思った。睡眠薬を投与されたのかしら。いったい今は何時なの？　でも、それがどうしたというのだろう。もう何もかもどうでもいい。

夜中に看護師たちがたびたび現れたのでティナは何度も目が覚めた。一度顔を巡らせて確かめたとき、ニックはまだそこにいた。

病院の静けさは、早朝の看護師の交替、お茶係の女性の作業、各医者の巡回準備の騒ぎで破られた。

ニックの気配がないのでティナがたずねると、彼は着替えに帰ったと聞かされた。

ティナはシャワーを浴び、清潔な病院のガウンを着てから、看護師にせかされてベッドに戻った。

「居心地はいい？　もうすぐ朝食よ」

壁高く設置されたテレビ用のリモコン装置があり、雑誌も選べるようになっていた。彼女はどちらにも興味がなかったが、流産を思い出すよりはなんだろうとましだった。

まるで心の葛藤《かっとう》でがんじがらめになったかのように、ティナはなんの感情も感じなかった。

別の看護師が病室に元気よく入ってきて、彼女の体温と血圧を測り、点滴を調べてから、気分はいかがとたずねた。

「元気よ」それは機械的に出たうつろな返事だった。実のところ、彼女は自分でもどんな気分なのかわからなかった。

ティナの頭の中ではさまざまな考えが渦巻いていた。妊娠が過ちで、ふたりで作ろうと思ってそうなったのではないという漠然とした罪の意識。最初に妊娠を知ったときのショック、決心。そして、バシリの不慮の死。すべてがよみがえり、ティナはめまいを覚えた。レアンドロス家の跡継ぎのために便宜結婚をしようというニックの強い主張を思い出したとき、彼女の苦悩はさらに激しくなった。

もう子どもはいない。

〝それでわたしはどうなるの？〟

朝食が届き、ティナは果物とシリアル、トーストを少しずつ食べ、紅茶を飲んだ。

目を上げると、ちょうどニックが入ってくるところだった。彼は戸口で一瞬足を止めてからベッドに近づき、身をかがめて彼女の額にそっとキスをした。

「気分はどうだい？」ニックは仕立てのいいズボン、開襟シャツ、ジャケットに着替えていた。彼は手に提げている大型の旅行バッグを指した。「君の服を持ってきたよ。あと、必要そうなものも」彼はひどく大きな花束を持っていた。「看護師が花瓶を探してくれるそうだ」

「ありがとう」

ニックの目に、ティナはとてもはかなげに映った。瞳は愁いを帯びている。彼は気持ちを察するばかりだった。「ナースステーションに寄ってきた。もうすぐ産科医が来るよ」

「そうらしいわね」

ニックは、ティナをベッドから椅子に移して抱き締めたいという衝動と闘った。彼女はあらがうだろう。ニックがひたと見つめると彼女は初めて目をそらした。

僕がどんなに無力感に襲われているか、彼女にわかるだろうか？　いかに言葉が……どんな言葉もふさわしくないように思えることが？

そのとき産科医がやってきた。医師はティナの次の診察日を決め、今日の夕方に家に帰っていいと認めてから去った。

ティナは自問した。退院はうれしいけど……今はどこがわたしの家なの？

妊娠していないということは、もう結婚を続ける必要がないことを意味する。ニックはいつ離婚の申し立てをするかしら？　だって離婚は避けられない……でしょう？

「二、三件必要な電話をしておいた」ニックが静かに言った。「ブティックは、リリーが責任を持って運営してくれるし、昼ごろにクレアがここに来る予定だ。二、三日滞在してくれるように彼女を招待した。ステイシーは今夜君に電話をするそうだ」

母？　今ほど母が必要なときはないわ。

ニックは時間が来るまで待ってから、クレアを空港に迎えに行き、まっすぐ病院に連れてきた。

ティナは両腕を差しのべて母親を抱き締めた。

「よく来てくれたわね」ティナはベッドをたたいた。「座って」

ニックはそんな彼女たちを見てほほえんだ。ふたりは母と娘というより、姉妹のようだ。

「僕はそろそろ行くよ」彼は身をかがめてティナの頰に軽くキスした。「四時に戻る」

「ありがとう」ティナは静かに言った。

母と積もりに積もった話をするのは楽しく、ふたりでたっぷりとおしゃべりした。だが、いちばん切迫した話題はどちらともなく避けた。流産は、ティナとニックの関係にどう影響するだろうか？

ティナは胸の恐怖を言葉にできず、クレアは母親の直感でその話題に触れなかった。

「どのくらい滞在するの？」

「火曜日までよ。夜の便で発《た》ってブリスベンで一泊し、明け方にヌーサに戻るの」

「二日間だなんて、ずいぶん短いのね」

その夜の夕食は宴会になった。スティーブは腕によりをかけて、すばらしいローストチキンとさまざまなサラダを作り、おいしいチーズケーキは、地元のパン屋で買ったものだと認めた。

食後、ティナは禁じられていたコーヒーを数週間ぶりにうっとりと味わった。ささやかな喜びだけど、それでもうれしい。今は手に入る喜びはなんでも受け入れよう。

ステイシーからの電話ではお互いにつらい思いをした。ふさわしい言葉などなく、数週間のうちに二重の喪失感を味わったステイシーの苦痛をやわらげるものは何もなかった。そのためにティナの罪の意識はますます強まった。いわれのない罪悪感と知っていても消えなかった。子どもを失ったばかりか、ニックをも失うのが怖かった。

「ダーリン、そろそろやすんだら？」九時ごろクレアがやさしく勧めた。「ゆうべはあまり眠れなかったでしょうから」

「わたしを追い払ってふたりの男性を虜《とりこ》にしようって魂胆ね」ティナはからかい、母の明るい笑い声を聞いた。

「よくわかったわね」

ニックがすっと立ち上がり、玄関ホールまでティナにつき添った。

「いっしょに来なくていいのよ」彼女は静かに言った。「寝室に行く途中で倒れたりしないわ」

ティナの中にある強さと弱さ。ニックを面食らわせたのは弱さのほうだ。彼女が心を閉ざし、自分と距離を置くのがわかってもどうしようもできず、彼は無力感に苛《さいな》まれた。

「そうだね」ニックは気楽に同意したものの、並んで階段を上り始めた。ふたりは階上に着き、廊下を渡って寝室に行った。

部屋に入るとティナは彼と向き合った。「それで、あなたはなぜここにいるの？」

「君が処方された薬をきちんとのむのを見届けるためだよ」彼はバスルームでグラスに水を注《つ》いできて、彼女に薬を手渡した。

「わたしに看護師は必要ないわ」

「そんなつもりはなかった」

ティナは薬をのみ、戸口に歩いていく彼を見守った。

「あとで上がってくるよ」

そして彼は出ていった。

わたしはだいじょうぶよと自分に言い聞かせながら、ティナは服を脱ぎベッドに入った。しばらく読書をしよう……。

ニックが部屋に戻ったとき、ティナは眠っていて、じゅうたんに本が落ちていた。

彼は本を拾ってベッド脇《わき》のテーブルに置き、しばしたたずんで、ティナの寝顔を見下ろした。

ベッドに入り彼女を抱き寄せたい。ニックはあらがいがたい誘惑に襲われた。

それでも彼はその場を離れて服を脱ぎ、自分のベッドに入ると、暗くなった天井を見つめながら考えにふけり始めた。

10

「ねえ、お母さん。今日は何がしたい？」

朝の九時過ぎ、空は晴れ、大気には春のぬくもりが感じられる。ティナはクレアと朝食をともにしながらくつろいでいた。急ぐ必要もないので、二杯目のコーヒーを楽しんだ。

「ふたりで過ごしたいわ、ダーリン」

「いっしょにブティックの様子を見に行きましょうか？」ティナは提案した。「昼食をとったあと、買い物療法はどう？」

「もう家に閉じこもる生活に我慢できなくなったの？」母がからかった。

「ひとことで言えばね」この家から出たくてたまら

ないなどと、どうして説明できるだろう。もうすぐ出ていくように言われるかもしれないからと？

「それより休養をとるべきよ」

ティナは首を振った。「休養は昨日とったでしょう？　お母さんとニックに強く言われて」スティーブの応援もあってはティナに勝ち目はなかった。でも今日は状況が違う。

「産婦人科のお医者さまは――」

「通常の生活に戻ってもだいじょうぶと請け合ってくださったわ」

クレアの目が少しきらめいた。「こうと決めたときのあなたの頑固さは、いやというほど知っているわ。でも長くても四時間までよ。疲れてきたとわたしが判断したら、もっと早く切り上げるわ」

スティーブからやめたほうがいいのではと反対されたが、ふたりは十一時に家を出てクレアの運転でダブル・ベイに向かった。


ティナが真っ先に行きたいのはブティックだった。彼女は、喜んで迎えたリリーに温かく抱擁された。

「あなたに会えるなんて最高だわ」リリーが熱を込めて言った。「でもここに来てだいじょうぶ？」

「わたしもそう言ったんだけどね」

リリーがクレアにいたずらっぽい笑みを投げた。

「聞く耳持たず、ですね？」

「ええ。だからわたしはティナのお目付役よ」

「いつでも止められるように？」

「わたしがここにいないみたいに話すのはやめて」ティナが軽く抗議した。「何か問題はない？」

「わたしで処理できるものばかりよ」リリーは商品の納品、売買、注文についてよどみなく報告した。

「母とわたしが店番をしているあいだに休憩を取りたいでしょう？」

クレアが進み出て、手短に指示した。「わたしがするからあなたは座って。リリー、三十分休んでらっしゃい」

　仕事に戻るのはいいものだと、ティナはつくづく思った。まるで一日でなく何週間も仕事を離れていたのかと勘違いされそうだけど。明日は十時半から三時半か四時まで出勤しよう。もしきつかったら、いつでも帰宅できる。

「あなたのやり方が気に入ったわ」クレアが商品を見てほめた。「品数も揃《そろ》っているし、ディスプレイも美しいわ」

「ありがとう」

　母の仕事ぶりを眺めるのは楽しかった。見るだけのつもりで訪れた客が、母のみごとな接客術で買う気になる。まさに芸術業だわとティナは感心した。

「わたしの教師は最高だわ」客がいなくなると、ティナは拍手をしてクレアの笑みを誘った。「あの服はすてきだったし、彼女のスタイルや肌の色を引き立てていたわ。まさに売れるべくして売れたのよ」

「そうですともね」

　ふたりがほほえみ合っているとリリーが戻ってきて、怪訝《けげん》そうに眉を上げた。「わたしにも話してくれる？　それとも当ててみせなくちゃだめ？」

「母が〈エリー・サーブ〉のアンサンブルを売ったばかりなの」

　リリーがおどけた顔をした。「今朝、店に出したばかりなのに。しばらくいていただくべきかも」

　クレアがバッグを取った。「そろそろ娘を昼食に連れていくわ」

　ティナは反対した。「わたしがごちそうするわ」

「言っても無駄よ。お店だけ選んでちょうだい」

　ティナは母からリリーに視線を移した。「明日は出勤するわ」

「まずニックに確かめたほうがいいわ」リリーは警告して、ティナが表情たっぷりに目をくるくるさせたのは無視した。

時刻が早いのでたいていの昼食客が集まるにはまだ間があるが、予約が多かった。ティナはすばらしい料理で名高い、上品なレストランのテーブルをなんとか確保した。

ふたりはあっさりしたメイン料理を選び、ワインは断ってミネラルウォーターにした。

「リリーはとてもよく働いてくれているみたいね」クレアは水を飲み、椅子の背に少しもたれた。「あなたはもっと休みが取れるはずよ」

「そうかもね」

「検討してみなさい」母に促されてティナはうなずいた。そのとき給仕が空きテーブルに案内していく人物に気づいて、すばやく頭だけ下げた。

サビーヌだ。

「どうかしたの、ダーリン?」

〝どうかした〟なんて生やさしいものじゃないわ。

「あら、ティナ」ものやわらかな、満足げな声は陰険そのものだった。「こんなところでお会いするとは思わなかったわ」

「ええ」ティナはあいまいに言った。

サビーヌはクレアのほうを向いた。「お会いするのは初めてですわね。わたしはサビーヌ・ラファージといって……」彼女はそこでわざと雄弁な間を空けた。「ニックの昔の友人ですの」

そんなに昔の友人ではないし、今だってかかわろうとしているくせに。ティナは内心でつぶやいた。

「同席してもよろしいわよね?」

なんてあつかましい。ティナは断ろうとしたが、母に先を越された。

「いいえ」

即座に人物を判断する母の鑑識眼は健在だった。

「でも、もう空いているテーブルがありませんの」

ティナは期待して母の返事を待ち、そのきっぱりした返事に満足した。「わたしたちは内密の話をしているところなのよ」クレアは給仕長を呼び、同席する気はないと説明した。彼はすぐに謝罪を述べた。

「マダムがご友人だと強くおっしゃいましたので」

クレアは微笑を浮かべた。「マダムの勘違いよ」

サビーヌは相手を震え上がらすような目つきでにらみ、くるりと向きを変えて店を出ていった。

「説明してもらわないとね」クレアが平静に言った。

ティナがかいつまんで事情を話すと、母は目を鋭く細めた。

「それは危険な女性ね。背後に気をつけるのよ」

「わかったわ」ティナは素直に言った。

「ニックはどう対応したの？」クレアの突っ込んだ質問にティナはうめき声を押し殺した。母がこうすると決心したら、何ものも止められない。

「防犯対策を強化したわ」ティナは静かに教えた。

「スティーブはボディガードを兼ねているの。わたしは追跡装置を携帯しているわ。わたしのフォルクスワーゲンはガレージに入れたままで、いちばんスピードが速い、高機能のポルシェに乗らなくてはならないの。番犬もいるわよ」彼女は深く息を吸い、ゆっくり吐き出した。「これで十分でしょう？」

「安心したわ」

「それがいつまで続くかは、想像する以外ないわ」

クレアが思いやりのあるまなざしを向けた。「ということ？」

「もうレアンドロス家の跡継ぎはいないから」

母はすぐには答えなかった。どう言うべきか慎重に考えているのだろうか。

「将来、あなたとニックが子どもを持つ可能性は考えられないかしら？」

ティナは絶句した。「この結婚がどんなものか、知っているはずよ」

「ええ、よく知っているわ。わたしも式に同席したのを覚えているでしょう？」

「それなら、なぜ――」

「こんな提案をするのか？」クレアは間をおいた。

「あなたの中に愛し愛されたいと思う部分はないかしら？　異性との結びつきの中で安心したいと思う部分は？　恋人だけでなく、親友でもある男性といっしょに年を取りたいと？」

「そしてもうニックと結婚しているから一石二鳥を狙《ねら》ったらどうかと言うの？」ティナはその提案にいかに心をそそられるか言葉にできそうもなかった。

「ひとつ小さな問題を忘れていない？」彼女は落ち着いて言おうとしたが、だめだった。「ふたりともそれを望んでいないかもしれないでしょう？」

クレアは考え込んだ顔になった。「あなたは望んでいないの？」

「わたしは悶着《もんちゃく》の種はいらないわ」

それは質問の返事になっていなかったが、クレアは今は何も言わないほうがいいと判断し、請求書を持ってくるように合図した。「買い物療法に取りかかる？」彼女はほほえんで提案した。

二時間後、ふたりは色鮮やかな紙袋をいくつか持って帰宅した。ふたりでそれらを分け、また包みから出して楽しんだ。

マリアが夕食にミネストローネ・スープとおいしいラム・ローストを用意していたので、クレアが荷造りをしに二階に上がっているあいだに、ティナは食卓の用意をすると言い張った。

ティナが最後のグラスを置いたところで、ニックが入ってきた。彼が近づいてきたときティナは胸の奥のかすかなざわめきを静めた。

「いい日だったかい？」

彼女は少し後ろに下がり、かすかな笑みを浮かべた。「母とふたりでブティックの様子を見たあと、昼食をとって、買い物療法をしたの」

ニックは彼女の顎を上げ、顔を調べた。「君は休養をとることになっていたはずだよ」

「もう母ととったあとよ」

ニックはそれについては追及しないことにした。

「何か問題は？」

どうせ耳に入るだろうから打ち明けたほうがよさそうだ。「サビーヌが同じレストランに入ってきたの。わたしたちと同席しようと懸命だったわ」

ニックの目が鋭くなった。「失敗したんだろう？」

彼に顔を両手ではさまれたのでティナは逃れようとしたが、無駄な努力に終わった。

こんなに彼のそばにいたくなかった。官能的な曲線を描く唇をひと目見ただけで、彼と唇を重ねたときの感触がよみがえってしまう。「お願い、夕食の前にシャワーを浴びないと」

ニックは顔を近づけてキスした。ゆるやかにやさしく舌をからませてから彼女を放した。

それだけでもニックは脈拍が速まるのを覚え、唇を重ねる直前、彼女が息をのんだのに気づいた。

ニックは部屋を出ていく彼女を見送ってからキッチンに行き、スティーブと打ち合わせをした。

今日の一件で、サビーヌはますます反撃したくなっただろう。いつ、どこで、どんな方法で反撃してくるか、その予測がむずかしい。

スティーブは三人と夕食をともにした。食事中はずっと軽い話題でおしゃべりが交わされた。

空港までニックとふたりでクレアを送るとき、ティナは異常なしと判断した。

母が出発ラウンジへ入る時刻になっても、ティナはなかなか別れの言葉を言えず、視界から母の姿が消えたときふいにこみ上げた喪失感と闘った。

ニックの運転で帰途につくと、ティナは幕のように下りてきた疲労感に包まれた。ヘッドレストに頭を預けて目を閉じた。

すべて話し尽くし、ひどく疲れた気分だった。

　ニックがガレージで車を停《と》めると、彼女はシートベルトをはずし先に立って家に入った。早く寝よう。でも、まずはシャワーだ。

　並んで階段を上がるうちに、ニックの顎がこわばった。彼に抱き上げられ、彼女は力なく反対した。

「歩けるわ」

「僕の好きにさせてほしい」

　ティナはほんとうに抱いていかれるのはいやだったが、独立を求めて争っても得るものはない。

「わたしはだいじょうぶよ」寝室に着くと、ティナは彼に請け合った。

「もちろんさ」彼は彼女をそっと下ろし、彼女のシャツのボタンに手を伸ばした。

「何をしているつもり？」

「君の服を脱がしている」

　ニックの声にはどこか気遣いが感じられた。そのため、彼の行為にまったく違う意味合いが加わった。

　彼の指が肌をかすった瞬間、ティナの頭の中で非常ベルがかすかに鳴った。

　こんなふうに感じたくない。ここにじっと立っているなんて、とんでもないわ。

「やめて」これがわたしの声？　まるで嘆願し、請い求めるような声だ。

　彼はほとんど気に留めずに続け、しまいに彼女はブラジャーとショーツ姿になった。「行きなさい」

　ティナはバスルームに逃げ込んだ。しばらくして戻ると明かりは薄暗くしてあり、彼女のベッドカバーは折り返されていた。ナイトテーブルに水の入ったグラスと薬が二錠置いてあったが無視した。痛いところはないし、眠る助けは必要ない。

　頭を枕《まくら》にのせたとたん寝てしまうなんてありえないとずっと思っていたが、ティナは目を閉じようとしたことしか覚えていなかった。

　あとで考えても、眠りについた時刻も、どのくらい寝ていたのかもわからなかった。わかるのは、闇《やみ》の中で見慣れた悪夢に陥っていることだけだった。彼女がアパートメントのベッドに寝ていると、かすかな物音がした。何かが動いたと思ったとき手で口をふさがれた。

息ができないうえ何も見えない。ティナはもがき始め、自分よりずっと強い力と闘った……。

「ティナ」

力強い両手が彼女の振りまわす腕をつかみ、男性の声が意識下にゆっくりと届いた。それでもティナは少しでも有利に立ってやっつけようと闘った。

彼女の名前がはっきりとすぐそばで聞こえた……悪夢は消えていき彼女は現実に戻った。

大きな部屋が目に入った。ティナはどこに誰といるか悟り、驚愕《きょうがく》と安堵《あんど》が入りまじった気持ちを味わった。

ティナの表情は何かに憑《つ》かれたかのようだった。大きく見開かれた目には言葉にされない恐怖が浮かんでいる。ニックは反対を押しきって彼女を自分のベッドに移した。

「黙りなさい」ニックは静かに叱《しか》り、彼女を引き寄せた。「ただ……黙って」

わたしはここにいるべきではない。このままではいけない。でも彼の隣はとても心地がよかった。彼の体は温かくて腕は頼もしく、ティナは安心を感じた。いいえ、安全を感じたのよと彼女は心の中で言い直し、あらがうのをやめて成り行きに任せた。

その夜ティナは何度も目覚めては身動きし、そのたびに温かくてたくましい胸に寄り添っていることに気づいた。力強い男性の腕に抱かれていることに。

ティナは状況を思い出し……感覚が生き返るのを覚えた。

このままとどまるのは簡単だ。彼に身を寄せ、すぐそばにいることを楽しみ、男らしい香りを吸い、彼の手の動きを感じる。

何を考えているの？

わたしは彼が導く先には行けない。行きたくないのよと彼女は胸に言い聞かせた。それは偽りだと知りながら。

夜の闇の中では思いのままに、なんでも達成できると信じられる。愛すらも。

脳裏でささやく母の言葉が聞こえ、夢想がふくらんでいく。ニックと子どもたちがいる人生はどんな感じかしら。未来は……。

でもそうはならない。

それにわたしは彼と同じベッドにはいられない。彼が夢うつつのまま、わたしをほかの女性と勘違いして体を重ねてきたら、わたしはもう生きていけないだろう。

〝出なさい〟静かな声が促した。〝今すぐ〟

数分後、ここから脱出することが肝心だと彼女は決心した。だが、彼女が少し離れるたびにウエストにまわされた彼の腕がきつくなり、簡単にはいかない。

無意識に？　それともわざと？

無意識にそうしているんだわ。そうに違いない。

今度はどうしよう？　思いきって抜け出る？　それならうまくいくかもしれない。

作戦は首尾よくいき、ティナはほっとして自分のベッドに入った。

ティナが目覚めたときニックの姿はなかった。彼女は仕事に復帰する決心をして一戦交える覚悟で、朝食をとりに階下に行った。するとスティーブから、ニックはすでに朝食を食べ、街に向かっているところだと聞かされた。

「どうしても仕事に戻らなくてはいけないんですか？」彼女が決心を告げるとスティーブがたずねた。

断定する必要がある。「そうなの」

「油断しないでください。サビーヌは――」

「いらだちを募らせているかもしれない、でしょう？」ティナはスティーブの言葉を引き取り、彼から簡潔な確認を受けた。「わかったわ」そう請け合うと、鍵《かぎ》を取った。

その朝は忙しかった。それでも馴染《なじ》んだ生活に戻ると正常な感じがした。ティナが休んでいた二、三日で、リリーは非常に有能だと証明された。商品は配置よく飾られ、個々の良さがよく引き出されている。売れ行きは上々で、ちょっとした問題が一、二点あったが、リリーの手に余ることはなかった。

十一時ごろリリーが電話に出て、静かに話してからティナに受話器を渡した。「あなたのゴージャスな旦那《だんな》さまからよ」

「君は何をしているんだ？」彼の声はなめらかだった。

「働いているのよ」

「必ず早めに帰るんだよ」

過保護にされてもうれしい気分はせず、ティナは静かに言った。「店が忙しいの。もう行かないと」

ティナは電話を切ってサロンに視線を向けた。そのとたん、今日一日が悪いほうに一変したことに気づいた。

サビーヌだ。目的があるらしい。彼女の標的は言うまでもなかった。

「話があるの」サビーヌはカウンターに近づき、いきなり切り出した。

「あなたと話すことはありません」ティナは淡々と応じた。

サビーヌは餌食《えじき》を灰にしてやるとばかりに燃える目でにらんだ。「ニックの前から消えなさい。さもないとわたしが追い払ってやるわ」

サビーヌの後ろでリリーがこっそりと携帯電話をかけるのがティナに見えた。

「お帰りください」礼儀正しくしても効果があるかしらと思いつつ、ティナは表面は落ち着いて言った。

「用が終わったら帰るわ」

〝彼女から目を離してはだめよ〟内なる声が警告する。

　そのとき突然、稲妻のようにすばやく、サビーヌの手がティナの頬骨を直撃した。

「ニックはわたしのものよ」ティナが身を立て直すやいなや、サビーヌがわめいた。

　それだけ言ってサビーヌは戸口に歩いていった。しかしドアは動かない。サビーヌは憤然と怒鳴った。

「ドアを開けなさい」

「警察が着くまで、開けないわ」リリーが言う。

　サビーヌはリリーに食ってかかった。「開けなさいったら！」

　状況はどちらに転ぶかわからないが、二対一ならこちらが有利なはずだ。

　リリーが動かないので、サビーヌは獣のように叫び、怒りに任せてサロン内で暴れ始めた。アンティークの大きな姿見を倒し、展示棚のバッグをつかんでティナに投げつけた。ティナは頭を低くしてかわしてからサビーヌに体当たりし、首尾よく床のじゅうたんの上で取り押さえた。

　鮮やかな手並みとはいかなかった。だがそもそもサロンは、念入りな作戦で技をかける道場とは違う。汚い争いがきれいなわけがない！

　スティーブが警察より何分か早く現れ、そのあとは何もかも現実ではないようだった。

　ティナはスティーブの検査を我慢し、頬の切り傷はアイスパックで冷やさなくてはという彼の主張を軽く退けた。

　写真を撮られるのも同じように避けようと反対している最中に、ニックがサロンに入ってきた。

　サビーヌはすぐさま、乱暴されたと訴えた。しかし彼はほとんど目もくれないで無視し、ティナのところにまっすぐやってくると、乱れた格好をさっと眺めた。

「見かけほどひどくないのよ」そう言ったものの、きれいに編んだ髪があちこちほつれているのはわかっていた。スカートはずれ、シャツははみ出て、調べてみるとボタンが二、三個取れていた。

ニックはティナの頬の切り傷と腫《は》れ、サビーヌのマニキュアを施した指の爪痕《つめあと》に目を留めた。担当警官を振り向いて簡潔に話したあとで、言い添えた。

「厳重に罰してください」

フラッシュが光り、スティーブが写真を撮ると同時に、警察の写真係もティナと倒れた姿見を撮った。

「ここを片づけなくちゃ」ティナはそのとき初めて鏡に映った自分の姿を見た。ひどい格好だ。

後ろにニックが立ったのが見えた。ニックに向き直らされても、ティナは形ばかりの抵抗しかしなかった。

ニックはティナの頬にやさしく触れ、彼女がひるむのを見て指を下に滑らせ口元でとどめた。

彼の目は陰り、表情は不可思議で、まるで何を言うべきかわからないかのようだった。

わたしが何か言わなくては。なんでもいい。ふたりのあいだにいつまでも沈黙が流れるよりはましだ。

「サビーヌがついに暴力を振るったの」ティナは彼の顎がこわばったのを見た。

「ひどい目に遭ったね」

「この程度ですんでましだったかもしれないわ」

「君を連れていって、これを……」ニックが彼女の腫れた頬を指した。「調べてもらおう。それから家に帰ろう」

彼女は首を振った。「あなたは看護師を演じたいのね。好きにして。でも、わたしはここにいるわ」

忙しくして思い出す暇がないようにしなくては。

「ひとつ条件がある。スティーブも君と残る」

「それはちょっとやりすぎじゃない？」

「そんなことはない」

ティナは化粧室に行き、バッグからブラシを取り出して髪を整え、服の乱れを直して口紅を塗り直した。サロンに戻るとちょうどサビーヌがパトカーに連行されるところが見えた。

サロンはいつものきちんとした状態に戻っていた。リリーががんばって片づけたに違いない。警官がひとりせっせと、リリーの証言を取っていた。

「こんな必要まったくないわ」医者がティナの頬を調べて切り傷を消毒したとき、ティナは言った。

「きれいな傷跡になりますよ」陽気な返事が返ってきた。

「氷を当てるわ」彼女は約束した。

「それは効きますね」

その場をあとにして、ティナはニックに近づいた。

「ご満足？」

「いや、だがこれでしばらく落ち着くだろう」

ティナの報告を記録するために残っていた警官が、店の防犯カメラを調べる必要があると告げ、ティナとリリーの証言はその日の夜にはサインをするだけの状態になるだろうと説明して帰った。

ニックがスティーブと二、三言葉を交わすと、今度はスティーブが奥の部屋に残ると知らせた。

「ご婦人たちを怖がらせて追い払いたくありませんからね」

リリーは首を傾《かし》げて彼にいたずらっぽい笑みを投げた。「さあ、どうかしら。わたしたちの力であなたをユニセックス風にアレンジして、うちの新しいアシスタントとして紹介するのはどう？」

「それは無理ですよ」

「残念だわ」リリーがからかった。

事件が起きたのが、真昼近かったのは幸運だった。

ブティックの客の多くは昼食をとる時間だ。警官がブティックを出入りするのを見て好奇心を示した客は少なく、ティナは事件について控えめに話した。

ティナとリリーは順番に短い昼休みを取りに出た。そのあとはふたりとも忙しく働き、一日の終わりには互いに愛情を込めて挨拶《あいさつ》を交わした。

ティナはローズ・ベイを目指して車を走らせ、すぐ後ろにスティーブの車が続いた。ガレージにはニックのレクサスが停めてあった。階段を上るとき、ティナは胸がときめくのを止められなかった。

こんなふうに感じるなんて、わたしの人生を支配してひっくり返し……もうすぐわたしを放《ほう》り出そうとしている男性をこんなに意識するなんて、正気の沙汰《さた》ではない。

問題は、もしそうなったらではなく、いつそうなるかだ。いつ斧《おの》が落ちてくるかと待つのは、安全ネットもしないで綱渡りをするようなものだ。

サビーヌ・ラファージは処罰されるだろうが、弁護団が彼女の保釈を申し立てるまでにどのくらい時間があるだろう？　そのときはどうしよう？

ティナは部屋に入り、ニックが腰にタオルを巻いて寝室に現れたのを見て立ちすくんだ。

シャワーを浴びたばかりの黒髪はぬれ、たくましい体があらわで、彼女の心はかき乱された。

すべてをひと目で見て取り、彼女は夜に数時間抱き寄せられてどう感じたかまざまざと思い出した。なお悪いことにティナはもっと求めていた。

彼に歩み寄り、顔を引き寄せてもいいのだとティナは知りたかった。彼のキスを味わい、愛撫《あいぶ》を始め、彼の反応を楽しみたかった。

ニックを恋人として考えただけでティナの血は全身を駆け巡った。彼は女性を夢中にさせる力を備え、最高にセクシーな雰囲気を醸し出している。

「こんばんは」それはひどくばかげた挨拶だった。

彼は近づいてきて足を止めた。あまりにも近すぎて、彼の肌から漂う清潔な石けんのにおいを吸うことができた。

「こんばんは」ニックはからかうような声で言い、彼女の顎の先をそっと撫《な》でた。「痛みはどう?」

「我慢できるわ」実のところ顔の左側が痛かった。

「言い換えると、ひどく痛むってことかな」ニックは彼女の鼻筋をたどった。「痛み止めをのむといい」

ティナはうなずいてからシャワーを浴びに行き、しばらくして細身のパンツとニットのトップを着てバスルームを出た。髪は垂らしたままで、モイスチャークリームとピンクのグロスをつけてから、階下へ軽い足取りで駆け下りた。

何か知らないけれどおいしそうなにおいがする。ティナはおなかがぺこぺこだった。食欲を感じるなんて、ここ一週間以上もなかった。

マリアがラザニアと新鮮なサラダ、それからロールパンを用意してくれていた。どれもおいしく、ティナは満腹になるまで食べた。

「サビーヌについて最新情報はあった?」

「保釈されました」スティーブが答えた。「ニックが告訴し、あなたのために接近禁止命令を取りました。あなたは自分の証言を確認してサインしなくてはなりません」

「朝、出勤の途中でそうするわ」

「早朝だ」ニックが言った。「空港に行く途中で」

ティナはラザニアを口に持っていきかけて手を止め、怪訝そうに彼を見た。「空港?」

「僕たちは聖霊降臨祭に、ヘイマン島で数日過ごすんだ」

熱帯の北クイーンズランド。陽光、暖かな気温、砂浜、澄んだ海。

「あなたはその計画を……いつ決めたの?」

「今日の午後だ」

「あなたの個人秘書がスケジュールを空けて、予約したの？」

「そうだ」

「ひとつ問題があるわ」ティナはまじめに言った。「あなたは、わたしが時間を取れるかたずねるのを忘れたわ」

ニックはロールパンをちぎって食べた。「それは解決ずみだ」彼は胸中とは裏腹に静かに教えた。「リリーが、彼女の従妹《いとこ》のアニーに少し手伝ってもらって、ブティックを取り仕切ってくれる。君はきっとアニーを気に入り、信頼するだろうとリリーが保証していたよ」

ティナは慎重にナイフとフォークを置いた。「あなたはこれを……」彼女は片手を上げて指を鳴らした。「何分かでやってのけたのね。電話を二、三して、ボーナスを申し出て、完了ってわけ」

ニックはどことなくおもしろがっている様子だ。

「そんなところかな」

「もしわたしが断ったら？」

彼の視線が厳しくなった。「君にそうさせる気はない」

「わたしを飛行機に乗せるには人手が足りないわ。どうやってわたしを連れていくつもり？」

片方の眉が上がった。「おもしろ半分で僕に反対しているのかい？」

言い方はぶしつけに聞こえたとしても、ティナは誓ってそんなつもりはなかった。ただ……抵抗する必要があった。最悪なのは次にどうなるか知らないことだから。

「いいえ。わたしたちが四六時中いっしょにいるのがいいことなのかどうか、自信がないの」

「さあ、どうだろう」ニックがゆったりと言った。「君はうれしい驚きを感じるかもしれないよ」

11

〝心配事から逃れたい〟ときにいる場所として、壮大な楽園が最適なことは間違いない。

陽光、晴れ渡った青空、きらめく海が、平穏な雰囲気を醸し出している。

それはティナが切に求めていたものだった。部屋は贅沢《ぜいたく》な造りで、床から天井まであるガラスドアからのすばらしい眺望が彼女を迎えた。折り畳み式木製ブラインドで、部屋の一部分が影になっている。

「ありがとう」彼女はニックを振り向いた。

「なんのお礼だい？」

「わたしをここに連れてきてくれて」ティナは静かに言った。ここ数週間の出来事から遠ざかることができてありがたかった。ふたりの関係について考えなくていいことも、とティナは胸の中で言い添えた。

数日のあいだだけなら、ふたりのあいだに影が差していないふりができるかもしれない。今はただ楽しみ、シドニーに戻ったら未来に立ち向かおう。

「着替えて、あたりを探検しましょうよ」

「それはいいね」ニックが気楽に賛成した。

ティナはカーゴパンツ、コットンのトップ、スポーツシューズを身につけることに決めて、旅行バッグから出した。

頬に浮き出てきた痣《あざ》はサングラスでほとんど隠せた。しばらくすると彼女はレジャー用のビーチハットとカメラを取り、ニックの先に立って部屋を出た。

大きなプールを通り抜けて砂浜を散歩するうちに、彼から企業の重役のイメージは消え去っていった。

彼もティナに劣らずリラックスしているように見える。単にカジュアルな服装のせいだけではないとティナは直感で悟った。

「向こうに立って」ティナはカメラを構えた。

「写真が欲しいのかい？」

思い出のためよ。彼女は心の中で認めた。何もかも終わったとき、取り出して眺められるように。大切な男性と過ごした、人生の短いひとときを思い出すよすがにしたい。

ティナは次々に写真を撮った。別のカップルが通りかかり、シャッターを押しましょうと申し出てくれたとき、ティナはにっこり笑ってお願いした。

自然と彼のウエストに腕をまわし、肩を抱いてきた彼を見上げて笑った。

だがニックが唇を重ねてからかうようなキスをすると、笑いは消えた。そのキスも写真に記録された。

「ありがとう」ニックはカメラを受け取り、カップルが持っているカメラを指した。「お礼に写真を撮りましょうか？」

新婚旅行だろう。ティナはうらやましく思わずにはいられなかった。愛し愛され、ひとりの男性と心を捧《ささ》げ合うのはすばらしいに違いない。無条件の信頼があると知っているのは。

どちらからともなく親しげなおしゃべりが始まり、数分して〝それじゃまた〟と別れた。ティナは、肩にまわした腕をニックが離すと思った。だが意外にも、彼は腕をまわしたまま渚《なぎさ》を歩いた。

心地いい感覚だ。ふたりのあいだに打ち解けた仲間意識があり、性的な含みはないとわかっている。

わたしが望んでいたのはこれ……でしょう？

そう、これこそ自分の望みだと思っていた。でも、ほんとうにそれで十分なのかティナにはわからなくなった。

まったく正気の沙汰《さた》ではない。

この短い幕間《まくあい》はお別れの挨拶《あいさつ》よ。結婚は終わったと彼がわたしに知らせる瞬間へ導く、楽しい下準備。

そうに決まっているでしょう？

〝その話はしないで〟心の声が苦しげに言った。

ニックはわたしの不安を感じ取るかしら。どうか悟られませんように。

とある地点でふたりは引き返した。部屋に戻ってシャワーを浴びると、夕食のために着替えてレストランに下りた。

着飾っている女性もいたが、多くの客はカジュアルな服装だ。客層はさまざまで、いかにもハネムーン中のカップルや、家族連れ、秘密の週末を過ごしているらしい男女もいた。あからさまにしないかぎり、人間観察はおもしろい気晴らしだった。

「どのくらい滞在するの？」最初の料理とメイン料理の合間においしいシャルドネを飲みながら、ティナは軽い口調でたずねた。

「日曜までだ」

四日間。ティナの肌に軽い震えが走り、体の産毛が逆立った。ティナは彼とずっといっしょにいる危険を直感で悟った。

どうすればいいの。もし……。

やめなさい。〝もし〟なんて起こらないわ。

でも、起こってほしくないの？　心の声が言った。

ふたりはゆったりした食事の最後にコーヒーを注文し、そのあとでビーチを散歩した。月は冴《さ》えて大洋にひと筋の銀色の川を作り出し、かすかな光があたりの光景を淡い真珠色から黒に近い灰色の濃淡に染めている。

ニックが指と指をからませてきたとき、ティナは魔法の存在を信じられそうな気がした。

「そろそろ戻ろうか」

彼の声の物憂げな響きを聞き、ティナは悲しみに襲われた。彼はただわたしを楽しませているだけ。そのことにティナは傷ついた。

愚かな涙が目にこみ上げたので、彼女はあわててまばたきをして押し戻そうとした。だが涙は目からあふれ、両頬をゆっくりとつたい落ちた。

どうかしているわ。いったいどうしたというの？　感情的になっているのよ。しっかりしないと。この一カ月はいろいろあったもの。

うつむいたまま部屋に入ったティナは、ニックの鋭い視線と少し渋い顔を見逃した。彼がそばに来ていたのに気づいたのは、バスルームに入ろうとして道をふさがれたときだった。

そうだ。彼は猫みたいに足音をたてないんだわ。彼があまりにも間近に立っているので、顎を持って上を向かされてもティナは避けようがなかった。彼女は身を守るために目を閉じ、喉をごくりとさせた。そんな反応をした自分がいやだった。

親指でそっと頬を撫《な》でられると、ティナの目からまた涙がこぼれた。

「話してくれるね？」

話さなくてはいけないかしら。

「簡単だよ」ニックが静かに言った。「ひとことずつ口に出していけばいい」

ティナはかすかな笑みを見せた。「そう思う？」

こんないい機会はないのでは？　問題を避けても、いずれ訪れる運命を先送りにするばかりだ。

そうよ、それで何を失うというの？

「あなたはいつ離婚の申し立てをしたいの？」彼女は何日も胸を苦しめてきた質問をようやく口にした。

ニックは微動だにしなかった。「なぜ君は、僕が離婚するつもりだと思ったんだ？」

「そうなんでしょう？　バシリの子どもがいなくなって、結婚している理由がなくなったわ」ティナは静かに言った。「あなたは自由になってほかの人を選びたいでしょう。それに、自分の子どもが欲しくなるわ」彼女は勇気を奮って続けた。「レアンドロス家の跡継ぎを作りたいでしょう」

彼は静かすぎた。危険を感じさせる静かさに、ティナは気力が萎《な》えた。

「君は離婚が、筋の通った解決策だと思うんだね？」

「そうじゃないの？」彼女は問いつめた。

「僕がこのまま君と夫婦でいることを望むとは思いもよらないのかい？」

「なぜ？」彼女は思いきってたずねた。「強引な女性を近寄らせないため？」

「それもある」

「じゃあ、子どもが欲しいから？　どうやって子どもを作るというの？」

ニックの口元にかすかな笑みが浮かんだ。「普通のやり方でだよ」

まあ……彼と愛の営みを？「冗談でしょう」

「大いに真剣だ」

それで離婚、財政的な調停は解決する……跡継ぎの子。子どもたち。

「君は間違っている」彼女の顔によぎる表情を読み取り、ニックがやさしく言った。「あらゆる点で」

「でも……だったらなぜ？」その問いは苦悶《くもん》の訴えだった。

「このためだ」ニックが彼女を引き寄せて唇を重ねたので、彼女の心は舞い上がった。

こんなに深い、官能的な体験をするのは初めてだった。思わず引き込まれる、むさぼるようなキスに、ティナはうっとりした。

ためらいがちに応じるティナをニックがさらに導き、彼女の渇望を満たしていく。ついに、存在するのは彼と強烈な興奮ばかりとなり、彼女は燃え尽きそうになった。

ニックはじょじょにキスをおだやかなものに変えていった。ついに唇がかすかに触れ合うだけになり、彼は少し身を引いた。

「僕たちが共有しているものを、君は打ち消したいのかい？」彼がやさしくたずねた。

ティナが震えそうになると、ニックは彼女の傷のないほうの頬を軽く撫でた。

ティナはいったん目を閉じてから、まつげを上げた。「愛の行為は少し苦手なの」現実を直視しなさい。前に試したときは悲惨な結果になったわ。

ニックは彼女の顎を指ではさんだ。「僕を信頼してくれるかい？」彼はティナの苦悶のまなざしに胸を突かれ、やさしく抱き締めた。

「こんなの公平じゃないわ」彼女はとうとう言った。「わたしがやめてと頼んでいるのに」

ニックは彼女の額にそっと唇で触れた。「向き合うときがやってきたんだよ」

彼の重ねた唇は、ゆっくりと、かすめるように動いた。ティナはもっと欲しくなり、彼の首に腕をまわして身を寄せた。彼の手がうなじを支え、空いた手が下りてヒップを包んだのでティナはその感覚を楽しんだ。

感じやすい首元を彼が唇でたどると、ティナの喉からかすかな抗議の声がもれた。彼の唇がやわらかな喉元のくぼみをたどるにつれ、全身に快感が走る。

ティナは、ニックがするように彼の肌に触れたかった。けれど彼は服を着すぎている。ティナが彼のシャツをジーンズから引っ張り出すと、彼は少し身を引いてシャツを頭から脱いだ。「君の番だ」ニックは考える暇を与えず、彼女のトップの裾《すそ》を引き上げて脱がした。すばやくブラジャーもはずされた。

やさしく胸の先端を愛撫《あいぶ》されて頂が硬くなり、含んで吸われたときには彼女はあえぎ声をもらした。

双方の頂に同じような刺激を与えられ、ティナは体が震えるのを覚えて体を弓なりにした。

ニックは彼女のジーンズのファスナーを下げて下ろし、彼女が足を抜くのを手伝った。

ティナが黒いレースのショーツだけになると、彼もジーンズを脱いで彼女を引き寄せた。

すっかり熱くなった彼を見てティナは息をのんだ。彼の指がレースの下着をたどりその中に差し入れられると、彼女は思わずうめいた。

敏感な肌をもてあそばれてティナは何も考えられなくなった。快感が全身に渦巻き、刺激的で燃え尽きそうになり、彼女は切ない声をあげた。

死んでしまうのではと思ったとき親密な探索が始まり、彼女は少しでも自制しようと唇を噛《か》み締めた。

いつしかベッドカバーは脇《わき》にのけられ、彼女はベッドに横たえられた。

ニックは時間をかけて唇と手を駆使してティナを絶頂に導いた。彼女はすすり泣きながら高みまで上り、彼にしっかりとしがみついた。

これこそ、詩人や各言語に精通する人々が、叙情詩で表現しようとする感情なのだ。

ティナは目を閉じて呼吸と高鳴る胸を静めた。

でもまだ終わっていなかった。

ゆっくりと限りなく慎重にニックは彼女の中に入り、唇を合わせた。少し身を引いて彼女の速い息遣い、音にならないあえぎを堪能《たんのう》した。

初めはゆるやかに、しだいに奥深くへ。やがて彼女はリズムをつかみ、ともに舞い上がった。彼が抑制を解くとふたりは絶頂を極めて砕けた。

ニックはティナの喉元に唇をうずめて彼女を抱き寄せた。ふたりの胸の鼓動が重なり、強く、速く打っていたが、しだいに落ち着いた。彼はティナが震えるのを感じながらヒップから腿へ軽く撫で、胸のふくらみを包んだ。

どのくらい抱き合っていたのか、ティナにはわからなかった。ただ心地よかったことだけは覚えている。いや、それ以上だった。今は表現するふさわしい言葉が見つからない。

やがてふたりはベッドから出てのんびりとシャワーを浴び、再び互いの体を探り合った。エロティックな愛の行為で彼女の抑制は解き放たれていった。

ニックがタオルでティナをふいてベッドに下ろすと、何分もしないうちに彼女は夢も見ない眠りへと落ちた。目覚めたのは夜明け前だった。

体の中に彼を感じ、愛されて彼のものになった感動に包まれていると信じられないほど満ち足りた感じがする。ティナはそう思いながら体を伸ばしてベッドを出ようとした。

するとウエストを抱く手が締まり、温かな唇が彼女のうなじの敏感なくぼみを愛撫した。

「どこに行くつもりだい？」

「コーヒーをいれて、あなたに喜んでもらおうと思って」

ニックはハスキーな含み笑いをもらし、ティナを向き直らせた。彼女のすぐ前で黒い瞳をきらめかせ、彼はごろりと仰向けになった。「コーヒーは抜こう」

ティナは優秀な生徒だとニックは思った。彼女は僕に喜びを与えてくれる。ためらいがちな恋人で、恥ずかしがり屋で、僕を強烈に惹《ひ》きつける。

「そこにただ寝ているつもり？」

「手伝いが必要なら、頼むだけでいい」

彼女は、快楽を与える技に長《た》け、男を操るためにため息をついてみせる熟練した恋人ではない。

この女性は僕の妻だ。僕の体に、知らないくぼみや筋肉を見つけるたびに喜びを感じ、僕の荒い息遣い、うめきを聞くたびに心から楽しむ。そしてまた、悩ましい探索にいそしむのだ。

ニックがティナを体の上に引き上げ、胸のふくらみを撫で上げると、彼女はいたずらっぽい含み笑いをもらした。

「君がどんなに勇敢か見てみようか？」

「これをなんと呼ぶのかしら？」彼女がハスキーな

声でたずねた。「早朝のひと乗り？」

ニックが身をもって教え始めると、ティナは声をあげてすがりついた。あまりに大きな感情を経験して彼の胸元ですすり泣きながら横たわったとき、ティナはくずおれてしまいそうだった。

「もう十分だね」ニックがやさしく言い、彼女の背筋をなだめるように撫でた。「少し眠ったら？ リゾート探検はあとにすればいい」

ティナが遅く目覚めると、ニックはすでにシャワーを浴びて服を着ていた。隣のラウンジに座り、その日の新聞を読んでいる。

彼女が起きてきた音を聞きニックが目を上げた。彼の笑みには官能的な温かみがあった。「朝食？」

ティナは腕時計を見て顔をしかめた。「昼食のことかしら？」

「服を着ておいで」彼が気楽に言った。「食事をして、午後何をするか決めよう」

12

それからの三日間は、ティナの人生でも最高に幸せな日々だった。

ニックに勧められ、彼女はリラクゼーション療法を受け、マッサージ師を訪れ、マニキュアを施してもらい、美容院でのひとときを楽しんだ。

ふたりでウィンドサーフィンをしに行き、双胴船《カタラマン》を雇い、テニスに興じた。

夜はすばらしく、ふたりはのんびりと夕食をとり、ビーチやリゾートのまわりの小道を散歩して期待を長引かせた。

視線を交わし、手に触れ、言葉をつぶやくだけで情熱は燃え上がった。ふたりは部屋に戻り、長い、甘い愛の行為にふけり、はるか高みに昇りつめてふたりだけの魔法の世界へと旅立った。

もしこれが幸せなら、なぜわたしはそれをあきらめようとするのだろうとティナは考え込んだ。

なんでも叶《かな》いそうだ。永遠の結婚、子どもたち、憧《あこが》れの男性との満ち足りた幸せな人生。

女性にとってこれ以上の望みがあるだろうか？

疑惑が二、三浮かんできたのは、日曜の夜遅くシドニーに帰ってきたときだった。

シドニーへの帰還は、日常、仕事、多忙な生活に戻ることを意味した。

スティーブは住み込みのままだし、保釈中のサビーヌは無視できない不気味な存在だ。

「まあ、あなた……なんだか輝いて見えるわ」ティナがブティックに着くと、リリーが言った。「傷跡は目につくけど、腫《は》れは引いてきたわね」彼女はいたずらっぽく笑った。「休暇はどうだった？」

「ほんとうにすばらしかったわ」

「そう、それで？」

彼女はリリーのからかうような目を見返し、首を傾《かし》げた。「わたしになんて言ってほしいの？」

「ただ、ニックがすてきだったって。こんなハネムーンは初めてで、セックスは地震計で測れないほどすごかった」彼女は抑えきれずに笑顔になった。

「そういったことよ」

「あなたはあきらめそうもないわね？」

「その必要がなければね」

「わかったわ、そのとおりよ」あっさり言うと、リリーが卒倒したふりをしたのでティナは笑った。

「ほんとうに救いがたい人ね、自覚している？」

「ええ、でもわたしたちは友だちだから、散歩しておしゃべりするの。女の子はそういうものよ」

「ドアのブザーが鳴ったわ」ティナがうまくあしらって見ていると、リリーは落ち着いた有能な販売員の顔になって客を振り向いた。

今日はいい日だったと、閉店して家に帰る時刻になったときティナは思った。売り上げは安定し、期待していた商品は予定どおり届いた。ふたりともほどよい長さの昼休みを取り、ティナは正面のウィンドウに目をみはるような展示をした。

ブティックは軌道に乗っている。四日間ゆったりと休養をとったので、ティナ自身も気分がすっきりして元気が出てきた。実のところ悲しみと罪の意識を感じることもあった。バシリという親友を失い、彼の子を失ったことに対して。その子をとても大切に思っていたステイシーとポールに対しても。

ブティックの戸締まりをしようとしていると、スティーブが入ってきた。何分かすると彼はティナの車までつき添い、彼女が乗るのを見届けてから、そのあとに続いて帰途についた。

ガレージに車を乗り入れたとき、ニックのレクサスはすでに停《と》まっていた。ティナは軽い足取りで二階の寝室に駆け上がり、荷物を置いて服を脱ぎ、裸のまま、シャワーを浴びている彼のもとに行った。

「これはこれは」ティナが彼の首に腕をまわし、顔を引き寄せてキスをすると彼が言った。「うれしい挨拶《あいさつ》だね」ニックは彼女の頰を両手で包み、顔を近づけた。「もう一度したい？」

ティナのいたずらっぽい笑みで彼の心はやわらいだ。「そうね、だけど夕食は？」

「夕食は待ってくれる」ニックはそう言ってティナを引き上げ、彼女の腿を自分の腰にからませた。

「でもあなたは待ってくれない」ティナはからかい、彼の動きや手や唇にうっとりした。彼のすべてに。

死ぬまで彼女に飽きることはないだろうとニックは思った。彼女の奔放さ、自身を惜しみなく与える天性の才能。それを思うと彼は怖いくらいだった。

夕食はごちそうで、ふたりは十時ごろキッチンに下り、極上の赤ワインを飲みながら食事をした。それからベッドに戻り、今度は眠った。

ニックはすぐに深い息遣いになったが、ティナはいつしか考えにふけっていた。

一週間前の彼女なら、ここまでの理解と信頼と親密さに達するためになんでもしただろう。

彼女の胸の奥の夢が叶ったのだ。決して叶わないと思っていた夢が。

どうしてこんなに早く夢が叶ったのだろう。

分析するのはやめなさいとティナは心の中で叱《しか》った。ありのままの生活を受け入れるのよ。

だいじょうぶ、それならできるわ。でもわたしの中にはすべてを求める部分がある。

愛……永遠の愛を。

この魂の奥で、ニックがわたしに感じているのは欲望ではなく愛情だと納得したい。

それは欲張りかしら？

「わたしはみんなを感心させようと思っているの」

ニックが都心の車の波をうまくくぐり抜けたとき、ティナはいたずらっぽく言った。

「君なら楽勝だよ」

彼の鷹揚《おうよう》な返事には考え深い響きがあり、ティナはあでやかな笑みを返した。

「ほめてくれたのね。うれしいわ」

彼女は今夜の装いには力を入れた。髪はまとめてきれいに結い、顔のまわりに巻き毛を少し垂らした。〈エリー・サーブ〉のドレスはやわらかな花模様のシルクシフォンの傑作で、胴着《ボディス》にはドレープがあり細い肩ひもがついている。化粧は控えめで目を強調し、ピンクのグロスで唇を彩った。宝石はお気に入りのダイヤモンドのドロップペンダントとイヤリング。最後に花の香りの香水を軽くつけて完了だった。

それはおだやかな春の夜で、澄んだ藍色《あいいろ》の空に星がちりばめられていた。もうすぐ夏が訪れて日が長くなり、日差しが強くなるだろう。

シドニーは美しい街だ。港、数多い湾や入り江、注目すべき歴史建造物がある。明るく輝くネオンサイン、街灯、照明で浮き上がる店のウィンドウ。絶えず活気に満ちては消えていく都会生活。世界じゅうのほかの街と同じように、いいものも悪いものも、醜いものもある。

今夜の行事はギリシア政府の大臣に敬意を表して開かれる正式なディナーだ。大臣がオーストラリアを訪れたのは両国間の貿易強化のためだった。

会場は都心にある大きなホテルで、開始時刻は七時だ。六時半ともなると客たちが舞踏室のロビーに集まり、人々はシャンパンを味わった。

ニックの存在は数人の女性たちに影響を及ぼした。用心深い態度をとっている女性もいれば、大胆に興味を示す女性もいた。

「あら、ここだったのね」

なんとなく聞き覚えのある声にティナが振り向くと、エレーニとディミトリがふたりを歓迎して友人の輪に引き入れた。

「ティナ、いつもながらほんとうに美しいわ」エレーニは軽くキスしてからティナの両手を取った。「まあ、あなたの顔。それは痣《あざ》？　どうしたの？」

せっかくコンシーラーでうまく隠せたと思っていたのに！「数日前にちょっとぶつけて」

エレーニが不審そうにニックを見ると、彼は慎重に言った。「運の悪い事故でね」

「もちろん事故よね」それ以外にありえないとばかりエレーニが同意した。

ティナは少し楽しむことにした。ニックの手を取り、彼にうっとりとほほえみかけた。「あの運動はわたしたちの……」彼女はわざと間を空けた。「レパートリーからもうはずすのよね、ダーリン？」

ニックはこのお芝居に乗ってくるだろうか。

彼がつないだ手を唇に持ち上げたので、ティナはとろけそうになった。

エレーニの顔に浮かんだ表情は傑作だった。

「彼女にはショックだったみたい」エレーニが断りを言ってディミトリを連れて親しい客に挨拶に行ったあと、ティナは悔やんだように言った。

「そんなことはないだろう」ニックはからかうようにティナを見た。「レパートリーだって？」

「いい響きだわ」

「君にお仕置きをすると、覚えておかないと」

「期待していいのかしら？」ティナは少しまじめになった。「お化粧直しに行ったほうがいい？」

「その痣はほとんど目立たないよ」

でもエレーニはそれを話題にした。ティナはつないだ手を離した。「すぐに戻るわ」

ニックはティナのあとに続いて客のあいだを縫って進み、彼女が化粧室に入るとその外に立った。

僕は過保護だろうか？　それは間違いない。今でもスティーブは家に残り、雑用係たちと協力してボディガードを務めている。

だが財力と明確な態度が敵意を受ける確率を高くする。子どもの誘拐、さらに悪い事件になる恐れもある。

思慮深く用心するのが現実というものだ。

数分で出てきたティナが眉を上げると、ニックは彼女の横に並んだ。

客たちはもうダイニングルームに移っているところだった。ディナーは定刻に始まり、紹介のスピーチ、さまざまなコース料理の合間の軽い娯楽、ギリシアの大臣の長い演説と続いた。

その夜の予期せぬ出来事は、ニックが演壇に呼ばれたことだ。彼がオーストラリアとギリシア両国に与える貿易の恩恵についてみごとなスピーチをし、例を挙げていく様子にティナは見とれた。

彼は緊張している様子もなく、メモも見なかった。

満場の拍手が起こり、ニックが壇上から下りると人々が押し寄せた。〝押し寄せた〟はぴったりの言葉だわとティナは思った。数人の社交界の長老、カメラマンにジャーナリスト。

「スピーチのこと、話してくれなかったわね」彼がテーブルに戻ると、ティナは小声で言った。

「間際に頼まれたんだ。話をする予定だった企業のCEOが、今日の午後、急に病院に運ばれてね」

あんなすばらしいスピーチを、彼は一時間やそこらで考えたの？「わたし、感動したわ」

彼はおもしろそうにほほえんだ。「ありがとう」

「これもあなたの才能のひとつなのね」心からのほめ言葉を受けて、ニックは彼女の唇にそっと触れた。

「もう少ししたら帰ろう」

だがしばらくは帰れなかった。やがてコーヒーが出され、客はテーブルからテーブルへと移り始め、夜は終わりに近づいた。

わざわざ近づいてきた数人の親しい客から賞賛され、ニックは持ち前の魅力で楽々と応じた。

ティナは彼の横に立ってにこやかな微笑を浮かべた。しかし二、三人の女性が愛情を込めて彼に熱意を表したときは、その微笑がややこわばった。彼女たちのキスは、軽いキスとはとても言えない！

「ニックの花嫁だなんて」ひとりの女性客がへつらうように笑って言った。少しワインを飲みすぎて浮かれているのではとティナは推測した。「誰が想像したかしらね？」

「わたしが花嫁になることを、ですか？」ティナは礼儀正しくきき返した。「それともニックがわたしと結婚することを？」

「あら、違うわよ。もちろんニックが結婚するなんて誰が思ったかしらって意味よ」彼女はまたあの笑い声をあげた。「だって彼はこんなにいい結婚相手でしょう。秘訣《ひけつ》をぜひ教えていただかなくちゃ」

ティナはもう我慢ができなかった。「セックスよ」彼女は大まじめな顔でずばりと言った。「セックス攻めにするの」

女性は面食らったようだが、けなげにも立ち直った。「ほんとうなの？」

ティナは表情を変えず、静かに言った。「ほんとうですとも」

「わかっているんだろうね」あとでニックが往来に車を入れながら言った。「君の冗談が社交界じゅうを巡るんだよ」

「それがどうしたの？　評判になってもいいわ」ティナはため息まじりに言い、彼を横目で見てからかった。「あなたの性的欲求度が天井を突き抜けるわね」

ニックのハスキーな笑い声を聞いて彼女の力が抜けた。「君がテストしたほうがいいかもしれないね」

「わたしは喜びを与えるために生きているの」彼女はまじめくさって請け合った。

家に戻ると、約束どおりティナは彼に喜びを与えた。まず自分の服を脱いでから彼が服を脱ぐのを手伝い、彼をベッドに押し倒し妖婦《ようふ》役を演じた。

ただティナが彼を激しく駆りたてたとき、自分を抑え、彼女が経験したことのない発見の旅へと導いたのは彼だった。

これ以上の歓喜はありえないと思ったとたん高みに運ばれ、ティナは彼のものになりたくて訴えた。

絶頂は最高の魔法だった。自由で、単なる情熱を超えていた。心も魂もありのままの原始の渇望に襲われ、熱く燃えて輝き、ふたりは分かち合ったばかりの体験で息を切らした。

欲望。ティナは眠りに落ちる間際に思った。

でも〝愛〟はどうなの？

13

「ミセス・ティナ・レアンドロス宛《あて》に速達です」

ティナは接客中の客から目を上げた。小声で断りを言ってカウンターに近づき、クリップボードにサインし、美しいギフトボックスを見て当惑した。

ニックから？　それともお母さんかしら？　思いがけない贈り物をしてくれそうな人はほかに思いつかない。

その朝は忙しかったのでリリーがギフトボックスを奥の部屋に移し、数時間そのままになっていた。

昼休みが過ぎ、午後半ばになってようやくティナは包みを開ける時間ができた。

きれいな包装だわ。ティナは手の込んだ蝶結《ちょうむす》びをほどいた。カードは見当たらない。たぶん中のどこかに入れてあるのだろう。

ティッシュペーパーが山ほど入っている。彼女はかき分けて下のほうに指を入れた。あら……ふたつ目の小さなギフトボックスの包みが入っている。

宝石かしら？

包装は簡単にはずれた。何が入っているのかまったく想像もつかないまま、ティナは高価なベルベットケースを開けた。

ケースの中身が現れたとき彼女の息は止まり、目はショックで見開かれた。薄布のおむつをしたミニチュアの赤ちゃん人形の心臓にピンが刺してある。

添えられたカードに〝流産、ご愁傷さま〟とあった。

冷酷な真似《まね》を。差出人はひとりしか考えられない。

「なんだったの？」リリーが心配してたずねた。

わたしは喉《のど》がつまったような声を出したかしら？

ティナは定かでなかった。

そばに来たリリーがひと目見て悪態をつき、電話を取って短縮ダイヤルを押した。

「何してるの？」

「ニックに電話をしているのよ」

「やめて。彼は一日じゅう重要な会議があるのよ」

リリーは首を振った。「特別な指示があったの」

「電話を切って。今夜わたしから彼に話すわ」だがその言葉にリリーを思いとどまらせるだけの根拠はなかった。リリーは彼女を無視し、少ししてティナに電話を渡した。

「今そっちに向かっている」

「その必要は……」すでに電話は切れていた。ティナは雄弁な目でリリーをにらんだ。「お願いよ。わたしがか弱い花に見える？」

「紅茶をいれるわ」

「もうたくさん」

ティナは本気で怒り、しばらくしてニックが戸口から入ってきたときも同じく怒りをぶつけた。

「わたしはだいじょうぶよ」ティナはくり返したが、ニックに抱き寄せられて唇が重なると、息をのんだ。キスで不安は抑えられ、彼女はつかのま自分がどこにいるのか忘れた。

「なるほど」ニックはいったん身を引き、視線を彼女の顔にさまよわせた。濃いエメラルド色の瞳の奥にひそむ傷ついた表情を見て取り、唇で彼女の唇をなぞった。「家に帰ろう」

「無理よ」

「リリーが戸締まりをしてくれる」

「あなたたちふたりとも、なんなの？」

「僕たちはぐるさ」ニックはもう一度彼女にキスした。ティナは身を寄せ、彼のぬくもり、強さ、彼が与えてくれる安全を……それよりはるかに多くのものを味わった。「自分を大切にするんだ」彼が静かに言い添えた。「帰ろう」

ティナはあきらめまじりのほほえみを浮かべ、ため息をついた。「わたしに選択の余地はある？」

「ない」

警察がギフトボックス、包装、中身を持っていくだろうとニックは考えた。スティーブはすでにその調べに取りかかると同時に、市内の宅配業者の調査も進めていた。

サビーヌが指紋の証拠を残さないように手袋を使い当局を出し抜いた可能性が高いが、配達経路はたどりやすい。もし送り主がサビーヌだと確認されれば、彼女は有罪になり刑を受けるだろう。

ただしそれには時間がかかるとニックは思った。

ティナはバッグ、ノートパソコン、鍵《かぎ》を持つと、リリーを抱擁した。「ありがとう。また明日ね」

「君が先に行きなさい」スタッフ用駐車場に着くとニックが指示した。「僕は後ろから行く」

「どこに？」

「家だ」

〝家〟という言葉にはすてきな響きがあった。美しい土地に建てられた優美な邸宅が彼女の家になり……生涯の恋人である男性とのふたりだけの聖域になっていた。

ニックは、ティナがポルシェに乗るのを見てからレクサスに歩いていき、彼女が車を通りに入れるのを待って、すぐ後ろからついていった。

ふたりが邸内に入ったとき、スティーブは玄関ホールにいた。

「小さな進展があった。宅配会社が見つかり、スタッフを調べてもらっている。ひとつの可能性だが、収集地点がサビーヌと合わなかった」スティーブが報告した。

「彼女は誰かを利用したかもしれない」

「その可能性は高い。僕は今それを調べている」

ティナは階段に歩いていった。シャワーと、着心地のいい服に着替えることが最優先だ。そのあとでツアーの散歩をして、マリアが用意しておいてくれた夕食が何か調べてからくつろごう。

彼女は寝室で服と靴を脱いでバスルームに行き、温度を調節して温かいシャワーの下に立った。

天国だわ。ティナは目を閉じ、降り注ぐ湯に身を任せた。そろそろ石けんで体を洗おう……でももう少し楽しんでいたい。

かすかな物音にティナは目をぱっと開けた。ニックが入ってきたので、彼女は目を丸くした。

ニックは彼女の唇にいたずらっぽい笑みが浮かぶのを見た。彼女の瞳は……その輝くエメラルドの深みにどんな男でも引き込まれそうだ。

「あなたには自分のバスルームがあるでしょう」ティナがからかうと、彼に引き寄せられた。

「君といっしょのほうがずっと楽しいよ」

「わたしはばらの香りの石けんが大好きなのよ」ティナは石けんを持って彼の胸、おなか、下腹へと手を這わせた。彼からのお返しを受けたとき彼女の息遣《は》いは速くなった。

「それが問題かい？」

これはゲーム。恋人同士の楽しいたわむれだ。ティナは大いに楽しんだ。「あなたのコロンと合わないかもしれないわ」

「そう思う？」ニックは彼女の感じやすい首元に唇をすりつけ、彼女の脈が急に速まるのを感じた。

「まあね」

ティナの背筋を指でそっとたどり、それぞれのくぼみを愛撫《あいぶ》すると、彼女の震えが伝わってきた。

「僕に出ていってほしい？」

ティナの手は彼のヒップでとどまり、彼を引き寄せた。熱くなった彼はわたしのもの、すべてわたしのものよ。「あなたが命を大切にしたいなら、いいえよ」

ニックは唇を重ねて彼女を味わい、彼女の奔放さを感じながら舌をからませ、そっと噛《か》み、わがものにした。ティナも彼に劣らぬ情熱に燃えたのは間違いなかった。

しだいにもっと求める気持ちが募り、ティナは彼にしがみつき二度と放さないとばかりに抱き締めた。

「寝室に行きたいかい？」

「シャワーを浴びながらではいけないの？」

彼の唇からハスキーな含み笑いがもれた。「スタートとしてはいいね」

ニックがティナを高く持ち上げると、彼女は両脚を彼の腰にからませて少し背を反らした。

「君は日ごとに新しいことを学ぶね」

ニックはティナをやさしく揺らし、彼女の胸に顔を近づけた。彼女のやわらかな笑い声がかすかなうめきに変わった。

彼が頂を味わい口に含んで歯を立てると、彼女の息遣いがさらに速まった。熱くなって駆け巡った血が全身を包む。ついにティナは燃え上がり、さらなる喜びを求めて大胆になった。「お願い」

だがニックは先に進もうとせず、愛撫でますます火をかき立てられて彼女は声をあげた。

やがて彼は慎重に体勢を整え、ゆるやかに深く彼女の中に入った。ふたりはリズムを合わせて快感が支配する高みへと昇っていった。

荒い息遣いとやわらかなうめきは水音で消えた。ティナはただ彼にしがみついて官能の嵐《あらし》に身を任せ、その嵐と彼に、そしてふたりが共有する愛に感激した。

それはティナが自分の人生にかけた期待をはるかに超えていた。この男性にかけた期待も、すべてを燃え尽くす情熱や愛にかけた期待も。そのことに彼女は息をのんだ。

ニックは彼女を抱き寄せて唇を重ね、やさしいキスをした。その信じがたいほど甘美なキスに感激して、ティナは泣きたくなった。

彼はわたしの魂の半分。わたしが吸う空気。わたしの命。

日ごと夜ごとに彼に対する愛が募っていくように思われた。これ以上募りようがないとティナが思ったそのとき、また一段階上がるのだった。

明らかで変わらぬ信頼がふたりのあいだにはあった。あらゆる疑惑や不安は消え、そこに現れた特別な、ふたり独特の関係。それを思うと彼女の瞳は涙でぬれた。

「おや」ニックがやさしく言い、彼女の顎を持ち、感じやすい下唇を親指で押した。「どうしたんだい？」

「あなたよ」ティナは震える声で言い、彼の瞳が少し燃えるのを見た。ああ、言いたい言葉、言わなくてはならない言葉があるのに、どこから始めたらいいのかわからない。

ティナは彼の唇に触れて官能的な曲線を指でなぞり、唇の端で手を止めた。

微笑らしきもので彼女の唇がわなわなと震えた。「あなたを愛しているの」ほら、言えたわ。「こんなふうに感じられるなんて思ったこともなかった」

ニックはティナにすっかり骨抜きにされた。彼は彼女の顔を両手で包み、瞳の奥の赤裸々な感情を垣間見た。「ティナ」

「やめて。お願いだから、まだ言わないで」ティナの頭には彼のことしかなかった。「伝えたいことがとてもたくさんあって……」

彼女はどこから始めるべきか迷い、唇を噛んだ。

「バシリの赤ちゃん」ティナは声を震わせながら切り出し、彼に頬を親指で撫《な》でられて身を震わせた。「妊娠した状況と理由にわたしが罪の意識を感じて悩んでいたとき、バシリが亡くなったの。赤ちゃんは彼の命の象徴になったわ。わたしは安易な道は取れなかった」次はつらい部分だった。「それから、ステイシーとポールがいた。あなたも」こみ上げる感情をぐっとこらえた。「結婚はその子のためだった」

大きなエメラルドのような瞳をうるませ、彼女は話を続けさせてと無言で訴えた。ニックはこぼれた涙の滴をゆっくりとぬぐい、彼女の苦悶《くもん》を見て取って胃がねじれそうになった。

「妊娠は、わたしたちを結びつける接着剤になった」彼女は少しためらった。「妊娠してほしいと頼まれてできた子じゃないけれど、とても大切な子どもだった」つらいが何もかも話す必要があった。「流産したときわたしが動転したのは、子どもを失ったからだけではないの。あなたも失ってしまいそうだからよ」ティナは彼の目を探った。「あの子がいなければ結婚を続ける必要がないもの」

「ばかだな」ニックがやさしく言った。「あなたはとても……支えになってくれて、思いやりがあったわ」彼女は言い添えた。「病院でも、退院してからも。わたしはあなたに心からの愛情を表してほしかった。見当違いの義務からではなくて」口にするのは容易ではなかった。「今日こそ、弁護士を呼ぶとあなたに言われるのではと思わない日はなかった。結婚は解消して別々の道を歩もうって」

話はまだ終わっていなかった。

「そのあとあなたから提案があった。結婚を完全なものにしてふたりの子どもを作ろうって……」言葉が続かなかった。「わたしは悟ったの。あなたが欲しいのはわたしじゃない。レアンドロス家の跡継ぎだと」

「僕たちは愛を交わしたのに……君の魅力で僕がどうなってしまうか、なぜわからないんだ？」

正直に真実を話そう。もし打ち明けるのにふさわしいときがあるとしたら、それは今だわ。

「あれはただのセックスだとわたしは解釈したの」

地震計でも測りきれない、すてきなセックス。「それにあなたは女性を喜ばせるすべにずいぶん熟練していたわ」

「だったら僕の反応は？　それも単なる熟練のせいかい？　僕が腕に抱いている女性のためではないと？　彼女を愛しているからではないと？」

ティナは心臓が止まるかと思った。何もかも、時間も場所も止まったように思われた。

彼女の声はささやくようだった。「今、なんて言ったの？」

「〝愛〟と言ったんだ」彼は静かにくり返した。「君だけを思う、僕の愛だよ」

それはあまりにもすてきだった。ティナの望みをはるかに超えていた。

「僕が初めて君を見たのは、弟の葬儀の席で、開かれた墓をはさんで向かい合っているときだった。葬儀の厳粛さと苦痛、君がバシリの子を宿している事実……」彼は間をおいて続けた。「そのどれも、僕が本能的にあらがった、ひと目見た瞬間に君に感じた魅力を弱めはしなかった」彼は唇と唇をそっと触れ合わせ、名残惜しそうに少し離した。「僕は君に魅了された。君の強さ、揺るぎない誠実さ、そして弱さに」彼は静かに言い添えた。「卑劣な行為で君の多感な心をめちゃめちゃにした男を、八つ裂きにしてやりたいくらいだった」

ティナが息をのむのを見守り、ニックは彼女を抱き寄せたい誘惑と闘った。もう少ししてからだと彼は胸に誓った。

「僕の人生に君にいてほしいと思った。それには結婚するしかなかった。君にそれを確信させなくてはならなかった」

ニックは目的を達成するためにかなり巧みな技を

使った。でもわたしも、そのときは認めたくなかった同じような理由から、彼と結婚する気になったのでは？

「君から離れている必要があった」ニックはおだやかに伝えた。「君に僕を信じる時間を与えたかったんだ」彼が一拍おいた。「君自身を信じる時間を」

ニックはやさしく続けた。

「君が流産したとき、僕は胸の中で君といっしょに泣いたよ。大切なその子のために……父とステイシーにとっても、僕たちふたりにとっても、大切な子だった。だが、特に君のために泣いた」彼は言い添えた。「あの子はバシリの子であると同時に、君の子でもあったから」ふたりはこんなに近くにいる。あと少しで終わりだ。「サビーヌは――」

ティナは彼の唇を人差し指で押さえた。「彼女は魔性の女で、あなたに病的に執着した」

言いたいことをどうすれば適切に言えるかしら？

「人生の荷物を増やさないですむ人なんて、ほんのわずかしかいないわ。それにどう対処するかで、人は違ってくるのよ」

「彼女は君を傷つけていたかもしれない」それを考えるとニックは何日も夜眠れず、極端なくらい防犯装置を増やした。

「サビーヌにその機会はなかったわ」

ニックが確実にそうさせたのだ。

「僕は仕事のスケジュールを白紙にした」ニックは彼女の鼻のてっぺんにキスした。「月曜から」容赦ないほどきっちりと役目を委任し、仕事を割り当て、準備した。「一カ月間」

一カ月？「ほんとうに？」

「理由をきかないのか？」

ティナの瞳がかすかなユーモアできらめいた。

「わたしをびっくりさせるためね」

「月曜の夜アテネに飛び、それから二、三週間ギリシアの島巡りをする予定だ」

ティナの魅力的な唇にうれしそうな笑みが浮かんだ。「サントリーニ島にも行ける？　わたし、前からあそこに行ってみたかったの」

「もちろん」

「わたし、あなたを愛していると思うわ」

ニックは額と額を合わせた。「思うだけ？」

ティナの笑みが広がった。「わたしの胸の奥の気持ちをくわしく教えてほしい？」

「これからそうするつもりみたいに聞こえるね」

彼の口調は軽いが明らかに真剣味が感じられ、ティナは全身に戦慄《せんりつ》が走るのを覚えた。

「まずここを出るべきだと思わない？」

ニックは手を伸ばしてシャワーを止めてから、タオルを取り、彼女のなめらかな肌、ゆるやかな曲線をいとおしみながらふき始めた。彼女は思わず身を震わせた。

「わたしの番よ」彼がふき終わると、ティナはやさしく言った。彼女は筋肉の動きに魅せられた。引き締まったヒップとウエスト、平らな腹部、広くて力強い肩幅。「わたしたち、服を着るべきかしら？」

ニックは彼女の体に手を滑らせ、顔を手で包んだ。

「そう思う？」

そんなふうにされているとティナは何も考えられなかった。「あなたにはもっと名案があって？」

ニックは彼女を寝室に引き入れてカバーをめくり上げた。愛され崇《あが》められることがどういうことか徹底的に教え、彼女を魅惑的な旅へ誘い、彼女の抑制を解き放って大胆で奔放な女性に変えた。

魔法だわ。ティナは長い時間が過ぎてからため息をついた。あらがいがたく、恍惚《こうこつ》とさせる魔法だ。

「ありがとう」彼の腕の中の聖域でティナはかすれた声で言った。

「なんのお礼だい？」ニックは彼女の額に唇を押し

当て、からかいたい衝動に逆らえなくなった。「みごとな愛の行為に？」

「思いやりと、わたしを信じてくれることに」わたしの感情の嵐を乗り切る辛抱強さを備えていることに。

「当然のことだよ。僕のこれからの人生でもそれは変わらない」ニックは静かに言い添えた。

「あなたを愛しているわ」彼は何より大切な人。わたしの望みのすべて、いえ、それ以上。どのくらい愛しているか、言葉では決して表せない方法で彼に教えたいという強烈な欲求に駆られた。

ニックは彼女の愛撫にうめいた。彼は魅惑的な妖《よう》婦《ふ》に変身したティナを愛し、喜びに包まれ、ついに耐えられなくなった。彼は位置を入れ替わるのを待たないでティナのウエストを捕らえ、彼女を人生の旅へと誘った。

あとでティナはぴくりとも動けなかった。

ニックは彼女のウエストに腕をまわし、彼女の鼻筋を指でたどった。「眠い？」

「まあね」

「僕は君に礼を言わないよ」ニックはほんのわずかの間を空けた。「何よりも貴重な贈り物、〝君〟をくれたことに」偽りのない心からの贈り物、それを僕は命あるかぎり宝物にするだろう。

永遠に。

「わたしも同じよ」ティナは静かに言い、ほほえみながら彼の手を取り口づけした。

これはわたしの人生で最高に貴重な瞬間のひとつだわ。年を重ねるごとにそんな瞬間が増えていくことだろう。

待望の子どもたちの誕生。お祝いの行事と記念日。でも、ひとつだけいつまでも変わらないものがある。

それは、互いへの愛情。

永遠の愛だ。

プリンスにさらわれて

キム・ローレンス

イギリスの作家。ウェールズ北西部のアングルシー島の農場に住む。毎日 3 キロほどのジョギングでリフレッシュし、執筆のインスピレーションを得ている。夫と元気な男の子が 2 人。それに、いつのまにか居ついたさまざまな動物たちもいる。もともと小説を読むのは好きだが、今は書くことに熱中している。

主要登場人物

プルーデンス・スミス…………教師。愛称プルー。
イアン…………………………プルーの弟。
カリム・アル・アーマド………ザフス国の皇太子。
スーザン・アル・アーマド……カリムの妹。プルーの生徒。
タイール・アル・アーマド……カリムの父。ザフス国の王。
ハッサン………………………カリムの兄。故人。
サッファ………………………ハッサンの妻。
ラシード………………………カリムのボディガード。

1

　そのクリニックはスイスにあった。集中治療室のすぐ隣にある特別待合室には、二人の男性がいた。若いほうの男性が、聞かされたばかりの知らせを無言で受け止めるのを、年長の男性はじっと見つめていた。若い男性は褐色の喉元をぴくぴくさせながら、震えるように息を吸い込んだ。それがなければ、彼が状況を理解したかどうかすら、外からはわからなかっただろう。

「置き手紙？」ようやく若い男性はきき返した。

　年長の男性はうなずいた。突き抜けるように青い砂漠の空にもたとえられる目が、今はレーザーのように鋭い視線でこちらの表情を探っている。だが彼はそれに負けて目を伏せるような人間ではなかった。

「ハミドが電話で読み上げた文面を」相手が近づいてきたので、丁重に一礼してから説明を続ける。「私が書きとめました」

　若い男性はメモを取り上げ、険しい表情で目を通した。そして読み終わると、長くきれいな指に力をこめるようにして紙を丸めた。見た目は平静そのものだが、その仕草に内心の激情が表れている。

「少なくとも誘拐ではありません、殿下」

　窓に歩み寄る途中で、カリムははっと足を止めた。伝統的な民族衣装のローブが、体のまわりでふわりと渦を巻く。彼は鼻腔《びこう》をふくらませて口から出かかった痛烈な言葉をのみ込むと、なめらかな皮肉を言うだけにとどめた。「そうだな。置き手紙を残すとは、さすが我が妹は思慮深い」

　自分より身分が低く反論できる立場にない者を、カリムが厳しく非難するようなことはめったになかった。それでも彼にとってこの瞬間のストレスはあまりに大きく、目の前にいるのがほかならぬラシードでさえなければ、怒りといらだちをぶつけていたかもしれなかった。だが幼少時代からのボディガードで、深い尊敬と愛情の対象でもある人物に対して、そんな態度をとることなど不可能だった。

ある意味でラシードは、父親以上に親しい存在だ。カリムが子どものころは、王である父は親というより、神話に登場する華やかな伝説の英雄に近い、雲の上の存在だった。謎《なぞ》めいたカリスマだった父のイメージはいまだに消えず、ついさっき目にしたばかりのか細い老人の姿や、しわだらけで干からびた感触の手とは、どうにも一致しない。今や父は痛々しいほどに縮んで、機械につながれていなければ、命を維持することもできない状態だ。

カリムは深呼吸をして、頭にあふれるさまざまな感情や光景を荒々しく締め出した。まともに考えることさえできなくなりかけている。自力ではどうしようもないことにエネルギーを使うのは無駄だと考えるように、自分を訓練してきた。そして幸い、そういうことはめったにない。しかし、父の心臓手術にはまさにそれが当てはまる。僕にできるのは、ザフス国の国王を担当する医者たちの技術を信頼することだけだ。それと、タイール・アル・アーマド本人の不屈の精神に期待をかけること。父の強さを見くびってはいけない。

父王の危険な容態については自分の力が及ばないことを認めるが、妹の問題はべつだ。妹の将来は、僕が迅速に適切な判断を下すかどうかにかかっている。

カリムはうなずいた。「たしかに、誘拐ではないことに感謝しなければいけないだろう」もし妹が、彼女を人質として政争の道具に利用したり、平気で危害を加えたりするような連中につかまったらと想像すると、カリムは血が凍りつきそうだった。「万が一にも妹の身に何かあったら――」

「きっとご心配は不要でしょう」

なだめるように遮られて、カリムは長いまつげを上げた。シャープな顔立ちのなかで、セルリアンブルーの目がぎらりと光る。現代では、彼の一族のような立場の人々は誘拐される危険と隣り合わせで生きていかなければならないのが現実だ。身辺の警備を厳重にしつつも、常に不安にさいなまれるという状況には陥らない、そんなバランスが必要になる。

妹の場合、どうやら問題は、彼女が不安を感じなさすぎる点にあるようだ。

つかまえたら、その不安レベルを大幅に押し上げてやる。

「そうだな、それを前提に動くことにしよう」カリムは言った。「しかし不思議だ。ただの女子学生が、どうやってあれだけの護衛チームの目をくぐり抜けられたんだろう。護衛は何人いた？」

こういう事態になったことも心配だが、もしこの事実が外にもれたら、妹の身に本物の危険が迫ってくる可能性がある。そのほうが深刻だ。カリムは歯を食いしばった。そんなことは断じて許さない。

ドアが開いたので、二人は即座に話を中断した。

若い看護師がドアから顔を出したが、ゆったりとしたローブを身にまとった長身の男性二人を見て、目を丸くした。一人は左頬に傷跡があり、もう一人は彼女がこれまで見たなかでもっともハンサムな男性だ。

「失礼いたしました《パルドン・メッシュー》……」看護師は口ごもり、急いでドアを閉めた。

二人の男性は無意識のうちに、看護師が使ったのと同じフランス語からべつの言語に切り替えて話を続けた。二人とも、流暢《りゅうちょう》に話せる外国語がたくさんある。ザフス国は多言語国家なのだ。

「護衛は八名いたはずです、殿下。ほかに守衛と庭師になりすました護衛も配置しておりましたが」

「八人！」カリムは吐き捨てるように言って両手を上げると、悪態をつぶやきながら室内を歩きまわりはじめた。

ラシードは檻《おり》のなかの豹《ひょう》を連想した。「プリンセスは実に……機知に富んだ方でおられますから」

「それを言うなら……」窓際の椅子を引き寄せながら大きく息をつき、カリムはどうにか感情を抑えた。そして生来の優雅な物腰でマホガニー製の椅子に腰掛けると、肘掛けに両肘をついて、片方の手のすらりとした美しい指の背に顎をのせた。目前の問題をどうするべきか、優秀な頭脳がはたらきはじめると、褐色がかった知的な広い額にしわが寄った。「父は二十四時間ぐらいで意識が戻るだろう」ぞんざいに肩をすくめながら、ラシードの顔をちらりと見る。「それまでに僕がスーザンを連れ戻す」

「承知いたしました」ラシードの態度には、カリムの問題解決能力を疑う様子などみじんもない。

「そのあとは……」カリムは顔をしかめた。そのあとこそが問題だ。家出をしたからといって、王女を部屋に閉じ込めるわけにもいかない。王族のあり方が近代化することに眉をひそめる少数派の人々は、間違いなくその案に賛成するだろうが。スーザンがこういう荒業や同等の暴挙をくり返さないようにするには、どうすればいいのだろう。

この数カ月の妹の行状を見ると、彼女の判断力に期待することはできそうにない。数週間前に、許可されていないパーティーに参加したのがいい証拠だ。ごく罪のない集まりだったようだが、最後は警察が呼ばれた。パーティーが開かれたのは通学生の自宅で、酒の入った客たちによって、美しい家は無惨な状態にされてしまった。それを帰宅した両親が目にして、通報したのだ。

カリム自身の警護班からは、王女の身にモラル上、身体上の危険が実際に及びそうになる場合に備えて待機していたとの報告が来たが、それと同時に校長からの手紙も来た。損害賠償を支払うための寄付金を求める手紙だった。関与した全生徒の保護者に求めているとのことだった。

このパーティーにはスミスという教師が一人、たまたま同席していたという情報も入ってきた。そのおかげで警察も追及をやめたというのだが、カリムはそれを不幸中の幸いと感じるどころではなかった。そのミス・プルーデンス・スミスなる人物こそ、バックパックを背負ってオーストラリアを歩きまわれば視野が広くなるという考えを、スーザンに吹き込んだ張本人なのだ。そのせいで王女はこの前の長期休暇のとき、さんざん反抗して泣いたりすねたりの大騒動だった。

そもそもミス・スミスは、規則破りのパーティーでいったい何をしていたのだ？　この質問には誰もまともに答えてくれなかった。とにかくこれで、問題の教師は生徒たちとのあいだに適切な距離をおいていないということが再確認できたわけだ。教師の務めは担任の子どもたちに規律を守らせることであって、彼女たちと友だちづき合いすることではない。まして、スーザンのような若い娘に、バックパックを背負ってオーストラリアを歩きまわれとけしかけるなど、とんでもないことだ。

カリムはその事実を、ミス・プルーデンス・スミスに書き送った。

あの状況からすれば、我ながら感心するほど控えめに、遠慮して説明したつもりだ。それなのに、返ってきた返事は遠慮会釈もなかった！　うわべは口当たりのいい丁重な文体になっていたが、行間からはべつのメッセージが飛び出してきた――あなたは自分の話していることも理解していない、救いがたいとんまだ、と。

とくに、〝若い娘たちに規律を守らせろという忠告には感謝感激した〟という皮肉を聞き流す気になれず、カリムはまたペンを取って返事を書いた。だが考え直して、少しばかり未練を感じながらも逆襲の手紙は破り捨てた。彼女のような相手と売り言葉に買い言葉のやり取りをするのは、沽券《こけん》にかかわると考えたのだ。それにスーザンは数カ月後にはその学校をやめる予定でもあったため、彼は不本意ながら追及をあきらめることにした。

今になって思えば、見逃してやったのは間違いだった。ミス・スミスがお節介の天才であることを考慮すると、今回のスーザンの行動の陰にも、あの教師の存在があると見ていいだろう。

「護衛はみな優秀ですが、今回は致命的なミスを犯しました。プリンセスを見くびっていたのです」

ラシードの冷静な意見に、カリムは彫りの深い顔を上げた。驚くほど澄んだブルーの目が皮肉な光を帯びる。彼は自責のため息をついて白状した。「同じミスを僕も犯した」つやのある黒髪をいらいらとなでつけると、流れるような動きで立ち上がる。

「わかっているだろう、ラシード。そもそも僕が妹の希望を父に取りなしたりしなかったら、あの子もあんなくだらない学校に行くことにはならなかったんだ」

スーザンの十六歳の誕生日にした会話を思い返すと、今さらながら状況が見えてきた。過去の出来事に対してなら、すばらしい洞察力がはたらくものだ。あのかわいい妹は、自分の思いどおりにことを運ぶためには僕をどう扱えばいいかを、いつの間にか心得ていたのだ。スーザンが突いてきたのは、兄が感じている良心の呵責《かしやく》だった。兄と妹とで周囲の扱いが違うことを、カリムは昔から意識していたからだ。妹は念の入ったことに、恥知らずなごますりまでしてきた。

スーザンは上等なパンフレットを出して兄の手に押しつけた。

〝私はふつうの学生のように暮らしたいの、二年間だけでいいから。名前はスザンヌ・アルマンということにしたら、誰にも気づかれないでしょう。私はお兄様と違って、人に特別な印象を与えるような外見ではないから。どこにでもついてくるボディガードもなしにしてほしいの。覚えているのよ。お兄様だって、学校に通っていたころはボディガードを嫌っていたでしょう。お父様は、お兄様の意見なら尊重なさるわ。お兄様が頼んでくれたらきっと承知してくださるはずよ……〟

スーザンが言ったほど簡単にはいかなかったが、最終的にカリムはどうにか父を説得し、彼女をイギリスの寄宿学校へ行かせる許可を取りつけた。学校側の人間でスーザンの素性を知っているのは、ごく限られた数人だけだ。警備の問題は、学校のすぐ近くに適当な家を買って警護スタッフを配置し、学校では変装した専門家が内密に護衛に当たることで解決した。

最初の一年間は、カリムが自分の決断を後悔するような出来事は何も起こらなかった。だが夏休みに帰郷したスーザンは、彼の知っていた恥ずかしがり屋で遠慮深い妹と同一人物とは思えないぐらい変貌《へんぼう》していた。今ならわかるが、あのときの危険信号に僕は対処しておくべきだったのだ……。とにかく、これから当時の怠慢の埋め合わせをしなければ。

「すぐに出発の準備を……」カリムは眉をひそめて自分のローブを見下ろした。先にこれを着替える必要がある。

ラシードが咳払《せきばら》いした。「差し出たことですが、殿下のパイロットに連絡しておきました。ジェット機を待機させてあり、車も待たせてあります。ただ、もし私の考えを申し上げるならば……」

「言っていいよ、ラシード」

「殿下ご自身がイギリスに飛んでいかれる必要はありません。要点をご指示いただければ護衛のスタッフがきちんと――」

「僕が行かなくても彼らが完璧《かんぺき》に解決できることはわかっている」カリムは遮って、遠くの山並みに鬱々《うつうつ》とした視線を向けた。「だが僕は、自分が必要とされている気がするんだ。思い上がりかもしれないがね」待合室を見まわし、唇を歪《ゆが》める。「ここでは僕がいる必要はまったくない。僕にできるのはうろうろ歩きまわって待つことだけだからね。何かべつのことをしていないと、そのうち自分が――」

「医者たちの腕前を疑って質問攻めにし、彼らを精神的に追いつめてしまうとか？　そうですね、やはりここを離れられたほうがいいでしょう」

二人の視線が合った。ギリシャの彫刻にも似た皇太子の端整な顔にゆっくりと笑みが浮かび、いかめしい顔立ちがなごんだ。「僕のことを、うんざりするほどわかりやすい人間だと思っているだろう？」

ラシードは首を横に振った。「予想外の行動に出る力をお持ちだからこそ、殿下は敵にまわすと危険極まりない方なんです。それに、冷酷非情な一面もおありですし」

一瞬、ショックがカリムの表情をよぎった。「僕が冷酷非情だって？」自分がラシードの目にそう映っているのかと思うと、あまりいい気分ではない。

ラシードは答える言葉を慎重に選んだ。「決して悪いことではありません……目的があって、決心が固まっていれば」

「急に如才なくふるまうんだな、ラシード」

ラシードはいかつい顔をにやりとほころばせたが、真剣なまなざしで答えた。「私は殿下を敵にまわすことは絶対にしたくありません。殿下はこれが正しいとお決めになったら最後、感情に流されて考えを変えられるようなこともないですから」

「感情だけではスーザンを取り戻せないよ」

ラシードは好奇心を抑えきれなかった。「どちらからお捜しになりますか？　どうやって見当をつけられるおつもりですか？」

「心当たりがある」カリムの目つきが険しくなった。「僕の見当違いでなければ、ミス・プルーデンス・スミスが背後にいる。彼女を見つければ、スーザンの居所がわかるだろう」

ラシードは当惑した。「ミス・スミスとは？　私が会ったことのある方ですか？」

「いや、僕も会ったことがない。しかし噂《うわさ》はたっぷり聞いている」

それも、パーティー事件やバックパック旅行騒動が起こる以前からだ。あの二つの出来事のおかげで、僕は妹にとって、悪意のある敵という位置づけになってしまった……。とにかく昨年中はずっと、僕が言ったことに対して口答えするとき、スーザンは常に、〝でもスミス先生がおっしゃるには……〟という言葉からはじめていたのだ。

あの無責任な教師の考え方については、うんざりするほどあれこれ知っている。女のほうが生まれつき優れているという議論から、結婚にとらわれないセックスまで……。〝バージンなんて時代遅れの概念だわ〟と反抗的な妹はぬけぬけと宣言したものだ。

そう、ミス・プルーデンス・スミスのことはよく知っている。ほとんどの話題において、彼女と僕の考え方が一致することはまずないだろう。

2

　自分がイギリスを訪れたことが衆目を集めては困る、とカリムは考えていた。

　目立たないように行動することを前提に、彼は誰も振り返らないような車を用意させておいた。私有の飛行場に降り立ったあと、自家用機とパイロットを待機させると、日が暮れはじめるまで待ってから、車を発進させた。目的地はそこから三十キロあまり離れたところにある。

　獲物を警戒させないように、彼はプルーデンス・スミスの住むコテージに車を乗りつけるのはやめ、フェンスを跳び越えて農地を突っ切るという直進ルートを選んだ。

　軽く走ったので、目的地には数分で着いた。家臣たちは、どうにか彼女の住所だけは突き止めることができた。カリムが求めていたのは、プルーデンス・スミスのファイルだったのだが。当然のことながら、父王は王女に接触する可能性のある人物は一人残らず徹底的に調べ上げさせて、ファイルを作らせてあった。問題は、家臣の誰もその保管場所を知らなかったことだ。担当者たちのこの無能ぶりにはいらいらさせられるが、ファイルが見つかっていたとしても、こちらがすでに知っている以上の情報はなかったに違いない。

　ミス・スミスの住むコテージは学校の敷地のはずれにあった。明かりは見えず、暗く静まり返っている。カリムは横柄にベルを鳴らしたが返事がないのでいらだち、ドアをどんどんとたたいた。すると、ドアが勝手にすっと開いた。

　迷わずなかに入ると、そこは玄関ホールとちょっとした廊下があるだけのスペースだった。次の行動を考える暇もなく、頭上で床がきしんだ。首をかしげてじっと耳を澄ます。誰かいるのだ。それを証明するかのように、次の瞬間、ガラスの割れる音がした。

カリムの表情は険しくなった。彼女は本気で僕から隠れおおせられるとでも思っているのだろうか。彼は狭く急な階段を駆け上がった。二階の廊下にはドアが二つあった。それぞれ開けてみると、手前はバスルームで奥のほうは寝室だった。

「ここにいるのはわかっているんだ。だから——」

言い終わらないうちに大きな黒猫が突進してきて、カリムの脚のあいだをすり抜けて飛び出していった。明かり取り用の屋根窓の下に、白い陶器の破片が散らばっている。さっき聞こえた音の正体は考えるまでもない。

いまいましいミス・スミスは留守らしい。しかし僕はここにいる。ちょうどいい、スーザンの居所を知る手がかりが見つかるかもしれない。現実主義のカリムはそう考えた。

まずは窓に近づいてカーテンを閉め、詮索《せんさく》の目を締め出してからランプをつける。狭苦しい部屋をしばし見まわし、ここで寝るのはどういう人物だろうと考えた。部屋の半分は金属製の巨大なベッドに占領されている。その上には洗濯した衣類が山のように積まれており、ベッドカバーとして使われているパッチワーク・キルトのデザインがほとんど見えないほどだ。きっとあとでしまうつもりなのだろう。ほかにもたくさんの衣類や小物が、床に散らばったり、開けっ放しになった木製たんすの引き出しからこぼれ落ちそうになったりしている。凝った飾り枠に入った鏡の片端が写真や葉書におおわれていたが、カリムはちらっと見ただけだった。

このカラフルな散らかりようを魅力的だと思う人

間もいるかもしれないが、整然とした秩序を重視するカリムはそうは思わなかった。この部屋で唯一彼が気に入ったのは、ほのかに漂う香水の香りだった。額にしわを寄せて深く吸い込んでみたが、なんの香りか突き止めることはできなかった。

カリムは天井の低い梁《はり》を避け、用心深く頭を下げて前に進んだ。にもかかわらず、転がっていた靴の片方につまずいて思わず母国語で毒づいた。さらにそのまま二本目の低い梁にぶつかりそうになったので、頭を下げながら、体を支えるためにベッドに片手を突いた。彼が手をどかしたとき、腕時計のベルトに洗濯物のひとつが引っかかっていた。癇《かん》にさわるものをはずして取り上げてみる。するとそれは、光沢のある豹《ひょう》柄の小さなショーツで、レースの縁取りはショッキングピンクだった……。

プルーは車のエンジンを切り、帰りに買った食料品の袋を後部座席から取った。低くハミングしながら、ぎいぎいときしむ門を開けて裏口のほうへ歩いていくと、自分で植えた夜に香る花々が素足に触れた。花のおかげで、暖かい夜気に濃厚な香りが満ちている。

プルーは幸せの吐息をついて香気を深く吸い込んだ。これから長い夏期休暇がはじまる。旅行に出かけるようなお金はないけれど、自由な時間を最大限有効に使おう。もしイアンが勉強の合間に数日でも時間を作れたら、さらに楽しめるのだけれど。プルーはなおもハミングしながら裏口の鍵《かぎ》を開けた。

キッチンでは溶けかけたアイスクリームだけ冷凍庫に入れると、プルーは階段を二段飛びで駆け上がった。冷たいシャワーを浴びるのが目下、希望リストの上位にある。今日は校長からまた、町の募金集めの役を割り当てられた。プルーは上流階級の令嬢だけが通う寄宿学校で英語科の主任を務めているのだが、そこの校長は教職員や生徒が地域の暮らしに活発に参加することを奨励していた。

同僚たちの多くは長い夏期休暇を、ピレネー山脈でのトレッキングやカナダでの急流下り、地中海の浜辺での日光浴に費やす予定だったが、プルーは家にとどまることにしていた。イアンが大学を卒業するときに、高額の学生ローンを抱えている状態にはさせたくないので、節約しては貯《た》めたお金を全部彼に渡しているのだ。

ベッドサイドテーブルの引き出しを開けてなかを物色していたカリムは、車の音が近づいてきたときふと手を止めた。役に立ちそうなものが見つかった。パスポートだ。形のいいセクシーな唇の両端が満足そうにほころぶ。彼は体を起こしてパスポートをぱらぱらとめくった。だが写真が目にとまったとたん、笑みが消えた。

眉がつり上がる。カリムが想像していたのは、生徒たちに身代わりの人生を託す、中年の暗い独身女性だったが、予想が見事にはずれたことを認めざるを得なかった。彼をまっすぐ見つめ返している大きな目の持ち主は、やっと成人したかどうかにしか見えない女性だった。真面目《まじめ》くさった表情をしているが、実は今にもこぼれそうな笑みをどうにか抑えているのがわかる。

その笑顔が見たい。

あらぬことを考えてしまった自分に眉をひそめて首を振りながら、カリムはただちにその考えを頭から追い出した。写真の柔和な顔立ちを眺めながら、彼の傲慢《ごうまん》そうな鼻筋の上のしわは徐々に深くなっていった。これはきっと何かの間違いだ、と決めつける。彼女の透き通るように白いなめらかな額に、金色の巻き毛がかかっていることに気づいたときは、無性に腹が立った。

英語科の主任を務められるどころか、運転免許を取れる年にも見えないこんな人間に、大事な娘たちの教育が任されていると知ったら、保護者たちは学校が請求する高額な授業料の支払いを拒否するに違いない。責任のある肩書きを得る条件が……男にキスのことを考えさせる唇の持ち主というなら話はべつだが。カリムの視線は、彼女のみずみずしい唇の豊かな輪郭にしばらくとどまっていた。

なおも写真を眺めているとき、階段のきしむ音が聞こえてきた。軽く首をかしげ、彼はだんだん大きくなる音に耳を傾けた。少々調子はずれで、なんの曲かはわからないハミングも聞こえてくる。カリムはパスポートをスリムな黒ズボンのポケットにしまった。先ほどカーテンを閉めたときにつけたランプの明かりを消し、柳細工の椅子に歩み寄る。この椅子もほかの家具と同様、使い古されている。彼は我が物顔で椅子に腰を沈めて、対面の瞬間を待った。

プルーはため息もろとも寝室のドアを開けながら、緩いシニョンからほつれて首筋にかかっている巻き毛を持ち上げた。開いた窓からそよかぜが吹き込んで、彼女が先代の住人から引き継いだ分厚いカーテンがはためいている。

プルーはかすかに眉をひそめ、閉じているカーテンに目をとめた。出かけたときは開けてあったはずなのに。彼女はサンダルを勢いよく脱ぎ捨て、痛む足を片方ずつさすった。そして明かりをつけないまま服を脱ぎはじめた。ブラとショーツだけの姿になったとき、部屋の暗がりから低い声が響いた。

「あの子はどこにいる？」

シニョンをほどき、頭を振って髪を下ろしていたプルーは、悲鳴をあげてあとずさった。ヴィクトリア朝風の重厚なたんすの引き出しが開けっ放しになっていて、そのとがった角に腿をぶつけたが、痛みはほとんど感じなかった。

部屋のなかに誰かがいる。

しかも男性だ。

うろたえてはだめ。

心の声がもたらしたのは優れたアドバイスだったが、優れたアドバイスの例にもれず、これに従うのも完全に不可能だった。こんな状況なら、ある程度うろたえても許されるだろう。

アドレナリンが大量に噴き出してきて、考えが駆け巡った。男性がいる……彼はいったい何者なの？　なんの目的で私の寝室にいるの？　二つの疑問のうち前者は、頭に浮かぶのとほぼ同時に切り捨てられた。差し当たって、相手の素性などどうでもいい。豊かな想像力をはたらかせたところで、知らない男が寝室で待ちかまえている理由として考えられるものはどれも、募るパニックを静める助けにはなりそうもない。

姿の見えない男に体を見られているかと思うと鳥肌が立った。もし声をかけられなかったら、今ごろはすっかり裸になっていたところだ。今よりもっと無防備で恐ろしく感じただろう……そんなことが可能であればの話だけれど。プルーは暗がりに目を凝らして、声のしたあたりを視線で探った。そして窓際の椅子に人影を認めたとき、心臓が喉から飛び出しそうになった。ゆったりとした姿勢で座っているらしく、長く伸びた輪郭が限りなく不吉に見える。

脱いでベッドに置いたばかりのシャツに彼女が手を伸ばしたとき、ぶっきらぼうな声がした。「僕は辛抱強い人間ではないんだよ、ミス・スミス」

プルーはシャツをつかんで胸に押し当て、じりじりとドアに向かってあとずさりしはじめた。

どうしよう、向こうは私の名前を知っている……。今この瞬間までは、彼のことを行きずりの犯罪者だと思っていた。その可能性が消えたら、この上なく凶悪な犯罪者の可能性しか残らない。

プルーの想像力は暴走しはじめた。ストーカー？　これまで誰かが、家の外から私を見張っていたのだろうか？　行動に出るチャンスを待っていたのだろうか？

ということは、私は映画の冒頭シーンで殺されるような犠牲者になるのだろうか……。

プルーは頭を振った。これは映画とは違う。私は端役の女優でもないし、誰かが私の台詞《せりふ》を書いているわけでもない。私が主導権を奪い返さなければ。とはいえ……それをどう実行に移すというの？　出ていかないと放課後は居残りよ、と脅すとか？

頭のなかの皮肉たっぷりな声を無視して、プルーはぐいと顎を上げた。「あなたは誰？　ここでいったい何をして――」

氷のような声が高飛車に遮った。「そんなことはどうでもいい。僕の質問に答えるんだ」

プルーは乾いた唇をなめた。口のなかに金くさい恐怖の味が広がる。喉が干からびていたので、声を出せるまでに時間がかかった。

「あなたの質問？」こっちこそ質問が山ほどある。私はその答えを求めてもがいている。

「僕の忍耐力には限界がある。あの子はどこにいる？」

あの子？　何か人違いでもしているのかしら？　でも彼は私の名前を知っている。こういうことは映画のなかでしか起こらないはずなのに。グレータ・バドストウのような田舎町には縁のない出来事のはずなのに。最後にここで起こった重大事件といえばたしか、賞を取ったいんげん豆を誰かが盗んだとか、そんな程度なのだから。

「なんの話かさっぱりわからないわ」プルーは言い返してどうにかシャツを着た。あまりにひどく手が震えていたので、ボタンは最初からとめようともしなかった。男が服を着る邪魔をしなかったので、どれだけほっとしたかしれない。「見てのとおり、ここには盗むほど値打ちのあるものは何もないわよ」

「それは気がついた」カリムの目はだいぶ暗闇《くらやみ》に慣れてきていたが、彼女の顔立ちを先ほど見たパスポートの写真と比較できるほどではなかった。ただ、実物のミス・スミスがずいぶん小柄なのはわかった。百七十七センチあるスーザンよりも、間違いなく頭ひとつ分は小さい。

カーテンの隙間《すきま》から差し込むひと筋の光が、彼女の頭のてっぺんを照らしており、それがカリムに光輪を連想させた。この女性に天使のようなところなど、ただの少しもありはしない。彼はそう自分に言い聞かせた。しかし、それでも一瞬気持ちが乱れ、意識して落ち着けなければならなかった。表情は見えないものの、独特のハスキーな声にある震えと彼女の身振りが、その心境を雄弁に物語っている。彼女はおびえきっている。カリムは女性を威嚇する男を軽蔑《けいべつ》していたが、今は紳士の本能を封じ込め、自分がここに来た理由を忘れないようにした。少しおびえさせておくぐらいのほうが、目的を果たすのに都合がいいかもしれない。

プルーは相手の明らかな外国語訛《なまり》を頭のなかにメモした。あとで警察の事情聴取を受けるときのために。もちろん、自分が警察に説明できる状態であることが前提だ。目の前にいるこの男が殺人狂で、私は二度と誰とも口をきけなくなってしまうという可能性だってある。もうすぐ犯罪統計上の数字になり果ててしまうかもしれないのだ。

プルーは震える唇をかみ締めた。この部屋から無事に脱出しなければ——是が非でも。イアンにとっては私はたった一人の肉親だ。弟が独りぼっちでこの世に取り残されることを想像したとたん、彼女の目が決意にきらめいた。犠牲者となる自分を想像するのはよそう。ここを逃げ出すつもりでいなければ。

「この部屋を物色していたのね」プルーは激しく震えた。泥棒に入られた人たちが、侵入されたことによって汚されたように感じたという話を初めて実感として理解できた。「そんなことをして、どうやって毎晩、安眠できるの？」

「同じことを君にも質問したい」

プルーは暗闇のなかで首を横に振った。相手は明らかに情緒不安定だ。こういういやみな言葉を返す理由はそれしか考えられない。さっき浮かんだ疑問が口をついて出た。「私をストーキングしていたの？」

「君は妄想癖があるようだな」

プルーは鋭い反撃の言葉をのみ込んだ。今は巧みな駆け引きが必要だというのに、正直言って、私はその才能に恵まれていない……。

3

「君が使っている香水は何？」

「私……香水はつけないの」

プルーは今にもパニックにのみ込まれそうになりながら、頭のなかの声が話題を変えたほうがいいと言うのを聞いた。

「私のお財布に数ポンドあるわ」自ら提案しながらシャツの前をかき合わせ、関節が白くなるほど握り締めた。

「小銭がほしいわけではない」

低い声に嘲笑《ちょうしょう》を聞き取ったとたん、プルーのなかで何かがはじけた。今は口を慎むことこそが勇気だという基本を完全に忘れ、止める間もなく激しい言葉が飛び出した。

「お金が目的じゃないということは、女性が服を脱ぐのを見る方法がこれしかないってことね。なんてさもしい、のぞき趣味の変態なの！」

カリムの頬に赤黒い色が広がった。彼としても、自分の存在をすぐに知らせなかったのは、褒められたことではないとわかっていた。わざとそうしたわけではないのだが。

誰かに見せることを前提に服を脱ぐ女性なら、何人も知っている。しかしこの女性が女らしい曲線を見せたときの仕草には、誘惑的なところも意図的に挑発するようなところもまったくなかった。だからこそ、自分が彼女から目をそらせなかった事実が、余計に不自然なことのように感じられるのだ。きっとこの香水のせいだ。本人はつけていないと主張しているが、そんなことはあり得ない。彼女が部屋に入ってきたとたん、あの気になる香りが強くなったのだから。

静寂が続いていた。その間プルーは、自制がきかない自分の口を恨み続けた。相手がどれほど危険な人間かもわからないのに敵対心をあおるなんて、それで何が解決するというの？

ぱちっとランプの明かりがついた。一・五メートルほど離れた場所に座っている彼を目にした瞬間プルーは、この男性にできないことが果たしてあるのだろうかと思った。

彼女の目はいっぱいまで見開かれ、息が喉につかえた。彼はこれまで見たことも空想したこともないほど、すばらしい容貌《ようぼう》の男性だ。

プルーは彼のほうを見ながら、恐怖と憎しみの底で、もっと原始的な感情が呼び覚まされるのを感じた。自分でも認めるのが恥ずかしいような感情だ。

男は胸の前で両手の指先を軽く合わせ、すらりとした脚を投げ出す格好で椅子に深く腰掛けていた。

まばたきもせずに、不機嫌そうなセルリアンブルーの目をじっとプルーに据えている。

彼は頭から足の先まで黒ずくめだった。それと対照的に肌は血色のいい濃い金色に輝いている。髪は青みがかった黒の光沢を帯び、広い額でウェーブが波打っていた。長さは襟まである――彼が着ている服に襟があったらの話だが。セクシーすぎる豊かな唇、まっすぐに通った鼻、シャープな頬の輪郭。顔立ちは古典美の極致の一歩手前といったところだ。

男がなめらかな身のこなしでさっと立ち上がった。茫然《ぼうぜん》と見とれていたプルーは、この状況で感じるべき恐怖さえも感じなかった。彼の頭がむき出しの低い梁《はり》をかすめる。身長は百九十五センチ近くありそうだ。しかしスリムに引き締まった筋肉質の体に、ひょろ長いという形容詞は似つかわしくない。それよりも、権力、腕力、生まれながらに備わっている気品、といった言葉がぱっと脳裏に浮かんだ。

「妹の居場所を教えてもらおう」プルーよりだいぶ背の高い彼は、軽蔑《けいべつ》しきった目で彼女を見下ろした。冷たく青い目は、彼女の激しく上下する胸の斜面に向けられている。

頬が熱くなるのを感じながら、プルーはぼうっとする頭を必死にはたらかせようとした。つまり、この男性はふつうの男性の何百倍もの性的魅力にあふれているというわけね。だからといって危険であることに変わりはない。むしろ、彼が狂気の変人ではないとしたら、危険はより大きくなる。彼のような男性が歩いたあとには、恋を失い、夢を壊された女性たちが残されていくものだからだ。

プルーは深呼吸をひとつしてから顔をぐいと上げた。私がどれほどおびえているか、彼に気づかせるつもりはない。相手はただのみじめな変態男だ。犠牲者が怖がるのを見て快感を味わいたいだけ――それにもちろん、私はまだ犠牲者と決まったわけじゃない！

　唯一の逃げ道であるドアは、彼の位置からのほうが近いから、ダッシュしてもつかまってしまうだろう。まずは少しずつ、わからないように近づかなければ。

「そろそろ私のボーイフレンドが来るころだわ。彼は体が大きくて……ラグビーの選手なの」

　黒い眉が片方つり上がった。「ポジションは？」

　意表を突かれてプルーは眉を寄せ、それでもじりじりとドアに近づいていった。脱兎《だっと》のごとく駆け出したい誘惑に、懸命に抵抗する。「え？」

「彼はどのポジションを任されている？」

「ポジション？　そんなの知るわけないでしょう」

　この人は明らかに頭がまともじゃない。少しでも害の少ないタイプの変質者であるよう祈ろう。とはいえ、彼の全身からは無害とは正反対の雰囲気が漂っている。

　でも彼は話をするだけで、つかみかかるなど手を出すようなことはいっさいしない。ドアに近づくにつれて男との距離も狭まり、男らしい匂《にお》いやぬくもりを感じるほどだった。目尻に広がる細かなしわも見える。

　だしぬけに、プルーの心臓がきゅんと縮んだ。自らの思いがけない反応を警戒し、彼女は目を伏せた。ほてった頬にまつげが触れる。まつげの下からさっと彼を観察すると、喧嘩《けんか》腰に顎を上げて、ありったけの自信をかき集めて言った。「警告しておくけれど、私は柔道ができるから」

「わざわざ警告してくれるとは、実にフェアな精神だね」

　間延びした言い方には嘲笑が満ちていた。プルーは、優美で意地の悪い大猫にもてあそばれる鼠《ねずみ》にでもなったような気がした。私の言葉を彼が何ひとつ信じていないのは明らかだ。もうたくさん、気を使いながら話すのはうんざり。

相手に調子を合わせるはずだったのを忘れ、プルーは毒のこもった本音を投げつけた。「ええ、私は恐ろしくてたまらないわ」そして目をかっと見開いた。金色の瞳は嫌悪にぎらついている。「私がそう言えば、あなたは大物になった気分が味わえるんでしょう」軽蔑をこめてせせら笑った。

カリムの瞳に不本意ながらも賞賛の光が浮かんだ。ミス・プルーデンス・スミスがどういう人物であれ、とりあえず臆病《おくびょう》者ではないようだ。

「ご参考までに言っておくと、あなたが長い年月刑務所に閉じ込められることを、心の底から願っているわ」プルーはちらっと横に目をやってドアまでの距離を測った。そろそろ逃げ出せるところまで近づいただろうか……。

「それはお勧めできないね」

ばつの悪さに、プルーの色白の肌が赤くなった。

「なんの話？」

男が威嚇するように一歩近づいた。「今、君が必死で練っている逃亡計画の話だよ」

彼がその心配をする必要はなかった。プルーの足は恐怖で地面に根が生えたようになり、現実には走ることなど不可能だったからだ。「私に指一本でも触れたら悲鳴をあげるわ」触れられなくても悲鳴をあげてしまいそうだ。神経はずたずたで、もう限界まできている。

「オーバーな芝居は省略してくれないかな」男はうんざりしたように言うと、さっきまで座っていた椅子の背にかけてあったバスローブを取って、プルーに投げた。

「芝居ですって……？」プルーはあっけに取られた。

「家に帰ってきたら、寝室で変質者が待ち伏せしていたっていうのに？」ぶつぶつ言いながら、バスローブをシャツの上からはおろうともがいた。

「僕の妹がどこにいるのか教えるんだ」

　美形で危険なこの変質者を家から追い出せるのなら、彼が求めるどんな情報も喜んで提供したい。問題は、彼が何を求めているのかわからないことだ。

「あなたの妹さん……？」プルーは時間稼ぎにききかえした。ドアから逃げ出せる可能性はまだ残っている。彼が今の場所から動かなければ、タイミングさえうまくつかめれば、チャンスがないわけではない。

　カリムは体の隅々から忍耐力がもれ出していくのを感じた。彼は腕組みをしてプルーを冷たく見すえた。この女性は純真そうなあの大きな目を武器に、窮地を切り抜けることに慣れているに違いない。

「僕の忍耐力は無限ではない」

　彼の忍耐力は存在しないというほうが近い、とプルーは思った。この人はたとえ変質者でなかったとしても、近づきたくない可燃性の危険物だ。現実には、変質者であることは間違いない。「妹さんのお名前はなんというの？」ここは空気をなごませたほうが賢明だ。

「スーザン・アル・アーマドだ」

「スーザン？　そういう名前の人は知らな……」近い名前をふっと思い出し、プルーは相手の男らしい顔を鋭い目で眺めた。つい最近まで自分が担任をしていた聡明《そうめい》でかわいらしい女生徒は、はっとするほどハンサムなこの侵入者と、たしかに髪の色などは似ている。でも、それ以外は家族らしい共通点は見つからない。「スザンヌ・アルマンのことではないでしょう？」

　彼がじれったそうに頭を小さく動かした。プルーはそれを肯定の意味に取った。

「スザンヌがあなたの妹さん？　でも彼女は――」

「行方不明だ」

「彼女はごくまともだと言いたかったのよ。でも……今、行方不明と言ったの？」彼の言葉がやっとプルーの頭にしみ込んだ。「スザンヌが行方不明？」

不安が表情に出る。「行方不明って、いなくなったとか、そういうこと……？」

「なかなかの名演技だな、ミス・スミス。しかし誠実そうなふりをしても僕には通用しない。君が手引きしたために妹が行方をくらましたことは百も承知だ。妹は君に素性を明かしたかい？　家出をそそのかしたにしろ、あるいはそのすべてをお膳立《ぜんだ》てしたにしろ、君は楽しんだことだろうね」

彼女がどこまでかかわったかについては、カリムはまだ確信が持てなかった。調べがついた暁には、罪に見合った罰を受けさせてやる。

「しかし覚えておくといい。僕の一族に余計な手出しをしたことを後悔する日が必ず来る」

プルーは唖然《あぜん》として彼を見つめた。この人は本当に頭がどうかしている。「私が？　どうして私がそんなことを……？　ねえ、何もかもばかげているわ。あなたはまるで私が何かの片棒を担いでいるかのように言っていて、実際のところ……」そこで彼女はふと気づいた。スザンヌの身内とは言っても、それはこの男性が勝手にそう言っているだけかもしれないのだ。「実際のところ、スザンヌからお兄さんがいるという話を聞いたことは一度もないわ」

「僕の言葉を疑うのか？」

信じられないと言わんばかりの口調だったので、プルーは思わず笑った。彼女の反応に、男性の青い瞳から目に見えるかと思うほどの火花が散った。

「しかし妹のほうは君のことを話していた」彼は軽蔑のこもった目でプルーの体の曲線をなぞったあと、視線を彼女の顔に戻した。ちょうど金色の巻き毛が頬をかすめたところだった。

じろじろ見まわされてプルーは顔を赤らめ、歯ぎしりしながらバスローブの紐《ひも》をきつく締めた。そのせいで胸元が開き、なめらかなふくらみと、それを包むレースの一部がのぞいたことには気づかなかった。こんなふうに見下されなければならないような何をスザンヌがこの恥ずべき男に話したのかは、知りたいとも思わない。

「妹は君のことを人生の手本だと思っている」

「本当に?」プルーの顔をショックが走り抜けた。それから彼女はゆっくりと、しかし断固として首を横に振った。

カリムはポケットから、ショッキングピンクのレースで縁取りされた豹《ひょう》柄のショーツを引っ張り出した。「妹が君の下着の趣味まで手本にしていないことを祈るばかりだ。さらに言えば、モラルも」

プルーの顔が真っ赤になった。同時に、彼女は慎重さをかなぐり捨てた。「お言葉ですけど、私の家に押し入って私物を引っかきまわしたうえに、見つけた下着を自分のポケットに入れるような人から、モラルについてのお説教を聞くつもりはないわ!」

激しい怒りにのみ込まれまいと荒い呼吸をくり返しながら、彼女は手を伸ばして、男が嘲《あざけ》るように指にぶら下げている派手なショーツを引ったくった。

一瞬、完全な静寂が訪れた。「二度と僕に向かってそういう口をきくんじゃない」

男の赤黒くなった頬ときつく結ばれた唇の輪郭に、プルーは視線を吸い寄せられた。その唇は並はずれた冷酷さと、並はずれた情熱とを使い分けられる唇であることを匂わせていた。

どちらのほうがより不安をかき立てるか、プルーにはわからなかった。

「言論の自由という言葉を、あなたは聞いたことがないの?」

「目下のところ言論の自由は、君にとっては権利ではなく贅沢《ぜいたく》だと考えたほうがいい」

プルーは両手を腰に当てた。それがバスローブの胸元をさらにあらわにするとは、考えもせずに。

「あなたに何ができるというの？　私に猿ぐつわでもかませるつもり？」

「僕の質問に答えなければ、そんなものではすまさない。頼むからこれ以上、時間稼ぎはやめてくれないか。純情そうにショックを受けたふりをしたり、生徒から憧《あこが》れの目で見られていたことを知らなかったふりをしたりしても無駄だ。若い女生徒たちが君の言葉ひとつひとつを真剣に吸収していくのは、さぞかし快感だろう。それは、実に簡単に悪用もできる権力だよ」彼は辛辣《しんらつ》に批判した。「君は女生徒たちに低俗な反抗心を植えつけ、家庭の価値観を捨てさせ、性的な体験を勧め――」

口をぽかんと開けて聞いていたプルーは、この最後の途方もない非難でやっと声が出せるようになった。「ちょっと待って！　私が生徒に教えているのは文学を鑑賞し、楽しむことよ。それと……」彼女は顔をしかめて残念な現実を認めた。「テストでいい点を取ること。でも、性体験をけしかけたりするわけないでしょう！」終わりのほうは声が危険なほど甲高くなった。

この人は完全にどうかしている。しいて言うなら、私は生徒たちから、悪気のない冷やかしの的にされている。中等学校六年生の女生徒たちにとって担任教師にボーイフレンドがいないのは面白いことらしい。

「生徒たちといっしょに酒盛りのパーティーに参加することは？」

「パーティー？　どんな？　ああ、セーラのね……。私は参加したとは言えないわ。パーティーを開くと聞いたから、ちゃんと節度を守れるかチェックしに行っただけ。ごくたわいないパーティーよ、酒盛りでもなかったし。少なくとも女の子たちは飲んではいなかったわ。ただ、町からバイクに乗った男の子たちが押しかけてきて、その子たちは少し……」実際には、彼らは少しどころかとても怖かった。もちろんプルーはぬかりなく、そんな気持ちをおくびにも出さずに出ていけと一喝した。

「パーティーがあることを知っていたのに、やめさせようとはしなかった」

鋭い軽蔑の視線を浴びてプルーは頬を赤らめた。あの日、革ジャンパーを着た男の子たちを見た瞬間、最初に彼女の頭をかすめたのがまさに、やめさせればよかったという思いだった。「たしかにあれはまずかったわ。でもあのあと、私はちゃんと警察に協力したのよ」プルーははっとして目を見開いた。「あの手紙、あなただったのね？　信じられないほど居丈高で無礼な手紙を書いてきたのは？　私ははっきりスザンヌのお父様かと思っていたわ」

「君にとっては幸運なことに、それは僕じゃない。僕に子どもはいない。それから、〝無礼な〟手紙と言うが……」彼は皮肉たっぷりに片方の眉をつり上げた。「スーザンは君の驚くべき知性を褒めそやしていたが、これまで見たかぎりでは、僕には理解できない」唇の端を冷笑に歪《ゆが》め、まぶたを半分伏せた目でプルーの体を眺め下ろす。「もっとも、体のほうは予想していたよりもいい……」かすれた物憂げな声がプルーの胃を震わせた。彼はふうっと大きな息をつくと、さらに鑑賞を続けた。「はるかにいいね。もし職業を変えたくなったら、君なら雑誌のピンナップモデルで売れっ子になれるだろう」

プルーは怒りで頬がかっと熱くなり、歯ぎしりした。「あなたはそういうことをよくご存じでしょうよ」声を詰まらせながら、憎しみをこめた目で彼を見る。「スザンヌがあなたのことを何も言わなかった理由がよくわかるわ。もしあなたが私の兄だったら、私もあなたが存在しないふりをしたでしょうね」

「もし僕が君の兄だったら、部屋に鍵《かぎ》をかけて君を閉じ込めておくだろう」カリムは険しい目をして言い返した。

だが彼女を部屋に閉じ込めても、男たちを遠ざけておくことはできないだろう。この寝室に男の影がまったく見当たらないのは驚きだ。罪を呼び寄せる肉体を持っている女性が、男の一人もつかまえていないわけがない。

「私はパリには行ったことがないけれど、そういう扱いは、フランスの女性たちにもあまり受け入れられないんじゃないかしら」

「僕はパリには住んでいない」

もっとも、カリムはパリにアパートメントを持っていた。だが、そこを訪れたのはいつが最後だったかも思い出せないくらいだ。

医療チームが国王に仕事を減らすよう断固として言ったとき、カリムは説得に加わろうとはしなかった。父王に自ら仕事の量を制限させることなど不可能だとわかっていたからだ。そこでカリムは、ふつうなら国王が果たすべき務めを気づかれないよう少しずつ自分が代行することで、父の負担を軽くしていった。そしてその結果、世界じゅうを遊びまわる気楽な日々は終わりを迎えた。

「僕はフランス人じゃない」

「でもスザンヌは――」

美しい形をした褐色の手が尊大にプルーの言葉を遮った。「スーザン、もフランス人ではない。祖母はフランス人だが、僕たちはザフス国の王族だ」

この男性は変態なだけではなく、妄想癖まであるらしい。でも、人のことは言えない……。プルーは反省しながら、彼の長いきれいな指から無理やり視線を引き離した。彼の手にはなぜか見とれてしまう。

「ずいぶんと興味深い話ね」少なくともこれで、相手が完全な変人であることには疑いの余地がなくなった。いずれにしても彼には脱帽だ。この王者然とした傲慢《ごうまん》さは本物そっくりと言えるだろう。

カリムは生まれてこのかた、自分の身分を疑われたことがなかった。そのため、この反抗的なブロンド女性が単に調子を合わせているだけだとわかっても、どう反論していいかわからなかった。

「じゃあ、あなたは……シークとか、そういう身分の人ということね？」

4

「もう我慢の限界だ」カリムは爆発寸前の嫌悪感をこめてプルーをにらみつけた。彼にとっては自分の行動を釈明すること自体が容易ではなかったが、この状況では譲歩する以外、打開の道はほとんどないと悟った。カリムはこわばった声で説明をはじめた。「公表はしていないが、実は父が――」

「お父様もシークなのね？」プルーはなだめるように言った。

「実は、国王だ」

淡々とした答えに、プルーの喉から引きつったような笑い声が飛び出した。彼女は急いで咳《せき》をしてごまかした。「なんだかむせてしまって」そう言いながら、またドアとの距離をちらりと目測する。「お父様もいっしょに来ていらっしゃるの？」

あと三センチほど近づけば、つかまる前に逃げ出せる。そのあとどうするかははっきり決めていないけれど、どうなったところで、この部屋にこの男性といるよりはましだ。

「父は今はスイスにいる。昨日、心臓の緊急手術を受けたところで、明日の朝、意識が戻ったときにはスーザンは枕元《まくらもと》にいなければならない。君がじゃまをしなかったら、スーザンは今この瞬間、父に付き添っていたはずだ。だから君も――」カリムは、ドアに飛びつこうとしたプルーにいち早く片手を伸ばし、いらだちの声をもらした。

ぐいと引き戻されて硬い胸板に押しつけられたプルーは、悔しさに金切り声をあげた。楽々とつかまえられて、彼の鋼のような強さが印象どおりであることを思い知らされた。

床から十数センチのところで抱き上げられたまま、彼女は両足をやみくもにばたつかせた。離れて彼を見ているのと、背中をきつく彼の胸に押しつけられているのとでは全然感じが違う。得体の知れない興奮のようなものに胃がきゅっと縮んだ。恐怖心のほうがまだ健全な感情だった気がする。

プルーは激しく暴れはじめた。息苦しくてあえぐと鼻腔《びこう》が彼の匂《にお》いで満たされ、絶望感は募るばかりだった。

「ばかなことはやめないか」カリムは命じたが、夢中でもがく足に向こう脛《ずね》を直撃されてうめいた。

「下ろして！」プルーは息を切らせて言った。「今すぐ。弱い者いじめをするなんて最低よ！」

「おとなしくしたら下ろしてやる」暴れるプルーを抑えようとしながらも、カリムは彼女の体の柔らかさや、魅惑的な香りを意識せずにはいられなかった。こんなに柔らかな体なのに、パンチ力はすごい。

「おとなしくしているじゃない！」プルーは叫んだ。

「それがおとなしくしている状態なら、君が自制心を失ったときにその場に居合わせるのはごめんだな。さあ、僕の話をよく聞くんだ」

「私に選択肢がある？」プルーは両足が床についたのでほっとし、もがくのをやめた。「差し支えなければ、次は息をさせてもらえるかしら？　肋骨《ろっこつ》を折らないでいてくれるとありがたいんだけど」

鋼鉄のベルトのように体を締めつけていた腕が緩んだ。だがほっとする間もなく、彼女はくるりと体の向きを変えさせられた。彼が片手をずしりとプルーの肩に置き、もう一方の手で彼女の顎をつかんで上を向かせた。二人の視線がぶつかったとき、プルーは闘う意欲が萎《な》えていくのを感じた。

「今からルールを言う」

プルーが口を開いたとたん、唇に人差し指が押しつけられた。ハンサムな暴漢が黒い頭を横に振る。

「僕が話をし、君は聞く。そのあと君が、僕の知りたい情報を話す。僕の名前はカリム・アル・アーマド。ザフス国を四十年間統治しているタイール・アル・アーマド国王の息子だ。妹のスーザンは二年前から偽名を使って、特権階級のための寄宿学校に入っている。スーザンの素性を知っているのはごく少数で、校長とこの国の首相、それともちろんサミールとマリクだけだ」

「サミールとマリクって？」

話を遮られてカリムは眉をひそめ、黒い眉が一文字につながった。「副主任の庭師と守衛だ」彼女が金色の目を丸くするのをカリムはじっと見つめた。

「夏休みが終わったら、あの二人はもう学校には戻ってこない」

そんなことがあり得るだろうか？　田舎町をシークがほっつき歩き、一般家庭に押し入って住民を威嚇するなんて……。たとえあったとしても、そのシークが彼のように魅力的な男性のはずはない。

「あなたのおとぎばなしを信じろと言うの？」プルーは挑戦的に言った。

「身分を証明するものがほしいかい？」彼は見るからに高級そうな腕時計の金属製のバンドをはずした。

プルーは彼に触れられた顎をそっとなでた。

「この裏に文字が刻んである。僕が十六歳になったときの、母からのプレゼントだ」

プルーは差し出された腕時計を見たが、受け取ろうとはしなかった。少ししてからため息をつき、かぶりを振った。「そうね、信用するわ」実際、彼女は信じた。ときには小説よりも奇なる事実があるものだ。どんな空想も及ばない事実、これもそのひとつなのだろう。「それじゃスザンヌが行方不明というのは……ごめんなさい、スーザンだったわね」プルーは苦笑した。

「君は知らなかったというのか？」

「そのとおりよ」プルーはぐいと顔を上げ、挑発にはのらずに両手を腰に当てた。

そのためにまたしても女らしい曲線が浮き彫りになった。カリムは、暗がりで輝いていた彼女の色白の肌を思い浮かべた。

「スーザンは知っているのかしら、お父様が……王様がご病気だということを？」

「ラシードがスーザンのところへ報告に行き、連れて帰るはずだったが、予定が狂った」

「ラシードという人のことは知らないし……」プルーは片手を上げてカリムを制した。「知りたいとも思わない。とにかくわかったわ。こんな言葉を自分が口にすること自体信じられないけれど、あなたはプリンスとかシークとか、そういう立場の人だってことね」

「その両方、というのが実際のところだ」

「なるほどね。あなたの異常なほどの傲慢《ごうまん》さがこれで納得できたわ」

「僕は傲慢ではない」

彼がすかさず否定したが、プルーは無視した。

「でもね、私はあなたの家来でもなければ奴隷でもないの。それに、お手伝いしたいのはやまやまだけど、スザ……じゃなくてスーザンの居所についてはまったく見当もつかないわ」

「君は何か知っているはずだ」

彼の絶対的な自信は、無性にプルーの癇《かん》にさわった。

「よく考えるんだ」仁王立ちで命令する彼は、まるで報復を与えようとする闇《やみ》の天使のようだ。「妹はこの学校の外には知り合いがまったくいない。誰の助けもなしに姿を消すことはできなかったはずだ。具体的に言えば、君の助けなしには」

「どうして私がそんな手助けをするわけ？」

「想像するに、君はバックパックを背負ってオーストラリアを歩きまわれと妹をけしかけた。それと同じ理由だ」

「けしかけたりなんてしていないわ。私自身が、そういうことができればよかったと話しただけよ」プルーはぴしゃりと言い返した。「さらに言えば、そういう計画を立てている女の子たちがとてもうらやましかったの」私はその年ごろには、弟を育てるという責任を背負っていたのだ。

カリムは彼女の抗議を聞き流した。「スーザンの置き手紙は、どこかへ行って誰かと会うといった内容だった」プルーを見る目つきが鋭くなる。「君には心当たりがあるだろう？　教えてほしい」

プルーがかぶりを振ると、二の腕をつかんでいる鋼鉄のような指に力がこもった。顔をしかめると指が離れたので、彼女はつかまれていたところをさすった。「たいしたことじゃないわ」

「それは僕が判断する」

剃刀《かみそり》のように鋭い視線が顔を離れ、さすっている二の腕に移ったので、プルーはほっとしてもう一度首を横に振った。「たいしたことじゃないと言っているでしょう」だが、声ににじむ不安が自分の耳にも聞こえた。

「誰かをかばっているな」冷たいブルーの目が再び彼女の顔に焦点を絞った。「誰なんだ?」

プルーはつい目を伏せた。いかにも後ろ暗い印象を与えてしまったに違いない。

「君の恋人か?」

色白の肌がピンクに染まった。「もちろん違うわ」

いったい彼はどういうつもりなの? ありもしない私の性生活に、異常にこだわっているように見えるけれど。

カリムにとっては、目の前のこの女性が今風の性生活を送っていることは先刻承知だった。だがそれにしても、彼女の目にこめられた怒りは度を超しているような気がした。「じゃあ、誰なんだ?」

「イアンよ、私の弟。以前、週末に遊びに来たの」

彼のセクシーな頬の輪郭がぴくぴくと動くのを、プルーは魅入られたように見つめた。「そのときスザンヌと出会って、意気投合したみたいだったわ」

「君が二人の出会いをお膳立《ぜんだ》てしたんだな?」

プルーは食いしばった歯のあいだからいらだちの声をもらした。「いいえ、違うわ」この男は私の言葉をいちいちねじ曲げる特技を持っている。本気でむかむかしてきた。「まったく、男と女が少し言葉を交わしたからって、必ず薄汚い関係に発展するわけじゃないんだから」

少なくとも〝男〟が私の弟の場合はそうだ。でもこの男性の場合は……? プルーは見事にカールしたまつげの下からちらりと彼を盗み見た。きゅっと胃が縮まる。このカリム・アル・アーマドには常識が当てはまらない。彼のセックスアピールは、彼という人間を形作っている重要な要素のひとつであるため、無視することも気づかずにいることも難しい。だからついそこに注意がそれてしまうのだ。

今の私はまさに、その危険にさらされているのではないだろうか？

彼は荒い息に上下するプルーの胸のふくらみを見下ろした。そして再び目を上げたときには、これ見よがしに尊大な表情を浮かべていた。「君がそんなにうぶなはずがない」

「二人はたまたま出会って、ちょっとおしゃべりをしただけよ。弟がここに泊まっているときスザンヌが――」

「スーザン」彼が歯ぎしりして注意した。

「そうだったわ、スーザンが本を返しにやってきたの」

「二人きりにしたのか？」

「さあ、全然覚えていないわ。でも、もし妹さんの貞操を気にしているのなら心配はご無用よ。弟はそういう男の子じゃないから」

「男はみんなそういうものなんだよ、チャンスさえあれば。弟は何歳だ？」

「二十歳よ」

「二十歳！　二十歳は男の子じゃないだろう、男だ」

「あなたは二十歳のころには百戦錬磨の征服者だったでしょうけど、私の弟は……」〝がり勉〟だと言いそうになったが、弟のためにやめた。「弟は本のほうが面白いらしいわ」

「姉だからそう信じているんだろう。もっとも君は、姉というより母親の感覚に近いようだな」

「何年間か前からは母親でもあると思うわ」

「両親は？」

「亡くなったの」

「それで、弟は今どこにいる？」

プルーは笑った。「私がそれを教えるとでも？　あなたが弟の部屋に乱入して、あの子を縮み上がらせるつもりだとわかっているのに？」イアンはこういう相手の扱い方を知らない。手も足も出ないだろう。

私は？　知っているわけ？

「教えてくれと頼んでいるように聞こえたかい？　だとしたら言い方が悪かった」彼は白い歯を見せて狼《おおかみ》のような笑みを浮かべた。だが再び話しだしたときには、笑みと呼べるものは跡形もなく消え、その声も頑固なまでに硬かった。「弟の居場所を言わないと後悔することになるぞ」

「あなたに何ができるというの？」

「君の場合は職を失ったら、こんな粗末な家でも住むところまでなくなる。紹介状がなければ、次の仕事を見つけるのも難しいかもしれないな」

彼と視線を合わせると、ただのこけおどしでないことはすぐにわかった。この男ならいとも簡単に今の言葉を実行に移せる。

「弟に危害を加えないと約束してちょうだい」

「なんだって？」

「聞こえたでしょう。イアンに指一本触れないと約束してくれないかぎり、私は何も教えないわ」

じりじりしたように彼女をにらんでいた目が腕時計に落ちた。「もっと時間があったら――」

「でも、あなたに時間はない」

「わかった、約束する」こわばった顔一面に悔しさがありありと浮かんでいる。「それで、君の弟はどこにいるんだ？」

プルーは住所を答えてから言い添えた。「誓ってもいいわ。あの二人のあいだにはロマンスに近い気持ちすらもないから。スーザンは大学のことを知りたがっていただけだし――」

「服を着て」

「なんですって？」

「身支度をするんだ。君もいっしょに連れていく」

あまりにも濃厚な男性ホルモンの攻撃にプルーは頭痛がしていた。この部屋のなかでさえそうなのだから、さらに狭い車中ではどうなってしまうことか、想像するだけで耐えられない。「そんなのだめよ！」金切り声をあげて首を振った。

「弟の住所がでっち上げでないと証明するものは何もない。実際に行けば、そういう名前は聞いたことがないと言われる可能性だってある。たとえ住所が正しいとしても——」反論しようとする彼女を制してカリムは続けた。「僕がここを出た瞬間、君は弟に連絡するだろう」

図星だ……。きまりの悪さに、プルーは首筋から顔まで真っ赤になった。だが、ぞっとするようなしたり顔の笑みを向けられても、断固として、目は伏せなかった。

「そうなれば、僕が着いたときには彼はすでに逃走したあとになる。だから、わかるだろう。どんな手を使ってでも、君も連れていく。でも安心してくれ。僕も好んで君を旅の道連れにするわけじゃない」

〝どんな手を使ってでも〟と言ったのが彼でさえなければ、その陰険な言葉は、単に相手が自分をパニックに陥れて降伏させようとしているだけだと、プルーも思ったかもしれない。しかしカリム・アル・アーマドが、実行する気のない脅しを口にする人間ではないことを、彼女はすでにわかりはじめていた。

かつて、言葉に嘘《うそ》のない男性に出会いたいと夢想していたことがあるけれど、こういう男性のことを思っていたわけではない。求めていたのは誠実さや正直さであって、こんな……脅迫や強制や威嚇とは別物だ。

プルーは警戒の目で彼をにらみつけた。夢に描いた男性はこんな風貌《ふうぼう》でもない。ゴシックロマンスのヒーローはべつとして、髪や肌の色が濃く、何かと裏がありそうな人は、そもそも私の好みではない。

「そういうわけだから、時間もないことだし、さっさと服を着てくれないか。さもないと……」

「わかっているわ。あなたが着せると言うんでしょう？」

「いや、そのままの格好で行くことになると言うつもりだった。僕はどちらでもかまわない。今から四分後に出発できさえすれば」セクシーな唇の端が、面白がるようにぴくりと動いた。

「三分でも五分でもなく？」

「君は時間を無駄にしたいようだな」

「あなたがそこに立っているのに、私が服を着替えられると思うの？」

彼は眉を上げた。「これはまた、しらじらしくも魅力的な慎み深さの演出だな」

演出だなんてとんでもない。裸に近い姿をもう一度この男性の視線にさらすのを考えただけで血が凍りつく。

「しかし今さら淑女ぶってもいささか手遅れだよ。とにかく、妹の無事が確認できるまでは一瞬たりとも君から目を離すつもりはない」

「見知らぬ人間の目に肌をさらしたくないと感じることに、淑女かどうかは関係ないわ」この人は一枚の下着をもとにして、私のモラルが低いと決めつけているらしい。

「劣情は抑えるよう努力するよ」彼が約束した。

その瞬間、気どった偉そうな顔に浮かぶ冷笑を消し去ることができるなら、かなりの代償を払ってもいいと彼女は思った。「なんて感じの悪い人なの」

「もう一度言うが、君は時間を無駄にしている」

プルーはこわばった背を彼に向けると、洗濯物の山のなかから、明るい色のリネンのスラックスと白いTシャツを選んだ。冷たい沈黙を守りながら、スラックスをはいて、バスローブを床に落とした。

まるで一挙手一投足を採点されているようなばかげた感覚のせいで、部屋にいるのは自分だけだというふりをするのは容易ではなかった。

シャツを脱いでTシャツに着替えるのは十秒ぐらいでできた。

Tシャツの襟ぐりから髪を出すと、プルーは彼に向き直った。「これが誘拐だということを、あなたはわかっているの？　誘拐は凶悪犯罪よ」

カリムは彼女の金髪が肩のまわりに広がるのを見つめていたが、挑むようににらまれて目を合わせた。

「それは違う。誘拐なら君は車のトランクに詰め込まれる。今日は助手席に乗せてあげるよ」

プルーは声を絞り出した。「私がどれだけ感謝しているか、あなたにはわからないでしょうよ」

辛辣《しんらつ》な言葉に、彼は喉の奥から笑い声をもらした。

5

「そんなにスピードを出す必要があるのかしら？」

高速道路を車で十五キロほど走ったところでプルーは言った。

「違反はしていない」

「そうかしら。制限を超えているように感じられるけれど」プルーは不満そうに言った。

「自分で運転したいかい？」

「そのほうがはるかに安心だわ」

「僕は安心できない」カリムが言い返した。

「あなたのお国では、女性はそもそも運転することが許されているのかしら？」

「困ったことだよ。進歩することが必ずしもいいことだとはかぎらない」

　プルーはバッグから携帯電話を取り出した。「妹さんのことだけれど、私の見当違いかもしれないわ。いない可能性もあるから、先に確認したほうがいいんじゃないかしら？」

　カリムはじろりと嘲《あざけ》りの視線を向けた。「僕はばかだと思うかい？」

　いいえ、でも野蛮人そのものだと思うわ。苛酷《かこく》な砂漠に生きる、何をしでかすかわからない男。

「スザ……スーザンが逃げ出したのも無理ないわ。家にあなたみたいな男性がほかにもいるのならね」

　プルーはちらっと彼の横顔を盗み見た。いいえ、きっとそれはないだろう。この地球上に、彼のような男性がほかにいるとは思えない。

「万一妹に何かあったときには、君個人に責任を取ってもらう」

「そんなの筋違いもいいところだわ。私はもう十分責任を感じているのよ。そうするべき理由があるわけでもないのに。そもそも、スーザンが弟のところにいない可能性だってあるわ。もしいなかったら？　あなたはどうするつもり？」

　カリムの顎にぐっと力が入った。「君のためにも、妹がいることを祈っている」

　半ば伏せた目でさっと見られ、プルーは不安を覚えた。背筋に震えが走る。

「あとどれぐらいだ？」

「次の出口を降りてちょうだい」

　門番はプルーを見るなり挨拶《あいさつ》した。「プルー、弟さんは部屋にいますよ。たぶん今夜もまた徹夜で勉強するんでしょう。どうぞ上へ行ってください」門番はカリムにはうやうやしく一礼した。

　カリム・アル・アーマドに対して彼がなぜそこにいるのかを問いただす人は、どうやらめったにいないのだろうと、プルーは思いはじめていた。丁重に扱わない人はもっと少ないに違いない。

「何号室だ？」先に立って石造りの階段に歩み寄りながら、カリムがかみつくように尋ねた。今はもう、焦る気持ちを隠そうともしない。

「二十二号室。最上階よ」一応プルーは警告した。階段をいくらか上ったくらいで彼が疲れ果てるなどとは、もちろん思っていない。この男性がどういう人物であれ、体力の絶頂期にあるのは一目瞭然《りょうぜん》だ。

階段を駆け上がっていくカリムの引き締まったヒップを見ないようにしながら、プルーは全力であとを追った。最上階に着いたときには、数秒とはいえ遅れを取ってしまっており、階段を駆け上がったあとにふさわしいくらい息も弾んでいた。それなのにカリム・アル・アーマドのほうはまったく息が乱れておらず、すぐさまノックもせずにイアンの部屋のドアを押し開けた。

「待って！」プルーは息を切らして叫んだが、彼が聞く耳を持っていないことはわかっていた。

プルーは焦った。先ほど約束したとはいえ、万一疑わしい状況にある妹を発見したら、カリム・アル・アーマドは約束を守ることなどできないに決まっている。若い二人のあいだには特に惹《ひ》かれ合う気持ちなどないと確信しているけれど、この状況では絶対に何もないとは言いきれない。

プルーは部屋に飛び込んでどなった。「弟に手出ししないで！　このわからずや！」

勉強部屋兼寝室の奥では、カリムが片手でイアンの襟首をつかまえ、妹の前に仁王立ちになっていた。スーザンは狭い部屋の隅にある折りたたみベッドの上で、寝袋に入ったまま縮こまるようにして座っている。くしゃくしゃの髪と混乱した眠そうな表情から察するに、兄が踏み込んできたときには眠っていたのだろう。

部屋に一つしかない電気が、壁のほぼ一面を占めるホワイトボードを照らしている。そこにはいつも、姉にとってはちんぷんかんぷんなことが書き連ねてあるのだ。弟の手にマーカーが握られているところを見ると、カリムがずかずかと入ってきたときも、彼は何かを書き足している真っ最中だったに違いない。

「何をしていた？　答えろ」緊張しているイアンに、カリムが詰問した。「この密会は――」

「密会だって？　ちょっと待ってください。あなたは何か誤解しているようだ」

「もう、お兄様ったら。密会なんかじゃないわ。お兄様が考えているようなことは何もないんだもの。イアンが私をここに誘ったわけでもないわ。私が二晩ほど泊まらせてもらっただけ」スーザンはベッドから下り、兄の恐ろしい形相を真正面から見返した。

「私、クレアとアンバーの三人でオーストラリアに行くの……お兄様がなんと言おうと、止めることはできないわ」最後のほうの言葉は、明らかに自信を欠いていた。

「本気でそう思っているのか？」そう言うと、カリムはアラビア語に切り替えた。

話の内容はプルーにはわからなかったが、スーザンの顔からはみるみる血の気が引いていった。

「お父様！」どんな男性の心をも溶かしてしまいそうなほど、悲痛な声が絞り出された。だがもちろん、鉄の心を持つこの兄には通じない。

プルーはたまりかねて口をはさんだ。「弟から手を離してちょうだい」

カリムが振り向いた。その表情はまるで、うるさい羽虫をじろりと一瞥《いちべつ》するかのようだった。プルーの怒りはさらに数段階はね上がった。

「二人はまだ十代そこそこなのに……すごいわね、

大人の男性って」プルーは感心したようにゆっくり言った。「あなたなら、子犬だって震え上がらせることができるんでしょうね」

「君とはあとで話す。今は黙っていてくれ」

「スミス先生、どうしてここにいらっしゃるの？」

プルーの耳に、十代の王女の言葉はほとんど入らなかった。彼女は怒りにぎらつく目でカリムをにらみつけた。「私がどうすると思っているの？　あとであなたと話せるのを楽しみに、わくわくして待つとでも？」誰かに黙れと言われるのは初めてではない。でもここまでばかにするような言い方をされて、黙ってはいられない。

彼は指を鳴らせば誰もがさっと自分に従うことに慣れているのだ。私が命令に逆らうなどとは、夢にも思っていないだろう。

「まったく、あなたほど無礼で不愉快な人には会ったことがないわ。スザンヌがどんなに動揺しているかわからないの？」プルーは涙に暮れるかつての教え子に顔を向けた。「スザンヌ、あなたにとってはつらい話でしょうね。でも――」

カリムはプルーをにらみつけながら、歯ぎしりしてアラビア語で何事かつぶやいた。

「スーザン、ここで待っているんだ。君もだ」彼はちらりとイアンを見た。解放されてほっとしたらしいイアンは、平和的な態度で両手を上げてみせた。カリムはプルーの腕をわしづかみにして廊下に連れ出し、ドアを閉めた。

「よくもこんなことができるわね」

「僕にはたいていのことができるんだよ、スミス先生。もし黙って僕の言葉に従わないようなら、君はその意味を思い知ることになる」カリムはまつげの奥から、不機嫌そうにとがった豊かな唇を眺めた。彼女が僕を責め立てていないときでも、この唇には気を散らされる……。

「どうやって思い知らせると――」

数秒後、彼女の唇から自分の唇を離しながら、カリムは言った。「こうやって」さっき階段を駆け上がったときよりもはるかに息が荒くなっている。彼は自分の顎をなでた。感情をコントロールする名人だという自負があっただけに、一時的にせよ制御不能状態に陥ったことが信じられなかった。

とはいえ、誰が悪いのかはわかっている。

プルーデンス・スミスは大きな目をさらに見開き、茫然《ぼうぜん》と口に手を当てている。こちらを凝視する様子は、まるで僕が悪夢の権化だと言わんばかりだ。

「あ、あなたって……なんて野蛮なの」プルーは口ごもり、必死で呼吸を整えようとした。

「そのとおり。それを忘れないよう忠告しておく。僕流の野蛮さをもっと体験したいのなら話はべつだが」カリムは燃えるような青い視線を彼女のわななく唇に落とし、その豊かな輪郭をたどった。一瞬、気の迷いが生まれた。僕がもう一度理性を失う口実にできることを、彼女が何かしてくれたらいいのに。

そんなことを半分願っている自分に彼は気づいた。

脅されて、プルーは顔面蒼白《そうはく》になっていた。「今度私に、指一本でも触れたら――」

「次も今と同じように熱く反応して、キスを返してくれるんだろう？　考えるまでもないよ」

プルーは彼の挑発をそれに見合った嘲りの言葉で一蹴《いっしゅう》したかった。でもたった今、禁断のときめきに流されて全身を燃え上がらせ、意思のない人形のようにされるがままになってしまったばかりでは、何も言えない。おまけに神経が過敏になっていて、彼の唇を見るだけで胸の震えがおさまらなくなる。

だったら見なければいいでしょう！

もっともなアドバイスが頭に響く。プルーとしても、それに従いたいのはやまやまだった。

もし人生においておとなしく引き下がるべき瞬間

があるとすれば、今がまさにそのときだ。それでも彼女は自分を弁護せずにはいられなかった。

「私はキスを返してなんかいないわ！」

黒い眉がいやみたっぷりにつり上がった。プルーの脳裏に、自分がうめき声をもらして彼のシャツをつかんだときの光景がぼんやりと浮かんだ。恥ずかしさが津波のように襲ってくる。主導権の確立だけが目的のキスに応じてしまったなんてぞっとする。しかもあんなに奔放で、普段の私からはかけ離れた反応を見せてしまったのだから、余計に始末が悪い。

「あなたのハーレムに入るための面接に呼ばれたら喜ぶ女性は多いと思うけれど、あいにく、私は違うの」

「今、僕のハーレムに空席はない」

プルーは歯ぎしりしながらほほえんでみせた。この憎らしく高慢な相手の鼻をへし折ることができるくらい、痛烈な反撃を思いつければいいのに。「遠まわしな言い方で不採用にしてくださって、ありがとう」

意外にもカリムは笑い声をあげた。ごく自然な、魅力的な笑い声だった。

「あなたは最低よ！　どこまでやれば気がすむの？　自分の妹をあんなに泣かせて――」

「それは違う。今度こそ僕の話をちゃんと聞くんだ。妹が泣いたのは、自分の行動が深刻な結果を招きかねなかったことに気づいたからだ。特権的な地位にある者はそれにふさわしい行動を取る必要があることを、あの子は完全に忘れたわけではなかったということだよ」

「自分の人生を生きられないことがそんなにすばらしい特権だとは、私には思えないわ。まして、妹のモラルについて口をはさむ権利が、自分にあると思い込んでいるお兄さんがいるようでは――」

「思い込んでいるわけではない。現実にそうなんだ。

とにかく、君の弟とのあいだに不適切な出来事はなかったということについては、妹は僕を納得させたよ」

プルーは安堵《あんど》のため息をついた。「だから言ったでしょう。じゃあ、これで解決ね？」

「しかしながら、妹がまたこういう愚かな行為に走らないかは、断言できない。父が健康を取り戻すまで、僕には放浪する妹を追いかけまわしている時間はないんだ。だから、妹が二度と逃げ出さないよう対策を講じることに決めた」

「対策って、高い塔と鎖を使う方法？」

「それは最後の手段だ」カリムはなめらかに答えた。「そうではなく、君を使う方法だよ、スミス先生」

プルーは戸惑い、警戒して首を横に振った。「どういうことかわからないわ」あまり知りたくない予感がする。

「つまりね、スミス先生、君もザフス国まで同行することになる。君が妹に今回のようなことが二度とくり返されないようにするのが君の役目となる。君が妹によからぬ考えを植えつけた張本人であり、妹が言うことを聞く数少ない人間の一人でもあるからだ」

「あなたの住む世界では私はこう答えることになっているのかしら。まあ、それは名案だわ、どうして今まで思いつかなかったのかしらって？」プルーが放った高笑いはヒステリーの崖《がけ》っぷちに近づいていた。「第一印象も、ときには正しい場合があるのよ。あなたを部屋で見つけたとき、頭がどうかしているに違いないと思ったわ。そして今、それが事実だとわかった。きっと近親婚に問題があるのね」

青い瞳が鋼鉄の光を帯びたが、彼は挑発を聞き流して警告した。「僕の国に来たら言葉に気をつけたほうがいい。残念ながら君は、ザフスでは反逆罪に問われるような意見を口に出す癖がある」

「あなたのお国に行かない理由としてはぴったり

ね」カリム・アル・アーマドの国では彼の言葉が法律なのだろう。考えてみれば怖い話だ。「私、あなたを誤解していたかもしれないわ。どうやらあなたにもユーモアのセンスがあるみたい。ところで、君はわかっていないねって言わんばかりの、そのにやにや笑いはやめてもらえないかしら」

「誘拐罪、それも、外国の王族に対する誘拐は罪が重い」

プルーの額に深いしわが寄った。わずかに先が上を向いた鼻の上部で、やわらかな眉がくっつきそうになる。「いったいなんの話？」

「妹に言わせると君の弟は、同世代のなかでも驚異的な頭脳を持つ人間の一人だそうだ――紛れもない天才らしい。たとえ妹がオーバーに言っているとしても――」

「オーバーじゃないわ」プルーは遮った。弟はいつもぼんやりとしていて世事に疎いかもしれないけれど、こと学問に関しては広く認められているのだ。かかわりを持った誰もが弟のことを、その世代においてもっとも優秀な、生まれついての科学者の一人だと言ってくれる。イアンの才能はすでにチャンスを引き寄せはじめており、複数の大学が将来の博士号研究のために資金を提供したいと争っているくらいだ。

「つまり、彼の前途には輝かしい未来が待ち受けているというわけだ。だが、もし独房で無為に過ごすことになったら、その未来を楽しむのは難しくなるだろうな。天才にとって、豊かな才能を生かす道が閉ざされるのはつらいことのはずだ。もっとも、この国にある刑務所内の図書館は充実しているとは思うが」

「信じられない！　イアンがスーザンを誘拐したと訴えるって脅しているの？」プルーはあっけに取られた。「そんなのばかげているわ。冗談を言っているんでしょう？　まともな頭を持っている人なら、イアンが誰かを誘拐するなんてあり得ないとわかるはずよ。警察だってせせら笑って取り合わないわ」

そう言いながらも、この男性をせせら笑った人は今まで一人もいなかっただろうと思った。

「それなら試してみるといい。警察当局はこの種の告訴を非常に深刻に受け止めるものだ」

「スーザンだってそんなことに協力しないわ。あの子は絶対に……」

「そう思うかい？」

プルーは乾いた唇をなめ、必死で虚勢を保ったが、内心では本気で心配になりはじめていた。実際問題としてこの兄に圧力をかけられて、スーザンは持ちこたえられるだろうか。私自身、数時間この男性と行動をともにした今、とてもそうは思えない。この人はまるで人間ハリケーンだ。逆らうものを残らずなぎ倒していく。

「私があなたの国へ同行しなければ、イアンを破滅させるというのね。とんでもない話だわ、そんなの脅迫じゃない！」

「ひどい言い方だな。だがこの状況では理解できなくもない。ところで、君はまるで鼠《ねずみ》の住みついている地下牢《ろう》で数カ月過ごすよう禁固刑を言い渡されたかのような目で僕を見ているが、もっと現実的に考えたらどうだ？　休暇旅行だと思えばいいんだよ」

「休暇旅行……？」プルーはじっと彼を見つめた。この人は完全に頭がどうかしている。「私を笑わせようとしているの？」

「君に冒険心はないのかい？」

「なんですって？」

「異なる文化をじかに見られて、しかも普段よりも贅沢《ぜいたく》な環境を楽しめるとなれば、うらやむ人も多いだろう」

「スーザンはその贅沢な環境から逃げ出したわ」プルーは反論した。

彼は広い肩を大きくすくめてみせた。「子どもというのは反抗するものだよ」

「スーザンは子どもじゃないわ」

「それはそうだ。僕の母はスーザンの年には一児の母だった」癌《がん》との長い闘いのすえ、三年前に他界した母の思い出が、カリムの表情に影を落とした。

「まさか、スーザンを無理やりお見合い結婚させるつもりじゃないでしょうね？」

カリム自身、昔から一貫して見合い結婚には反対の立場だが、プルーの憤慨した顔を見ているうちに思わずこう言っていた。「両親は見合い結婚だったが、とても幸せだった」本当は、父は母との見合い結婚をお膳立《ぜんだ》てするために、名門の娘との縁談を破談にしなければならなかった。もう三十五年も前のことになるが、その名門一族はいまだに当時の出来事への反感を抱いている。なんにしても、今そこまでミス・スミスに話す意味はあまりないように思えた。

「それって、私の祖父が六歳でたばこを吸いはじめて九十歳まで生きたという話に似ているわ。どんな困難も運よく切り抜けられてしまう人が、たまにいるのよね」

「見合い結婚がうまくいくケースはよくあるよ。いわゆる恋愛結婚よりも夫婦仲がいい場合がね」

「あなたの奥様は意見が違うかもしれないわ」

「僕は結婚していない」

「あら、とっくにお世継ぎが一人と、予備のお子さんが数人いらっしゃるのかと思っていたわ。あなたの存在価値はそれだけでしょう？」

挑発的な言葉に続いて、火花が散るような沈黙が訪れた。

そのとき、ドアが開いてスーザンが顔を出した。

「大丈夫？」

カリムは大きく深呼吸をしてから妹に笑顔を向けた。「大丈夫だよ。話がついた。スミス先生がザフスまでついてくることを許可したから」

スーザンが歓声をあげて兄に飛びついた。「ありがとう！　お兄様は最高よ、本当にありがとう」

妹の頭越しに、カリムはにやりとした笑みをプルーに投げた。

プルーは唇を真一文字に結ぶと、傲然《ごうぜん》と顔を上げてカリムの横をすり抜け、弟の部屋につかつかと入っていった。誰かを嫌うこと自体、めったにない彼女だったが、カリム・アル・アーマドに対しては全身が憎しみに煮えたぎっていた。彼なんて大嫌いだ。

6

「車のなかで待っていてほしい」

有無を言わさない言い方にプルーは歯ぎしりしたが、スーザンのほうは抵抗を感じた気配はなかった。生まれてからずっと、何も考えずに盲従するのが当たり前だった彼女にとって、もとの行動パターンに戻るのは簡単なことなのだろう。プルーは同情を覚えた。

カリムは女性二人が出ていくのを待って青年に向き直った。イアンが脅威になるとは思わなかったが、悲恋の恋人たちというシナリオはロマンティックな人間にはとても魅力的に見えることもあるので、誤解のないよう釘《くぎ》を刺しておく必要を感じていた。

だが彼が口を開く前に、イアンのほうが申し訳なさそうに顔をしかめて言った。「姉はときどき、少し……独りよがりになってしまうんです。本人はよかれと思って行動しているんですけど。ただ、正義の味方モードに入ってしまうと何も考えないで猪突《ちょとつ》猛進する傾向があって。一人の力じゃ何も変えられないっていう現実に、いまだに気づいていないのが問題なんですよね」

カリムはぽかんとした。「君はお姉さんのことを僕に謝っているのか？」青年の言葉に対して無性に怒りがこみ上げてきた。頭では、そんなふうに感じる理由はないとわかっていた。それなのに、もっと本能的な部分では、この恩知らずな若者を歯の根が合わなくなるほど揺さぶってやりたいという、恥ずべき衝動を覚えていた。

「ええ、まあ」イアンは少し不安そうに答えた。

カリムの頬が痙攣《けいれん》したようにぴくぴくと動いた。

世間は天才を甘やかしすぎている、と彼は思った。

「それじゃ、もし僕がお姉さんのことを並はずれて片意地で、無作法で、感情的だと言ったら――僕の妹に有害な影響を与えたと言ったら、君はどう答える？」

「そうですね、もっともなお話だと思います。姉は恐ろしく頑固になる場合がありますから」

カリムは憤然と息を吸い込んだ。唇を冷笑に歪《ゆが》め、目にも軽蔑《けいべつ》をこめてプルーの弟をにらみつけた。

「本物の男は、自分の姉が罵倒《ばとう》されたら、ぼさっと突っ立っていたりはしない」

イアンは目をぱちくりさせて、長身の男の青い目に燃える激しい怒りの炎にたじろいだ。

「プルーデンス・スミスは頑固かもしれないが、彼女ならいまわの際まで君を弁護するだろう」

イアンは褐色の震える指が一本、胸に突き立てられるのを緊張して見つめた。

「君のお姉さんには欠点があるかもしれないが、人を裏切るようなことだけは決してしない。彼女は、君にはもったいないお姉さんだと僕は思う」カリムは痛烈にそう言い捨てるなり部屋を出た。

あまりに動揺していたイアンは、すぐには何も手につかず、計算を再開できたのはそれから十分後のことだった。それでも、さらに二分するころには生き生きとして、自分の世界にのめり込んでいた。

「頭を隠していただきたいと、殿下からのお願いです」

プルーは、左頬に傷跡のある年長の男性を見た。男性がうやうやしく差し出しているのはシルクの布だった。向かいでぐっすり眠っているスーザンはまだTシャツとジーンズ姿のままだ。

「お言葉ですけど、彼はこれまで人にお願いをしたことなど一度もないはずです」

年輪を刻んだ顔に一瞬、どこか愉快そうな表情がよぎった。

「それに、スーザンはふつうの服なのに、なぜ私だけ伝統的な格好をしなくてはいけないんですか？」

プルーは唇をかんだ。これ以上に子どもじみたことは、言おうと思っても言えないのではないだろうか。

「伝統的な格好をする必要はありません。これはただのスカーフです。殿下は、あなたが無用な注目を集めるのではないかと考えておられます」色の濃い瞳が、プルーの肩に広がるつややかな金髪のウェーブに向けられた。「詮索《せんさく》の目からあなたをお守りになりたいのです」

「私を国外へ拉致《らち》するのに、人目を引きたくないというほうがそれらしいわ。いいえ、私は彼に守ってもらう必要はありません」

「もちろんです。あなたさえ、殿下の愛人と思われてもかまわなければ――」

「愛人？」嫌悪感をむき出しにした悲鳴がプルーの口からもれた。同時に頭のなかでは、贅沢《ぜいたく》なシルクのカバーにおおわれたベッドの上に、誘惑的な態度で横たわる自分の姿を思い浮かべていた。しかもほとんど何も身につけていない。

背筋を這《は》い上がってきたこの戦慄《せんりつ》が、もしも禁じられたときめきに少しでも関係があるなら、本気で自分の頭を心配しなければならないところだ。

「あなたの考え方はすばらしいと思いますよ」ラシードは静かに賛辞を送った。

まだ想像の世界でシルクのベッドカバーにまつわりつかれたまま、期待に体をうずかせていたプルーは、驚いて男性を見つめた。「本当に？」

「あんな役にも立たない新聞にどんな嘘《うそ》を書かれようと、どうして気にする必要があるでしょう。あなたは真実を知っている。大事なのはそれだけです」

「待って！」立ち去ろうとする彼をプルーは呼び止めた。「スカーフはかぶりますが、命令されたからではないと伝えてください」またしても、信じられないほど子どもじみたことを言ってしまった。でもそれはあのとんでもない男と、やはり同じくらいとんでもないこの召使いのせいだ。

ラシードは厳かに一礼すると、必ずプリンスに伝えると約束した。

カリムはラシードが入ってきた音を耳にしてペンを置き、優美な手をテーブルの上にのせた。「スカーフをかぶらないというなら、僕が直々に縛り上げて袋詰めにすると言ってくれ」

「それには及びません。イギリスのレディーは、この件については喜んでご命令に従うとのことです」

カリムはうさんくさそうに家臣を見た。「嘘をつく以上は、せめて半分ぐらいは信じてもらえる嘘にしないとだめだよ、ラシード。幻想の世界にまで分け入ってしまうと信用をなくすからね。しかし不思議だな、どうやって承知させたんだ？」

「髪を隠すほうが、殿下の愛人に間違われるよりはましだと思われたようです」

「僕の愛人！」

「それを避けるためならどんなことでもしそうな勢いでしたよ。パラシュートなしで飛行機から飛び降りることも含めて」プルーの表情を思い出して、ラシードはがっしりした胸の奥から太い笑い声を響かせた。

カリムはセルリアンブルーの目で家臣の顔をさっと見た。「彼女が言ったのか？」

「口に出す必要はありませんでした。実に表情の豊かな方ですね。そうはお思いになりませんか？」

「彼女の表情は……」妙にリアルなハート形の顔が頭に思い浮かび、言葉がとぎれた。我に返ったとき、ラシードが続きを待っていることに気づいて、カリムは唐突に言った。「彼女は少々、自分の意見を口にしすぎる。それが僕の思うことだ」

「しかし、あの方の存在がいい気分転換になることは、お認めになるでしょう。これまでおそばにいたのは、殿下に身を投げ出すような女性たちばかりでしたから」

カリムはそんなことを認める気にはなれなかった。面白がっているラシードに共感もできなかった。知り合った女性という女性に賞賛されないと僕のプライドが許さないわけではないし、万一プルーデンス・スミスが身を投げ出してきたとしても、僕は追い払っていただろう。女性はみんな芝居がうまい。とはいえ今までのところ、僕とベッドをともにすることを想像しただけで、嫌悪を示した女性はいなかった。

「どうやら忘れているようだが、妹が家出した責任は、君がすっかり惚《ほ》れ込んでいるあの女性にあるんだぞ」

「あの方がプリンセスの出奔を直接手助けしたわけではないと、結論をお出しになったのではなかったのですか?」

「彼女の影響がなかったら、スーザンは家出など思いつきもしなかっただろう」カリムは譲らなかった。

「たしかにおっしゃるとおりでしょう。ただ、あの方がプリンセスによからぬ影響を与えると思っておられるのに同行させるとは、少しばかり意外です」

そこでプリンスが口を開いたので、ラシードは言葉を切って待った。察するに、もっともな説明をしようとしているらしかったが、その口はまたすぐに閉じられた。「もちろん、殿下は古い格言を踏まえてお決めになったのでしょう。友は身近に、敵はもっと身近に置け、というわけですね」

「まさにそのとおりだ」カリムはそう答えながら、腕のなかのプルーがどれほど柔らかくて温かだったかを思い出していた。それに舌を差し入れたときに彼女の喉からもれた、ハスキーな低いあえぎ声も……。あの声も甘い味も、当分忘れられないだろう。

「もっと身近に」

もし父王の重病という差し迫った問題がなかったら、ミス・プルーデンス・スミスをうんと身近に引きつけておきたいと思ったかもしれない。だが彼女の同行を決めたのは、いたって現実的な理由からだ。今は妹も素直な態度をとっているが、それは心を入れ替えたからではなく、父親の病気に反応したからにすぎない。父が危機を脱したらスーザンはもう僕の言いなりにはならないだろう。そのときこそ、プルーデンス・スミスの影響力が役に立つ。

飛行機を降りると、カリムとスーザンの兄妹は姿を消し、プルーはリムジンに乗せられた。空港からまっすぐ連れていかれたのは、ジュネーヴにあるザフス国領事館だった。到着すると彼女はすぐさま贅沢なスイートに案内された。ドアに鍵《かぎ》をかけられたわけではないものの、部屋のすぐ外には、コンクリートの塊を思わせる男性が二人立っていた。

一度プルーがドアを開けて部屋の外をのぞいたとき、二人は丁重に問いかけるような表情で彼女を見つめた。そのため、彼女は意味不明のことをつぶやいて急いでドアを閉めたのだった。そう、ここにいる人たちはみんな丁重だ。でもあの礼儀正しい笑顔の裏からは、私が大切な客という立場ではないことがあからさまに伝わってくるように感じられる。

私は金の檻《おり》に入れられた囚人なのだ。

いいえ、これはあくまで一時的なことよ。プルーはパニックに陥らないよう自分に言い聞かせた。新学期には学校に戻って、この一連の出来事はすべてただのいやな思い出になるだろう。実質的な被害はせいぜい、植木鉢に水をやれないことぐらいだ。だから私は、スーザンのことだけ心配していればいい。私が今かかわっているのは、彼女の人生なのだから。

それにしても、この領事館を参考にするなら、スーザンはかなり豪華な暮らしをしているに違いない。バスルームに足を踏み入れたとたんプルーは眉を上げた。これほど頽廃《たいはい》的なバスルームは見たことがない。床に埋め込まれた大理石の浴槽まである。

「すごい……」

彼女は広々とした空間を歩きまわった。目についたボタンを押すとバスルームに音楽があふれ、凝った装飾のガラス瓶の蓋《ふた》を開けるといい香りが立ち上った。やがて気分が落ち着いてきたが、そこでうっかりまたあのキスを思い出してしまうという大きな間違いを犯した。

自分があそこまで無防備になった気がしたのは生まれて初めてだ。彼に抵抗できなかったことではなく、抵抗したくなかったことが問題だ。

でも、あんな展開になることは二度とないだろう。

カリム・アル・アーマドなら旅行用のハーレムも持っているに違いない。でも……もしもまたああいう状況になったら？

部屋に独り放《ほう》っておかれ、自分の苦境についてくよくよ考えていると、想像力が暴走しないようにするのはひと苦労だった。なぜこんなところまで来てしまったのだろう。今や私は完全にあのひどい男のなすがままだ。たとえ姿を消しても、きっと誰にも気づいてもらえない。そして彼にキスをされたら、女性解放運動以前の時代に後戻りして、愚かな性の奴隷になってしまうに違いない。

でももちろん、彼は二度と私にキスをしないだろう——ありがたいことに。

それでもなお、しばらくしてノックの音がし、濃紺のシャツドレスに白いエプロンをつけた若い女性が部屋に入ってきたときには、プルーは不安のために吐き気を覚えた。女性がテーブルに置いた銀のトレーには、おいしそうなサンドイッチやケーキがきれいに並べてある。プルーは礼を言うように軽く会釈した。一瞬、この女性に頼み込んで、外の世界に助けを求める手紙を託そうかと考えた。だが、空港で一行を出迎えた職員たちの態度を思い出してやめた。彼らにとってはたぶん、カリム・アル・アーマドの言葉が法律なのだ。

二時間ほどしてスーザンがやってきたときには、プルーはたくましい想像力をどうにか鎮圧していた。想像力が暴走してもいいことは何もない。なんにしても今後は、カリム・アル・アーマドとは二人きりになることさえないだろう。

「お父様のご容態は？」

「だいぶいいみたい。私にはひどく弱々しく見えたけれど。でも兄は峠を越えたからよくなるだろうと言っているわ」

スーザンが兄の言葉に全幅の信頼を寄せているの

は明らかだ。彼女は抑圧されている妹というより、むしろ甘やかされたわがまま娘なのかもしれない。

「来週には、父は帰国できるくらいによくなっているらしいわ。兄が付き添って帰るんですって」

スーザンは椅子に座り、運ばれてきたままの状態で置いてあったサンドイッチに手を伸ばした。

「先生、本当にごめんなさい。こんなことに巻き込んでしまって私、申し訳なくて。兄がいったいどんなふうに先生を説得したのか知らないけれど、先生が来てくださったことが私はうれしくてたまらないの。そばにいていただけるし、もしかしたら兄にものの道理というものをわからせてくださるかもしれないし」スーザンはにっこり笑った。

プルーは目をしばたたいた。喜んでついてきたわけではないことをこの子に話すわけにはいかない。だいたい、どう言い訳すればいいというのだろう。現実には脅迫され、キスをされて承知させられたのだ——ああ、もう、考えないようにしようとすればするほど、あのキスで頭がいっぱいになる。

きっと罪悪感を覚えているせいに違いない。人は環境さえ調えば、いやな面を残らず寄せ集めたような相手であっても、肉体的には反応しうるものだ。冷静さを取り戻すためには、自分の失敗を少し大目に見なければ。友人たちの弱さについては批判的な気持ちを抱いたことなどないのに、なぜ自分の場合は、ほんの一時の過ちを許すことさえもこんなに難しくなるのだろう。

「どんな形であっても、私がお兄さんに影響を与えられるとは思えないわ、スーザン」まずはそれをはっきりさせておく必要がある。

「じゃあ、先生はどうしてついてきてくださったの？」

「ずっと前から旅行したいと思っていたから」これは事実だ。「とにかく、今の私は女性なら誰もが夢見るような体験をしていると思わない？　ハンサムな砂漠のシークにさらわれたようなものなんだから」本当は、その種の空想を楽しんだことは一度もない。空想が現実になったような今の状態については、論外もいいところだ。

スーザンは礼儀正しく笑ってみせたが、相手の表情が緊張しているのはなぜなのか少し気になった。

「私もいつか旅行がしたいわ。結婚したら行けるでしょうけど」

プルーは手を伸ばしてスーザンの腕を握った。彼女は努めて平然とふるまおうとしているようだ。

「結婚式はもうすぐなの？」

「もうすぐ？」スーザンはかぶりを振った。イヤリングが軽やかな調べを奏でる。

プルーは恐ろしいことを思いついて目を見開いた。もしかしてこの子は、会ったこともない相手と結婚させられようとしているのだろうか。「見ず知らずの人なの？　会ったこともない男性？」

「誰のこと？」

「お相手よ、あなたが……」狐《きつね》につままれたような表情のスーザンを見てプルーは口をつぐんだ。つまり、結婚の予定などないのだ。あの頭にくるカリム・アル・アーマドにだまされた。「じゃあ、結婚する予定はないのね？」

「ええ」スーザンは戸惑いながらも少し愉快そうだった。「先生はなぜそう思われたの？」

「何か勘違いしていたみたい」あの男が仕向けたとおりにね。「あなたのお兄さんが言っていたことから、もうお見合い結婚が決まっているのだと誤解したの」

スーザンは音楽のような笑い声を響かせた。「たしかにとんでもない勘違いね。兄はお見合い結婚をよく思っていないから。それも当然だけど」

「当然？」プルーはおうむ返しに尋ねた。スーザンが兄の話をするたび、声に愛情がにじみ出るのを感じずにはいられない。

「ええ。兄が……カリムが、いちばん上の兄と結婚することに決まっていた女性に恋をしてしまってからは」

カリム・アル・アーマドが、かつて誰かに恋をしていた？　ほかにもプリンスがいた？

「カリムがそう言ったわけではないけれど、みんな知っていたわ。私でさえ、まだうんと小さいころだったのに、カリムを見つめるサッファのまなざしを覚えているもの。実ることのない、せつない恋心がこもっているという感じだったわ」スーザンは、プルーの知らないことをぺらぺらと暴露していることに気づいていないようだった。

「それなのに、彼女はいちばん上のお兄様と結婚したの？」プルーにはさっぱり理解できなかった。

「サッファはとっても保守的な考え方の人なの。もしもカリムのほうが長男だったら、カリムと結婚したでしょうね。でも現実にはその反対だったから」

「ということは、サッファは無理やり上のお兄様と結婚させられたのね？」

「いいえ、無理やりというわけではないわ。サッファはいずれ女王になるのだと教えられて育った人だし、自分でもその考えが気に入っていたの」

「ずいぶん現実的ね」私はロマンティストではないけれど、愛する男性ではなく地位を選んだ人間に、その男性に対する恋心を抱き続ける権利があるとは思えない。

「お兄様がもう一人いらっしゃるとは知らなかったわ」目の前で愛する女性が自分の兄と結婚してしまうのを、あのカリム・アル・アーマドがただ見ていなければならなかったなんて。プルーは彼が行き場のない情熱を抱えて苦悩する姿を想像しようとしたが、見事に失敗した。眉間《みけん》のしわが深くなる。「だけどお父様の跡を継ぐのはカリムだとばかり……」

「たしかにハッサンが長男よ。でも四年前に亡くなってしまって」

「お気の毒に」プルーはほかになんと言えばいいのかわからなかった。個人的な話を一度にたくさん聞かされたせいで、頭がひどく混乱している。「それじゃカリムは、最初からお世継ぎだったわけではないのね？」

スーザンはうなずいた。「ええ。と言っても、カリムのほうが昔からハッサンより真面目《まじめ》に責任を果たしていたわ。私はきわどい話は聞いていないけれど、ハッサンはありとあらゆるスキャンダルを起こしていたの。なかなかのプレイボーイだったみたいよ」

「結婚したあとは、ライフスタイルを変えざるを得なかったでしょうね」

「周囲はそれを期待していたようだけど、ハッサンは……」スーザンは達観したように肩をすくめてみせた。「そういう男性っているものだから。とにかく現状から考えて、きっとサッファとカリムは結婚するわ」

屈託のない予測にプルーは唖然《あぜん》とした。「カリムは亡くなったお兄様の奥さんと結婚するの？」

「まだ結婚していないのを、みんな不思議がっているくらいよ。カリムはときどき、みんなの予想どおりに行動するのをわざと避けているように見えることがあるの。でもこの件に関しては、時間の問題だと思うわ」

「彼女のほうがいやだと言うかもしれないじゃない」プルーはカリムがずっと愛し続けてきた女性とはいったいどういう感じの人だろうかと考えた。お互いに四年間も相手を待っていたくらいだから、カリムのほうも彼女の気持ちに確信があるに違いない。

とはいえ、カリム・アル・アーマドはどう見ても辛抱強い人物には見えない。たぶん二人の結婚には、私の知らないしきたりがかかわっているのだろう。

「カリムにプロポーズされて、いやだと答える女性がいるなんて先生は想像できる？」

できるわよ、とプルーは嘲笑《ちょうしょう》を返したかった。だが、根っからの正直な性格がじゃまをした。いまだかつてカリムを拒絶した女性など、おそらく存在しないだろう。いいえ、それは違う。サッファは、カリムよりも王冠のほうが自分に似合うと思ったのだから。プルーの顔に軽蔑の色が浮かんだ。いくら欠点だらけのカリムでも、そこまで浅薄な女性が相手ではひどすぎる。

自分を脅迫して、誘拐したも同然の相手を気の毒に思うなんて。私ときたら、愚か者もいいところだ。

「ほかの女性との出会いはなかったのかしら？」

「カリムは数えきれないほどたくさんの女性と出会ったはずよ。聖人君子にはほど遠いもの。でも本気で求めているのは昔からただ一人、サッファだけ。それにカリムは世継ぎも作らなくてはならないわ。ハッサンとサッファのあいだには、双子の女の子が生まれただけだから。二人ともカリムのことが大好きなのよ」

その話し方から、カリムとサッファの結婚は、スーザンのなかではすでに決定事項となっていることが、プルーにはわかった。

彼女は話題を変えた。結局のところ、カリム・アル・アーマドのことは私にはなんの関係もないのだ。彼が誰と結婚しようと、誰とキスをしようと……。

7

「スタッフから聞いたが、君は何も食べていないそうだね」

　椅子に座って濡《ぬ》れた髪をタオルで拭《ふ》いていたプルーは、がばっと立ち上がった。カリムから閉じられたドアに視線を移し、再び彼を見た。「どういうこと？　あなた今、私の寝室から出てきたの？」

「僕の寝室とつながった連絡通路があるんだよ」

「な、なんて都合がいいのかしら」怒りのあまり言葉がつかえた。

　カリムは彼女の反応に少しばかり驚いた様子だった。「都合がいいこともあっただろうね」

「想像できるわ」プルーは歯を食いしばり、必死で考えないようにした。もしも……目が覚めたときに、炎のような青い瞳と、ギリシャの神々も憧《あこが》れるような肉体を持った長身の男性がいて、彼がシルクのシーツのあいだに入ってきたとしたら……。プルーは頬にかかる濡れた髪を払ってまばたきをし、頭に浮かぶ光景を締め出した。「私の部屋を変えてちょうだい」冷ややかな軽蔑《けいべつ》の目でカリムを見すえる。

「その必要はない」

「それは私が判断するわ。いつ誰が押し入ってくるとも知れないのに、あの部屋で私が安眠できると本気で思っているの？」

「誰がと言っても、僕しかいないよ」

「まあ、それは安心だこと」

　カリムがにやりと笑った。とてつもなく魅力的な笑顔だった。プルーは胸がきゅっとなり、あわてて目を伏せた。

「君はあのベッドで寝ることにはならないよ」

物憂げな言い方が、プルーの注意を彼の顔に引き戻した。いつの間にか彼女は息を詰めていた。もしカリム・アル・アーマドがずうずうしくも、彼のベッドで寝るよう言ってきたりしたら、きっちりその考えを正さなければ。

「二時間後、君とスーザンは飛行機でここを発《た》つ。だから、それまでにちゃんと食事をとるんだ」

「おなかはすいていないわ」拍子抜けした気分になるなんておかしい、とプルーは思った。これではまるで、彼のベッドに誘われるのを期待しているかのようだ。

「レタスや妙な飲み物しか口にしない女性たちを知っているが、君の体形はそういうダイエットをしている女性のものとは違う」

「私が太っていると言いたいわけ？」

刺激的な青い目が、時間をかけてわざと横柄にプルーの女性らしい曲線をたどりはじめた。彼の視線が顔に戻ってくるころには、プルーは悔しさのあまり頬を紅潮させながら、ぐいと顎を上げていた。

「いや、太っているのではなく……豊満だ。表現の違いはともかく、君が僕の保護下にあるあいだは、飢えてもらっては困る」

「あなたの保護下？」プルーは声を張りあげ、信じられないと言わんばかりに両手を上げた。「ええ、そうね、誘拐も脅迫も、守りたい相手に対して取る行動よね」

「そういう芝居がかった感情表現は、かすれた声や激しく上下する胸に弱い相手に使うといい」カリムは鼻であしらったが、どちらも自分に少なからぬ影響を与えていることに気づいて、落ち着かない気分だった。そのせいか、続く言葉も必要以上につっけんどんになった。「大げさに反応するのはよすんだ、プルーデンス・スミス。もしハンストを考えているのならあきらめたほうがいい。僕が腕ずくでも食べさせるからね。それから、ザフスで僕の留守中に子どもじみたまねをするのもやめておくんだな。スイスにいても、僕のもとにはちゃんと報告が届く」

　プルーの顔からとげとげしさがすっと消えた。

「あなたはいっしょにザフスへ行かないの？」それなら私は安心できる――そのはずなのに、なぜか少しも心が軽くならない。この感情は言葉では表現しにくいけれど、安堵《あんど》感でないことだけはたしかだ。

カリムがいぶかるように見つめていることに気がつき、プルーはごまかすために明るくつけ加えた。

「そういえば、スーザンがそんなようなことを言っていたわ」

「父が来週帰国できるようになるまで、僕はスイスにとどまる」

　プルーは目を伏せて感情をのみ下し、自分の反応を正当化しようと努めた。見も知らぬ環境に放《ほう》り込まれるのだから、知った顔が近くにいるほうが心強いと思うのは当然だ。ただ……彼がどの程度近くにいる図を想像しているのか、それを私以外の人が知る必要はない。

「僕がいないと寂しいかい？」

　ばかばかしい問いかけを一蹴《いっしゅう》しようとプルーは口を開いたが、すぐにまた閉じた。

「ラシードをついていかせるよ。何かあったら彼に言うといい。ラシードに解決できない問題はほとんどないはずだ」

「彼もあなたのことをとても高く評価しているという印象を受けたわ」いかに万能なラシードでも、私が自分自身にすら認められない問題まで、解決することはできないだろう。「ラシードがそんなに優秀な人なら、彼がスーザンの家出を防げばいいじゃない。実際、なぜあなたがここまでして私をザフスに連れていこうとするのか、さっぱりわからないわ。私を懲らしめるためというのが本当の目的でないならね。あなたはスーザンが絹の鎖から抜け出したことを誰かの責任にしたくて、私をそのターゲットに決めたのよ。そのほうが、真実を直視して自分を責めるより楽だから」

「妹はこれまで文句なしに幸せな人生を送っていたのに、君がよからぬ知恵を吹き込んだんだ。君があの子に王女としての価値観を捨てさせ――」

「私はスーザンに、自分の頭で考えるよう教えただけよ。それが教師である私の仕事だもの。ただ言わせてもらえば、あなたは意味のないことにから騒ぎしていると思うわ。スーザンは変わったの。あの年ごろの女の子は変わるのがふつうなのよ」

「僕にも連帯責任があると言いたいのかい？」

「連帯責任ではなく、全責任よ。ちなみに私は、どんなものについても、あなたと共有するのはごめんこうむるわ。寝室間の通路も含めてね」

「寝室の件は、僕がザフスに帰国してから続きを話し合おう」カリムはなめらかに答えた。「とりあえずのところは、今から僕が運ばせる食事をきちんととること。そうでなければ直接食べさせに来る」

プルーは運ばれてきた料理を食べた。理由はただひとつ、食べずにいることで、彼に戻ってきてほしがっていると思われるのを避けたかったからだ。もちろん、戻ってきてほしくなどない。

王宮での毎日は孤独で閉塞《へいそく》感に満ちたものになるだろうとプルーは予想していたが、事実は違った。ザフスという国については、おぼろげに地理的な位置がわかっている程度だったので、政治や社会の構造についてはほとんど知らなかった。しかし、たとえ彼女が世界的に有名な学者であったとしても、本を読むだけでこの国の実際の姿を前もって理解しておくことは、できなかったに違いなかった。

プルーは最初に決めていた。どんなことにも心を動かされず、決して興味を示さず、自ら好んでやってきた客ではないことが周囲の人たちに伝わるようにしよう、と。それなのに、飛行機から降り立って温かなかぐわしい空気を胸いっぱいに吸い込んだとたん、彼女の決心は跡形もなく消えていた。

この土地に魅せられない人はどこにもいないと断言してもいい。わずか一週間、この国の鮮やかな色彩や刺激的なスパイスの香りにさらされただけで、プルーは五感が永遠にとぎすまされた状態になってしまったかのように感じた。

数えきれない光景が彼女の記憶に深く刻み込まれた。濃い赤褐色をした砂漠の砂と、抜けるような青空のコントラスト。車が渋滞する首都の大通りに立ち並ぶ、純白の家々が反射するまばゆい光。人々でごった返すにぎやかな路地にたちこめたシナモンの香り。王宮を取り囲むエメラルドグリーンの灌漑《かんがい》地域。信じられないほど美しい日没の光に照らされて、刻々と影の模様を変えていく目の前の砂漠。

ある日の夕方も、そんな神々しいまでの夕焼けにプルーが陶然と見とれていると、ラシードがやってきた。

「この光景を見飽きることなんてあるのかしら？」

プルーは顔を上げてひんやりとした山風を受けた。炎色に染まった空を背景に、遠くの山並みがくっきりと青い影を描いている。

「これが当たり前になってしまうんですよ」ラシードが答えた。「わが国の景色には威圧感を感じると言う人もいます。広大な原野に恐怖を感じるのでしょう。しかしあなたは違うようですね」彼はプルーの横顔に問いかけた。

彼女はうなずいた。「うっとりします。用事がすんで今度学校に戻ったあとは、きっと変な感じがするでしょうね」その〝用事〟がすむのはいつになるのだろう。プルーは心のなかで自問した。

「あなたはチャレンジがお好きな方だとお見受けします」

「何か引っかかる言い方ですね」

「実は、お願いがあるのです」ラシードは白状した。

「言ってみてください」ザフス国に来てからの一週間のうちに、プルーはラシードがこの王宮では影響力のある重要な人物であることに気づいていた。彼は頼み事などせずに指示を与え、みんなはそれに従う。誰もが私にうやうやしく接するのも、おそらくは彼がそう指示したからだろう。

だがラシードが頼みを口にしたとき、彼は頭がどうかしたに違いないとプルーは思った。

「私が？　幼稚園の落成式に、プリンス・カリムの代理で出席を？」

「ただの幼稚園ではないんですよ。小児病院も併設されています。プリンス・カリムにとっては特別なプロジェクトなんです」

「それならなおのこと、私が出る幕ではありません」カリムの大事なプロジェクトに私が主賓の代理として出席するなんて、彼が知ったらどんな反応をするか想像にかたくない。

プルーの抗議に、ラシードはやさしい笑みを浮かべた。「殿下はすべての国民に、教育と医療を無償で提供することにもっとも力を入れておられるのですよ。殿下がご不在のため、本当はプリンセスが代理をお務めになるはずだったのですが――」

「彼女は喉に痛みがあるから無理というわけね」

抗生物質が効いてくるまで部屋で安静にするようにスーザンが医者から言われたと聞いて、プルーは最初驚いた。しかしあとでラシードから、スーザンは子どものころに猩紅熱《しょうこう》にかかったことがあるのだと知らされた。完全に回復したものの、以来ほんのわずかだが心臓が弱くなってしまったという。それを思うと、兄の過保護ぶりもある程度は理解できる。もっとも、彼がただの管理魔だと考えるほうが理にかなってはいるけれど。

「じゃあ、キャンセルすればいいでしょう」

「地元ではこの日のために、何週間も前から準備をしてきたのです。式典が計画どおりに実行できないとなれば、みんながどれほどがっかりするか」

だからといって、どうして私が後ろめたく感じなくてはならないの？

幼稚園も、クリニックも、カリム・アル・アーマドの国家的計画も、どれも私には関係のないことだ。とはいえ、カリムが国民から英雄視されている理由を理解するのは難しくない。彼は数年前から、皇太子としての影響力を使って、一連の社会改革を先導してきたようだ。

「とにかく私なんかより、スーザンの代理を務められるもっとふさわしい人がいるはずよ。誰だっていいじゃない。あなたがぱちんと指を鳴らしてランクの低い王族を一人呼んで、義務を果たしてもらえばすむことでしょう、ラシード」

「あなたは私の立場を誤解していますよ、ミス・スミス。私は王族の方に向かって指を鳴らすなどということはしません」

「そうね。あなたならもっと品よく巧妙にするでしょうね」ラシードの柔順そうな見せかけにだまされるプルーではなかった。「あなたが困っているのはよくわかるから、できることなら助けになりたいけれど……本気でそう思っているけれど、あいにく私はふさわしい人間ではありませんから」

「そんなことはないですよ。あなたほどふさわしい人はいません。教育者であり、プリンセスの恩師でもありますからね。さらに言うなら、王家の友人であり、大切な客人でもあります。まさに適役ですよ」

プルーはかぶりを振った。「私は王家の友人などではありません。彼は……プリンスは……」

「殿下は留守中のプリンセスをお任せする相手として、あなたを指名されたのです。殿下があなたを信頼している証拠ですよ」

「信頼なんてしていません！」プルーはいらだった声を張りあげた。「あなただって知っているでしょう。どうして事実をねじ曲げようとするのかわからないわ。私はここにいる必要すらないのに。あなたの殿下は、人を従わせるのが好きなだけ。自分が主導権を握っているということを見せつけたいだけなんだわ」言い終わった瞬間、プルーははっと気がついた。主君のためなら迷わず命を投げ出すようなこのラシードに、プリンス・アル・アーマドの悪口を言うのはあまり賢明なことではなかったかもしれない。

「今の殿下には、つまらない懲罰よりも、もっと頭を悩ませておられることがあると思いますよ。殿下をもう少しお知りになれば、あの方が理由もなしに何かをすることはめったにないとあなたにもわかるでしょう。殿下ご自身が、その〝理由〟がなんなのかお気づきでない場合はあるかもしれませんが」ラシードは謎《なぞ》めいたひと言をつけ加えた。

「そんな目で私を見ないで、ラシード。絶対に引き受けられません。頼むだけ無駄よ」

ラシードはほほえんだ。

8

「やっと終わって本当にうれしいわ」複合施設内の会場を出る小さな行列の先頭を歩きながら、プルーはほっとため息をついた。「私、膝が震えていたのよ。緊張で吐きそうだったし。あなたはいったいどうやって私を説得したのかしら、引き受けた自分が理解できないわ」

「難しくはありませんでしたよ。あなたは非常に義務感の強い方です。めったにいないほど」

「言い換えれば、恐ろしくだましやすい人間だってことでしょう？」

低くうなるような独り言を耳にしたラシードは、普段は堅苦しいその顔に思わず笑みを浮かべていた。

「こんな一日仕事になるなんて聞いていなかったわ」施設の見学だけで何時間もかかり、そのあとに落成式典と祝辞が続いたのだ。

「立派にお役目を果たされましたね」ラシードはプルーを褒めた。

ちょうどそのとき、プルーが式典に合わせて選んだロングスカートの裾《すそ》を、天使のような顔をした幼児が引っぱったので、彼女はひざまずいて遊び相手を務めはじめた。

プルーを見下ろしながら、ラシードは続けた。「フランス語もすばらしかったですよ」

彼女は顔を上げた。「大学でルームメイトがフランス人だったんです」

「ルームメイトは男？　女？」

低く、聞き間違いようのないその声に不意を突かれ、プルーはバランスを崩して前につんのめった。

そして突然どこからともなく出現した大きなブーツ

の上に、もう少しで手を突きそうになった。激しく打ちはじめた心臓の大きな音が耳を満たし、室内のほかの音がすべてかき消される。プルーは床に両手を突いたまま顔を上げた。視線が彼の顔にたどり着くまでに、果てしない時間が流れたように思えた。彫像を思わせる貴族的な顔。その黄金色の肌にうっすらと汗がにじんでいる。ようやくプルーは、彼が乗馬服を着ていることに気がついた。ブーツに、腿をぴたりと包む乗馬ズボンに、襟の開いたシャツ。そして頭に巻いた伝統的な白い布……砂漠のシークそのものだ。

もちろんこれが、本来のカリム・アル・アーマドの姿なのだ。いずれ玉座に着くことが運命づけられている砂漠のシーク。おそらく彼は、思い上がった女教師が王族の名代を務められると勘違いしたことを知るなり、馬に飛び乗って駆けつけてきたのだろう。私はきっと反逆罪か何かを犯したのだ。彼が私を地下牢《ろう》に放《ほう》り込めと命令を下さないのは、まわりで臣民が見守っているからにすぎない。

「馬上にいるあなたの姿はさぞすてきなんでしょうけど、エアコンのきいた車で来たほうが早かったんじゃないかしら」プルーは言った。

「僕は乗馬が好きなんだ。ここは王宮からも遠くない。一時間前に飛行機で着いたところだよ」

きらめく青い目がプルーの瞳をひたと見つめた。純粋な欲望が電流のようにプルーの全身を駆け抜け、彼女は震える息を吸い込んだ。カリムのほうも鋭く息をのむのを、プルーは聞いたというより感じ取った。そしてその瞬間、体の奥が熱く溶けだした。今までにこれほど激しい欲望をむき出しにした目で見つめられたことはない。震えるような官能に全身が襲われて、肌がちりちりしている。男性といっしょにいてこんなふうになるのは初めてだ。でももちろん、カリム・アル・アーマドは普通の男性ではない。

官能の魔力にのまれて茫然《ぼうぜん》と彼に見とれながら、プルーは必死でそこから這《は》い出そうとした。やっとのことで言葉を発することができたものの、その声はあえぐように弱々しかった。

「誤解しないでほしいんだけど……」プルーははっと口を閉じた。すべてラシードのせいだとはとても言えない。私が名代を務めたと知ったらカリムは烈火のごとく怒るだろうけれど、誰かに責任を押しつけることなど私にはできない。

「君は僕の足元にひざまずいているわけではないと言いたいのかい？」

「そういうことじゃなくて……まあ、いやだ！」現実にはまさにそのとおりの光景になっていた。しかも五十人以上の人々がじっとこちらを見ている。プルーは腰に抱きついている幼児を抱き上げて、立ち上がろうともがいた。

カリムがさっとかがんで幼児を抱き取り、ラシードに渡してから再びプルーに向き直った。

目の前に褐色の手が差し出され、プルーは一瞬迷ってからその手を取った。冷たい指が彼女の指に絡みつき、ぐいといっきに立ち上がらせる。だがプルーが立ち上がってからも、彼は手を離さなかった。そして、催眠術をかけるかのような強いまなざしでプルーの瞳を見つめ続けた。

「殿下？」ラシードが前に進み出て咳払《せきばら》いをし、カリムの注意を引いた。「よろしければご紹介したい方がいらっしゃるのですが……」

カリムはうなずき、ようやくプルーの手を放して言った。「あとで話そう」

そのとき初めてプルーは、プリンスの登場でみんながヒステリーに近い興奮状態に陥っていることに気づいた。

熱狂する人々の群れからカリムがどうにか抜け出せたのは三十分後だった。おかげでプルーは、来るべき非難に備えて心の準備をしたり、対抗策を練ったりする時間を持つことができた。同時に、カリムがいかにうまく群集を扱うかをたっぷり観察することもできた。それが彼の仕事、少なくともその一部なのだから、上手にできるのは当たり前だけれど。カリムの兄は皇太子としての務めを言わば軽く考えていたらしいが、カリムはそうでないことがはっきり見て取れた。

新築の建物を出ると、カリムとラシードは早口のアラビア語で少し話をした。プルーが忘れ去られたように感じはじめたとき、カリムが英語に切り替えて言った。「ミス・スミスは僕が王宮へ連れて帰るよ。車はあるんだろう？」

もちろん車はあった。カリムが言えば熱気球だってすぐさま飛んできただろう。調達された車はジープタイプの四輪駆動車だった。カリムは乗り込む前に頭のカフィエをはずし、問いかけるような視線をプルーに向けた。

「招待されるのを待っているのかい？」

シルクのような黒髪に見とれていたプルーは目をぱちくりさせ、感情をのみ込んで言い返した。「あなたの場合は命令でしょう」きつい口調も、どうしても彼の隣に座りたくないという気持ちを隠すのに十分とは言えない。「衆人環視のなかで私を罵倒《ばとう》しないでいてくれたことはありがたいと思っているけれど、本当にここまでする必要があるのかしら？」

「君はなんでもかんでも議論しないと気がすまないのか？」プルーが反論する暇もなく、カリムは荒々しくドアを閉めた。

車が砂埃《すなぼこり》を巻き上げて走りだしたとき、プルーは尋ねた。「みんなはどこに？」

「みんなというのは？」

「あなたのボディガードとかそういう人たち」

「僕は自分の国では、けっこう好きなように動きまわれるんだ」

「べつの言い方をすると、ラシードや周囲のみんなのアドバイスを無視しているということね」プルーは辛辣《しんらつ》に言葉を返した。「ラシードが気の毒でならないわ。彼には我慢しなくてはならないことが多すぎるもの」

「人は恐れてばかりいては生きていけないものだよ。僕は無分別に危険を冒すようなまねはしない」

私についても同じことが言えないのが残念だ、とプルーは思った。どうしてあんなにいそいそと、ジープに乗り込んでしまったのかしら。はるか遠くまで続いている埃まみれの道を走るうちに、カリムの言う無分別とは、自分の思うようなこととは違うのかもしれないという気がしてきた。

「とにかくあなたは怒っているんだから、さっさと私に怒りをぶつければいいでしょう？　私がきっかけを作ってあげるわ。たしかに今日の落成式に、私は出席する資格などなかった。でもスーザンはお医者様から禁足令を出されて、宮殿どころか部屋からも出られなかったの。それで私はただ……ラシードが言い出したわけじゃなく、私が……」

「ラシードが君に代理を頼んだと言っていた。ありがとう」

プルーは切り子ガラスのようにシャープなカリムの横顔を凝視した。今聞こえたのは空耳に違いない。

「ありがとうですって？」

「そう、ありがとう。君の力添えに感謝していないわけではない」

「烈火のごとく怒ると思っていたわ」

「どうして？」

「たぶん、過去の経験から」

カリムの唇がぴくっと震えた。だが彼女のいやみには応じず、話題を変えた。「今、実はまわり道をしているんだが……異論はないかい？」

ひと呼吸おいてつけ加えられた言葉に、プルーは独りほほえんだ。彼も努力をしているのだ。それがなぜかうれしい。濃いまつげの下からちらりとカリムを見たプルーは、そのとき初めて彼の顔にストレスの兆候があることに気づいた。黒いくまは目をいっそうドラマティックに見せ、口と鼻のあいだの線は深くくぼんで浅黒い顔のなかでもひときわ色が濃くなっている。さらに、前方を見つめる彼のまぶたはときどき細かく痙攣《けいれん》している。気がつけばプルーは、カリムが最後に寝たのはいつだろうと考えていた。

「なんとなく遠まわりをしている気はしていたの。でも、行き先は？」

「君が本物の砂漠のオアシスを見たいんじゃないかと思ってね。僕が一人になって充電する必要を感じたときに行く場所だ」

「一人になる？」

カリムはちらりとプルーの目を見やった。濃いブルーの目に浮かぶ思いに、彼女は心が揺さぶられた。

「今日は違うけれどね。どうやら僕は君を拉致《らち》する癖がついてしまったようだな。そういえば、ゆうべ君の弟から電話があったよ。彼は元気にしている。君によろしくとのことだ」

「弟が本当にそんなことを？」イアンらしくない。世事に疎くて、そういう挨拶《あいさつ》ができる子ではないのに。

「実は違う。だが、もし彼が計算の作業を中断できていたら、たぶんそう言っただろう」

彼の言葉にこめられた皮肉に、プルーはうなじの毛が逆立つのを感じた。「あの子はまだ若いのよ」

「君が彼の保護者になったのはもっと若いときだ。僕も片親を亡くしている。だから君のように若くして親を両方とも亡くすのはどれほどつらかっただろうと思う」

よもやこの男性からそういう共感を得るとは夢にも思っていなかったので、プルーは一瞬言葉を失った。「どうしてそんなことを知っているの？」

カリムはそれには答えず、逆に質問した。「君がそれ以来どれだけ弟のために犠牲を払ってきたか、あの天才はちゃんとわかっているのかい？　君はどうして現実の荒波から彼を守ってやるんだ？　もう大人じゃないか。子どもではないんだよ」

プルーはぎこちなく座り直した。「どういう犠牲？　私のことをどうしてそんなによく知っているの？」

「君と初めて会ったときには行方不明だった調査ファイルが見つかったんだ。隅々まで目を通したよ。君だが、ファイルなど読まなくてもわかっていた。君の弟ほど自己中心的な人間には会ったことがない」

「私の調査ファイルということ？」そんなふうに他人のプライバシーを侵害しておきながら平然としていられるカリムに、プルーはショックを受けた。

「許されないことだわ、そんな――」

カリムは謝罪の気持ちをかけらも見せずに遮った。

「君は僕の妹と接触する立場にあったから、身辺調査しておく必要があったんだ。だが徹底した調査ではない。例えば、君が金銭的にゆとりのあるときはバレエを観《み》に行くことは知っているが、カントリーミュージックが好きかどうかは知らない。目下ボーイフレンドがいないことも知っているが、過去の恋人たちの名前は知らない」急な坂を登りきるため、カリムはジープのギアを低速に入れた。「スーザンの警備上はそこまでの詳細は必要なかった。でも、僕は知っておきたい」

「カントリーミュージックならジョニー・キャッシュとかが好きよ。ボーイフレンドについては大きなお世話――まあ、すごい！」プルーは眼下に開けた光景に目を奪われた。「あれは本物？　それとも蜃《しん》気楼《きろう》？」

「本物だよ」カリムは丘の頂上にジープを止め、プルーに向き直った。黄土色の砂漠のまっただなかに現れた、宝石のようにまばゆい緑と青には目もくれない。

「これがオアシスなのね！」プルーは興奮して叫んだ。「映画で見たそのままだわ。でもこれは本物で、撮影所のセットとは違う。椰子《やし》の木に水……信じられない！」心の底から感動した。

遅まきながら、彼女はカリムにじっと見つめられていることに気がついた。きっと彼は、私の子どもじみたはしゃぎっぷりを批判的に眺めているのだ。そしてサッファのようなエレガントな女性たちの洗練された物腰と比べているのだろう。品位のあるサッファなら座席でぴょんぴょんはねたりは金輪際しない。そこはかとなくセクシーな魅力を漂わせながら、ウイットに富んだ言葉を物憂くつぶやくに違いない。

そう考えたプルーは、肩をすくめてつけ加えた。

「なかなかすばらしい光景ね」

「なんだか急に退屈したように聞こえるね」

プルーははっとした。カリムの言うとおりだ。私は何を考えていたの？　彼にどう思われようと関係ないのに。感心してもらいたい一心で、自分ではない女性のふりをする必要なんてどこにあるだろう。

プルーは挑戦的な目でカリムを見返した。彼の引き締まった顔に戸惑いがよぎる。プルーはジープの窓を開けた。たちまち車内が、萎《な》えるような砂漠の熱気に満たされた。まるで堅固な熱の壁にぶつかったような感じだ。空気が干上がって喉と鼻がひりひりする。

「なかなかすばらしいというのは違うわね」プルーは前言を撤回して窓から顔を突き出した。そよかぜに金髪がなびく。「衝撃的よ。これほど美しい景色を見たのは初めて！」プルーは頭を引っ込めた。頬がピンクに紅潮し、肌はにじみ出た汗にうっすら光っていた。「一生忘れないわ」あなたのことも……。「死ぬまで消えない思い出のひとつになるでしょうね」

この思い出には常に胸の痛みがつきまとうだろう。目の前の男性によってかり立てられた感情を追求することは、永遠にできないとわかっている。その現実が胸を締めつけるのだ。ほかの男性との出会いでは経験したことがなく、おそらく二度と味わうこともない感情……。そう、今突然気づいた。振り返ってみればこの数日、私は寝ても覚めてもカリムのことばかり考えていた。私は彼に魅せられ、心を奪われている。もう後戻りできないほど絶望的に、どうしようもなく。でも、相手は一国のプリンスだ。私の思いがたどる運命は、砂漠に持ってこられたアイスクリームがたどる運命とほとんど変わらないだろう。

カリムを見るたびに、アイスクリームの無惨な最後がプルーのまぶたにちらついた。

「典型的な観光客のように思われてもかまわないわ」

「観光客ではないが、無感動なタイプでもない。君に無感動は似合わないよ。これまでに僕が出会ってきたのは、僕が聞きたがりそうなことを言おうとする女性たちばかりだった。だが君はむしろ、僕が聞きたくなさそうだと思うことを、わざと言おうとしている気がするよ。もし僕の注意を引くことが目的なら、首尾は上々だ」

「そんなつもりはないわ。率直に言って、あなたの注意を引くこと以上に避けたいことがあるかというと、思いつかないもの」プルーは辛辣に言い返した。頬が赤いのは、砂漠の熱のせいだけではなかった。

「そうかな。君は僕の注意を引いて楽しんでいるように見えるよ、美しいお嬢さん」カリムは青い目で彼女の視線をとらえたまま、ハスキーな低音で意味ありげにささやいた。その声はプルーの全身の神経をわななかせた。「そして僕が注目するたびに、君の鼓動は期待に速まるんだ」視線を下ろしていき、彼女の心臓が激しく拍動している場所で止める。

プルーはつかの間、彼がそこを手でおおうのではないかと思った。

頭のなかでは早くもその光景が展開していた。褐色の手が色白の柔肌を包み、硬くなったピンクのつぼみを指で愛撫《あいぶ》する……。空想の世界では取り去られた服が、現実の世界ではまだ存在していた。ただそれは、高められた官能が彼女に引き起こした変化を隠すのには、たいして役に立っていなかった。ゆったりした薄いシルクのブラウスの下で、空想の指に触れられた胸は熱く張りつめていた。

カリムが目を上げた。「君は考えていることがそのまま顔に出る。君の体も、実に表情豊かに反応するようだね、美しいお嬢さん」

砂漠にいることを考慮すると、体が反応しているのはここが寒いからだなどとは、言えるはずもない。

「私の考えていることは、あなたには読めないわ」プルーは断言した。読めたところで、彼にだって理解できないことに変わりはない。この男性に惹《ひ》かれることで、私の頭のなかは完全なカオスと化してしまった。彼はほかの女性のものだというのに、私はそれを忘れそうになっている……。

「そうかもしれない。しかし君のほうはたった今、僕の心を読んだ」プルーが苦しげな声をもらすとカリムはにやりとした。「正直で心が透けて見えることを残念がる必要はないよ。男が女性を喜ばせたいときには、女性が何を考えているかわかったほうがいいんだから」

彼が手を伸ばしてプルーの顎を包んだ。彼女はびくりとしたが身を引きはしなかった。顔を一方に向けさせられ、今度は反対にも向けさせられた。

「美しい顔だ」カリムはゆっくりとささやいた。普段はシャープな発音が今は不明瞭《ふめいりょう》だ。

「私にはそばかすがあるわ」彼の声にこめられた誘惑に、プルーは懸命に逆らおうとした。それでももし彼がそのまま迫ってくれれば、自分が降伏するのは時間の問題だとわかっていた。

突然、カリムの手がすっと落ち、彼はシートの背によりかかった。プルーはひどく拍子抜けした。

「君のそばかす、僕は好きだよ」そう言って、カリムはエンジンをかけた。

9

「人がたくさんいるわ！」オアシスに近づいたとき、プルーは驚きの声をあげた。

「もちろんいるよ。何世代か前までは、この国ではみんな遊牧民だったんだ。ここ南部では今も少数の人々が昔ながらの暮らしを続けている。僕の母方の祖父も遊牧民だった」

「おじい様はシークだった。そして今は、あなたがシークね」

「そうか、スーザンがうちの家系について話したんだね。さぞ退屈しただろう。そう、シークの称号は僕の兄が受け継いだが、他界したので僕が継いだ。祖父には息子が生まれなかったんだ。僕の母には姉がいたが、彼女は子どもを産まずに亡くなった」

「それは珍しいケースじゃないかしら。私はてっきり……」

カリムはジープを止めて体ごとプルーのほうに向き直った。「てっきり、どう思っていた？」

「彼のような立場にいる男性は、妻が息子を産まなかった場合、べつの女性を妻に迎えるのかと思っていたわ」

「たしかに祖父はそうすることを求められていた。だが彼は祖母を深く愛していたから、彼女をないがしろにするようなまねはしなかった。部族の長老たちだけでなく、祖母本人に懇願されてもね」

「おじい様は非凡な方だったのね」

「祖父も君のことを気に入っただろうと思うよ。金髪に弱くてね。もっとも祖父の場合は、フランス人に弱かったという意味だが」

「おばあ様？」


カリムはうなずいた。

二人は車を降りて風に揺れる椰子《やし》の林を歩いた。人々はカリムに深くお辞儀をしたが、彼が遊牧民の群れに入ってきたことに対して特別驚いた様子はなかったので、プルーは意外に思った。カリムは駆け寄ってきた少年を頭上高くに抱き上げ、何事か言って彼を笑わせた。すべてが、格式張った宮廷とはあまりにも対照的だ。こんなにリラックスしているカリムは見たことがない。

絹のように柔らかな生地でできたテントに入ると、外はまだ明るいのにたくさんのランタンが灯《とも》されて、光が揺らめいていた。なかはびっくりするほどひんやりしている。

カリムは低い長椅子に積まれたクッションの上に腰を下ろして脚を組んだ。そばの低いテーブルには彫金を施した凝った装飾があり、プルーはその打ち出し細工をそっとなでたあと、ためらいがちにカリムの隣に腰をかけた。

「とても頽廃《たいはい》的ね」

しかつめらしく腕組みをしたプルーを、カリムは眉を上げて愉快そうに見た。「気に食わない？」

プルーはかぶりを振った。「自分が少し場違いに感じるだけ」ここは言うなれば、主人を喜ばせることだけを考えているイスラムの美女が、居心地よく感じるような場所だ。

「君は婚期を過ぎたイギリス人の教師に見えるよ」カリムがからかった。

彼がリラックスして見えれば見えるほど、プルーはますます緊張が背筋を這《は》い上がってくる気がした。でも、悪いことではないと自分に言い聞かせた。緊張はつまり警戒心の表れだ。これまでのところ、私には警戒心が足りていない。

「それがまさに私の現実だからでしょうね」そうよ、プルーデンス・スミス、今こそ現実を思い出すのよ。「きこうと思っていたのだけど、私の帰国便のチケットはいつ手配してもらえるのかしら。だって、私がここに滞在する意味は、実際にはもうないわけでしょう？」

「それについては、明日話し合おう」

つい彼のシャツの胸元にのぞく金色の肌へと吸い寄せられてしまう視線を、プルーは引き戻した。明日までのあいだには、どんなことが起こるとも知れない。「どうして今ではだめなの？」

カリムがいらだちを見せた。「僕がそうしたくないからだ」

「子どもを相手にするような言い方をしないでほしいわ」

「君が子どもだとは思っていないよ。それよりきかないのかい？　じゃあ、なんだと思っているのかって」

あからさまな挑発が光る彼の瞳と、プルーは視線を合わせないようにした。

そのとき、ベールをかぶった若い女性がコーヒーを運んできた。注意がそらされたことをプルーはありがたく思った。コーヒーはとても小さなカップに入っていた。女性はカリムに深いお辞儀をし、プルーには興味深げに大きな黒い目を向けた。その目のまわりには、アラブの女性らしくコール墨で化粧が施されている。彼女が動くたびに大量の腕輪がにぎやかな音をたてた。長い指には凝った模様がヘンナで描かれ、銀の指輪がたくさんはまっていた。

「飲み物はチョコレートのほうがいいかい？　このコーヒーは慣れないうちは飲みづらいかもしれない」

「冷たい飲み物をいただけるとうれしいわ」

カリムが女性に何か言うと、すぐさま氷の入ったレモネードのピッチャーとグラスが運ばれてきた。トレーにはナッツと蜂蜜《はちみつ》におおわれた甘いケーキの皿ものっている。

プルーはレモネードを飲み、グラスを低いテーブルに置いた。「私、家に帰りたいの」子ども扱いされるのをいやがったくせに、これではまさに子どもそのものの話し方だ。

「ここでの生活は楽しくないかい？」

「楽しいわ」それは事実だ。「でも、いる必要のない余計者よ。ここには私の居場所がないわ」

下唇をかむプルーをカリムはじっと見守った。

「今日はあったじゃないか」

プルーはちらりと目を上げたが、燃えるような青い瞳に出くわしてあわてて視線をそらした。「あれはとうてい居場所とは言えないわ」

「実を言うと僕の一族には、あの種の公務に対して君よりもっと尻込みするのが何人かいる。君ほど優雅に対処することはできなかったはずだよ」

「私が優雅に対処できたとどうしてわかるの？」

青い視線がプルーの曲線をなぞった。「君は何をしても品があるからだ。余計者というのも事実ではない。君がいなかったら、今ごろ妹はまた何か厄介な計画を立てていたはずだ。たしかに、最初スーザンの付き添いをしてほしいと君に頼んだときは、虫の居所が悪かったことは認めるよ」

「虫の居所が悪かった？　頼んだ？」プルーは信じられないと言わんばかりに彼の言葉をくり返した。

「あなたは私を脅迫したのよ」カリムをにらみつけながら、ケーキを取ってかぶりつく。

「君が必要だったんだ」激情にかられた、怒ったような声で彼は言った。

それに続いた短く衝撃的な沈黙のなかで、二人の視線が絡み合った。そして、今度はカリムのほうが先に目を伏せた。

「スーザンをあのままスイスに滞在させるわけにはいかなかったんだ。母の闘病生活が長かったせいで、妹はすっかり病院嫌いになってしまってね。そうかといって宮殿で独り待たせておいたら、きっとあれこれと思い悩むはめになっていただろう。あの子には現状から気をそらす何かが必要だった。君のガイド役としてこの国を紹介することがその役に立ったんだよ。君も知ってのとおり、スーザンが素直に誰かの言うことを聞いたとしても、それは一時的なものだ。しかし君の言葉になら、あの子は耳を貸す」

プルーは肩をすくめて彼の見解を受け入れた。

「でも、私が間違ったことを口にしてしまったらどうするの？　それに今はもうあなたも戻ってきたわけだし」プルーは手のなかのケーキに目をとめ、なぜこんなところにケーキがあるのだろうと思いながら皿に戻した。

「僕は手が離せないんだ。父の死を防がなければならない」

プルーは心配そうに眉をひそめた。「お父様はずいぶんよくなられたのかと思っていたわ。あなたがスーザンを守りたい気持ちはわかるけれど、もしもお父様のご容態がよくないのなら、彼女には知る権利があるわ」

「妹に嘘《うそ》をついたりはしないよ」カリムはきっぱり言った。「父には回復力がある。ただ、今回のことで父は初めて、命には限りがあることを実感したはずだ。父は死を恐れてはいないが、自分が弱くなり、無能になることを恐れている。だから、今までどおりの自分であることを証明するために無理をしすぎるんじゃないかと僕は心配している。本当に危険なのはそれなんだ」

「でも、私には私の生活があるわ」

「君に無理を頼んでいるのは承知だが、今度こそ、本当にお願いするよ」

プルーは鬱々《うつうつ》として顔をおおい、うめくように言った。「あなたにノーと言った人は誰かいる？」

カリムは満足そうに目をきらめかせて身を乗り出し、彼女の手を顔からはずして握った。「僕の時間が無限にあったらいいのだが、王宮ではそろそろ僕を捜しはじめるころだ。僕はいろいろな責任を背負っている。今はそれを放置してしまっているけどね」

「わかっているわ」プルーが立ち上がろうとすると、カリムが肩に手を置いて再び横に座らせた。

「戻らなくていいの？」

「まだいいよ、美しい人」

甘い呼びかけにプルーの動悸《どうき》が速くなった。急に信じられないほど恥ずかしくなり、プルーはうなだれた。彼の手が伸びてきて、彼女の顔を隠す金髪を頬から持ち上げた。指の先が軽く肌に触れ、そこが燃えるようにうずいた。

「君には率直に話せる気がするんだが……僕たちはお互いに惹《ひ》かれ合う気持ちがある。二人ともそれを感じてきた。そして、そんな自分と闘っているんだと思う」

プルーは胸がどきどきし、目を伏せたままつぶやいた。「でも、私たちのあいだに未来はないわ」

カリムは否定しなかった。「未来は今ここにはない。ここにあるのは現在だ。お互いに闘うのをやめたら現在が楽しくなるかもしれない。僕たちは普通なら決して知り合うことはなかっただろう。だが、こうして出会い、僕は君のことが頭から離れなくなった」カリムは彼女の顎に指を一本かけて上を向かせた。「宮殿では人の目も耳も多すぎて、僕たちがいっしょにいれば父の耳に届かずにはすまない。そうなれば父は心配するだろう。父は――」

「あなたがサッファと結婚することを願っていらっしゃる」カリムが父王の気持ちを思いやるのは感心なことだ。でも彼は、私といるところを見られたら恥ずかしいと認めることが、私の気持ちを少しぐらいは傷つけるかもしれないとは、かけらも考えていないらしい。それがとても残念だ。

明らかに彼は誤解している。私がカリム・アル・アーマドの気を引けたことを幸運に思うあまり、どんな条件を提示されても彼の気持ちを受け入れるものだと。だが、そう思われてもしかたがない。情けないことに、今日彼と再会した瞬間から、私は恥ずかしいほどあからさまな反応を示してきた。彼がそばにいると、これまでにないほど自分が生き生きしてくるのを感じるのだ。

カリムは驚いたようだったが、否定しようとはしなかった。

「サッファだって？　会ったのかい？　彼女はジュネーヴを出たらパリに戻るのかと思っていたが」

「会ってはいないわ。この前スーザンといっしょにバザールから帰る途中、彼女がリムジンに乗るところを見かけただけ」オートクチュールに身を包み、ほっそりとした首に燦然《さんぜん》と光るダイヤのネックレスをつけた優美な姿を見れば、いずれは王妃と――カリムの王妃と目されるのも納得できた。「スーザンがこれを買ってくれたの」プルーは首につけている半貴石のネックレスをいじった。

「美しい」カリムは石ではなく、プルーの喉元を眺めて言った。

「ジュネーヴでいっしょに過ごす相手がいてよかったわね」プルーは明るい笑顔を作り、その裏で噴き上がった筋違いの嫉妬《しっと》をひた隠しにした。しかしカリムの表情にある何かが、うまく隠せたのだろうかという疑問を感じさせた。

「いっしょに過ごす相手？」カリムは首を横に振った。「サッファは一時間だけ見舞いに寄っただけだよ。彼女は病人が苦手なんだ。ハッサンが病気のときも見舞いに行くのが耐えられなかった。僕の兄は……」

プルーは濃いまつげを伏せた。「知っているわ。スーザンから聞いたの」

「あの子はいったい何を話したんだ？」

「あなたはそのうちサッファと結婚するだろうって。本当にそう？」しまったと思ったときには遅かった。言葉が二人のあいだの宙をさ迷った。

「サッファの話をするために君をここに連れてきたわけではない」

プルーは顔を上げた。怒りと悲しみに目がうるんだ。「そうね、私を口説くために連れてきたのよね」

「君は口説かれたくないというのか？　僕とのあいだにある不思議な反応を感じたことがないというのかい？」

シルクのテントのなかで、男女間の性的な緊張が高まっていく。外の蒸し暑さのほうがはるかにましだとプルーは思った。この過熱した空気に、すっかり忘れ去られていた現実をぶつけて冷やさなければ。

　プルーは正直に言った。「ほかの男性がそういう言葉で迫ってきたら、私は一笑に付すでしょうね。あなたは自分がたまたま特別な家柄に生まれたからというだけで、私が熟れた桃のようにあなたの腕に落ちると思っているんだわ」

「そのたとえは悪くないね。たしかに君の肌はよく締まった若い桃の実を思わせる。僕の生まれながらの地位についていては、ある種の女性たちにとってそれが魅力の一部であることは否めない。しかし相手が君だと、逆にそれは僕が懸命に乗り越えなければならない障害だと感じる」

　プルーは笑いがもれるのをごまかそうとした。

「君はなぜ」カリムは彼女の長い金髪をさりげなく指に絡めて、顔を引き寄せた。「笑っているんだ？」

「だってあなたの考え方がおかしいから」カリムの口が目の前に迫り、かぐわしい温かな息が顔にかかる。胸をどきどきさせながら、プルーはささやいた。

「女性があなたに惹かれるのを、王族の血のせいだと思うなんて」開いた唇から新たな笑い声が飛び出した。「たとえ職業がスーパーのレジ打ちでも、女性はあなたに惹かれるわ。あなたの魅力はお金や地位とはなんの関係もない。すべて、むき出しのセックスアピールにあるんだもの。常識はずれなまでに完璧《かんぺき》な全身から、性的魅力がしみ出しているからよ」いっきに言ってから、彼女はうめくような声をあげた。「ああ、もう、信じられない。今の話は全部、聞こえなかったと言ってちょうだい」

10

「僕の全身から性的魅力がしみ出しているという話は聞こえなかった」カリムは調子を合わせた。

「あなたなんて大嫌い」本当に嫌いだったら、人生ははるかに単純になるのに。

「もう少し嫌いになってみたらどうだい？」カリムはハスキーな声で誘って、光沢のあるやわらかなシルクのクッションにそっと彼女を押し倒した。

プルーは横たわったまま動かなかった。期待感で心臓が苦しいほど重く激しく高鳴っている。カリムが片腕を突き、もう一方の手でプルーの腿を愛撫《あいぶ》した。

「君の唇は僕を狂わせる……初めて会った瞬間からずっとそうだった」告白した彼の声は乱れていて、罪深いほどセクシーだった。

セルリアンブルーの目を見つめたプルーは、頭がくらくらしてきたのでまぶたを閉じた。名状しがたい感情に目頭が熱くなり、まぶたがとても重く感じられた。喉さえも詰まってしまいそうだった。

彼の歯がふっくらとした下唇をそっととらえ、やさしく引っ張って甘がみした。やがて舌がゆっくりと唇の裏側の濡《ぬ》れた敏感な部分にすべり込んできた。

「君は蜂蜜《はちみつ》の味がする」

プルーは震える息を吸い込んだ。体の奥深くで炎が燃えはじめていた。シルクのスカートの裾《すそ》から手が這《は》い上がってきて、腿の素肌をなでている……。

「ケーキの味が残っているんだわ」

「ずっと夢に見ていたんだ……君にキスしたら、君も僕を味わってくれるだろうと」カリムがプルーの開いた唇からしなやかに舌をすべり込ませると、色の濃いまつげが彼の紅潮した頬をなでた。「僕はそういうのが好きだ……君はどう？」くぐもった声が彼女の唇に誘いかけた。

「私……わからない……」ふいにプルーは現実に押しつぶされそうになった。私にはこういうことに必要な経験がまったくない。まるで冷たいシャワーを浴びせられたかのように彼女は身をこわばらせ、顔をそむけた。

私は何をしているの？

カリムは経験豊富な男性だ。私のことも、同じくらい愛の技巧にたけた相手だと思っているだろう。このままいけばきっと、彼を深く失望させてしまう。

「どうしたんだい？」カリムが体を起こした。

「私……実はあまり得意ではないの……甘いささやきとかセックスとか、そういうものすべて」

怪訝《けげん》そうだった表情がとたんに明るくなり、彼はにっこりと笑った。「じゃあ少しレベルを下げてあげよう」

プルーは憤慨してあえいだ。

カリムは笑いながら、彼女が振り上げた手をつかんだ。「君はまったく面白い人だな」小さな手のひらにキスをし、彼女の頭の上のほうに持っていくと、そこで押さえつける。二人の視線が絡み合った。カリムはもう笑ってはいなかった。抑えきれない欲望に満ちた緊迫の表情を目にして、プルーは泣きそうな声を喉からもらした。

「カリム……私、本当は……」

カリムは金色の目を見つめた。これほど生々しい感情を覚えるのは初めての経験だ。彼は頭を振り、欲望に目をくすぶらせながら、急いでシャツを脱ごうとした。

プルーはため息をついて、もう一方の手を頭に置いた。だがランタンの光のなかに、ブロンズ色に輝くしなやかな流線形の上半身が現れたときには目を見張った。ギリシャの彫像に命が吹き込まれたかのような、非の打ちどころのない見事な肉体……。見とれているうちに体のうずきがいちだんと激しくなり、プルーは乾いた唇をなめた。

カリムが隣に横たわって彼女を向き直らせ、引き締まった長身をぴたりと添わせた。プルーは思いがこみ上げてきて痛いほど喉が詰まった。

「あなたはなんて美しいの……」そう言いながらプルーは彼の腹部の筋肉に指を這わせた。苦しげに息を吸い込む音が聞こえ、触れている筋肉がぎゅっと縮む。彼のつややかな肩にキスをして舌を走らせると、塩の味がした。「それにこの硬さ」鼻をすり合わせてきた彼にささやく。そのとき柔らかな腹部に、鉄のように硬い高まりが押し当てられたので、プルーはあえぎ、拷問にかけられたかのようなうめき声をもらした。「そのことじゃなかったの。でも、それも……」言葉は彼の口に吸い込まれた。

二人とも呼吸は荒く、熱い息が混じり合った。カリムが彼女のヒップをつかんでぐいと自分に押しつけた。彼の欲望の激しさがまともに感じられた。

「きっとすばらしいよ」耳元で彼がささやいた。熱い息がプルーの体を震わせ、言葉にひそむ約束がさらに大きな震えを引き起こした。そして彼にゆっくりとキスをされると、プルーは燃え上がる欲望に身《み》悶《もだ》えし、息が止まりそうになった。「美しい人……君がこれまでつき合ったどんな男のことも忘れさせてみせる」

もしプルーに理性が残っていたら、今こそ率直に説明していただろう――それは簡単なことだと。彼が考えているような男性は一人もいないのだと。だが、彼女は何も言わなかった。まともな理性が残っていなかったからだ。理性そのものがあるかどうかさえ怪しかった。

今はひたすら欲望にかり立てられて、矢も楯《たて》もたまらない状態だった。素肌と素肌がすれ合うのを感じたい。私の上に彼の体重を感じたい。私のなかに彼の存在を感じたい……。

自分では気づかなかったが、いつの間にかプルーは思いを口にしていたらしく、カリムがかすれた声で言った。「いいとも、美しい人。感じさせてあげるよ」

野獣のように荒々しくエロティックなキスがプルーの頭をからっぽにした。彼女はカリムにしがみつき、つややかな黒髪に指を入れ、うずく胸のふくらみを押しつけた。

「君を見たい」

プルーは目を閉じた。過熱した肌に熱い息がかかる。ほどなくシルクのブラウスが引きはがされ、サテンのように柔らかなキャミソール一枚になった。さらにそれも脱がされたとき、プルーは固唾《かたず》をのんだ。

カリムも息をのんだ。色白の肌には傷ひとつなく、ピンクの先端をした胸のふくらみは豊かだった。彼が下腹部のなだらかな起伏に唇を押しつけると、プルーの全身が弓なりにそった。キスが胸の谷間へと移っていき、彼女はカリムの頭をかき抱いた。

「なんて柔らかいんだ、なんて美しい……」カリムは彼女の首筋に鼻をこすりつけてから、顔の角度を変えさせて唇をおおった。そして張りつめた両の胸を中心に寄せ、柔らかな谷間に顔をうずめたあと、硬くとがった先端を交互に舌で愛撫した。

彼はズボンを脱ぐために体を起こした。プルーは横たわったまま、情熱にうるんだ金色の瞳で彼の動作を見つめた。浅く荒い息をするたびに、豊かな胸が小刻みに揺れる。その様子を目にしながら、カリムはまともにズボンも脱げない状態になっていた。体内で猛《たけ》り狂う炎はもはや抑制がきかず、原始の欲望を満たすこと以外は何も考えられなかった。一刻も早く彼女のなかにこの身をうずめ、自らを解放したい……。

すべてを脱ぎ捨てたカリムが完全に興奮しきっている様子を見て、プルーは体の奥底で何かがよじれるような気がした。震える手でショーツを脱がされ、あえぎながら腰を浮かせる。やがて脚を開かされてそこに触れられたとき、プルーは官能の洪水に巻き込まれた。

細胞という細胞がわなないた。彼女は体を起こし、カリムの頭を両手でかき抱くと、柔らかなクッションに再び倒れ込んだ。

「お願い……」見つめる彼の瞳に訴える。

視線を合わせたまま、カリムはプルーの脚を割って、体を重ねた。だがその瞬間、なかで抵抗するものを感じ、顔にショックの色を浮かべた。

彼の表情の変化を目にしても、プルーにはそれについて考えるゆとりはなかった。カリムによって満たされた感動と快感に我を忘れ、それ以外のすべてが意識から消えていたのだ。カリムがゆっくりと動きはじめた。リズミカルな動きとともにプルーの全身は燃えさかり、緊張が高まった。やがて体内で小波《さざなみ》を感じはじめたとき、彼女はなす術《すべ》なく叫び声をあげ、カリムの名を呼んだ。怒濤《どとう》のようなクライマックスが訪れる。彼女は何度も何度もカリムの名を叫んだ。彼の体が激しく震えるのを感じると同時に、全身がめくるめく感覚に酔いしれた。

カリムはすぐに離れて仰向けに横たわった。プルーはまだ陶然として、信じられないほどの甘美さがもたらした余韻に打ち震えていた。カリムは彼女のほうに向き直った。

「君はバージンだったんだね」完全に自制心をなくしていたカリムは、プルーに痛い思いをさせてしまったのではと心配だった。胸がナイフでえぐられるようだ。考えれば考えるほど気分が悪くなってくる。

「君は性の解放を説き、伝統的な価値観を嘲笑《あざわら》い、それでいて自分はバージンだったわけだ」

「それを言うのはやめて」

「君が誰とも関係を持たなかったなんて、どうしてあり得るんだ？」

「えり好みが激しかったからと言ってもいいんだけれど、どうやら事実は違うようだわ。とにかく私は今、自分の欠点について事後分析している気分じゃないの」

「欠点だって？　君はわざと僕の言葉を誤解している」

「誤解の余地はあまりないでしょう。あなたは私が経験豊富な女だと思った。でも実際は違った。私にどうしろというの？　謝ってほしいわけ？」

「言ってくれればよかったんだ。そうすれば僕だって……」カリムは目元を手でこすってから仰向けになり、沈んだ声で言った。「君は僕が想像していたような女性ではなかった……あんなふうにするべきではなかったんだ」初めての体験はもっとやさしく、穏やかであるべきだ。バージンだとわかった時点で僕は可能なかぎり情熱を抑えたが、もはや手遅れだった。僕が触れたとき、彼女が初めてのようにふるまったのも当然だ。本当に初めてだったのだから。

「何がいけないの？　ああ、わかったわ。あなたの住む世界では結婚相手はバージンでなければいけなくて、そうじゃない女は愛人に分類されるからでしょう」涙がこみ上げてきて、プルーは服をわしづかみにした。「心配はいらないわ、カリム。私はどっちの立場にも興味はないから」

「くだらないことを言わないでくれ」カリムも起き上がって座った。

「くだらないこと？　じゃあ答えてちょうだい。もし私が前もってバージンだと打ち明けていたら、それでもあなたは私をベッドに誘ったかしら？」

涙に潤む琥珀《こはく》色の目と、深刻な青い目がぶつかった。

「本当のところは、自分でもわからない」

「本当のところは、あなたは行きずりの安っぽい関係がほしかっただけよ」それなのに私は愚かにも、彼がべつの何かを求めているかもしれないと考えた。自分がそんなふうに思っていたことが、今さらながらショックだ——この期に及んで、まだ心のどこかで希望を捨てられずにいることも。

「プルーデンス——」

カリムの声にこもる苦悶《くもん》に耳をふさぎ、プルーは彼の手をぴしゃりと払いのけて背を向けた。「連れて帰ってちょうだい。寄り道はもう十分したわ」さっと立ち上がったとき、これまで使ったことのない筋肉が存在を主張し、彼女は顔をしかめた。

痛そうな表情を目にしたとたん、カリムの顔から血の気が引いた。彼は伸ばしていた手を力なく落とした。

二人が宮殿に戻るころには、あたりはすっかり暗くなっていた。道中カリムが何度か話をしようとしたが、そのたびにプルーは頭を振って、何も言わないでと懇願した。自分が恥ずかしくてならなかった。あんなにも簡単に誘惑に負け、ほかの女性と結婚することになっている男性にすべてを許してしまった。彼が一生をともにしたいのはその女性なのだ。

車を降りるとカリムがプルーの腕をつかまえて自分のほうに引き寄せた。「こんなのばかげているよ。このまま何も話し合わないわけにはいかない」

「殿下」ラシードが申し訳なさそうな顔で現れた。「お耳に入れておいたほうがいいかと思うのですが、陛下が大臣を数人、招集されました」

カリムはいらだたしげに大きなため息をついて、天を仰いだ。「わかった、すぐに行く。プルーデンス——」

プルーは頭を振ってまばゆい笑みを浮かべると、カリムの手から離れた。そして改まった口調で言った。「案内してくださってありがとう、プリンス・カリム。おかげでとても勉強になったわ。ラシード、おやすみなさい」

立ち去るプルーを見つめながら、カリムは口のなかで毒づいた。それから再びラシードに顔を向けた。「父はどうしようもない人だ。それにようやくわかってきたが、僕も同じだ」

11

プルーは物思いにふけっていたので、王宮の庭で道に迷ったことに気がつかなかった。アーチ形の門をくぐったところで周囲を見まわしてみると、そこは初めて見る舗装された広い中庭だった。これまで足を踏み入れたことのない一画に迷い込んでしまったようだ。ここで迷子になるのはおかしなことではない。王宮は広大な面積を持つ城郭都市とも言うべき複合施設なのだ。ザフス国に来た当初はあまりの広さにきょろきょろしてばかりいた。

あのころに戻れたらいいのに。物事がこれほど複雑ではなかったころに。本当に戻れるなら、カリム・アル・アーマドのことが頭から離れなくなって不安を覚えていたころだってかまわない。

どうして私はあそこまで愚かになれたのだろう。なぜカリムを愛してしまったことに気づかなかったのだろう。自分の気持ちを知った今なら、あのときいとも簡単に道義的な問題を忘れて彼に体を許してしまった理由が理解できる。

なぜカリム・アル・アーマドに恋をしたかについては、おそらく永遠の謎《なぞ》だ。どんなにもっともらしい説明や自己分析を試みても、本当のところはわからない。その疑問は一生、胸に抱えたまま生きていくしかなさそうだ。カリムへの愛を悟ったのは二日前で、それは不思議な瞬間だった。例えば画像のぼけた写真を見ていたら、なんの前触れもなく突如ピントが合って、目がくらむほど精密にすべてが見えたという、そんな感じだった。あれ以来、私は秘密を抱えて生きているけれど、決して楽なことではない。

カリム……。今のように一人のときは、ときどき声に出して呼んでみる。私は彼のいない人生を歩んでいく術《すべ》を身につけなければならない。最近の状況はいい練習になっている。この一週間、彼に会ったのはほんの少しで、しかも常に同席者がいた。カリムが私を捜そうとすることも一度としてなく、それがすべてを物語っている。彼は後悔しているのだ。愁嘆場をくり返すのは避けたいのだ。

心なごむ軽やかな水音に誘われ、プルーは中庭の奥に入っていった。古めかしい石壁や、値段のつけようのないほど貴重そうなモザイク模様の舗装から、初期に建てられた部分だということがすぐにわかった。宮殿の図書室で読んだ本によると、この一画は十字軍の時代にはすでに古代の建造物とされていたという。

値段のつけようがないということは、ここが国王の居住区であり、私蔵の美術コレクションがおさめられている一画でもあることを意味している。ここの美術品は、世界じゅうの専門家が見学に来るだけでなく、世界じゅうの美術館に頻繁に貸し出されたりもするらしい。以前スーザンは、国王が回復したら、そのうちプルーも私蔵の美術品を見られるよう手はずを調えると彼女に約束した。国王がスイスの病院に入院しており、スーザンが毎日二回カリムから父親の病状報告を受けていたころの話だ。

でも、スーザンがその約束を思い出すころには、私はもうここにはいないだろう。長くいればいるだけ、状況はつらくなっていくように思える。ここに残る理由は何もない。私自身がカリムとの絆《きずな》をすべて断ち切る気になれないことを除けば……。

プルーは興味深げにあたりを見まわした。どうやら王宮のなかでも、もっとも厳しく立ち入りが禁じられている区画に侵入してしまったようだ。彼女は独り、笑みを浮かべた。今日という日がさらに悪くなり得るとは、思ってもみなかった。無断でここに入った者はきっと地下牢《ろうほう》に放り込まれるだろう。でも、すっかりみじめな気分になっているプルーとしては、暗い地下牢のほうが現状よりもよっぽどましに思えた。

もっとも、実際に今いる中庭は信じられないほど美しいけれど。何よりもこの静穏なたたずまいがいい。見まわしていると静けさが心にしみ込んでくる気がする。片側に純白の塔を配し、反対側を高い壁で囲まれた空間には、濃厚なジャスミンの香りがたちこめている。豊かな緑、色とりどりに咲き乱れるエキゾティックな花々。ここは甘い香りに満ちた聖域だ。右側の石壁には古代の神獣を模したらしい彫刻が作りつけられている。その口から流れ出て、凝ったモザイクが施された濃いアクアマリンの滝壺《たきつぼ》に落ちていく水の音は、まさに癒《いや》しの音楽だ。水はそこから何本かの水路に分かれ、緩やかに流れていく。

　プルーは戻ろうと思って踵《きびす》を返した。そのとき、視界の隅で何かが動いた。誰かいる……男性がひとり、レモンの木立の陰にいる。彼女は迷った。そっと立ち去るべきか、それとも自分の存在を男性に気づかせるべきか。決めかねてたたずんでいると、塔のある側の壁のドアが開き、杖《つえ》にすがったガウン姿の初老の男性が入ってきた。

　プルーは思わず緑の葉陰に身を引いた。同時に、レモンの木立のなかに立っていた男性が動くのがわかった。見ると服装は黒ずくめで、顔がフードで隠れている。男性が前に動いて手を上げた。まだ彼に気づいていない初老の男性を呼び止めるのだろうとプルーは思った。不審な気配は何もない。だが次の瞬間、その手にぎらりと光るものが見えた。それは、太陽の光を反射したナイフだった。

　彼は老人に挨拶《あいさつ》するつもりではなく、襲撃するつもりなのだ！

　プルーは何も考えずに走りだし、両手を振って声を限りにどなった。ガウン姿の老人はプルーを凝視し、反対側から来る暴漢にはまったく気づいていない。二人がともに老人まであと数メートルに迫ったとき、プルーはラストスパートをかけて暴漢と老人とのあいだに飛び込んだ。暴漢は急には止まれず、まともにプルーに衝突した。そしてその勢いで、彼女は仰向けに倒れた。

　男がプルーから引きはがされるまで、数秒もかからなかった。駆けつけた二人の制服姿の男性に拘束された男は、口汚くわめき散らした。老人がプルーに一歩近づく。長身で、黒髪には白いものがまじっているが、その黒い瞳には知性の光がきらめいていた。老人の素性についてプルーがすぐにぴんときたのは、見覚えのある顔立ちのせいではなく、その傲《ごう》然《ぜん》とした雰囲気のせいだった。

「カリムのお父様ですね」そう言うなり、プルーは闇《やみ》の底に引きずり込まれた。

意識を取り戻したとき、プルーはベッドに寝ていた。窓のブラインドから陽光が細い筋になって差し込み、反対側の壁に縞《しま》模様を描いていた。「ここはどこ？」そのとき、クリスタルの花瓶に活《い》けられたジャスミンの香りが、彼女の記憶をよみがえらせた。自分に突進し、のしかかってきた暗殺未遂犯の、熱い体とあの忌まわしいにおい……。「私、頭を打ったのかしら？　気絶してしまったの？」

「じっとして」カリムが厳しい表情で近づいてきて、プルーがめくった上掛けをもとどおりに直した。「事件のことを考えてはだめだよ。安静にして。今医者を呼んでくるから」

だがカリムは出ていかずに、穴が開きそうなほどプルーを見つめ続けた。

「あなたのお父様は……あの人はあなたのお父様でしょう？」

「そう、僕の父だ」

「お父様は大丈夫？」

「大丈夫、かすり傷ひとつない」カリムは包帯でぐるぐる巻きになっているプルーの肩に視線を移し、こみ上げる感情をのみ下した。

「じゃあ、あれは本当に起こったことなのね？」普段は血色のいいカリムの顔が今は異常に青白い。いつもきれいに髭《ひげ》を剃《そ》っている顔の下半分も、不精髭で黒ずんでいる。彼はまだ私から何かを隠しているようだ。「悪い夢でも見ていたのかと思ったわ。どうして……あの人はあんなことをしたの？」

カリムの表情がいちだんと険しくなり、顔色も悪くなった。こんなに疲れた顔は見たことがない。でも、父親が殺されそうになったのだから息子の彼がショックを受けるのは当然だ。カリムは上掛けをまた直して肩をすくめると、鮮やかなブルーの目に浮かぶ感情を隠すようにまつげを伏せた。

「理由はいくつかあったと思う。あの男には精神科の病歴もあったようだ」男が犯行にいたるまでの背景をどれだけ深く理解しても、人生でもっとも大事なものを危うく奪われるところだったカリムは、同情のかけらも感じなかった。

プルーは犯人に押し倒されたときの、野獣に似た凶暴な目を思い出して身震いした。

カリムは彼女の手をそっと包んでぶっきらぼうに言った。「もうこの話はやめよう」

褐色の手に握られた自分の手を見て、プルーの胸を締めつけていた恐怖が薄らいだ。彼女は目を上げ、首を横に振った。「いいえ、私は知りたいわ」

カリムはしばらくじっとプルーを見下ろしていたが、ため息をついてしぶしぶうなずいた。「取り調べをした者によると、あの男が凶行に及んだ最大のきっかけは、我が国で初めて大学の医学部に女子を受け入れたとき、あの男の娘が合格したことだったそうだ」

プルーは考え込んだ。「どういうこと？」

「娘は父親の猛反対にもかかわらず大学に進むつもりでいた。父親は、娘が一族の顔に泥を塗ったと思っている。あの男は最近では珍しい、変化を嫌うタイプの人間なんだ。女性が家庭の外に出て自分らしく生きることをよく思っていない。あの男は怒りのはけ口を求めていた。そこで、女性の入学を支援していることで有名な国王を……。皮肉な話だよ。本当は父は女子学生受け入れには懐疑的だったが、僕が説得したんだ」

カリムの顔に漂う自責の念を目にしたプルーは、彼を慰めたいというとんでもない衝動を覚えた。きっとうまくいくと、たとえうまくいかなくても私がついていると、言えたらいいのに。でも彼は、私にそばにいてほしいなどとは思っていない。そこがべッドのなかでないなら。しかもそういう気持ちでいるにもかかわらず、私とのあいだに起こったことを周囲に知られるのは恥だと考えている。

「自分を責めて気が楽になるのならご自由に。でもお父様が少しでもあなたと似ていらっしゃるなら、人に説得されたからといって、ご自分がしたくないことをなさるとは思えないわ」青い目に笑みがよぎったので、プルーはうれしくなって起き上がろうとした。だが片肘を突いたところで、顔をしかめて崩れ落ちた。「腕を怪我《けが》したみたい」

カリムはむかむかしたように彼女を見やって乱暴に黒髪をかき上げた。すでにくしゃくしゃになっていることから、そうするのは今が初めてではないとわかる。「腕を怪我したみたい？」彼はプルーの言葉をくり返した。「腕を怪我したみたいだと言うのか！」目を閉じて怒ったようにアラビア語で何かを言っている。

「どうしてどなるの？　たしかに私はお父様専用の区画に侵入したけれど、あれはわざとじゃ――」

「侵入！」カリムはまた声をあげ、今度は両手で顔をおおってうめいた。「わざと僕にそんなことを言っているのか？　それとも頭がどうかしたのか？」

頭がどうかしたというのは当たっている。一時の軽い気晴らしとしてしか扱ってくれない相手を愛してしまった女には、ぴったりの形容だ。愛しすぎて心が痛い。腕の痛みと違って、これは当分消えることはないだろう。

「君はあの男が父を狙《ねら》ったナイフで、刺されたんだよ」カリムの声がかすかに震えた。「動脈が切れて大量に出血し、危うく命を落とすところだった」

「あなたはわざと大げさに言っているのよ。わかっているんだから」

カリムが指を差したのでそちらに目をやると、点滴の袋が二つぶら下がっていた。ひとつは透明な液体体で、もうひとつは赤い輸血液だ。それらが一滴ずつ自分の腕に流れ込んでいるのを見て、プルーは目を丸くした。

「私、気分はいいわよ」

「それは運がいいな」カリムはうなるように言った。僕のほうは、今ほど気分が悪かったことは思い出せないくらいだ。「君はわかっているのか？　君のことを知ってからというもの、僕は心の安まるときがない。最初は妹が君に心酔し、そして今度は父だ」

「お父様？」こんなに感情的になるなんて彼らしくない。プルーは狐《きつね》につままれた気分だった。

「そうだよ、父もだ。君は父の命の恩人だ。国民的英雄だよ」

プルーはぎこちない笑い声をもらした。彼が冗談を言っているとしか思えなかった。「そんなのありえないわ。私は何もしていないのに。考えもしなかったのよ」

「ああ、そうだろうさ！」カリムはこらえにこらえていた感情を抑えきれなくなった。神経がすり減るような父とのやり取りと、それに続いたプルーの枕元《まくらもと》での十二時間。医者は、もうすぐ目が覚めるだろうと言った。もうすぐだと？　いやしくも科学者がそんないいかげんな言葉を使っていいのか？

「僕にバージンをくれたときもそうだ。君は前もって教えることを考えもしなかった」

それがプレゼントであったことを彼の表情ははっきり伝えていた。ただし、ありがた迷惑なプレゼントだ。わかってはいてもプルーの心は傷ついた。まぶたを閉じると熱い涙がこみ上げてきてあふれ、頬を伝った。

「君は泣いている」少しかすれた声で、カリムが責めるように言った。「いったい僕は何を考えているんだろう。君は怪我をしているというのに、気でも違ったようにどなりつけたりして」

彼が近づく気配がしたので、目を固くつぶったまま、プルーは手を振った。「一人にしてちょうだい、カリム。大丈夫だから」

彼はプルーのなめらかな頬にきらめくひと粒の涙に触れ、くぐもった声で言った。「父の言うとおりだ。僕の取った行動は、父が僕を息子と認めるのが恥ずかしくなるようなものだった」

プルーは目を開けた。そして手の甲で頬の涙を拭《ぬぐ》った。「お父様がそんなことをおっしゃったの？」

カリムはうなずいた。「僕は父を愛し尊敬しているが、誰と結婚しろと命令されるのは許せない」プルーを抱き締めて思う存分キスをしたいという衝動と懸命に闘う。だが彼女の姿はあまりに痛々しく、自制するしかなかった。「もうすぐ医者が来るから、僕は行く」

「待って」プルーは彼の腕をつかんだ。どうにか起き上がると、患者用のゆったりした白いガウンがはだけ、怪我をしていないほうの肩がのぞいた。

色の白い肩の曲線に目を吸い寄せられ、今度はカリムも彼女を止めようとしなかった。

「お父様は、あなたがサッファと結婚することを望んでいらっしゃるんでしょう？」

カリムはじれったそうにかぶりを振った。「サッファじゃないよ。父が望んでいる相手は、今では違うんだ」

まあ、なんてこと！　ほかにもお妃《きさき》候補がいるということ？　いったいサッファの後ろには、何人の女性が列を作っているのかしら。

「じゃあお父様は今は、誰との結婚を薦めていらっしゃるの？」

「君だよ」

プルーは彼の腕からさっと手を離した。頭を振って小さな声で言う。「あまり面白い冗談じゃないわ」

「僕もそう思った」長身を折り曲げてベッドの横の

椅子に腰を下ろしたカリムは、椅子の腕に両肘を突いて、プルーの青ざめた顔を憂鬱《ゆううつ》そうに見つめた。

すでに羊皮紙のように白かった彼女の顔から血の気が完全に消えた。プルーは震える手を口に当てた。

「本当にそうおっしゃったのね。でも、どうして？私はただの教師……」

「命がけで父の命を救った瞬間、君はもうこの国ではただの女性ではなくなったんだよ。父も君に対して責任を感じている。それに君を……その……誘惑した男に対してはいい感情を持っていない。君がバージンだったからなおさらだ。当然のことながら、純潔を奪った男は君と結婚するべきだと言いはっている」

「どうしてお父様がそのことをご存じなの？」声が引きつった。自分の性生活がゴシップの種になっているのかと思っただけで、プルーは吐き気がした。

「僕が話したんだ」

「なんですって？」プルーはそろそろとベッドに横たわった。痛み止めが切れてきたのを感じる。意識が戻ったときはきっと、たっぷり投与されたあとだったに違いない。

カリムは目をそらして立ち上がり、そわそわと室内を歩きまわりはじめた。明るい部屋は、カリムがいなければこれほど狭苦しくは感じなかっただろう。

「父が襲われたという知らせが入ったとき……」カリムは感情を押し殺して無表情に話した。一連の出来事を思い出すと、時限爆弾のように神経が限界に近づいていくのが感じられた。「僕は最悪の事態を恐れながら駆けつけた。現場に着くと父が指揮をとっていた。死にかけているわけでもなく、臣下たちに指図をしていた」

「どんなにかほっとしたことでしょうね」彼の恐怖を想像して、プルーの顔は同情にやわらいだ。

カリムはじっと彼女を見つめた。そして長引く沈黙のなか、苦しげな笑い声をもらした。「ああ、そうさ。ふつうは不幸中の幸いと思うケースだ」歯ぎしりするように言う。

彼は握り拳《こぶし》を額に当て、アラビア語で吐き捨てるように何かつぶやいた。そんな彼の様子に、プルーは混乱を覚えた。

やがてカリムは彼女の視線をとらえると、ずかずかとベッドの横に戻ってきた。目には熱に浮かされたような輝きが宿っている。彼は身を乗り出してプルーの金髪をひと房、枕から持ち上げてゆっくりと指のあいだをすべらせた。手を下ろして長い息を吐き出すと、引き締まった全身に震えが走った。そして彼は、崩れるように椅子に座った。

「君は地面に倒れていた……血だまりのなかに」カリムは一瞬目を閉じ、また体を震わせた。「尋常ではない血の量に思えた」つぶやいて、ごくりと生つばをのんだ。病院に着いたとき、中程度の出血量だと医者たちは冷静に言った。カリムはとても彼らの腕を信用する気にはなれなかった。「君は死んでしまうんだと思った」彼は恐怖の記憶と闘いながら目を上げ、プルーを見た。あの光景は一生僕につきまとって離れないだろう。「僕は……わかるだろう」咳払《せきばら》いしてまた目を伏せる。「そのときには、完全に取り乱していた。めちゃくちゃなことをしたり、口走ったり……」

「例えばどんな？」プルーはおずおずと尋ねた。

「君をこんな目にあわせたやつを絞め殺そうとしたり……」カリムは包帯でおおわれているプルーの肩と胸元を見やった。「残念ながら護衛に止められてしまったが」

「誰もあなたを責めないわ」私自身、左の頬を差し出せるまでにはいくらか時間がかかるだろう。

「君をここに連れてきさえしなかったら、こんなことにはならなかったと父に言ったり……」

「あなたが悪いわけじゃないわ。たまたまそういう成りゆきになっただけよ」

「父も同じようなことを言っていた。最初はね。でも気がつくと、僕は打ち明けてしまっていた。君を脅迫して無理やり連れてきたことや、思いやりのないことをしてバージンを奪ってしまったことを」

「そんなことまで話したの？　ああ、それはまずいわ、カリム」

「僕の両手は君の血で真っ赤だった」彼は両手を上げ、今もまだ血塗られているかのように見つめた。「君を抱いて……」言葉がとぎれる。カリムは脳裏に刻まれた光景を消そうと顔を拭った。「あのときは自分が何をしているのかもわからなかったんだ。あとになって君の命に別状はないとわかったとき、父に呼ばれて言われた。僕が息子として完全に嫌悪されずにすむ唯一の方法は、君を妃として迎えることだと」青ざめたカリムの顔をかすかな笑みがよぎった。「父は現実主義者だ。君ならいい子どもを産んでくれると考えている。君にそっくりの勇敢で意志の強い子どもをね。君を雌の虎《とら》にたとえていたよ。そういう話になると父は少々泥くさい表現をするんだ。そのうち君にもわかるだろうが」

「あなたはもちろん、大きなお世話ですとお父様に言ったんでしょう？　波風は立ちそうだけど、私は責めないわ。でも、そんなに心配することはないわよ。サッファのほうがずっとふさわしいことがわかれば、お父様も理解してくださるでしょう」目に涙をたたえながら話していたプルーは、はっとした表情になった。「名案があるわ」

「名案？」カリムは疑わしそうにきき返した。

「あなたの妻となるには私がどれほどふさわしくない人間かを、お父様に見ていただくというのは？」

「君はそれをどう実行するっていうんだい？　すばらしい計画の内容は？　ディナーの席でフォークを

間違えて使うとか？　君は自分の演技力を過大評価しているよ」

つまりカリムは、私が彼に対する自分の気持ちを隠しきれていないことを指摘しているのだ。「じゃあ、私が世界でいちばん結婚したくない相手はあなただと言ってもいいわ」プルーは屈辱の涙があふれそうになるのを懸命にこらえて、ぶっきらぼうに言った。「ちなみに、今のは事実よ。いくら王様でもこればかりはどうしようもないでしょう」

「僕と結婚するのは考えただけでぞっとするということか？」

悲しくてせつなくて喉が詰まり、プルーは言葉が出なかった。カリムとの結婚は夢だ。彼が与えてくれたチャンスをつかみたくて心が揺れる。心身ともに弱っている今の状態では、いずれは彼も私を愛するようになるかもしれないと信じたくてたまらない。でも心の奥底では、そんなことはあり得ないとわかっている。

「ぞっとするというのは少し言いすぎだけど、結婚なんてこれまで考えたこともないわ。今だって計画に入れる気はないし。だから安心してちょうだい、カリム。あなたとは絶対に結婚しないわ」プルーは断言し、少しだけ冗談めかしてつけ加えた。「お父様も、あなたに対してはいばり散らせるかもしれないけれど、私に対してはできないはずよ。だって私は英雄ですもの。大事にしないと罰が当たるわ」

カリムは深く息を吸うとプルーに近づいてきた。瞳の青が濃くなっている。だが彼がベッドの横にたどり着く前にドアが開いて、白衣の医者が入ってきた。カリムが数カ国語で毒づいたが、医者は礼儀正しく、聞こえなかったふりをした。

「お目覚めですね」医者はプルーの顔を観察しながら近づいて、にらみつけるプリンスと患者のあいだに割って入った。ひんやりとした指で脈を取った彼は眉をつり上げた。「プリンス・カリム、患者さんには休息が必要です。退室していただきたいのですが」

プリンスが返事もしないので、医者はドアを開けに行ってあからさまに促した。

カリムはどうにかプルーの顔から目を離し、医者をにらみつけた。気の弱い男性なら引き下がるところだが、この医者はそれなりの気骨があるらしく譲らなかった。もっとも、動揺が顔に表れており、プリンスがドアに向かって歩きだしたときには見るからにほっとした様子だった。

カリムが戸口で振り返ってプルーを見た。彼女の全身の細胞が無言で訴える。行かないで……。

だが二人の視線が絡み合ったとき、プルーは言った。「出ていって」直後に何かを注射され、彼女はたちまち眠りの底に沈んだ。

12

プルーが病院のベッドで過ごしはじめて三日がたった。医者や看護師は、めきめき回復していると言った。その間スーザンが本や花を持って見舞いに来てくれ、取りとめのない気楽な会話を楽しんだ。あの日以来、カリムは一度も姿を見せていない。

私が追い出したから、彼は戻ってこないのだ。それは喜ぶべきことだと、プルーは自分に言い聞かせた。カリムと父親の関係が気まずくなってしまったことがときどき心配になったが、考えるのはもっぱら、これ以上気分が落ち込むことは一生ないのではないかということだった。あまりに無気力になっていたため、病室の前に立っている二人の大男が、入室する人を看護師だろうと医者だろうといちいちチェックするのを、とがめる気にもならなかった。

ところが三日目、護衛たちがチェックしない人物がやってきた。一人で入ってきたのは、ザフス国国王その人だった。

国王はプルーを上から下まで見まわしてから口を開いた。「プルーデンス・スミス、この前見たときよりはるかに元気そうに見えるな」

「陛下もご同様で何よりです」病院のベッドに寝ているので、わずらわしい丁重なお辞儀や挨拶《あいさつ》を省略できるのがありがたかった。そうでなかったら、王室の存在を時代錯誤だと考えている両親に育てられたプルーとしては、儀礼に従うかどうか迷ったところだ。

今日の国王は事実、この前腰を曲げて杖《つえ》にすがっていた弱々しい老人とは見違えるようだった。今は尊大に背筋を伸ばし、こっちがどぎまぎするほど鋭い眼光で見つめてくる。だが、彼の息子を知っているプルーは驚かなかった。

「あなたは人をまっすぐに見る。私はそれが好きだ。それとあなたの勇気。感謝の言葉もない」感情がこみ上げてきて国王の鋭い目が涙にうるんだ。「あなたには不滅の感謝を捧《ささ》げたい」

プルーはきまりが悪くなって視線を下げ、頭を振った。「私はたまたま居合わせただけですから」

「息子と話し合ったのだが、このたびの息子の行いについては口に出すのも胸が痛む。息子には果たすべき義務を言って聞かせたにもかかわらず、いまだに聞く耳を持たないのだ。まったく、面目しだいもない」国王は沈んだ声で言った。「だが私にできるのは、息子の思いやりのない強引な行動を心から詫《わ》びることだけだ」

カリムが父親からこんなふうに言われるのを聞いていられなくなり、プルーは手を上げて制した。そして敬意をこめて嘆願した。「どうか、カリムのことをそんなふうにおっしゃらないでください。私には耐えられません。カリムは陛下のことを敬愛する、立派なご子息です。しかしいくら陛下でも、彼に無理やり誰かを愛させることはできません。それは不可能なことです」

「あなたは、自分を誘惑した男を弁護してやるつもりなのかね？」

「私を誘惑した？」プルーは鼻で笑った。カリムがこれほど冷たく軽蔑《けいべつ》されるのを聞くと平静ではいられず、怒りがこみ上げてきた。「それをおっしゃるなら、私がカリムを誘惑したというのが本当のところですわ。私にはそれまで一度も恋人がいなかったことを、彼は知らなかったのです。私自身について申し上げれば、純潔を守ってきたのはモラルが高かったからではありません。意図的に守ってきたわけでもありません。私がバージンだったのは、陛下のご子息と知り合う機会がなかったからです。もしスーザンの年ごろでカリムに出会っていたとしても、彼のベッドに入るためならどんなことでもしたでしょうし、ありとあらゆる手を使ったでしょう。私は自分が何をしているのか承知していました。そのうえで事実を隠していたのです。もしバージンだと打ち明けたら、カリムは私を求めてはくれなかったはずですから。どうしても彼のすべてがほしかったのです。どちらかが誘惑したのだとすれば、それは私のほうです。もし陛下がショックをお受けになっているのなら、申し訳ありません。でも、これが真実です」プルーはいっきに胸の内を吐露した。

「では私の息子は、あなたの策略に引っかかった罪のない犠牲者だと？　すまないが、私にはそれを信じることはできない」

「それは陛下が、ご子息の真のすばらしさを理解されていないからですわ」プルーは厳しい声で言った。

「いずれカリムが担う責任がどれだけ重いものか、それは陛下が誰よりもよくご存じのはずです。本当に愛する女性が傍らにいてこそ、彼もその重責を立派に果たせるとお思いになりませんか？」

「大変参考になった。あなたは実に率直な女性だ」

「陛下は私がお命をお救いしたように思っていらっしゃいますから、それをいいことに好き勝手を申し上げただけですわ」

タイール・アル・アーマドは笑い声をあげた。

「もし本当に陛下が私に感謝してくださっているのなら、カリムにはぜひ、本人が望む相手と結婚させてあげてください」

「あなたは息子のことをよほど深く愛しているようだ」

「深く愛しているからこそ、彼が私のことを愛していないのに、結婚するわけにはいかないのです」プルーの声は低くかすれた。

「私が思うに……いや、この件はやはり」タイール・アル・アーマドはドアに歩み寄った。「息子に直接、話をさせたほうがよさそうだ」

プルーはあんぐりと口を開けた。ドアが開いて、ジーンズと白いスポーツシャツという格好をしたカリムが、悠然と入ってきたのだ。

「どこから聞いていた？」国王が尋ねた。息子が現れたことに驚いている様子はまったくない。

驚くわけがないでしょう、ばかね。プルーは自分を叱《しか》った。最初から二人で打ち合わせずみだったのだ。こんな茶番劇をすることで、彼らはいったい何を得るつもりでいるのだろう。私を侮辱しているだけだということに気づかないのだろうか。でも、もうどうでもいい。アル・アーマド一族に操られるのはうんざりだ。

「必要なことはすべて」カリムがプルーを見つめたまま答えた。

「あとは私の仲裁がなくとも一人でできるな？」

父親ならではの皮肉にカリムは笑みを浮かべた。

「感謝しています」立ち去る国王に彼はうやうやしく一礼し、見送ったあとは廊下に立っている護衛たちにそっけなく何か言ってドアを閉めた。「もうじゃまは入らない、これで安心だ」

勝手に決めつけないでちょうだい、とプルーは言いたかった。私は安心するどころではない。もしまだモニター類をつけていたら、きっとアラーム音が鳴りっ放しになっていただろう。

カリムが椅子をベッドに引き寄せた。「美しい人……珍しくおとなしいね」

彼は椅子に逆向きにまたがった。軽く重ねた両手を背もたれの上に置き、小首をかしげて彼女を見ている。

プルーはがばっと起き上がった。膝を突いて、怒りの言葉を投げつける。「よくもだましたわね！　私が言うことを廊下で全部立ち聞きしていたなんて。あなたは陰険で狡猾《こうかつ》だわ！」

「だが聞いたところでは、愛すべき男でもあるらしい」カリムは間延びした声で言った。頬に赤みが差して彫りの深さが際立っている。彼はさらにゆっくりと、満足そうに言葉を継いだ。「君は僕を愛している」その目は、違うと言ってごらんと挑発していた。

プルーは悔しさに全身が燃える思いだったが、挑発にのるつもりは毛頭なかった。カリムが立ち上がろうとしたので、指を突き出して震える声で言った。「そこに座っていて。近づいたら悲鳴をあげるわよ」

「君も気づくことになるだろうが、護衛はわざと聞こえないふりをする場合もあるんだよ」彼の目はぎらぎらと光り、端整な顔がこわばっている。

恐怖を感じてもよさそうなものだったが、プルーは少しも怖くなかった。カリムが何をしようと、私の心境はこれ以上ひどくなりようがない。

彼を愛していることを知られてしまい、自分を守るべきプライドもずたずただ。

だが、恐怖心のほうがまだ健全な感情かもしれなかった。視線が絡まり合ったとき、彼の危険なまでに荒々しいむき出しの男らしさに、プルーは体じゅうの細胞が反応するのを感じた。危険な男性に惹《ひ》かれる女性がいることは知っているけれど、私は違う。だから、それを自分に言い聞かせていなければ。

「もちろんそうでしょうね」長い沈黙のあとで、彼女は言い返した。カリムは危険な男性なのに、彼の腕のなかはとても安全に感じられた。だからこそ私はガードを下げて、奔放に彼を求めたのだ。自分が男性とあんなふうになれるとは想像もしなかった。

「だいぶいつもの君らしくなってきたようだ」

「あれから三日になるのよ」自分の声に恨みがましい響きを聞き取って、プルーは唇をかんだ。カリムも気づいたに違いない。

「医者に止められていたんだ。僕は君を動揺させるから会ってはいけないと。この前は熱が出てしまったしね」

初めて会ったとき以来、私はずっと彼に熱を上げている。「今も動揺させられているわ」

「今は順調に回復中だから平気だよ。それに僕は医者と違って、君が見かけより強いことを知っている」

今もし私がカリムの足元に崩れ落ちて息絶えたら、彼にはいい薬になるだろう。プルーは腹立ちまぎれにそう思った。

「そのナイトドレスも、この前着ていたものよりはるかにいいね」花と小枝の模様の薄いナイトドレスは胸元が深いV字形にくれている。激しく上下する胸の谷間へと視線を下ろしていきながら、彼は瞳の色を濃くした。

「あなたって、本当に最低だわ」

「だがそういう欠点の数々にもかかわらず、君は僕を愛しているんだろう？」

「何度も言わないで！」プルーは金切り声をあげた。「あなたの歪《ゆが》んだ思考は理解できないから、何を考えていたのかはわからないけど、今度ばかりはすばらしい魂胆が裏目に出たわね。さっきはあと少しでお父様に私の考えを理解していただけそうだったのに。あなたが本当に求める女性と結婚することを、お父様は受け入れてくださりそうに見えたわ。だから私はあとひと押しするつもりだったの。あなたが自分の楽しみを捨てて公務を優先するようになったことを話すところだったのよ。それに、結婚においてまで個人の幸せを二の次にすることをあなたに期待するのは、絶対に間違っているし筋違いだということもね。そこへ、あなたは入ってきたのよ」

「僕は蠅《はえ》になってこの壁にとまっていたかったよ」

カリムは愉快そうにプルーを見て頭を振った。「君には想像もつかないだろうが、父は絶対に間違いを犯さないことになっているんだ。少なくとも父本人はそう確信している。ばかげていると思うだろう？ しかし父は二十歳そこそこで王位に就いて、それ以来、絶対的な権力を持つ封建君主として君臨してきた。そんな国王に対して、あなたは間違っていると言う人間はいないんだ」

「でも現にお父様は間違っていらっしゃるわ。それに私は、自分のせいであなたが非難されるのはいやなの」

「もっと言うなら、僕を愛しているから、たとえ君自身がそこにかかわることがなくとも、僕に幸せな人生を送ってほしいということかい？」

悔しさから頬を赤くし、プルーは目を伏せた。カリムがなぜわざわざ残酷な仕打ちをするのかわからない。

「その崇高な自己犠牲の精神に僕が言葉をなくすほど感動することを期待しているとか？」

プルーはぱっと顔を上げた。「まさか」あふれてしまった涙を拭《ぬぐ》いながら、うなるようにつぶやいた。「それならよかった。僕は感動なんてしていないからね」カリムは険しい目つきで彼女を見すえた。「自分にとって体の一部のようにかけ替えのない女性が、同じように愛を返してくれない場合、僕だったら、ただ彼女の幸せを願ったりはしない」関節が白くなるほど拳《こぶし》を握り締め、身を乗り出して低い声でささやく。「どんなことをしてでもその女性を恋人から奪い取る。彼女は一生苦しみ、僕も苦しむ」

プルーは苦悩で胸が締めつけられた。あとになってこのやりとりを思い返すたびに、苦しみはもっと深くなっていくだろう。カリムは、彼がサッファへの愛を語るのを、私が聞きたがっているとでも思っているのだろうか。彼にとってサッファがかけ替えのない存在であることを知りたがっていると、本気で考えているのだろうか。

「なぜ恋人がいると決めつけるの？　女性は独りでいたいと思ってはいけないの？」もっとも、カリムが選んだあのお妃《きさき》候補がそういう女性だとは思えないけれど。

「独りでいたいと考える女性もたしかにいるだろう。しかし君は違う。独りで生きていくべき女性じゃない。もっと言えば、僕だけを愛するために生まれてきた女性だ」

本当にそのとおりかもしれないと思うとますます気分が落ち込んだが、プルーはさらりとつけ足された言葉を無視して答えた。「私はこれまでずっと、独りでもちゃんと生きてこられたわ。どっちにしても、今は私の話をしているわけじゃないでしょう」

「僕は君の話をしていたつもりだ」

プルーは警戒の目でカリムを見ながら頭を振った。彼は眉ひとつ動かさない。まばたきもせずに、荒々しく、人を引きつけるような目で彼女の顔をじっと見すえている。「どういうことかわからないわ」

「そのようだね」カリムはそっけなく言った。「もっとも僕自身も、最後のひと押しがなかったら自分の気持ちを理解できなかった気がする。強烈なひと押しだったよ。愛する女性を腕に抱きながら、その女性が死んでしまうかもしれない恐怖にさらされる経験というのは」

美しいブルーの瞳が衝撃の記憶に陰るのがわかった。プルーの胸に一条の希望が差し込んだが、彼女はあえて信じようとはしなかった。「あなたは私を愛してなどいないわ。自分でそう言ったでしょう」

「そんなことはひと言も言っていないよ」

「だって、お父様に命令されたからといって私と結婚する気はないと言ったわ」

カリムは顔を上げた。かすかに笑みを浮かべ、生まれながらに身についている尊大な態度で、はっきりと宣言した。「ああ、その気持ちに変わりはない」

「あなたはサッファと結婚したいのよ。みんな知っているわ」

「〝みんな〟などどうでもいい」カリムはばかにしたように言った。「たしかに若いころ、サッファを愛している気になっていたことがある。しかしあれは一時の熱病にすぎなかった。僕も若かったから、のめり込みやすかったんだよ。彼女はまんざらでもないそぶりを見せながら、ある程度以上は近づくことを許さなかった。僕が感情を抑えようと四苦八苦するのを見るのが、楽しかったんだろう」カリムは淡々と説明した。

プルーのほうはもはや感情を抑えきれなかった。「ずいぶん冷淡で思いやりのない女性みたいね。しかも、パリだかどこだか知らないけれど自分が遊び歩くあいだ、小さなかわいい娘さん二人をこっちに残しておくなんて。どうしてそんなことができるのかしら」

「だから、君が僕と結婚してくれたほうがいいんだ。さもないとそのうち、あの陰険な女性の餌食《えじき》にならないともかぎらない」

「からかうのはやめて、カリム」彼女は懇願した。

彼が立ち上がり、断固とした様子でベッドに近づいてきたので、プルーの心臓は早鐘を打った。カリムはベッドの端に腰掛けると、人差し指で彼女の頬をなぞった。やさしい光をたたえたまなざしに、プルーは感極まって目をうるませた。

「サッファは大事な女性ではない。彼女への気持ちが本当の意味でロマンティックなものだったとは思わないが、もしそうだったとしても、それは跡形もなく消えてしまったよ。パリにある僕のアパートメントに彼女がやってきた夜にね。サッファがハッサンと結婚して一年半ほどたったころのことだ。彼女は内緒で関係を持とうと言ってきた」

「関係を持ったの？」

一瞬カリムはその官能的な唇を、激しい嫌悪に歪《ゆが》めた。「持つものか」怒りに声がこわばる。「相手は兄の妻だ。いったい僕をなんだと思っているんだ？たしかにハッサンは聖人君子ではなかったが、そんなひどい仕打ちを受けるいわれはない」

「ごめんなさい。決めつけるべきではなかったわ。ただ、彼女はとてもきれいだから……」それに私はカリムのこととなるとつい嫉妬《しっと》にかられて、まともに考えられなくなってしまうのだ。

カリムの怒りはたちまち消えた。「君に対しては僕はあまりモラルの高さを見せてこなかったね」自分を責めるように顔をしかめる。「信頼してもらえないのも無理はない。しかし、僕が自制できない相手は君だけだよ、かわいい人《シエリ》」

かすれた告白を耳にしてプルーはめまいを覚えた。

「あの日の出来事については、私にも責任があるのよ。あなたが乱暴な加害者だったわけではないわ」

「そうだな。君はとても甘くて、温かくて、情熱的で、息をのむほどすばらしかった。実を言うと、初めて君に会った瞬間から、僕は息をのんでばかりだった」彼はハスキーな声で打ち明けた。「君は惜しみなく自分を与え、なんの見返りも求めない。僕も君にふさわしい態度であの贈り物を受け取りたかった」

カリムの表情がついにプルーの疑念を完全に消し去った。彼女のなかで喜びが爆発し、涙となって止めどなくあふれた。

「泣いているね。僕のせいかい？」

プルーは泣き笑いしながら彼の唇に指を触れた。

「これはうれし涙よ」

「あの瞬間の……自分が君の最初の相手だと知ったときの気持ちは、言葉にできないよ。君の純潔を汚してしまったように感じた」

「汚してもらえてうれしかったわ、カリム」

「痛い思いをさせたかもしれない」

「でも痛くなかった。あなたは完璧《かんぺき》だったわ。それは今も同じよ。ただ、あれ以来、私に近づこうとしなかったから、てっきり――」

「近づけなかったんだ、恥ずかしくて。やさしさもテクニックもなく、君に痛い思いをさせてしまったと思った。この前、話をしたときも、気持ちをうまく伝えられなかった」

「あなたは怒っていたわ」今こそ彼のはっきりとした気持ちを聞きたい。それがわからなければ、この夢のような展開を本当には信じられない。

「あのときの僕はまともじゃなかった。自分の行動の積み重ねが君の命を奪いかけたのだと思い知らされながら、ひと晩じゅう君に付き添ったあとだったからね。付き添いながら、君の死を確信した瞬間のことが頭から離れなかった……。君が意識を回復したら伝える言葉も準備していたんだ。父から君と結婚しろと命令されたことも話そうと思っていた。皮肉な話だよ。誰よりも僕自身が、君との結婚を望んでいたのに」

「結婚したいと思っていたの？　私と？」

カリムはうなずいた。「ただ君には、僕がプロポーズするのは罪悪感や父の命令が理由だと、一瞬たりとも考えてほしくなかった。そうではなくて、君こそが僕の人生を完全にしてくれる人だからだとわかっていてほしかった」彼は震える吐息をついてプルーの顔を両手ではさんだ。「君が言いたいことはわかっているよ。人がそんなにあっけなく恋に落ちるなどあり得ない。以前は僕もそう思っていたが、現に僕は出会った瞬間君に恋してしまった気がする。自分ではそんなふうに考えていなかったかもしれない。だが振り返ってみればずっと、できるだけ君をそばにおいておけるように行動を選んでいた。スイスで父に付き添っていたあいだも、君のことが片時も頭から離れなかった。寝ても覚めても、君の顔が目の前にちらついていた」

「それは違うわ」

彼はぎょっとしたように動きを止め、涙のあとがついたプルーの顔を警戒の目で見た。「違う？」

「人がそんなにあっけなく恋に落ちることはあり得ないとは、私は思わないわ。あり得るわよ。だって私自身がそうだったから」

カリムは声をあげてプルーを抱き寄せると、彼女の顔を上向けてやさしく唇を重ねた。プルーの目から新たな涙があふれ出す。彼は分厚い包帯が取れたばかりの肩に手を触れた。

プルーはナイトドレスをめくって、申し訳なさそうに言った。「傷跡はあまりきれいじゃないの」

「これは勇気の勲章だよ。誇りに思えばいい。治ったら僕がキスをする。もちろん、傷跡だけじゃなくて全身にね」

「そうとう時間がかかりそう。もしかしたら……今から始めたほうがいいんじゃないかしら」プルーは誘うような笑みを彼に向けた。

「僕の話の続きは？　どこまで伝えたか忘れたら、また一から始めなければいけないかもしれないよ」

「そっちは我慢してあげる」プルーは愛をこめて彼の頬を指でなぞった。

カリムは再びキスをしようと顔を近づけ、ふと動きを止めた。「本当にいいのか？　僕と結婚したら何を背負うことになるかわかっているのかい？」

彼の言葉の意味が、プルーにはわかっていた。

「ええ、カリム。あなたはパッケージ商品と同じよ。本人と国とがセットになっている。でも私はその本人がいないと生きていけないし、実はこの国のこともかなり気に入っているの。ただし、条件がひとつだけあるわ」

「なんでも言ってくれ」

「ハネムーンはベドウィンのテントで過ごしたいの」

カリムはにやりと笑った。「手配できると思うよ。僕が自らかいがいしく君の世話を焼こう」

「あなたはお料理も得意なんでしょうね？」プルーはからかった。

「たいていのことは得意だよ」彼は慎み深く言った。

プルーは彼のシャツをつかんだ。「でもあなたの得意分野のなかで、私が今興味を持っているのはひとつだけよ」

ハスキーな笑い声を響かせながら、カリムは彼女の頭を手で支えた。「もっとよく聞かせてほしい」

だが、プルーがそれを言えたのは、彼がキスをやめたあとだった。

結婚はナポリで

レベッカ・ウインターズ

17歳のときフランス語を学ぶためスイスの寄宿学校に入り、さまざまな国籍の少女たちと出会った。帰国後、大学で多数の外国語や歴史を学び、フランス語と歴史の教師に。ユタ州ソルトレイクシティに住み、4人の子供を育てながら作家活動を開始。これまでに数々の賞を受けてきたが、2023年2月に逝去。亡くなる直前まで執筆を続けていた。

主要登場人物

キャサリン・ダルトン……………保険会社勤務。
エリザベス・ダルトン……………キャサリンの母。故人。
スタン・ダルトン…………………エリザベスの夫。キャサリンの継父。
ブレット・ダルトン………………キャサリンの異父弟。
マリオ・コンティ…………………キャサリンの実父。
ガブリエラ・コンティ……………マリオの娘。キャサリンの異母妹。
ソフィア……………………………マリオの恋人。
アレッサンドロ・ルチェッシ……マリオの友人。愛称サンドロ。
ベニート・ルチェッシ……………アレッサンドロの息子。
アンドレア…………………………アレッサンドロの妻。ベニートの母。故人。

1

「本当にそう思う、ブレット？　やっぱり行くべきかしら？」

　弟のブレットはキャサリンよりも六つ年が離れているが、二人はどんなことでも話し合う姉弟《きょうだい》だった。

「つまり、もしぼくが姉さんなら、実の父親に会ってみたいとずっと願っていたと思うんだ。そのチャンスが訪れたんだから、思いきって会ってきなよって言いたいね。母さんはそれなりの考えがあってのことだろうし、父さんだって賛成してくれるよ」

　キャサリンはぎゅっと受話器を握り締めた。葛藤《かっとう》にさいなまれている今、ブレットの助言は本当に心強い。

　母が十九歳でわたしを身ごもったことは知っていた。けれど母は相手の男性についていっさい語らなかったし、あえて自分からきこうともしなかった。母がニューメキシコ州で牧場を営むスタン・ダルトンと出会って結婚したのは、キャサリンが生まれたあとのことだ。それ以来ずっと、キャサリンにとって父親はスタンであり、父のことが大好きだった。

　もちろん、成長するにつれ、実の父親はどんな人なのだろうと気になったときもあった。自分と家族の容貌《ようぼう》を比べると、明らかに似ていない部分がある。ダルトン家の男性は、金髪にライトブルーの目で、テニスプレーヤーのような体型だ。キャサリンは母の赤毛と濃いブルーの目を受け継いではいるが、ほかの特徴や体型は、見たこともない実の父親のものだった。

　とはいえ、そんなことはたいして気にもしていなかった。半年前に母が重い肺感染症にかかり、余命わずかだと宣告されるまでは。その診断に、家族の幸せは打ち砕かれてしまった——ダルトン一家は、妻と母を失おうとしているのだ。

アルバカーキ大学に通うブレットは、春学期中だったが休んで家に戻り、地元の保険会社で働くキャサリンも休暇を取ったので、二人は牧場の自宅で母を看病する父を助けることができた。

母の枕《まくら》元につき添い、母娘《おやこ》二人きりで話すうち、母は実父についてすべてを語り出した。キャサリンをかわいがってくれるスタンを傷つけたくなくて、話したくてもずっと話せなかったのだと母は言った。

そんな母の気持ちは充分に理解できた——亡くなる二日前に母の口から爆弾発言を聞くまでは。母は誰にも言わずに、キャサリンの実の父親と連絡を取ったというのだ。その男性は結婚していたが妻に先立たれていた。二人は長い時間話し合ったそうだ。彼は今まで存在すら知らなかった娘に会いたいと願っているという。それだけではない。母がこの世を去ったら、キャサリンに電話をかけてくるというのだ。

そして一カ月後、本当にかかってきた実父からの電話に、キャサリンは人生が一変するような、さらなる衝撃を受けた。一度も会ったこともない実父は驚くほど優しく、何より驚いたことに、キャサリンに飛行機のチケットを送ると言った。

〝エリザベスにぼくの娘がいると聞いてから、ずっと会いたかったんだ。もしナポリに会いに来てくれる気になったら、これほど嬉《うれ》しいことはないよ〟

わずかに憂いを帯びた美しい声が、困惑したキャサリンの心を揺さぶった。母の死に、そして最後の最後で家族を惑わせた母自身にも憤りを覚えていたものの、キャサリンは行くと答えていた。実父は一カ月は滞在してほしいと言ったが、そんなに長期間父を一人にするわけにはいかないし、仕事を休めるかもわからない。結局、十日間ということで話がまとまった。

「そりゃあ、父さんは賛成してくれると思うわよ、ブレット。でもそれは、父さんはどんなことにも理解を示そうとしてくれる人だからよ」

「何をそんなにためらっているんだい？」

涙が彼女の顎を伝った。弟はときに驚くほど鋭く感情を見抜く。「父さんを傷つけたくないのよ」

「でもこれは姉さん自身の問題だよ」

「わかってるわ。だからこそやりきれないのよ。今までずっとわたしは父さんの娘だった。それなのに突然、実の父親が現れたの。父さんにとっても、実の父にとっても、こんなのひどい話だわ」

ブレットは低く口笛を鳴らした。「結局は、姉さんがその実の父親という人にどれだけ会いたいかってことじゃないのかな。母さんが二人を会わせたかったのは最も単純な理由からだと思うよ。姉さんに命を授けてくれた人に会わせたかったんだ」

キャサリンは弟の洞察力にはっとなった。「ありがとう。きっとその言葉が聞きたかったのよ。明日ナポリに行くわ。父さんに送ってもらって」

「ぼくも空港に行くよ。何時発の便？」

「朝の七時には空港に着いてると思うけど」

「ちょうどいい。一時限目は九時からなんだ」

「見送ってくれるなんて嬉しいわ」

「いいかい、姉さん。この旅はきっと姉さんのためになる。母さんを亡くした悲しみを乗り越えるのは至難の業だし、むろん今すぐになんてとうてい無理だ。でも姉さんは行くべきだと思う」

再びキャサリンの目がうるんだ。「ええ、そうね。でもわたしがいない間、父さんは大丈夫かしら？」

「父さんは強い人だよ。十日くらい姉さんがいなくたって一人でなんとかなるさ」

もちろんそうだろう。だが深い悲しみに暮れる父を置いていくと思うと、ひどく胸が痛む。「そうね」キャサリンは鼻をすすった。「じゃ、また明日ね」

「ああ、おやすみ」

電話を切ると、キャサリンはベッドに身を投げ、さめざめと泣いた。空港まで送らなくてもいいと言ったのに、父は送ると言って譲らなかった。行き先を知りながら、飛行機を見送る父の姿が目に浮かぶ。心安らかなはずはない。

「サンドロ？　秘書は取り込み中って言ってたけど、今すぐ話を聞いてもらわなければならないわ！」

なければならない？　秘書に彼女のことを話しておくべきだったな。おそらく緊急事態とでも言われたのだろう。

ガブリエラ・コンティは婚約者でもなければ、恋人でもない。にもかかわらず、あたかもその権利があると思っているような彼女の振舞いにアレッサンドロはいやけが差していた。彼女をそういう対象としては見られない。大学時代に妻を不慮の事故で亡くして以来、どんな女性もアレッサンドロの胸にぽっかりと開いた穴をふさぐことはできなかった。もしあのとき、生まれたばかりの息子ベニートがいなかったら、妻を亡くした耐えがたい苦しみを乗り越えることはできなかっただろう。

いっときの楽しみを与えてくれる女性はいても、もう二度と結婚はしないだろうと思っていた。ベニートとなじめない女性を家に入れると思うと、再婚に踏み出す気にはなれない。だがあいにく、ガブリエラはアレッサンドロの気持ちを変えてみせようと思っているらしく、面倒な状況になりつつあった。

一つには、彼女がマリオ・コンティの娘だということがある。マリオはアレッサンドロと同じく妻に先立たれたナポリの名士で、定期的に友人を招いてはパーティーを開き、いつもガブリエラにホスト役を任せていた。マリオはアレッサンドロの長年のビジネスパートナーであり、よき友人となっていた。

だが厄介にも、ガブリエラは何かにつけ父親のためという名目で、アレッサンドロの人生に割り込もうとし始めている。あろうことか、マリオも彼が義理の息子になるのを望んでいるような節さえあった。

アレッサンドロはどうにかしてマリオとの関係を壊さずに、ガブリエラの介入をやんわりと断る方法を見つけようとしてきた。マリオの人間性は買っているし、心から慕い尊敬している。だからこそ、このまま状況に流されてしまいそうで怖かった。

「今は大事な会議中なんだ、ガブリエラ。あとでかけ直すよ」

「そんなの待てないわ。キャサリン・ダルトンがホテル・セレスティーナにチェックインしてるのよ。ホテルで待ち合わせようってパパに言われたの。お茶を飲みながら彼女を紹介するんですって。でもパパはいつも遅刻するから、わたし一人で彼女をもてなすことになるわ。会ったこともないのよ。考えただけで気おくれしちゃう。わたしの気持ちなんてわかってくれないのねってパパに言ったら、あなたを誘いなさいって言われたのよ」

マリオに言われたというのは嘘《うそ》だろう。アレッサンドロは手のひらで目をこすった。仕事を邪魔されて腹立たしくはあったが、これほど必死なのはガブリエラがショックを受けているからに違いない。当然だ。つい最近までその存在すら知らなかった二十六歳の腹違いの姉がアメリカからやってくると聞かされたのだから。

ガブリエラを知るうちに、彼女が相当なファザコンであることがわかった。彼女の母親はすでに他界しており、マリオは今つき合っている女性との再婚を望んでいる。そのうえ、父が自分の母と結婚する前にほかの女性を身ごもらせていたと知り、ガブリエラが崇《あが》めていた父の輝かしい後光は、多少なりとも薄らいでしまったのではないだろうか。

マリオにしてみても、今ごろになって大西洋の向こう側にもう一人娘がいたとわかったのだ。とてつもないショックを受けているに違いない。あの父娘《おやこ》になんらかの支えが必要だろう。

複雑な事情と情緒不安定なガブリエラに同情を覚え、アレッサンドロは態度を軟化させた。少なくとも友人として彼らの心の支えになってやらなければ。

腕時計に目を落としてからアレッサンドロは言った。

「五時にホテルのロビーで会おう」それまでには会議を終わらせられるだろう。

「パパはみんなで食事をしたいそうよ」

「それはちょっと無理だな」

「でも――」

「ベニートと約束があるんだ。それに親子三人、水入らずで話すほうがずっといい。もう切らないと。じゃあまた、ガブリエラ《チャオ》」何か言われる前に彼は電話を切った。

ベニートの学校が夏休みに入ってから、アレッサンドロはできる限り息子と一緒に過ごすようにしていた。もっと息子とわかり合う必要がある。去年あたりからベニートはしだいに打ち解けなくなり、隠し事をするようになった。ここは一刻も早く原因を突き止めなければなるまい。

四十五分後、アレッサンドロはリムジンを呼び、ナポリで最新の五つ星ホテルに向かった。彼の会社が買収したホテルだ。交通渋滞を縫って走る車の中から、アレッサンドロは息子に電話をかけた。

夏休みはルチェッシ社の倉庫で働かせてはいるものの、ベニートは時間を持て余している。年上のいとこのシルビオが休暇で南米に行ってしまってからはなおさらだ。アレッサンドロの二人の兄ビートとマテオとともに、三週間の家族旅行に出かけているのだ。シルビオがいてくれると、ベニートにもいい影響を与えてくれるのだが。去年あたりから、ベニートは何度か道を踏み外すようなことをしでかし、アレッサンドロの頭を悩ませていた。

こういうときに母親がいてくれたら、という思いがつねに頭の片隅にある。住み込みの家政婦の助けを借り、なんとか母親のいない穴を埋めようとしてきたが、完璧《かんぺき》にできるはずもなく、アレッサンドロはサポートしてくれる兄たちの存在に感謝していた。それでも息子は最近、悪い仲間とつるんで何かとトラブルを起こす。

頼もしいことに、ビートは休暇から戻ったらベニートと腹を割って話し、立ち直れるよう手助けすると約束してくれた。それまでは、仕事量を減らして息子にしっかりと向き合うつもりだった。

そこでアレッサンドロは息子と取り決めをした。もしベニートが毎日六時間、ルチェッシ社の輸出部門でさぼらずに働けば、平日の夜と週末は父子《おやこ》で一緒に何かして過ごすことにしたのだ。この三日間は何事もなく順調だった。ともにヨットに熟達した父子はセーリングを楽しんだ。

遅くとも六時半には帰ると息子に告げてから、今度は家政婦のアンジェリーナに電話をかけ、ボートで食事ができるよう、バスケットに食べ物を詰めておいてくれと頼んだ。それから家の屋根瓦《がわら》がいくつか取れかかっているという話になり、明日することのリストにその修繕も加えた。

ほどなくしてリムジンはホテルに到着した。アレッサンドロは運転手に待っているよう告げ、ガラスの扉から豪華なロビーに入ってガブリエラを探した。紹介をすませてガブリエラが腹違いの姉と打ち解けるのを見届けたら、非礼を詫《わ》びて失礼させてもらおう。

マリオとガブリエラの姿を探しながら、アレッサンドロはにぎわう旅行者たちに目を凝らした。洒落《しゃれ》たショートの黒髪に非の打ち所のない服のセンス、そして百七十五センチはあるスレンダーなガブリエラは、たいていすぐに見つかる。だが、どこにも彼女の姿はない。

マリオが時間にルーズだと知っていて、わざと遅れるつもりなのだろうか。それとも、すでに異母姉とバーに行ったのか。アレッサンドロ自身も約束の時間に十分遅れていたので、後者と踏んでバーへ向かった。

途中、立ち並ぶ公衆電話の前を通り過ぎながら、金色がかった美しい赤毛を腰までなびかせた女性が目に入り、アレッサンドロは思わず歩く速度をゆるめた。見事な曲線美を描く体に、ジーンズと使い込まれたカウボーイブーツをはいている。アレッサンドロだけでなく、周囲の男たちの多くも彼女に興味津々な様子だ。見るからに〝アメリカ人〟ではあるが、ナポリには年じゅう大勢のアメリカ人観光客がやってくる。彼女がシニョリーナ・ダルトンだと断定はできない。

彼女は電話に夢中で、男たちから賞賛の視線を浴びていることにはまったく気づいていないようだ。

アレッサンドロはなんとか彼女から目をそらし、バーに入ってガブリエラを探したが見つからない。もう五時半をまわっているのに、ガブリエラもマリオもいないとはどういうわけだ？　何か理由があって、異母姉の部屋にでも行ったのだろうか？

早く帰らないとベニートが待っている。アレッサンドロは踵《きびす》を返して混雑したロビーに戻った。マリオを探しながらも、無意識に赤毛の女性に目がいってしまう。周囲をきょろきょろと見まわしているうち、ふいに誰かとぶつかりそうになった。見ると例のカウボーイブーツをはいた若い美女だ。

女性は申し訳なさそうに微笑《ほほえ》み、さっと脇《わき》によけた。その瞬間、二人の腕が触れ合い、アレッサンドロは彼女の濃紺のシルクブラウス越しに肌の温《ぬく》もりを感じた。ブラウスは彼女の魅力的な脚をぴったりと包み込むジーンズの中にたくし込まれている。誰かを待っているような様子にぴんときて、アレッサンドロは彼女を追って声をかけた。

「シニョリーナ・ダルトンですか？」

中背の彼女が振り向いてアレッサンドロを見上げると、かすかな花の香りがふわりと漂った。マリオとそっくりな濃い眉と長いまつげに縁取られた彫りの深い目が、濃紺のブラウスに映えている。明るめの小麦色の肌もマリオと同じだが、それ以外コンティ家の血を受け継いでいるところは見当たらなかった。

「ええ、そうですけど。どなた？」

2

ハスキーな声も口調もなんて魅力的なんだろう。異母姉ガブリエラの声はもっときんきんしている。異母姉妹とはいえこうも違うものか。

身長はガブリエラよりも低い。そこはマリオに似たのだろう。問いかけられていることも忘れ、アレッサンドロはあまりに違う異母姉を夢中になって観察していた。そんな自分にふと気づき、自制心を取り戻そうと息を吸い込んだ。

「ぼくはアレッサンドロ・ルチェッシ、マリオ・コンティの仕事仲間で長年の友人です。あなたがニューメキシコからやってきたお嬢さんのキャサリンですか？」その情報は先日マリオと電話で契約の話をしたときに聞いていた。

「ええ」彼女の声にはかすかな緊張がにじんでいる。「マリオとガブリエラを待っているんです」

「ぼくもですよ」アレッサンドロはゆったりした口調で言った。「きっと何か事情があって遅れているんでしょう。先にバーに行って飲んでいませんか？　彼らが来たらぼくたちの居場所がわかるよう、フロントに伝えておきますから」

キャサリンがうなずくと、魅力的な赤い巻き毛がふわりとなびいた。「そうしていただけると助かります。英語がとてもお上手なんですね。ご親切にどうもありがとうございます」

彼女の礼儀正しさにアレッサンドロは心を打たれた。「どういたしまして」

フロント係に言づけをすませると、彼は待っていたキャサリンを連れて通路の先にあるバーへ向かった。

途中、すれ違う男性たちから羨望《せんぼう》のまなざしを向けられていることにすぐ気づいた。彼女自身、注目を浴びているのに気づいているかは定かでないが、今彼女の頭の中は、新たに見つかった家族にもうすぐ会えることでいっぱいなのは明らかだ。

ふとガブリエラのことが頭をよぎった。二十四年間、父親の愛情を一心に受けてきた彼女が、突然現れたもう一人の娘と、それもシニョリーナ・ダルトンのような美しい女性と愛情を分かち合わなければならなくなったのだ。その事実を受け入れるには多少なりとも時間がかかるだろう。すでに見つけた二人の違いを考えるだけでも、ガブリエラにとってそれがどれほどつらいことかは想像に足る。

にこやかな女性支配人の案内でテーブルについたとたん、ウエイターが近づいてきた。コーラを頼んだキャサリンの美しさにぼうっと見惚《みほ》れている。

「ぼくはコーヒーだ」アレッサンドロはイタリア語

でぴしゃりと言った。我を忘れたウエイターに、きみの客は、周囲に輝きを放つとびきりの美女だけではないと気づかせなければ。とたんにウエイターの顔から生意気そうな笑みがすっと消えた。マリオが知ったら、言い寄ってくる男たちから娘を守るために仕事を切り上げて飛んでくるに違いない。

ウエイターが去っていくと、キャサリンは興味深げにアレッサンドロを見つめた。「マリオのとてもいいお友達なんですね、ミスター・ルチェッシ。わざわざわたしにつき合ってくださるなんて」

「マリオとは何度も大きな仕事を一緒にしてきたんだ。今日もその件で最終的な打ち合わせをすることになっているんです」これくらいの嘘《うそ》は問題あるまい。「二人とも、もう着いていいころなんだが」

キャサリンは椅子の背にもたれかかった。落ち着こうとしているようだが、ガブリエラに会うまでは気が気ではないらしい。

「マリオには昨日彼のオフィスで会って、とても歓迎してもらったんです」彼女は切り出した。「でも正直、マリオの娘さんに会うのはちょっと不安なんです。どれほどわたしを……少なくともわたしという存在を嫌悪しているかと思うと……」語尾が震えている。

アレッサンドロは目を細くして彼女を見つめた。「それは言いすぎじゃないかな、シニョリーナ。彼女はきみと同じくらい、血を分けた姉妹に興味があるだけさ」

「そんな生ぬるいものじゃないわ」キャサリンは頬を紅潮させて言い返した。「自分がもし彼女の立場だったらって想像してみたんです。父親にほかの娘がいたなんて知ったら、ものすごく傷ついて、どうしていいかわからなくなると思うわ」目に苦痛の色が満ちている。「母は二十六年も経《た》ってから、実の父の名前と居場所を打ち明けたんです。そんなこと、ずっと知らなくてよかったのに」彼女の目に涙があふれ、頬に一筋流れ落ちた。「最後の最後で打ち明けるなんて、誰も頼んでいないし、望んでもいなかったわ。どうして母がそんなことをしたのかずっと考え続けているの。弟は母がわたしと実の父を会わせたいと思うのは当然だって言うけれど、わたしにしてみれば、五人の罪のない人たちを傷つける残酷なことに思えてならないんです」

「五人？」残酷という言葉に妙な違和感を覚えながらアレッサンドロは尋ねた。キャサリンのことを語るマリオの嬉《うれ》しそうな顔を思い出すと、その言葉はどうもしっくりこない。

「わたしの育ての父と弟も入ります」キャサリンは両手に顔をうずめた。「わたしの父はずっと彼だけだったし、父が大好きなんです。でも母が死ぬ間際にパンドラの箱を開けてしまったせいで、父がどれほど傷ついたことか」

思ったよりも事情はかなり複雑なようだ。「父と娘がようやく出会えるのだから、もっと感動的なものであるべきなのだが」

「そうね」キャサリンは悲しげな声で言った。

「お母さんを亡くされたのはお気の毒だったね。病気だったのかい？」

「非常にまれな肺の病気にかかってしまったんです。大病一つしない人だったのに。家族はみんな、いまだにショックから立ち直れなくて。特に父は」

なんてことだ。マリオからそんな話は聞いていなかった。娘がもう一人いたという事実に興奮しすぎていたのだろう。

注文した飲み物を運んできたウエイターに、アレッサンドロは目を向けた。今回は、息をのむほど美しい連れの女性に過度な好奇心を見せることはなかった。

キャサリンはすぐに冷静さを取り戻し、グラスを口に運んだ。半分ほど飲んでから、彼にまっすぐ目を向けた。「取り乱してしまってごめんなさい。なんだか恥ずかしいわ。悩み事は見ず知らずの人のほうが話しやすいって言葉は本当ね。マリオの友達のあなたにこんな話をしてごめんなさい」

彼はコーヒーを一口飲んだ。「光栄だな。打ち明けてくれるほど心を許してくれたんだから」

「聞き上手なんですもの。わたしったら自分勝手ね。あなたのことをまだほとんど知らないわ。ビジネスマンで、結婚なさっているらしいってこと以外は」

キャサリンは彼の結婚指輪に目を向けた。「財布には、お子さんの写真が山ほど入っているのかしら？もしそうなら、ぜひ見せていただきたいわ」

アレッサンドロは口元をゆがめた。「十七歳の息子が一人いる。写真はオフィスに何枚かあるんだが、持ち歩いてはいない。妻は息子を産んで数カ月後に事故で亡くなったんだ」

「それはお気の毒だわ」キャサリンは小声で言ってコーラを飲み干した。「さぞおつらかったでしょうに、よく乗り越えられましたね。わたしの父はショックで打ちひしがれてしまって」

「それでも、お父さんにはきみと弟がいる。きっと慰めになっているはずだ」

「ええ、わたしと弟にとっても家族が慰めだわ」

「弟さんはいくつなんだい？」

「二十歳です。ブレットというんだけど、今は家を出て大学に通っているの」ふいにキャサリンの目が曇った。「問題なのは……母が父に黙ってマリオに連絡を取ったことなんです。父はひどく傷ついてしまって……。旅費の心配はいらないから会いに来てほしいとマリオから電話があったと知ったときは特に」

アレッサンドロはしばらくキャサリンを見つめた。

「来たことを悔やんでいるのかい？」

彼女のうるんだ目と視線が合った。「いいえ。マリオのオフィスで数時間話したけれど、本当に彼はすてきな人だわ」言葉に詰まった。「でも、だからよけいにつらくって……だって……」

「マリオに好意を抱くことに罪悪感を覚えるのかい？」アレッサンドロは代わりに言葉を継いだ。

彼女はゆっくりとうなずいた。「ええ。実の父に会って少しでも一緒にいたいと願ったら、育ての父に裏切られたと思われるんじゃないかって怖いの」

アレッサンドロはどうにかして彼女を慰めてあげたい衝動に駆られた。「きみが生まれたときから、お父さんは父親としてきみを守ってきてくれたんだろう？　そんな親子の絆《きずな》が揺らぐことなど決してない。そのうちにきっと、お父さんはご自身で折り合いをつけられる。焦ってはいけないよ」

「ブレットも同じことを言っていたわ。本当にあなたの言うとおりね」キャサリンは唇を噛《か》んだ。「わたしの異母妹ともお知り合いなのよね？」

「まあ、そうだが」その質問にアレッサンドロは、今までガブリエラの気持ちに応《こた》えるつもりにならずよかったという気がした。

「彼女、わたしを好きになってくれるかしら？」

いや、ガブリエラはきみの何もかもが気に入らないだろう。きみの美しい外見も、細やかな感受性も、知性も、魅力的な性格も。

だがむろん、そんなことは口に出さなかった。

「もちろんさ。マリオが彼女の母と出会う前にほかの女性を愛していたと知ったときはショックだったと思うが、それさえ乗り越えれば心を許すはずだ。きみのお母さんなら、とても美しい方だったのだろうね。髪の色もきみのように赤かったのかい？」

「ええ」柔らかそうな口元がゆっくりと笑み崩れた。彼の胸は高鳴った。こんなことは久しぶりだ。

「ありがとう」

「本当のことを言ったまでだ」アレッサンドロはコーヒーを飲み干した。

「サンドロ！」

ガブリエラの甲高い声が聞こえた。ちょうどいいところで邪魔が入ったものだ。いつのまにか、このままマリオのもう一人の娘と一晩じゅう二人きりで過ごしたいと願っていた。彼女といると実に新鮮ですがすがしい気分になる。

まったく、数時間のうちに二度もガブリエラに邪魔されるとは。アレッサンドロは腹立たしい気分で立ち上がり、声のほうへ目を向けた。鮮やかな赤いドレスを身にまとったガブリエラが、しなやかな足取りで近づいてくる。赤いドレスを選んだのは、キャサリンの髪の色が炎のように赤いとマリオから聞いたせいではないだろうか。お気に入りの娘の座を巡り、すでに対抗意識を燃やしているのかと思うと、アレッサンドロはいくらか不安に駆られた。

異母姉には目もくれず、ガブリエラはまっすぐアレッサンドロに向かってくる。自分の所有物を取られまいとでもするかのように。だがぼくは彼女のものではない。ふいに防衛本能が働き、彼は立ち上がってキャサリンの背後に立ち、椅子を引いて彼女を立たせた。再び彼女の髪と肌から甘い香りが漂った。

キャサリンを盾にしてアレッサンドロは言った。

「シニョリーナ・ダルトン、彼女がシニョリーナ・ガブリエラ・コンティです。こんなすてきな娘が二人もいるとは、マリオも幸せな男だ。きみたち二人きりで話したいこともたくさんあるだろう。ぼくはこれで失礼させていただくよ。ベニートが待っているし、あいつはこらえ性がないのでね」

アレッサンドロは紙幣を数枚テーブルに置いた。

「お会いできてよかったです、シニョリーナ・ダルトン」彼は気持ちを抑えきれず、もう一度キャサリンをちらっと見てから、ガブリエラに顔を向けた。

「マリオが来たら、仕事の話は明日にしようと伝えてくれ。それじゃ、また《ア・プレスト》」

突然ガブリエラが走り出し、長身でがっしりしたアレッサンドロのあとを追っていくのを、キャサリンは唖然《あぜん》と見つめていた。去っていく彼を必死で引きとめようとする異母妹の姿を見ていると、彼女があの洗練された男やもめのイタリア人に恋をしているのがわかる。年は三十歳半ばか後半ぐらいだろうか。いずれにせよガブリエラより十歳は上だろう。

この三十分、彼は貴重な時間を割き、熱心にキャサリンの悩みを聞いてくれた。彼がほかの男性と一線を画すのは、見ず知らずの他人の話に親身に耳を傾ける能力があるところだろう。

マリオの親しい仕事仲間であろうとなかろうと、ここまで親切にする義務はないはずなのに。本当になんていい人なのかしら。

もちろん、興味を引かれたのはそこだけではない。すべて見通されそうな漆黒の目に、つややかな黒髪と黒い眉、温かみのある褐色の肌、精悍《せいかん》な顔立ち。それらが相まって、ギリシャ神話の美青年アドニスよりも魅惑的だ。すべてにおいて彼ほど魅力的な人はかつて見たことがない。

母を引き合いに出しながら、彼はさりげなくわたしをほめてくれた。彼のことも、ナポリでの忘れられない思い出の一つになるだろう。たった九日間の滞在だが、それ以上父を一人にさせておきたくない。親戚《しんせき》を訪ねるなら、名残惜しいくらいがちょうどいい。父はよくそう言っていた。今回もその助言に従うつもりだ。それに、言葉のわからない国にいると、ひどく父が恋しくなる……アレッサンドロと過ごした時間以外は。

アレッサンドロ。なんて彼にぴったりのすてきな名前だろう。高級そうなグレーのスーツが上質な革の手袋のように引き締まった彼の体を包んでいた。

話しているとき、彼のイタリア訛《なまり》の英語に思わずときめいてしまった。彼の発する一語一語が魅力的で、セクシーでさえあった。

無意識に肩をすくめる仕草や、首をわずかに傾けて話をじっくりと聞く姿がすてきだった。コーヒーの飲み方や、ほかのどんな仕草にも、彼には洗練された男性の優雅さがある。

そんなもの思いにふけっていると、突然ガブリエラがテーブルに戻ってきた。身長以外はマリオにそっくりだ。ダークブラウンの目と黒髪の彼女はとてもかわいらしい。

「こんにちは、ガブリエラ」

「こんにちは」

ガブリエラはまるで打ち解けない。この壁を打ち破れるのだろうか。「なんだか気まずいわよね」

「ええ」

「英語は話せるの？」

「もちろんよ」

「わたしはただ……いえ、いいの」多少のスペイン語なら話せると言いたかったが、今はそんなことをしても無駄だろう。キャサリンは息を吸い込み、口を開いた。「マリオは来ないの？」

「急な仕事が入ったの。もうすぐ来るわ」

「待っている間に飲み物を頼む？」

ガブリエラは無言のままキャサリンの向かいに座った。

「あなたはもう飲んだようね。サンドロと一緒に」

彼の名前が――それも親しげな愛称が――出たことで、空気はさらに張りつめた。ここは慎重に言葉を選ぶ必要がある。「彼は親切にわたしの話し相手になってくださったのよ」

再びウエイターが満面の笑みをたたえてやってきた。「コーラのお代わりはいかがですか？　それとも、もっと強い飲み物のほうがよろしいでしょうか？」

「コーラでいいわ、ありがとう」これ以上飲みたくもなかったが、この緊迫した雰囲気を和ませるためには、どんなことも厭《いと》ってはいられなかった。

ガブリエラは早口なイタリア語でウエイターに何かを言った。

二人きりになると、ガブリエラは無愛想な視線をキャサリンに向けた。「わたしが彼に来るように頼んだのよ。遅れそうだったから」

彼とはもちろんアレッサンドロのことだ。「彼がいてくれて助かったわ。ありがとう」きっとマリオの仕事仲間というだけでなく、ガブリエラとも親しいつき合いがあるのだろう。でなければ彼女のこんな頼みまで引き受けるわけがない。そう思うと、キャサリンの胸の中で何かがざわめいた。それがなんなのかはよくわからない。

その間にも、ガブリエラが頭を働かせているのがわかった。次はいったい何をきいてくるのだろう。早くマリオが来てくれないかしら。でないと彼女に対応しきれなくなりそうだ。

「あなたはカウボーイなの？」

「正確にはカウガールよ。わたしの家族は牧場に住んでいるの」

「パパが言ってたけど、あなたの母親は女友達とイタリア旅行中にパパと知り合ったのよね？」

母のことを持ち出され、キャサリンはずきんと胸が痛んだ。「ええ」

「パパがあなたの母親を愛してなかったのはわかっているわよね？」

キャサリンは一瞬きつく目を閉じた。母の話では、マリオは母にイタリアにいてくれと懇願した。でも彼の母親が認めず、会うことを禁じたのだ。

もちろんマリオは自分の母親の目を盗んで母と会

っていたが、父親が病気で、家族を見捨てることはできなかった。どうにもならない状況の中、二人は言い争い、結局母は泣く泣くイタリアを去り、二度と戻らなかったのだ。でもそんな事実をガブリエラが知る必要はない。

半分血のつながった妹が心を開いてくれるまでは、彼女の言い分を冷静に聞き入れよう。「マリオとのことは単なる思い出だって母は言っていたわ。だから妊娠したこともマリオには知らせなかったし、亡くなる直前まで、わたしにも父にも詳しいことは何も話さなかったのよ」

ガブリエラはつんと頭をそびやかした。「娘がいるとばらしてパパとわたしの人生をめちゃくちゃにしようとするなんて、あなたの母親はよほどパパを憎んでいたんじゃない？」

3

ガブリエラの疑問はもっともだ。それはキャサリンにも理解できた。「いいえ。きっと母は、秘密を抱えたまま天に召されたくなかったのよ。でも、やはり黙ったままでいるべきだったと思う。あなたが母やわたしを憎むのも無理はないわ」

ウエイターがテーブルに飲み物を置いて去っていくと、ガブリエラはコーラをじっと見つめた。「お酒は飲まないの？」

「ええ。好きじゃないの」

ガブリエラは口元に取り澄ましたような笑みを浮かべた。「まあ、面白い」

「お酒を飲まない人はたくさんいるわ」

「コンティ家の財産の一部は、タウラージのぶどう園で築かれたのよ。それなのに、あなたが飲めないなんて皮肉な話ね」ガブリエラは赤ワインのグラスに口をつけた。「これはうちで造ったラクリマ・クリスティだけど、あなたにこの価値はわからないってことかしら？」

「そうかもしれないわ」

でも母はそのワインが大好きだった。キャサリンを身ごもったあの夜も、母の気分を高揚させたのはラクリマ・クリスティだ。だが、それもガブリエラに言う話ではない。このワインは〝キリストの涙〟という意味だとマリオは母に説明したそうだ。その二人のワインは、今や全米で有名になっている。

ニューメキシコに戻った母は、ベスビオ山の麓《ふもと》で味わったロマンチックな一夜の結果を知り、涙に暮れた。狂おしいほど母が愛した男性は、自分に赤毛の娘ができたことなど決して知ることはないのだ。

ワイングラスの縁越しにキャサリンを見つめながら、ガブリエラが言った。「あなたはここに来るべきじゃなかったわ」

あのときの電話で、マリオはぜひイタリアに来てほしいとキャサリンに懇願した。父娘《おやこ》としてきちんと会って話をしたいのだと。それは社交辞令などではなく、彼の本心だと感じた。だからこそ、彼の願いを叶《かな》えたくて、覚悟を決めてここまで来たのだ。

キャサリンは首をかしげた。「それは、あなたのお父さんが昨日わたしに会ってそう思ったってことかしら？　正直に言ってくれてかまわないのよ、ガブリエラ。わたしは平気だから。明日にでも帰ってほしいとマリオが望んでいるなら、帰るつもりよ」

ガブリエラの顔がさっと青ざめたように見えた。

「そうじゃないわ」

ここで正直に認めるのは、屈辱的なことだろう。

「ねえ、聞いて。わたしはあなたたちの生活を壊そうと思ってここに来たんじゃないわ。確かに、あなたのお父さんに連絡をしたのはわたしの母よ。それでマリオはわたしに電話をくれて、ナポリに来てほしいって言ってくれたの。でも来週の週末には牧場へ帰るつもりよ。父と仕事が待っているし」

その言葉で、こわばったガブリエラの体からふっと力が抜けたように見えた。「恋人はいないの？」

キャサリンはコーラをごくごく飲んだ。「今はいないわ」デートなら大学時代から今まで何度もしてきたけれど、本物の恋愛をしたことはなかった。ブレットにはえり好みしすぎだと言われるが、しかたない。母を心から愛していたスタンを見て育ち、無意識に父のような男性が現れるのを待っているのだ。

「あなたはどうなの、ガブリエラ？　誰か特別な人はいるの？」

キャサリンには答えがわかっていたが、ガブリエラはきき返してほしそうだった。

「ええ。サンドロよ」

やっぱり、アレッサンドロ・ルチェッシなのね。さっき出会った、わたしの理想の男性像をしのぐあのすてきな人だ。コーラを飲み干そうとグラスを持ち上げると、ガブリエラの携帯電話が鳴った。彼女は電話に出て、ぺらぺらとイタリア語で話し出した。

携帯電話を切るとガブリエラが告げた。「ホテルの前で、パパがガールフレンドのソフィアと一緒に待っているわ。リストランテ・ウンベルトにディナーの予約を入れたそうよ」

それがどんなレストランなのかは見当もつかない。

「ドレスアップしたほうがいいかしら？」

「いいえ」

そう言いながらも、当のガブリエラはきれいに着飾っている。急いで部屋に戻って着替えてきたかった。だが、この服装のまま行くのが賢明かもしれないと考え、キャサリンは思いとどまった。

ガブリエラと張り合っていると思われるのだけは避けたい。張り合えるとも思わないけれど。最新流行の赤いカクテルドレスは、長身ですらりとした彼女を見事に引き立てている。きっとアレッサンドロの気を引くためだったのね。

息子との約束があるから失礼するとアレッサンドロが言ったとき、ガブリエラはひどく失望しているように見えた。きれいに着飾って彼の目を一瞬で釘《くぎ》づけにするはずが、まったくの期待外れに終わってしまったのだ。アレッサンドロは振り返りもせず、足早に去っていってしまった。彼はきっと気づいてもいないんだわ。さっさと帰られてがっかりしているのは、ガブリエラだけではないということを。

正直、あのままアレッサンドロと二人きりの時間が続いてほしかった。けれど、そんなことはありえない。たぶん彼に会うことは二度とないのだから。早くこの受け入れがたい事実に慣れなければ。イタリアに来た当初の目的を忘れてしまう前に。

アレッサンドロにならって、キャサリンはユーロ紙幣を何枚か取り出し、テーブルの上に置いた。ナポリに来たのはマリオのお金が目当てではないというところを、きちんとガブリエラに示したかった。キャサリンの父親は牧場にすべてを費やしてはいるが、相当な財産家なのだ。

むろんマリオやアレッサンドロと肩を並べるとまではいかないけれど。昨日キャサリンがオフィスに着く前に、マリオはアレッサンドロと仕事の交渉をしていたらしく、彼についていろいろと教えてくれた。ルチェッシ家は南イタリア屈指の金融機関を築き上げた有名な一族で、三人兄弟と五人のいとこの中でも最年少のアレッサンドロは、会社を支える新たな原動力として高い評価を得ているらしい。

実際に本人に会ってみて、その評価ももっともだと納得した。ガブリエラについてこれだけは言える。

将来の伴侶《はんりょ》選びにかけて彼女のセンスは抜群だ。でも彼が十七年間も独り身を貫いてきたのであれば、きっとこのまま再婚する気はないんじゃないかしら。次のルチェッシ夫人の座を狙《ねら》う女性を並べれば、ナポリの端から端まで列が延びるはず。

亡き妻を忘れられない彼が断った大勢の女性たちの列に加わろうとしないのは、きっとわたしくらいだろう。だいいち、ガブリエラが許すわけがない。

寝室のドアに聞き慣れたノックの音がした。

「おやすみ《ブオナ・ノッテ》、パパ。今夜はありがとう。セーリング、楽しかったよ」

「パパもさ。待ってくれ、ベニート」シャワーから出てきたばかりのアレッサンドロは、バスローブをはおって黒髪の息子に部屋に入ってくるよう告げた。

「ちょっと急いでるんだけど」ドアの隙間《すきま》からパジャマのズボンをはいたベニートの姿が見えた。ティーンエイジャーの息子はひょろりと背が高く、ルチェッシ一族の容姿を完璧《かんぺき》に受け継いでいる。何やら隠し事があるようだ。

「何を急いでるんだ？」アレッサンドロは穏やかにきいた。「まだ十時じゃないか」

「寝るんだよ。早起きして友達と泳ぎに行くから」

確かに息子は水遊びが好きだが、毎晩セーリングをしているのに、なぜ夜明けに泳ぐ必要がある？

「悪いが断ってくれ。明日はパパとの予定がある」

表情豊かなベニートの顔が曇った。納得がいかないらしい。「予定って何？　明日は大事な会議があるって言ってたじゃないか」

アレッサンドロは息子に鋭い一瞥《いちべつ》を投げた。「確かに。しかし、予定は変わるものなんだ」

「どういう意味？」

「ぼくらにもそろそろ休暇が必要だ。明日一日、休みを取って楽しもうじゃないか」

息子はこげ茶色の目をそらした。「一日だけ？」

「おじさんたちが帰ってくるまで、誰かが会社を守らなきゃならないだろう？　帰ってきたら、数週間休みを取ろう」

ベニートは不服そうなため息をついた。「もしよければ、明日じゃないほうがいいんだけど」

いやに礼儀正しい物言いが、ますます怪しい。もともと品行方正なほうではないが、特に今は悪い友達とつるむ魅力にあらがえない年ごろなのだろう。何か悪いことに巻き込まれる前に、息子が何をしているのか確かめなくては。

「悪いが、よくないんだ」

ベニートは目をぱちくりさせた。

「さっきシャワーを浴びる前、マリオから電話があった。ローマにいるガブリエラの祖母が病院に運ばれ、容態がひどく悪いらしい。マリオは今夜、ガブリエラを連れてローマに発《た》つそうだが、どれくらいで戻れるかわからない。その間、今ナポリに滞在しているもう一人の娘のキャサリンの面倒を見てくれないかと頼まれたんだ」

ベニートは顔をしかめた。「ほかに娘がいるなんて知らなかったけど」

「複雑な事情なんだ。そのことはいずれ話す。とにかく二人が戻ってくるまで、彼女を楽しませてくれと頼まれた。マリオは娘にイタリアを愛してもらいたいんだ。そうすれば休暇を使って遊びに来たり、年に少しの間でも住んだりするかもしれないだろう。いつか彼女がナポリを第二の故郷だと思ってくれることを願っているんだよ」

ベニートの顔が険しくなった。「どうしてパパが面倒を見なくちゃいけないの？　マリオの家に行くと、いつでも友達が大勢いるじゃないか」

「おそらく、ぼくには一緒に彼女を楽しませてくれる息子がいるって知っているからだろうな」

ベニートがこの状況を喜んでいないのは明らかだ。

「いつまでその人を案内しなきゃならないの？」

「マリオとガブリエラがいつ戻れるかによるが、一日か二日だろう。マリオの話だと、彼女はイタリアが初めてで、イタリア語もしゃべれないらしい。おまえにとってもいい英語の勉強になるじゃないか」

「最高だね」皮肉な口調はいつものベニートらしくなかった。「その人、いくつなの？」

「二十六歳だ」

「ガブリエラみたいに神経質なタイプ？」

全然違う。「今日の夕方、ホテルで数分話しただけだが、とても感じのいい人に見えたよ。おまえも楽しめることで、何か彼女を楽しませる方法を思いつかないか？」

「明日はムジェロでロードレース世界選手権があるけど」

もっと近場——ナポリ市内などを考えていたアレッサンドロは、注意深く息子を見つめた。ベニートはあっさり却下されるのを期待しているに違いない。だが、ここは驚かせてやろう。

「それなら明朝、シニョリーナ・ダルトンに提案してみるといい。彼女が同意したら、ヘリコプターで行けるよ。フィレンツェなら近い。レースが終わったら夕食をとって、彼女に町を案内しよう」

一瞬、ベニートは戸惑いと苛《いら》立《だ》ちのにじんだ目を父親に向けたが、すぐ表情を閉ざした。「きっと行きたがらないよ」

「きいてみなければわからないじゃないか」

「行くと言ったとしても社交辞令さ」

「それならそれでいい。彼女とおまえの希望が必ずしも一致するとは限らない。だが旅行者なら誰しも、フィレンツェを観光したいはずだ。だから二人とも満足するってわけだな」

巧妙な論理にベニートは何も言い返せなかった。

息子の機嫌を取り戻そうと、アレッサンドロは提案した。「ジェラートでも食べに行かないか？　すぐ着替えてくるから」

ベニートはぎょっとしたようだ。「今から？」

いつも夜更かしばかりしているくせに、何を言うか。「そうさ」

「遠慮しておくよ。今日は荷積み作業ですごく疲れたんだ。もう寝るよ」

彼はうなずいた。「それなら、目覚しを六時半にセットしておいてくれ。朝食をとって七時には出かけないと、レースに間に合わないからな」

むっつりと何やらつぶやき、ドアから出ていこうとするベニートの背中に向かってアレッサンドロは言った。「これだけは言っておく。おまえが明日の朝会おうとしていたやつは、いつかぼくに言えないようなことにおまえを巻き込むぞ」

ベニートの顔に、アレッサンドロの疑惑を立証するような、やましげな表情が浮かんだ。

「ルチェッシ家の一員として生きていくうえで厄介なのは、もし倫理に反したり不法なことをすれば、たちまち噂《うわさ》が広まり、マスコミに知れ渡ってしまうということだ。おまえがたくらんでいることで、最終的にどれほどのつけを払わなければならなくなるか、果たしてそれだけの価値があるのか、自分の胸に聞いてみろ。手遅れになる前にな。間違った選択はときに運命を狂わせる。おまえに母親の記憶がないのはわかっているが、お母さんは、おまえが能力を最大限に発揮して育っていくのを見たかったはずだ。お母さんのおなかにおまえがいると知ったとき、ぼくらは飛び上がるほど嬉《うれ》しかったんだ。それを覚えていてくれ」

長い沈黙ののち、ベニートはドアを閉めて出ていった。それを見届けると、アレッサンドロはすぐにベッドサイドへ向かい、マリオの娘に電話をかけた。

彼女が寝てしまう前に明日の約束を取りつけなければ。

「ホテル・セレスティーナです」

フロントにつながると、アレッサンドロは言った。

「シニョリーナ・ダルトンにつないでくれ。部屋番号はわからないんだが」

「承知いたしました《シ》。少々お待ちください《モメント》」

　キャサリンがホテルの部屋に戻ると、電話が鳴っていた。きっと牧場から父さんがかけてきたんだわ。彼女は電話に出ようと急いで部屋を横切った。

電話すると父に約束していたけれど、今日はあまり報告することがない。マリオと二人で過ごす時間はまったくなかったからだ。といっても決してマリオが悪いのではない。ディナーの間じゅう、マリオは彼の気を引きたい女性三人の相手を一手に担っていたのだから。

　食事中にマリオの携帯電話が鳴った。電話に出たマリオの様子はひどく動揺しているように見えた。ガールフレンドのソフィアにその場を任せて席を離れ、彼は長い時間戻ってこなかった。

　そして悪い知らせとともにテーブルに戻ってきた。ガブリエラの祖母が心臓発作で病院に運ばれ、今すぐ娘を連れてローマに発たなければならないという。マリオはキャサリンに一緒に来ないかと尋ねたが、キャサリンは断った。いくらなんでもそれは場違いというものだ。キャサリンを残していくことにマリオが戸惑っているようだったので、一人でも平気だとキャサリンはあわてて請け合った。家族が病気のときは家族だけの時間が必要だとわかっているし、その間一人で観光を楽しむつもりだからと。

　するとマリオは、何も心配しなくてもいいと言った。戻ってくるまで代わりにキャサリンの面倒を見てくれるよう、親友のアレッサンドロに頼んであるのだと。

キャサリンは思わず息をのんだが、その必要はないと答えた。そんなことはどうか気にしないで。ナポリ観光くらい一人でできるし、多忙なミスター・ルチェッシに時間を割いていただくわけにはいかない。ホテルも申し分ないし、ありとあらゆる観光ツアーを提供している。必要なら個人ガイドを頼むこともできるのだから、と。

しかしマリオは聞く耳を持たなかった。すでにアレッサンドロと話は全部ついており、明朝、彼から電話がかかってくると言った。キャサリンが言い返す暇もなく、いつ戻れるかローマから電話すると約束し、彼女をロビーに残して去っていったのだった。

そのときの会話を思い出しながら、最新情報を早く父に伝えようと、キャサリンは受話器を取り上げた。

「シニョリーナ・ダルトン？」深みのあるイタリア男性の声がした。どれほどの距離、どれほどの年月離れていようとも、忘れることのできない声だ。

「こんばんは、ミスター・ルチェッシ」わずかに声がうわずる。「マリオとの夕食からちょうど帰ってきたところなの。あなたのことを話していたのよ」

「よかった。ならマリオがガブリエラを連れてローマに向かったことはもう知っているね。きみを置き去りにすることになってしまったと、彼は心を痛めていたよ。それで戻ってくるまでの間、光栄にもきみの案内役を頼まれたんだ。ナポリを観光したいのはもちろんだと思うが、まずはヘリコプターで少し遠くまで行ってみないかい？」

彼と一緒にどこかに行くと考えただけで、胸がどきどきする。「楽しそうね」

「ヘリコプターに乗ったことはあるかい？」

「ええ。グランド・キャニオンの上を飛んだわ」

「ぼくも行ったことがある。あの景色は最高にすばらしい。だがこの国の景色も気に入ってもらえると思うよ。息子も連れていく。きみと会うのを楽しみにしているはずだ。今夜は時差で疲れていると思うから、ゆっくりおやすみ。明日の朝七時にリムジンで迎えに行く。ホテルの入り口を出たところで会おう。おやすみ《ブオナ・ノッテ》、シニョリーナ・ダルトン」

電話の切れる音が聞こえても、キャサリンはしばらくぼうっとしていた。話した内容も、彼からの電話自体も、まるで夢の中の出来事のような気がする。実の父親に会うために来たのに、どういうわけかその親友と一緒に過ごすことになってしまった。

でももし断れば、きっと彼にもマリオにも失礼になる。明日は彼に任せるのが賢明だろう。でもこれっきりにしなければ。たとえマリオがローマからなかなか帰ってこられなくても、これ以上、ミスター・ルチェッシに時間を割いてもらうわけにはいかない。

4

運転手がホテルの正面に車をつける前に、アレッサンドロの目は入り口の前に立つカウボーイブーツの赤毛の女性に引きつけられた。今日の彼女の服装は、緑色のリブ織のトップスにベージュのタック入りパンツ。きらめく美しい髪に目が釘《くぎ》づけになってしまう。

リムジンにまっすぐ近づいてきたキャサリンは、後部座席に乗り込んでアレッサンドロとベニートの向かい側に座った。人を待たせない女性がいるとは嬉《うれ》しい限りだ。ベニートは昨夜のウエイターと同じく、ぼうっとして口もきけないらしい。

「ベニート、こちらがアメリカから来たシニョリーナ・キャサリン・ダルトンだ」アレッサンドロは英語で息子に紹介した。「話したと思うが、マリオ・コンティのお嬢さんだ」

キャサリンの古典的な顔立ちに笑みが広がった。

「こんにちは、ベニート。あなたが噂《うわさ》の息子さんね。ゆうべ、お父さんは息子と約束があると言ってさっさと帰ってしまったの。その場にいたわたしが生き証人よ」彼女は茶目っ気たっぷりに言った。

「こんにちは《ブォン・ジョルノ》、シニョリーナ・ダルトン。お会いできて光栄です」そう言いながらも、ベニートはにこりともしない。

「キャサリンって呼んでね」彼女は言った。

ベニートはキャサリンと父親を交互に見やった。ベニートが初めから乗り気でないのはわかっていたが、キャサリンが加わると、さらに機嫌が悪くなったようだ。いつものベニートなら初対面の人には礼儀正しい態度を見せるのだが。

「キャサリンはニューメキシコにあるサンアントニオの牧場に住んでいるんだ」

「サンアントニオ……スパーズ？」ベニートは出し抜けに言った。

キャサリンはアレッサンドロに微笑《ほほえ》ましげな視線を送ってから、ベニートに顔を向けた。「バスケットボールチームのサンアントニオ・スパーズはテキサス州よ。わたしの住むサンアントニオはニューメキシコ州の真ん中にあるの。どちらかというと、名も知られていないような小さな町に近いわね」

アレッサンドロはおかしそうに笑ってから、言葉のニュアンスを息子に訳して伝えた。ベニートの英語力は発展途上にある。来年、イングランドの大学に行けば、飛躍的に伸びるだろう。

ベニートはキャサリンのブーツに視線を落とした。

「カウボーイなの？」

「いいえ。でも弟のブレットはそうよ。ロデオ大会にも出ているわ。このブーツをはいているのは牧場の砂ぼこりを避けるためと、普通の靴よりはき心地がいいからなの」

アレッサンドロは再び息子に説明を加えた。

「馬を持ってるの？」

キャサリンがうなずくと、髪が揺れてきらめき、さらさらという音が聞こえるような気がした。

「馬の名前は？」

「トッツィーよ」キャサリンの口元が魅惑的にほころぶと、アレッサンドロの胸は再び高鳴った。ベニートに気づかれていないといいが。

「ナポリにはどれくらいいるの？」

「まだわからないよ」アレッサンドロがすかさず口を挟んだ。

「航空券の期限はあと九日あるの」キャサリンは言い直した。「父に会って、ナポリを少し観光するつもりで来たから」

「オートバイは好き？」

「弟が好きよ。古いヤマハのバイクを買って、友達数人で牧場を乗りまわしているわ」

ベニートは驚いている。アレッサンドロは口元がゆるみそうになるのをこらえた。

「あなたもバイクを持っているの？」キャサリンが尋ねた。

「はい」

「ドゥカティね？　弟がイタリア製は最高だって言っていたわ。でも高すぎて買えないって」

ベニートがなかなか切り出そうとしないので、アレッサンドロが言った。「ベニートがきいたのは、今日ムジェロでロードレース世界選手権があるからなんだ」

「まあ、本当？」キャサリンは声をあげた。「ムジェロってどこにあるの？」

「フィレンツェの近くだ」

キャサリンは彼に目を向けた。「見に行けるの？ブレットが熱烈に見たがっていたのよ。写真を撮らなきゃ。きっとすごくうらやましがるわ」

これは驚きだ。「行けるよ。なあ、ベニート？」

ベニートはうなずいたが、すぐに黙りこくってしまった。まもなくルチェッシ本社ビルに到着し、屋上へ上がる。ヘリコプターはすでにスタンバイしていた。アレッサンドロは操縦士にうなずいてキャサリンを機内へ乗せ、その隣にベニートを座らせると、自らは副操縦席に座った。全員がシートベルトを締め、プロペラがまわり出した。

機体がナポリ上空に舞い上がり、ベスビオ山を背に北へ飛び立つと、キャサリンは小さく感嘆の声をもらした。眼下に広がる景色は、幼いころに地理の本で見た景色とは比べものにならないくらい神秘的で美しい。なんて荘厳な見晴らしだろう。

今回初めてイタリアを訪れたが、観光するつもりはなかった。時間が限られているし、マリオに会えればそれでいいと思っていた。でもマリオがわたしのために計画してくれたのなら、どんなことでもありがたく受け入れるつもりだ。おばあさんの病状が早くよくなって、すぐに戻ってこられるといいのだけれど。

とにかく今は彼らとの時間に集中しよう。一日なんてすぐに終わるわ。ベニートがこの観光案内を楽しんでいないのははっきりわかる。事実、彼の希望に合わせようとするほど、機嫌が悪くなっていくみたいだもの。

ガブリエラと同様、ベニートにとってもわたしは邪魔者のように思えてならない。

でも二人とも心配は無用よ。明日からはなんと言われても一人で行動するつもりだから。たとえマリオがしばらく戻れなくても。アレッサンドロはとても親切にしてくれたけれど、これ以上彼の生活を邪魔したくはない――たとえマリオの親友でも。

　もしマリオがしばらく戻れなければ、早めにアメリカに帰ってまた別の機会に来ればいい。むしろ、そのほうがいいのではないかしら？　そのうちガブリエラだって父親に別の娘がいたという事実にも慣れるだろうし、次にナポリに来るときまでには、もう少し親しみやすくなっているかもしれない。そうでなくても今よりは現実を受け止めているはずだ。

　ベニートの反応を見ているだけで、彼が父親の関心を独り占めしたがっているのがわかる。互いに妻と母を亡くしたこの父子《おやこ》は、今までずっと寄り添い合って生きてきたのだろう。そう考えると、ガブリエラのわたしへの態度にも納得がいく。もし突然、存在すら知らなかった腹違いの姉が現れて、父の愛情を分かち合わねばならなくなったら、わたしだってきっと耐えられない。ガブリエラが嫉妬《しっと》する気持ちは痛いほどよくわかる。


　飛行機を乗り換え、荷物を受け取るのに何時間も列に並び、人混《ひとご》みをかきわけて空港を出てきたことを考えると、イタリアを見てまわるのにヘリコプターは最適な交通手段に思えた。目的地から次の目的地へ、飛んで下りるだけでいいのだから。

　まず三人は、活気あふれるオートバイ・グランプリを観戦した。キャサリンはレースの模様を持ってきたビデオカメラで撮影した。ベニートはお気に入りの選手が出てくると夢中になって見入り、さっきよりも楽しそうに見える。レースが終わると三人は昼食をとってからフィレンツェまで飛び、ルチェッシ・パレス・ホテルの屋上に降り立った。そこから緑の多い広場が一望できる。

　アレッサンドロは二つのスイートルームが隣接するペントハウスへ二人を連れていった。そこでいったん休憩を取ってからホテルを出ると、本物のダビデ像があるアカデミア美術館へと歩いた。夕方には閉館してしまうため、三人は早足に見てまわった。

「ぼくの意見では、この像こそフィレンツェで最も偉大な芸術作品だね」背の高いダビデ像のまわりを歩きながら、アレッサンドロが深みのある声で言う。

ベニートは別の彫像の前で足を止めている。キャサリンはアレッサンドロと二人きりになっていた。

「この町の建物自体が芸術的財宝といえるが、この像は、神が創《つく》った最高傑作である人間の美しさを象徴しているんだ」

見た瞬間から感動で目頭が熱くなっていたが、畏《い》敬《けい》の念をこめたアレッサンドロの口調に、感動はさらに深まった。ダビデ像の写真なら今までいくつも見たことがあるが、本物は想像以上に大きく、息をのむほどにすばらしい。石自体の美しさと、ミケランジェロが造り出した顔と肉体の美しさに、キャサリンはこのうえなく神聖な気持ちになった。

近くにいた観光客が、これこそ完璧《かんぺき》な人間の形だ、と言うのが聞こえた。その言葉はアレッサンドロにも当てはまるとキャサリンはひそかに思った。今日は一日じゅう、気づかれないようにして何度も彼に見入ってしまった。アレッサンドロがミケランジェロにインスピレーションを与えていたら、いったいどれほどの傑作ができたことだろう。そう考えずにはいられない。だが彼にはその容姿以上にすばらしい資質が備わっていることがしだいにわかってきた。多忙にもかかわらず、わたしを楽しませようと骨を折ってくれる一方で、息子に愛情深く接することも忘れない。そこまでできる人はめったにいないわ。

「何を考えているんだい？」アレッサンドロがひそひそ声で尋ねた。

顔が赤くなっていませんようにと願いながら、キャサリンは答えた。「今日は人生で最高に思い出深い日になったと思っていたの」

「ぼくも楽しかったよ。きみが思う以上にね。もう何年もベニートをここに連れてきていなかった。ベニートが七歳のときに一度来たきりだ。あの子も確実に成長したようだな。《ラット・デッレ・サビーネ》の像を食い入るように見つめているよ」

それがどの彫刻を指すのかはわかった。この部屋に来る前に通り過ぎた《サビーネの女の略奪》だ。あのすばらしい彫像には誰もが心を奪われる。キャサリンがアレッサンドロを見上げると、彼と目が合った。その目は熱くキャサリンを見つめている。電流のようなショックが彼女の全身を走り抜けた。

「もう閉館だって。行こうよ」

二人を見つけたベニートの声に、彼女は我に返った。彼はすでに飽きて帰りたがっているようだ。

アレッサンドの口元がぴくっと動いた。「誰かさんは腹が減ったようだな。ジョットの鐘楼の近くに町一番の牛肉のカルパッチョを出す店があるんだ。オーナーがオーストラリア人で、そこのザッハトルテも絶品なんだが、もしトスカーナ料理のほうがよければ、遠慮なく言ってくれ」

キャサリンはにっこりした。「そんなに熱望しているものをあなたから奪おうなんて思わないわ」

アレッサンドロはふっと真顔になった。「熱望するものはそれほど多くないが、欲しいと思うと、とことん求めたくなるんだ」

別のことを意味しているような気がして、キャサリンはさっと目をそらした。でも、きっとからかっているだけよ。それに勝手に変な妄想をふくらませてばかみたい。今日はずっとそんな調子だ。彼といると別世界にいるようで……いつまでもこのまま続いてほしいと思ってしまう。

ベニートの空腹を早く満たしてあげなければ。キャサリンは先に立って入り口に向かった。十分もしないうちに三人はレストランに着き、すばらしい食事を楽しんでから、アルノ川に沿って歩き、中世に架けられた橋、ポンテ・ベッキオを渡った。

キャサリンが断るのも聞かず、アレッサンドロは、小さな宝石店で彼女にイヤリングを買った。あまりに行動がすばやかったので、ペントハウスに着くまで、どんなものを買ったのかはわからなかった。

ベニートがテレビでスポーツニュースを見ると言って寝室に入っていき、キャサリンも自分の部屋に戻ろうとすると、アレッサンドロは小さな箱を彼女に手渡した。「開けてごらん」

震える指で蓋《ふた》を開けると、十セント硬貨くらいの大きさの繊細な金の球体のイヤリングだった。その中で小さい金のダビデ像のレプリカが揺れている。高価なものに違いない。けれど値段よりも、これを選んでくれた彼の気持ちが嬉しくて、温かいものが彼女の体を満たした。

「きみの赤い髪には金色が多く混じっている」

キャサリンが顔を上げると、髪がふわりと後ろになびいた。「こんなすてきなプレゼント、初めてよ」声が震える。「ずっと大切にするわ。でもマリオは、あなたにこんなことまで頼んでいないと思うわ」

沈黙が流れ、アレッサンドロの気分が変わったのがわかった。「今日の観光案内は本来ならマリオがしようと思っていたことだ。だがこのイヤリングは、ぼく自身が望んできみにあげたものだ」

キャサリンはごくりとつばをのんだ。「どうもありがとう」

「どういたしまして」

彼の黒い目に満足そうな笑みがきらめき、キャサリンはどぎまぎした。二つのスイートルームを分かつドアまで行き、彼を振り返る。「おやすみなさい。アレッサンドロ。ベニートに、ロードレースについて詳しく教えてくれてありがとうって伝えてね」

「ぼくこそきみに礼を言うよ。あの気難し屋と仲よくしようとしてくれて感謝している」

キャサリンはくすくす笑った。「そういう年ごろなのよ」それと、父親に自分だけを見てもらいたいのだ。「弟にも同じような時期があったけど、ちゃんと乗り越えたわ」

「それを聞いて安心したよ。じゃ、また明日。朝八時にぼくらの部屋に来てくれ。朝食をとりながら一日の計画を練ろう」

「マリオは明日には戻ってくるかしら？」

「たぶんね」

「これ以上あなたに迷惑をかけたくないわ」

「迷惑なんかじゃないさ。事実、きみには助けられている。今はベニートをナポリから離しておくのが一番いいんだ。そのことは明日話す。ベニートがいないところでね。それじゃ、ゆっくりおやすみ」

寝支度を整えてから、キャサリンは父に電話をかけ、楽しかった今日一日の出来事を伝えた。そしてガブリエラの祖母のこと、マリオが戻ってくるまで友人のアレッサンドロに観光案内を頼んでくれたことも。話しながら、アレッサンドロからもらったイヤリングを指でもてあそんだ。

電話を切ると、キャサリンはどっと疲れを感じてすぐ眠りに落ちた。翌朝目覚めると、イヤリングは枕元《まくら》にあった。すばやくシャワーを浴び、髪を洗う。それからイヤリングの留め金を外して耳につけた。髪をドライヤーで乾かしながら、赤毛に金色が多く混じっていると言われたことを思い出した。

今日もズボンをはくことにし、黄色いズボンと黄色と白のストライプのトップスを選んだ。ヘリコプターを乗り降りするにはズボンのほうが断然安心だ。たびたびアレッサンドロの視線を感じるため、やたらと彼を男性として意識してしまう。ナポリに到着した日に買った新品のアイボリーの革製サンダルに足をすべらせ、彼らの部屋に行く心の準備ができた。

正直、アレッサンドロに会うのが待ち遠しくてたまらなかった。眠りにつく直前まで彼のことを考え、今朝は目覚めた瞬間から、彼のことで頭がいっぱいになった。荷造りをするときまでマリオを思い出しもせず、キャサリンは愕然《がくぜん》とした。

イタリアに来た唯一の目的を忘れてしまっていたなんて。罪悪感がキャサリンの胸を突いた。アレッサンドロと一緒にいるのが楽しくなりすぎる前に、ナポリへ帰らなければ。気をつけないと、彼に夢中になってしまいそう。そうなったらどれだけ悲惨なことになるだろう？

理由ならたくさんある。こんなこと、続けられるわけがない。ベニートは早くわたしがいなくなればいいと思っている。ガブリエラだって、わたしがアレッサンドロとこんなに長く一緒にいたと知ったらかんかんになるに違いないわ！　アレッサンドロにしたって、彼はマリオの頼みをきいているだけで、それ以上の理由はない。それにわたしには帰りを待ち望んでいる父と弟がいる。母亡き今、家族で支え合い、つらいときを乗り越えなければならない。

ようやくアレッサンドロたちの部屋のドアをノックしたときには、キャサリンは心を決めていた。朝食が終わったらナポリに帰ろう。アレッサンドロはなんらかの理由でベニートをナポリから遠ざけていたいと言っていたけれど、それなら二人には残ってもらえばいい。とにかくわたしは、これ以上彼と一緒にはいられないというだけなのだから。

「やあ《ブオン・ジョルノ》」

居間に足を踏み入れるなり、アレッサンドロに声をかけられた。彼はジーンズとシルクっぽいクリーム色の開襟シャツを身につけ、少し脚を開いて立ったままコーヒーを飲んでいた。まともに目が合い、キャサリンの脈拍はいっきに上がった。

「コーヒーとジュース、どっちがいい？」

「ジュースがいいわ」キャサリンは何種類ものロー

ルパンやフルーツが置いてあるコーヒーテーブルに歩み寄った。

グラスを手渡すアレッサンドロの目が、イヤリングを見て輝いた。「似合っているよ」低い声がベルベットのようになめらかに響く。

「ありがとう」キャサリンは気を静めようと息を吸った。あなたの服も全部似合っているわ。「ベニートはどこ？」

「シャワーを浴びているよ。すぐ出てくるだろう」

「あの、アレッサンドロ――」

「何か大事な話があるようだね。だが息子が来る前に、彼のことで話しておきたいことがあるんだ」

「いいわよ。何かしら？」キャサリンはジュースを一口飲んだ。手に何か持つものがあってよかった。

「このところ、ベニートは悪い仲間とつるんで、いろいろと問題を起こしているんだ。マリオからきみの観光案内を頼まれたおかげで、あの子を悪い連中の影響から遠ざけるいい口実ができた。マリオから連絡があるまで、ぼくと一緒に息子を助けてくれないかな？」

キャサリンはかすかに眉根を寄せた。「何をすればいいの？」

「あの子が楽しめそうなことをしたいんだ――昨日みたいに。何か隠し事があるらしく、このところ元気がない。息子と充分な時間を過ごせば、そのうち打ち明けてくれるんじゃないかと思うんだ」

彼の心配する気持ちは手に取るようにわかる。ベニートの気難しい態度を目の当たりにし、アレッサンドロの不安ももっともだと認めざるを得ない。

「パパ？」Tシャツを着ながら居間に入ってきたベニートは、キャサリンを見て立ち止まった。

「おはよう、ベニート」

「どうも」ベニートはむっつりと答えた。

アレッサンドロはちらりと息子を見た。「さあ、これで全員そろったな。今日はどこに行こうか？」

「ウフィツィ美術館なら、ぼくはここに残るよ」

「それは候補になかったな」アレッサンドロは答えた。

あくまで穏やかに接しようとする彼に、彼女は尊敬の念を覚えずにはいられなかった。

「今日はキャサリンと同様、パパとおまえの休日でもあるんだ。何か提案は？」

ベニートは横目でちらりとキャサリンを見た。

「モンテ・クリスト伯爵って知ってる？」

「何度も本で読んだことがあるわ」

その答えにベニートは特に喜んだようには見えなかった。「モンテ・クリスト島を見てみたい？」

「ええ、ぜひ！」

5

アレッサンドロは、島に着陸できる唯一の入り江、カラ・マエストラにヘリコプターを降ろすよう操縦士に指示を出した。

「このちっぽけな島がモンテ・クリスト島なの？」ヘリコプターから飛び降りたキャサリンは、甲高い声をあげた。「石だらけで何もないじゃない！」

ベニートは知らん顔でキャサリンに背を向け、石を拾って海に放《ほう》り投げた。次の瞬間、彼女は女性らしい豊かな声でいきなり笑い出し、はっとするほど青い目をベニートからアレッサンドロに移した。

「ここを勧めてくれてありがとう、ベニート。一本取られたわ。ハリウッドがここで撮影しなかったはずね。財宝を隠せる場所なんてないんだもの」

アレッサンドロは息子のやりたいようにさせていた。こんな地中海のど真ん中にある荒涼とした岩の島に連れてこられて喜ぶ女性など、知り合いの中にはいないだろう。だがキャサリンは心から楽しんでいるように見える。これほど気取りのない女性はめずらしい。ベニートも振り向いて彼女を見た。

キャサリンはにっこりとベニートに笑いかけた。

「次はどこ？　エルバ島？　ニューメキシコを発《た》つ前にイタリアの地図を勉強してきたのよ。ナポレオンのように流刑にされちゃう前に、ヘリコプターから逃げ出したほうがいいかしら？」

今度はアレッサンドロが声をあげて笑ったが、ベニートは黙ったままだった。ひとしきり笑い終える前にアレッサンドロの携帯電話が鳴った。

彼はポケットから携帯電話を取り出し、二人に声が聞こえない距離まで離れた。「マリオかい？」

「ああ。電話に出てくれてよかったよ。留守電にメッセージを入れなくてすんだ。ついさっき、ガブリエラの祖母が亡くなった」

「そうか。それは本当にお気の毒だ」

「いいんだ。やっと苦しみから解放されたんだから。だが困ったことになった」

「わかってる。葬儀の準備で帰れないんだろう？」

「そうなんだ。三、四日は無理だな」

ここで胸を高鳴らせるべきではないのはわかっていた。ベニートはすぐにでもキャサリンをナポリのホテルに帰して解放されたがっているのだ。

「キャサリンのことは心配しないでくれ。きみが戻ってくるまで、三人で楽しくやってるよ」

「やはりきみは頼りになる。だがキャサリンが聞いたら、きっとアメリカに戻ると言い張るだろうな」

それは間違いない。今日はずっとぼくに近づかないようにしているのが、彼女のささいな態度からもわかった。「そんなことはさせない」アレッサンドロは断言した。彼女がいなくなると思うと、太陽のない一日を想像するより気が滅入《めい》る。こんなに短い間に、彼女は何かかけがえのないものをぼくの人生にもたらしてしまった。

「ありがとう《グラッィエ》。恩に着るよ、アレッサンドロ」

「困ったときの友達じゃないか。今はガブリエラのことだけを考えてくれ」

マリオは咳払《せきばら》いをした。「キャサリンはそこにいるのかい？」

「ああ」

「話をさせてくれ」

アレッサンドロは踵《きびす》を返してキャサリンに近づいた。「マリオからだ」どうしたのと問いかけるキャサリンの目を無視して携帯電話を手渡し、また石投げを始めたベニートのところに向かった。

アレッサンドロは息子の肩に腕をまわした。


「ガブリエラのおばあさんが亡くなった。だからあと数日はキャサリンと三人で過ごす。彼女の電話が終わったらすぐにカプリ島に飛ぶから、彼女に青の洞窟《どうくつ》を案内してくれ。今夜は島に泊まって、明日からはナポリ観光を楽しんでもらう。いいか、もしマリオがキャサリンの母親と結婚していたら、ナポリは彼女の故郷になったんだ。わざと彼女に無礼な態度をとっている間にそのことを考えてみてくれ」


それからの三日間で、キャサリンはツアーガイドになれそうなほどナポリの町を見て学んだ。美術館や教会巡りから地下に広がる遺跡探検まで、ありとあらゆる観光をし、毎晩へとへとになって眠りについた。

マリオからまだ帰らないでくれとせがまれ、結局留《とど》まることにしたけれど、夜中にホテルの部屋で考えていると、わたしをナポリに引きとめているのはマリオだけではないと認めざるを得ない。

　もう一週間近く、一日十八時間はアレッサンドロと過ごしている。ともに食事をし、笑い合い、歩きまわり、様々なことを話した。だが悲しくもその一方で、彼と一緒にいたいと願えば願うほど、ベニートは心を閉ざしてしまう。ベニートのためにも、自分自身を守るためにも、再びアレッサンドロと二人きりにならないようにしなければ。

　今日、国立考古学博物館でポンペイのフレスコ画を見ているとき、感想を述べようとアレッサンドロに顔を向けると、彼は話をまともに聞きもせず、じっとわたしの口元を見つめていた。

　もしベニートが一緒でなく、展示室にほかの観光客もいなかったら、きっとキスをされていただろう。この数日間、彼がかろうじて自分を抑えていると思えることが多々あった。ホテルのロビーで彼に声をかけられた瞬間から、二人の間には、磁石のように引きつけ合う力が生じていたのだ。

　けれどその先の一線を越えてはいないし、越えるまいと決心していた。幸いにも、さっきマリオから明日ガブリエラを連れて帰ると電話があった。明日の正午、ホテルまでわたしを迎えに来るという。これでアレッサンドロがわたしの面倒を見る義務もなくなったということだ。あと数日しかないけれど、これからはずっとマリオと過ごすことにしよう。

　どうにも寝つけず、アレッサンドロは寝室からバルコニーへ出た。世界じゅうの旅行者が写真を撮りに来るほど美しい景色も、今夜は目に入らない。腹立たしくも、キャサリンの姿ばかりが頭に浮かんで離れないのだ。

　もう自分に嘘《うそ》はつけなかった。たとえ明日マリオが帰ってこようとも、とにかくもう一度キャサリンに会いたい。彼女をホテルに送り届けてから今まで、彼女のことしか考えられなかった。

ホテルで初めて会ったときから、無視できないほど強烈な欲望を彼女に感じていた。だがベニートは、マリオが帰ってくればキャサリンのお守りから解放されると思っており、その日を待ちわびている。アレッサンドロは低くうめいた。もしキャサリンを追い求めれば、息子はさらに扱いにくくなるだろう。

今まで父子《おやこ》の間に女性が介入したことはなかった。もしキャサリンが運命の女性なら、こんな状況であるべきではない。もっと時間と余裕を持ってこそ、うまくいくものじゃないか？

〝再び誰かを愛することを恐れるな。でなきゃ人生は無意味だ〟と、ビートやマテオに何度言われたことか。だが言うのは簡単だ。二人とも配偶者を亡くしたことなどないのだから。このつらさは経験した人間でなければわかるはずがない。

アレッサンドロはぼんやりと首をさすった。キャサリンとの関係を深めれば、ガブリエラの自尊心を傷つけ、ただでさえ手いっぱいのマリオによけいな心配をかけることになる。そんなことは自分の道徳哲学に反する。

人生の正しい選択に苦しむベニートと同様、アレッサンドロも選択に迫られていた。理性を取るか、欲望に従うか。いったいどうすればいいのだろう？

ふっと自嘲《じちょう》的な笑いが喉からもれた。皮肉な話だ。この一週間、まともな生き方をしろとベニートに説教しておきながら、自分自身は世間から無節操ともとられかねないことをしそうになっている。

一度の愚かな行為がベニートを傷つけ、むろんぼく自身だって再びあの苦痛を味わうはめになるかもしれないのだ。妻の死後、ずっと注意深く避けてきたあの痛みを。本気になればまた傷つく。彼女を追い求めたいと考えるだけでもまずい。彼女といるのは一週間で充分だ。

そう自分に言いきかせ、己の弱さを叱咤したにもかかわらず、彼は寝室に戻るなり、受話器を取り上げずにはいられなかった。キャサリンのいるホテルに電話してみよう。彼女が電話に出なければ、難を逃れたということだろう。だがもし出たら、ぼくを次の一歩に駆り立てたのは彼女のほうだ。いくらとがめられようとも、もう理性では抑えられないところまできてしまっている。

シャワーを浴び、洗いたてのナイトガウンをおっていると、ホテルの電話が鳴った。きっとマリオからだわ。キャサリンはそう思った。明日の最終確認のため今夜電話すると言っていたのだ。

明日の遅くとも十二時半までに、マリオが迎えに来ることになっている。今回は実の父と二人きりで過ごせるのだ。何かあって計画がおじゃんにならなければいいのだけれど。郊外までドライブし、彼の生まれ故郷を、そして母と出会った場所を見せてくれるという。二人でいろいろ話そうとマリオは約束してくれた。

それこそ望んでいたことだとキャサリンはマリオに告げた。そのためにナポリに来たのだと。もうこれ以上アレッサンドロと過ごすことはないわ。何もかも、あまりにややこしくなってしまったもの。

受話器を取り上げたときには、彼女はひどく感情的な気分になっていた。「もしもし？」マリオと呼びかけようとしたところで声がした。

「キャサリンかい？」

アレッサンドロ……。

気を落ち着かせようと、キャサリンはクイーンサイズのベッドに腰を下ろした。今日ホテルまで送ってもらって別れたのに、今夜再び彼と話すとは思ってもみなかった。なんだか禁じられたことをしているような気分がする。電話をかけてきたのは彼のほうなのに。

　脈拍がどんどん上がってくる。「ええ」一息ついてから、キャサリンはやっとのことで答えた。彼の声を聞くと、いつもこうなってしまう。

「何か悩んでいるね？　隠さないでくれ」

　彼の直感は驚くほど鋭い。

　キャサリンはなんとかつばをのみ込んだ。「あなたはルチェッシ社の偉大なる権力者ってだけでなく、霊能者でもあるの？」

「どちらでもない」彼のしゃがれた声がした。わざと茶化してはぐらかそうとしてみたが、彼には通じない。「きみとぼくが強烈に惹《ひ》かれ合っているのはわかっているんだ。その根拠は山ほどある」

　この一週間、キャサリンはその根拠を数え上げてきた。互いを理解するのに二人の間に言葉は必要なかった。口を開かずとも、相手の心が読めてしまうのだ。本当にこんなことがあるなんて。

「きみもすでにわかっていると思うが、マリオは立派な人間だし、父親として誇れる男だ。だが、きみは彼に打ち明けるのを恐れている。ガブリエラをどれだけ傷つけるかわかっているからだ」

　ガブリエラのことを考えるといっそう気分が沈む。先週、マリオたちとおいしいシーフードレストランで食事をしたとき、ガブリエラは自慢げに言っていた。アレッサンドロとの仲は親密になってきていて、つき合い始めるのも時間の問題だと。それが事実でないのはわかっていても、ガブリエラがそう信じ、主張する限り、あえて何も言うつもりはなかった。

　キャサリンは受話器を握り締めた。「それがわかっていて電話をかけてくるなんて怖い人ね、ミスター・ルチェッシ。マリオはガブリエラとソフィアの幸せを必死で守ろうとしているのよ。これ以上混乱を招くようなことはできないわ」

「だから電話したんだ。もうしばらくその混乱からきみを連れ出したい。明日の早朝に迎えに行く」

待ち望んではいけない言葉なのはわかっている。交互に押し寄せる喜びと恐れで頭がいっぱいになり、キャサリンは答えに窮した。

「無理よ……。明日の正午にマリオが迎えに来るの。それまでの準備だってあるし。彼の住む世界をわたしに見せたいって言ってくれたの」

しばしの沈黙ののち、アレッサンドロはきっぱりと言った。「当然のことだ《ナトゥラルメンテ》。きみの父親なんだから。一緒に過ごせなかった長い年月を埋め合わせたいのさ。きみとマリオは血も心もつながっているんだ。それにマリオにとってきみは、人生で初めての恋を思い出させる存在でもある。だがぼくとしては、きみにぼくの世界を見せたいんだ」アレッサンドロは低くかすれた声で言った。

考え込んでいたせいで、今の言葉がアレッサンドロの心の声なのか、実際に声に出して言ったのかわからなかった。

「キャサリン？」

イタリア訛《なまり》の声にそっと名前を呼ばれただけで、アドレナリンがどっと湧《わ》き上がり、キャサリンの心臓はどきどきした。

「でも、明日は仕事があるってベニートに言っていたじゃない」

アレッサンドロは鋭く息を吸いこんだ。「ああ。仕事でサルディニア島に飛ばなきゃならない」彼女が良心と闘っているのを知りながら、なおも低い声で続けた。「ベニートも一緒だ。島を観光すればいい。今の時期は島じゅうに花が咲き乱れている」

口の中が乾き、キャサリンはその場でそわそわと身じろぎした。「美しいでしょうね」そんな場所に行ったら、取り返しのつかない過ちを犯してしまいそうで怖い。

彼と会うべきではない理由をすべて抜きにしても、

あと数日でアメリカの父の元に戻れば、彼とはなんの関係もなくなる。そんな男性と親しくなってもしかたがない。わたしにはルチェッシ家とは縁もゆかりもないニューメキシコの生活があり、アレッサンドロには責任も友情もつき合いもある。もし危険を冒せば、あらゆるところ、あらゆる人に波紋を広げることになる。ガブリエラにもベニートにもマリオにも。その代償はあまりに大きすぎる。

「考えておいてくれ。明日の朝七時、ホテルの前にリムジンを止めて車の中で待っている。もしきみがホテルから出てこなければ、睡眠が必要だったんだと思うことにするよ。おやすみ、キャサリン」

電話の切れる音が聞こえても、キャサリンはしばらく呆然《ぼうぜん》としていた。会話の内容も彼からの電話自体も、まるで夢の中の出来事のような気がする。いったいどうすればいいの？　これ以上アレッサンドロと過ごせば、彼へのどうしようもない思いを抱えたまま帰国することになるのは目に見えている。

もし明日寝過ごしてしまえば、すべては夢のままで終わらせられるかもしれない。誰にも害を及ぼさず、自分自身も傷つくことなく。

キャサリンは苦しげな声をあげた。そんなの嘘よ！　たとえ行動に移さなくても、よからぬことに欲望を抱いたこと自体、すでに害を及ぼしているのに。アレッサンドロの電話のせいで、なんだか熱病にかかったみたいに体が火照る。一晩じゅう治まりそうにない。そんなことを考えてしまうだけでも、なんて愚かなのだろう。

寝支度を整えてベッドにもぐり込んでから、どうするかは体内時計に任せることに決めた。もし十一時まで寝過ごせば、それであきらめがつく。もし朝の六時にそわそわと部屋を歩きまわっていたら、腹をくくって考えることにしよう。想像を超える欲望に屈した結果、いったい何が待ち受けているのかを。

6

「仕事に行くんだと思ってたのに」

リムジンの後部座席で向かい合う不機嫌な息子に、アレッサンドロはちらりと視線を投げた。「少し寄り道してくれるよう運転手に頼んだんだ」

ベニートはいぶかしげに目を細めた。「あの人、また一緒に来るの？」

「来るかもしれないし、来ないかもしれない」

ベニートは不満げな声をあげ、シートにどさっと頭をあずけた。「だから今朝はやたらとぴりぴりしてるわけ？」

そのとおりだ、とアレッサンドロは思った。「正直言うと、今ちょっとした問題を抱えているんだ。

気を悪くしたら、すまんな」

ベニートは困惑顔になった。「問題ってどんな？」

「厄介なことさ」アレッサンドロはつぶやいた。ベニートはぎょっとしている。

「横領とか、そういうこと？」

アレッサンドロは顎をこわばらせた。「もっと悪い」

「刑務所に入れられるより悪いことなの？」

「ある意味、違う種類の刑務所だな」

「怖がらせないでよ、パパ」

「パパの気持ちがわかってきたようだな」

ベニートは眉をひそめた。「話してくれない？」

いつも自分のことばかりの息子が父親を心配するなんて、初めてじゃないだろうか。

アレッサンドロの心は揺れた。いっそのこと打ち明けてしまおうか。いずれは話さなければならないことだ。今が絶好の機会かもしれない。だがタイミングが悪かった。リムジンはすでにホテルの正面に通じる道に入っている。ホテルを出入りする人が数名いたが、キャサリンの姿はどこにも見当たらない。アレッサンドロの胸はうずいた。

これでよかったんだ。彼女が来ないと決めたのだから。アレッサンドロはため息をつきながら自分に言いきかせた。だが、リムジンが完全に止まるや、ドアを開けて外へ飛び出した。「すぐ戻る！」

ロビーに彼女がいなければいさぎよくあきらめ、このまま車を会社へ向かわせよう。

足早に数歩でロビーに足を踏み入れると、アレッサンドロの顔に落胆の色が広がった。ここにも彼女はいない。部屋番号はわかっているが、訪ねるところをホテルの従業員に気づかれたくはない。

この時点で自制心を失っているのを感じながら、アレッサンドロはエレベーターのほうへ向かった。腕時計を見ると七時を五分過ぎている。もしかしたら部屋を出て下りてくるところかもしれない。あと一分待って、来なければきっぱりあきらめよう。きっとそのほうがいいのだ。ベニートのためにも、誰のためにも。後戻りできなくなる前に手を引けば、傷つかなくてすむ。アンドレアを亡くしてから、すでに一生分の心の傷を負ってしまったのだから。

ドアの上のランプが点灯し、エレベーターが何台か動き出したが、キャサリンが下りてくる気配はない。二分待ったのち、アレッサンドロは顔をこわばらせたまま踵《きびす》を返し、エントランスへ向かった。

入り口のガラス扉まであと数メートルというところで、背後から軽い足音が聞こえてきた。

「アレッサンドロ？」

心臓が跳ね上がった。かすかにハスキーな独特の声。こんな声を出せるのは一人の女性しかいない。アレッサンドロは高ぶる気持ちを必死で抑えて振り向いた。「おはよう《ブオン・ジョルノ》、キャサリン」

一瞬キャサリンは吸い寄せられるようにアレッサンドロを見つめた。「おはよう」

息が弾んでいる。きっと走ってきたのだろう。彼の胸はさらに躍り、彼女の服装に目を奪われた。リーバイスのジーンズにターコイズ色のトップス。今日もカウボーイブーツをはいている。

ぼくらが惹《ひ》かれ合っているのは間違いない。でなければ彼女も〝ここからは危険を覚悟で進め〟という一線を進んで越えようとはしなかったはずだ。

「何か食べたかい？」

「ルームサービスでジュースとロールパンを頼んだわ」

ということは彼女も眠れなかったのだ。そうぴんときて悪い気はしなかった。だが、ぼくに心臓発作を起こさせるくらい遅れて姿を見せるまで、彼女はずいぶんと葛藤《かっとう》したのだろう。

「サッサリに着いたら、もっとしっかりした食事をとろう。それじゃ、行こうか？」アレッサンドロは彼女の肘に手を添えた。どうにか理由をつけて彼女に触れたい。そのままホテルを出てリムジンに向かうと、ときおり二人の脚がかすかに触れ合い、熱いものがアレッサンドロの体を貫いた。

リムジンに着くと、アレッサンドロは冷静になろうとキャサリンをベニートの隣に座らせ、自らはその向かいに座った。

再びキャサリンと目が合った。だが今は、濃いブルーの目の奥に困惑が潜んでいるのが見て取れた。その目はいくつもの疑問を投げかけている。だが答えはまだ彼にもわからない。今わかるのは、彼女との関係で生じる問題をよそに、なんだか若返ったような気分になっているということだけだ。

妻の埋葬が終わったとき、妻がいたときのような幸福感は生涯二度と味わうことはないだろうと思った。それ以来何に対しても心を動かされることなく、ずっと単調で無感動な生活を送ってきた。そこに突然、彼女が現れたのだ。向かいに座っている、このとびきり魅力的な女性が。

彼女が二人の行く手にどんな障害を投げかけようとも――すでに不安に駆られてぼくから身を引こうとしているのを感じるが――二人の間に何が起こるか見つけるまでは、決してあきらめるつもりはない。

いっそのことベニートを家に返して彼女を連れ去ってしまおうか。だがこんな切羽詰まった気分では、彼女を二度と手放せなくなり、増えていく心配事のリストに誘拐という言葉が加わりかねない。

リムジンがルチェッシ社に到着すると、アレッサンドロはキャサリンを車から降ろした。「またエレベーターで屋上だ。準備はいいかい？」彼女の腰にそっと手を添えると、キャサリンの体が震えた。それこそ求めていた答えだった。

離陸したヘリコプターは、今回はポンペイとベスビオ山の上空を飛んだ。キャサリンの眼下に溶岩の川が間近に見える。麓《ふもと》のどこかにマリオのぶどう園があるはずだ。

ナポリに来たのはマリオに会うためだった。だから夢にも思っていなかった。あのときロビーで、浮かない顔をした長身で黒髪の見知らぬ男性にシニョリーナ・ダルトンですかと呼び止められたとたん、自分の世界が一変してしまうなんて。あの瞬間からなんらかの力が解き放たれ、キャサリンの体の構成分子はすっかり入れ替わってしまった。今後彼女の人生は、B・A期とA・A期という節目で区切られることになる。アレッサンドロ出現前《ビフォー・アレッサンドロ》とアレッサンドロ出現後《アフター・アレッサンドロ》だ。

B・A期では、家族と友人と仕事に恵まれ、楽しい生活を送っていた。母の死と実の父親が判明したこと以外、人生を揺るがすような大事件はなかった。

けれどA・A期になったとたん、すっかり自分を見失ってしまった。以前の常識はまるで通じない、まったく新しい未知の領域に踏み込んでしまったのだ。そしてその世界は、ほかの誰とも違う一人の男性によって成り立っている。彼女の世界に侵入してきた、ルチェッシ兄弟の中で最も若く才気にあふれたこの男性は、マリオの賞賛ぶりからしても、男女を問わず人を惹きつける魅力を持っているようだ。

ガブリエラには恋心を抱かれ、自家用ヘリの操縦士に尊敬され、マリオからも絶大なる信頼を置かれている。ベニートだって表向きは無関心を装ってはいるけれど、父親を崇拝しているのは明らかだ。ほんの一週間でキャサリンはそれを実感した。

もし魔法なんてものがあるとすれば、ちらりと視線を投げ、頭を軽く傾けるだけで、彼は誰をも魅了してしまうのだろう。今朝五時に目覚めたとたんにわかった。アレッサンドロと一緒にいたい。彼のいない世界なんて考えられない。でもそんな気持ちになること自体、怖かった。それに先に彼に魅了されたのはガブリエラのほうだと思うと、ひどい罪悪感に襲われる。

彼女は単なるほかの女性ではない。半分血のつながった妹なのに！　マリオはいつかアレッサンドロがガブリエラを好きになってくれればと願っている。先日のディナーでマリオはわたしにこっそりそう告げた。

それなのに、わたしは朝の七時からアレッサンドロの自家用ヘリに乗り、仕事先へ同行している。誰にも内緒で――もちろんベニートを除いてだけれど。

キャサリンが悶々《もんもん》と考えにふけっていると、マイクを通してアレッサンドロのよく響く声が聞こえた。彼はヘッドギアをつけ、颯爽《さっそう》と副操縦席に座っている。キャサリンとベニートがいるのは後部座席だ。

「もうすぐサッサリに到着するよ。中世に急速に栄えた都市だ。あとで観光しよう。今はコルクガシの林の上を飛んでいる。あの林をもっと買い上げようと思っているんだ」

「詳しく教えて！」キャサリンは声を張り上げた。アレッサンドロを見つめてばかりいてはだめ。何か気をそらさなくては。

「うちの会社の一部署が、あの木から採れるコルクで製品を作り、輸出しているんだ。ワインのコルク栓もその一つで、数年前からマリオとも取り引きをしている。関係者すべての利益になる、いい商売なんだ」

彼のことも彼の仕事のこともなんでも知りたかった。けれどマリオの名前が出たとたん、キャサリンの胃はぎゅっと締めつけられた。きっとここで働く誰かに、アレッサンドロと一緒にいるところを見られてしまうに違いない。そうすればマリオとガブリエラの耳にも入るだろう。

観光といったって、よりによってなぜここを選んだのかと思うはずだ。たとえ誰にも紹介されなかったとしても、赤毛でカウボーイブーツをはいた女性という情報はマリオに伝わるかもしれない。そんなことになったら、マリオやガブリエラになんて言い訳すればいいの？

サルディニア島は、花々が咲き乱れるエデンの園のような美しい島だ。こんな場所にアレッサンドロと来られて、天にも昇る心地がする。でも二人の間である程度きっちりとルールを決めておかなければ、島に降り立つことはできない。

操縦士はよく見えるように高度を下げて木立の上を旋回し、やがて小屋や車が立ち並んでいる場所の空き地に着陸した。プロペラの回転が止まると、アレッサンドロはヘッドギアを外してキャサリンを振り返った。カーゴパンツとクリーム色のシャツを身につけた彼は、うっとりするほど格好がいい。開いた胸元からわずかに黒い胸毛がのぞいている。

「きみが何を考えているか、ぼくがわかっていないとでも思うかい？　心配は無用だ」アレッサンドロは低い声で言った。「今からベニートを連れて工場長に会ってくる。研修として経営方法を学ばせるんだ。数分で戻るよ。そうしたら会社の車で海岸沿いのレストランに行って朝食にしよう。そのあとでベニートを迎えに戻ってくる」

ほっとしたとたん、キャサリンの体から力が抜けた。「またあとでね、ベニート」

ベニートが探るようなまなざしを向けてくる。彼に好意を持ってもらえることなどなさそうだ。

「じゃあまた《チャオ》、シニョリーナ」

アレッサンドロはちらりとキャサリンを見た。貫くような黒い視線が彼女の胸を弾ませた。

「すぐに戻るよ」

急いで戻ってきて！　キャサリンは叫び出したかった。

「わかっている」アレッサンドロはキャサリンの心を再び読み取ったかのようにつぶやいてから、息子を追いかけていった。

今起こったことに呆然《ぼうぜん》としながら、キャサリンはぺたんとシートに座り込んだ。今の一体感は偶然なんかじゃない。とてつもなく強い絆《きずな》を感じた。まるで前世から結ばれていたかのようだ。

操縦士が携帯電話で誰かとしゃべっている間、キャサリンはシートに頭をもたせかけた。もうすぐアレッサンドロと二人きりになる。そう思うだけで胸が高鳴り、激しい鼓動は抑えようもない。狂気の沙《さ》汰《た》だわ。彼が戻ってくるまでに、絶対に感情をコントロールできるようにしておかなければ。

7

十分後、アレッサンドロは工場長と仕事の話をつけ、ベニートを脇《わき》へ連れ出した。「今からコルクの剥《は》ぎ取り工程を見られる。実に興味深いぞ」

「キャサリン・ダルトンを見てるほうが興味深いんじゃないの？」思いもかけずベニートが言い返した。

「彼女はパパにとってどういう存在なの？」

いつかはっきりきかれるとは予想していたが、驚いたことが一つある。その口調が彼のおじたちのように大人びてしっかりしていたからだ。息子の問いかけに、アレッサンドロはみぞおちに一発くらったような衝撃を受けた。「彼女はマリオの娘だ」

「ガブリエラだってそうだよ。でも彼女を連れて三人でどこかに行ったことなんてないじゃないか。まして職場になんて」

アレッサンドロはすっと目を細めた。「何が言いたい？」

ベニートはわずかにたじろいだようだ。「怒ってるんだね？」ふいに幼いころの息子の顔になった。悪さをしたのをわかっているときの顔だ。

アレッサンドロの顔が険しくなった。「おまえの態度に対してだ。質問に対してじゃない」

少しためらってからベニートは言った。「まだお母さんのことを愛してる？」

なるほど。不機嫌な理由はやっぱりそれか。アレッサンドロはためていた息を吐き出した。「おまえのお母さんはパパの命より大事な人だったよ」

ベニートは大きく息をついた。

「だが、おまえに嘘《うそ》はつけない。キャサリンはパパにとって大きな存在になりつつある」

ベニートは無言で板張りの床につま先をこすりつけていたが、工場長のほうにちらりと目を向けた。

「もう行かないと」

アレッサンドロは腕時計に目を落とした。「十時十五分に迎えに来るよ」

疑わしげに父親を見つめる息子の肩をぽんと叩《たた》き、彼が去っていくのを見届けてから外に出た。とにかくこれでベニートには気持ちを知られたわけだ。彼がじっくりと考える間、与えられた猶予は二時間。この時間できっとぼくの人生は変わるだろう。

アレッサンドロは用意してあった車に乗り込み、ヘリコプターへと走らせた。

機内ではキャサリンが眠っていた。ゆうべはよく眠れなかったに違いない。自分自身も寝不足のはずだが、今までにないほど生き生きとした気分だった。彼女の髪は乱れ、ヘッドレストの上に魅惑的に広がっている。その髪をもっとくしゃくしゃにして、鮮やかな炎が揺らめくような様を見てみたい。彼はそんな衝動に駆られた。

「キャサリン？」

アレッサンドロが呼びかけると、彼女はぴくりと動いた。もう一度名前を呼ぶと、まぶたを震わせ目を開けた。とたんにコバルトブルーの目が燃え立つような輝きを放ち、アレッサンドロの全身をアドレナリンが駆け抜けた。その目は彼が本当にここにいるのか確かめるように眺めまわしている。思わず見《み》惚《ほ》れているところに、キャサリンが彼の名前を呼んだ。紛れもなく待ち焦がれていたような声で。

アレッサンドロのこめかみはどくどくと脈打った。「さあ行こう」もう待ちきれない。今すぐ二人きりにならなければ。

キャサリンはすばやくヘリコプターを降り、車の助手席に乗り込んだ。彼女はそこかしこに咲いている野の花の香りがする。たとえこの身が滅びようとも、彼女に触れずにはいられない。

アレッサンドロは車を発進させ、木立に囲まれた曲がりくねった道を走らせた。人けのない場所まで来ると、脇に車を止め、エンジンを切った。矢も盾もたまらず、いきなりキャサリンのシートベルトを外すと、彼女は驚いた。

「何をしているの？」

「わからないのかい、美しい人《ベリッシマ》？　この一週間、きみにちゃんと触れることができなかったんだ。おいで、キャサリン」アレッサンドロは切羽詰まった声で言い、彼女に近づいた。

「怖いわ」キャサリンは声をあげた。

「ぼくが怖いわけじゃないだろう？　でなきゃ来なかったはずだ」激しい欲求に駆られ、アレッサンドロは有無を言わせずキャサリンを抱き寄せた。

彼女の温かく甘い息が自分の息と混ざり合う。震える唇に彼は口を重ねた。女性らしい曲線を感じ、欲望が体を駆け巡る。

「口を開けて。ためらわないでくれ」アレッサンドロの唇が彼女のなめらかな頬と喉元をさまよった。

「もう我慢できない」

キャサリンは一度ぶるっと身を震わせ、口を開いて彼を受け入れた。互いの唇を味わいながら、欲望はとどまることなく燃え上がっていく。

名状しがたい陶酔感に襲われ、アレッサンドロはしばし甘美な喜びに浸った。まさかこんな世界があろうとは。彼女を知らずに今までどうやって生きてきたんだ？

太陽はすでに高く昇っている。だがアレッサンドロは恍惚感《こうこつ》に我を忘れていた。キャサリンのキスにどんどん生気が満ちてくる。彼は魅惑的な顔の造作一つ一つをしっかりと心に刻んだ。そして彼女の顔を包み込み、上を向かせて視線を合わせた。

「かつてこの目に映ったものの中で、きみは一番美しい。ぼくに何をしたかわかっているのかい?」声が震える。アレッサンドロは金色の混じる赤い巻き毛に指をからませた。「きみを食べてしまいたい」

キャサリンは小さく声をあげ、腫《は》れた唇でささやいた。「それは今、わたしがしていることじゃないかしら」彼女の貪欲《どんよく》な口が再びアレッサンドロの唇をとらえた。そのキスは、砂漠の熱風のごとく彼の中で燃え上がる炎を煽《あお》る。「呼吸せずにはいられないくらい、あなたを求めずにはいられないわ。それが正直な気持ちよ」彼の喉元で彼女は認めた。

なんとも言えない幸福感がアレッサンドロを満たした。彼女のキスはなんてすばらしいんだ。ずっとこのまま、彼女を腕の中から放したくない。

「こんな気持ちになれるなんて、思いもしなかったわ」彼の顎にキスの雨を降らせながらキャサリンは声をあげた。「母がマリオと出会ったときに感じた気持ちがこうなのかしら? だとしたら、今まで知らなかった多くのことがわかった気がするわ」

彼はキャサリンの髪に顔をうずめた。「マリオはきみのお母さんを心から愛していたと言っていたよ。彼女を追っていけなかったことで、ひどく落ち込んでいた。だが家族はみな彼を頼っていたんだ」

キャサリンに夢中になるあまり、アレッサンドロはしばらく携帯電話が鳴っているのに気づかなかった。まったく腹立たしい。この至福のひとときを誰にも邪魔されたくはない。電話をかけてきたのが誰だろうとかまうものか。正午までに彼女をナポリへ送り返さなければならないと思うと、たまらなくつらい。会う相手が彼女の父親でさえなかったら……。

数分後、キャサリンが口元でぼんやりとささやいた。「電話が鳴っているわ。これで三度目よ。大事な用かもしれないわ。きっとベニートじゃない?」

戻ると知っている息子が電話をかけてくるはずがない。アレッサンドロは再びキスを深めた。今はすべてを忘れたい。

しかしキャサリンはゆっくりと彼の抱擁を解いた。アレッサンドロがもてあそんでいた深紅色の髪を後ろになでつけながら言う。「今、何時？」

彼はしぶしぶ腕時計に目をやった。「十時二十分だ」まさか、こんな時間になっているとは！

再びアレッサンドロの携帯電話が鳴った。

キャサリンはぱっと体を起こした。「そんなに時間が経《た》っていたなんて、信じられないわ！」

彼は心臓が止まりそうなほど艶《なま》めかしいキャサリンの唇を指でなぞった。「朝食に連れていけなくてすまない。すっかり現実を忘れてしまっていた」

「わたしもよ」キャサリンも静かに認めた。「いったいどうしちゃったのかしら？」

「その答えが本当に必要かい？」

彼女は恥ずかしそうに目をそらした。「いいえ」

シャイな彼女に情熱的な一面もあることはすでに知っている。どちらも魅力的だ。いずれ、人を惹《ひ》きつけてやまない彼女の魅力のすべてを知っていこう。

「結局、息つく暇もない時間を過ごしてしまったが、観光でもしたほうがよかったかい？」念のため確めておきたかった。

キャサリンは両手で彼の手を取り、その手のひらに唇を押し当てた。「きくまでもないわ」声がわずかに震えている。「あなたがわたしを虜《とりこ》にしたのよ」

彼はたまらずにシートから身を乗り出し、キャサリンの首に腕を巻きつけた。「じゃあ、ぼくらは互いを虜にしたってことだね」そうささやき、彼女の耳たぶをそっと噛《か》んだ。「きみの燃えるように赤い豊かな髪が放つ威力は、怪力サムソンの黒髪だって太刀打ちできない。きみがぼくの存在を知る前から、ぼくはその髪に心を奪われていたよ」

「いつわたしを見ていたの？」キャサリンは身を引

いてアレッサンドロの顔を見た。

「ホテルのロビーで誰かに電話していただろう？　カウボーイブーツをはいた、目を見張るようなテスタロッサにどの男の目も釘《くぎ》づけになっていたよ」

「テスタロッサ？」

「赤い髪という意味だ。一目見たとたんに、その場で脚が動かなくなってしまった」

キャサリンはぽっと頬を赤らめた。「父に電話するって約束したから」

再び携帯電話が鳴った。誰からかはわかっていた。これほどしつこく邪魔をする人間は一人しかいない。

「お願い、出て」キャサリンはうろたえ始めている。

アレッサンドロは携帯電話を取り出し、発信元を確かめてから電話を切った。

キャサリンが困惑した声を出した。「どうして切ってしまうの？」

「今は取り込み中だからさ」

キャサリンはおびえたような目で彼を見つめた。

「ガブリエラからね？　あなたをずっと探しているのよ。わたしがホテルにいないのにも気づくわ」

どうしても譲る気はないらしい。彼は根負けした。

「一緒に伝言を聞いてみよう。英語に訳すから」そう言ってマイクロスピーカーのボタンを押した。

〝サンドロ？　どうして出てくれないの？　あちこち電話してあなたを探しているのよ。今夜八時にうちでパーティーがあるの。パパからあなたも招待するように頼まれたのよ。今日の午後はキャサリンと二人で出かけるんですって。彼女が帰国する前に。あなたと連絡が取れないからパパが心配してるわ。早めに来てね。みんなが来る前に二人で飲みましょうよ。先週はさっさとホテルから帰っちゃって傷ついたんだから。でも許してあげる。ベニートのためならしかたないもの。ベニートも連れてらっしゃいよ。みんなとプールで泳げばいいわ。それじゃ、待ってるわ〟

キャサリンは顔をそむけた。「もう行かなきゃ、アレッサンドロ。わたしのために時間を作ってくれたマリオを待たせたくはないわ」

だめだ。行かせない。アレッサンドロは彼女のうなじに波打つ巻き毛を手に取り、唇に持っていった。「行く前に、一つだけ条件がある」

キャサリンの体がびくっと震えた。「だめよ」

「何を言うんだ」アレッサンドロの声に苛立《いらだ》ちがにじむ。「二人の情熱に火がついてしまったのはわかっているだろう？　今夜のパーティーが終わってマリオがきみを送り返したあと、きみのところに行く。話し合わなきゃならない」

キャサリンは首を振った。「信じられないわ。これじゃヨーロッパに遊びに来てゴージャスなフランス人やイタリア人の男性と火遊びする多くの女性たちとまるで同じじゃない。恥ずかしいわ。母と同じ罠《わな》にはまってしまったなんて。思っていたよりも母とわたしは似たもの同士だったというわけね。でも母の二の舞になるつもりはないわ」

「このまま終われるはずがない」アレッサンドロは腹立たしげに口を挟んだ。

キャサリンは唇を嚙み締めた。「これ以上あなたとの関係を深めるつもりはないわ」

「言っておくが、ぼくたちはまだ何も始まっちゃいない」その言葉はキャサリンを黙らせた。「ぼくたちの関係は、きみが言うようなよくある火遊びとは全然違う。これだけははっきりさせておく。もしぼくの望みが、きみたちアメリカ人が言うところの一夜限りの情事なら、これほど必死になりはしない。きみが帰国してからアメリカに行ってきみを見つけ出し、一晩楽しんで終わりにするだろう。だがぼくもきみもそんなことを望んじゃいない。だからこそ話し合うべきなんだ。でなきゃ不本意にもマリオを傷つけることになる。噂《うわさ》になって彼の耳に届く前に、ぼくらから事実を話して聞かせなければ。きちんと敬意を払って、彼の許しを得たいんだ。娘のキャサリンを追いかけてもいいかとね」

「だめよ!」キャサリンは叫んだ。「まだマリオには何も言わないって約束して。彼の気持ちを考えてみてよ。ガブリエラにどうやって説明すればいいの? どうしたって彼女を傷つけてしまうわ。彼女はずっと前からあなたと親密になりたいと願っているのよ。あなたが彼女に気がないのはわかっているけど、そういう問題じゃないの。ベニートだってすでに感じ取っているし、絶対に彼を傷つけたくないわ。どれほど無理な状況かわからないの?」

「わかるのは、二人とも切っても切れない深い何かを感じているってことだけだ。それを突き止めなければ、ぼくらには不幸が待っている。そんな苦しみに耐えるつもりは毛頭ない。今朝きみがロビーに現れた時点で、もう後戻りはできなくなったんだ。ぼくらは離れることなんてできない。これからもずっと。求め合う気持ちはもう止まらない。きみは賢い女性だ。自分の気持ちを偽れやしないだろう」

彼はエンジンをかけ、車を方向転換させた。

「もし今夜、ホテルの部屋に鍵《かぎ》をかけようと思っているなら、それは無駄だよ。ホテル・セレスティーナを最近買収したホテルチェーンを経営しているのはルチェッシ社なんだ」

キャサリンは頭をのけぞらせ、悲痛な声をあげた。

「アレッサンドロ、お願いよ、聞いて——」

アレッサンドロはぐっと顎をこわばらせた。「今夜のパーティーが終わったら会いに行く。マリオにいつどうやって話すかを決めよう」

その後、話はうやむやになったままベニートを車で迎えに行き、ヘリコプターでナポリへ飛んだ。機内では、アレッサンドロの深みのあるイタリア語が後部座席まで響いた。ベニートと仕事の話をしているのだ。その間にキャサリンは、長いこと感じていた彼の腕の温《ぬく》もりをなんとか忘れようとした。強い歓喜の余韻に体がうずき、まともに考えることができない。

「シニョリーナ・ダルトン？」

ベニートの声にはっとなり、キャサリンはあわてて彼に振り向いた。身ぶりで窓の外を見るように言っている。

「ここからの火山の眺めが最高なんだ」

わたしに好意を持っていないとしても、ベニートは必死で親切にしようとしてくれている。もちろん、父親に頼まれたからなのだろうけれど。

言われたとおり窓の外を見てみると、前方にはナポリの町並みが広がり、その背後に不吉な雰囲気を漂わせたベスビオ火山がそびえ立っている。ここからだと、星の数ほど写真に撮られてきた有名な湾も見える。すべてが美しくきらめき、キャサリンはベニートにっこり微笑《ほほえ》んだ。

するとベニートはさらに遠くを指さした。「あれがソレントだよ！」

「なんて美しいのかしら。まるでダイヤモンド・ダストが町を覆っているみたい」

「今の時期にはよくある現象なんだ」アレッサンドロが説明を加えた。副操縦席に座っていながらも、話はすべて聞いていたらしい。「空気中の水蒸気が霞《かすみ》を作り出し、きらきら輝いて見えるんだ。ダイヤモンド・ダストとは、ぴったりな表現だね」

アレッサンドロがイタリア語で息子に説明している間に、ヘリコプターは遠くに見えるルチェッシ社のビルへと一直線に向かっていく。時間と文明の利器によって、二人で過ごした夢のような朝の時間は奪われてしまった。これですべて終わりなのね。機体の高度が急速に下がると同時に、キャサリンの心は二度と埋めることのできない空洞へと落ちていくような気がした。

ヘリコプターから降り立つと、三人はエレベーターで一階へ下りた。正面玄関の前にはすでにリムジンが待機している。アレッサンドロにうっかり触れないように、キャサリンはあえてベニートを挟んで歩いた。だが後部座席に乗り込むとき、エスコートしてくれたアレッサンドロの手が、キャサリンの肩から腰をしなやかになでおろした。

今のは偶然？　もう何もわからない。体がぞくっとし、もう少しでへたり込んでしまいそうだ。さよならと言う声までうわずってしまい、ベニートに変に思われたかもしれない。

「じゃ、また今夜。ベニートと一緒に行くよ」アレッサンドロは魅惑的な低い声で念を押した。ベニートは当惑顔で父親を見つめている。アレッサンドロは息子に説明した。「そういうことだ。今夜マリオの家でキャサリンのためにパーティーが開かれる。ぼくらも招かれているんだよ」

ベニートは驚いているようだったが、ふとある懸念が頭をもたげ、キャサリンはそれどころではなかった。「マリオがもうホテルに来ているかもしれないわ。もしわたしがあなたのリムジンから出てくるところを見られたらどうすれば――」

「大丈夫だ」思い出したくなかったかのように、アレッサンドロは顔をこわばらせた。「広場の角できみを降ろすよう運転手に伝えておく。そこから歩いてくるのを見られたとしても、ありのままを話せばいい。観光に行っていたんだとね。そして……とびきりすばらしいひとときを過ごしたと」

アレッサンドロは赤くなったキャサリンの頬をそっと指でなぞり、ドアを閉めた。

リムジンがホテル近くの広場で止まるまで、彼の指の感触が肌に焼きついて離れなかった。

運転手に礼を言って車を降り、キャサリンは混雑した交差点を渡ってホテルへ向かった。入り口の近くまで来ると、エントランスの扉からライトブルーのズボンに白いスポーツシャツ姿の見慣れた男性が出てくるのが見えた。手を振るとマリオも手を振り返し、キャサリンのほうへと歩き出した。しだいに早足になり、近づいた二人は自然と抱擁を交わした。

ほんの一時間前には、車の中でアレッサンドロとむさぼるようなキスを交わしていた。マリオがガブリエラの人生の伴侶《はんりょ》にと望んでいる男性と。やましさと甘い気分がないまぜになり、キャサリンはいたたまれなくなった。

ダークブラウンの髪と目をしたマリオは、四十七歳にして、すばらしく壮健でとびきり魅力的な男性だ。二十一歳のころは、さぞや多くの女性の心を打ち砕いてきたことだろう。アレッサンドロの話では、その彼の心を打ち砕いたのはわたしの母だという。マリオにとって母がどれほど大切な存在だったか、母はずっと知らなかったのだ。そう思うと胸が張り裂けそうになる。

かといって、もし母とマリオが結婚していたら、とは考えたくもない。牧場の家で悲しみに暮れている父の姿が何度も目に浮かび、切なくてたまらなくなる。父もまたつらい思いを味わっているのだ。

あまりにも悲しい状況に、キャサリンは泣きたくなった。でも今は泣けない。今日はマリオのために笑顔でいなければ。きっとすばらしい父親になってくれたであろうに、実の娘の存在をずっと知らされることのなかった彼のために。

「もう準備がいいなら、さっそく出かけよう」マリオは強いイタリア訛《なまり》で言った。「見せたいところはたくさんあるのに、時間が少なすぎるからね」

本当にそのとおりだった。いくつもあるマリオのぶどう園を巡りながら話に花を咲かせていると、楽しい午後はあっという間に過ぎ去った。ここがわたしのルーツとなる場所なのだ。広大すぎて一度にすべては見られそうにないけれど。二人はいろんな話をした。キャサリンの母のこと。彼女の命を奪った病気について。それでも話したいことはまだまだあった。けれど話が尽きる前にホテルに戻る時間になり、二人とも名残惜しい気持ちでいっぱいだった。

「広場で待っているから着替えておいで。それからぼくの家に行こう。友人たちもぼくのように、さぞかしきみに魅了されるだろうね、フィリア・ミア」

フィリア・ミア――ぼくの娘……。

マリオにそっと抱き寄せられると、それはとても正しく自然なことに思えた。母には言わなかったけれど、子供のころからときどきひそかに実の父親はどんな人なのだろうと思っていた。母は亡くなる間際になって、ようやく実の父を知る機会を与えてくれたのだ。

マリオと時間を過ごすうち、母に対する怒りはしだいに薄れていった。これは天国の母からのプレゼントなのだ。その思いが徐々にキャサリンの内に染み渡り、感謝の念が湧《わ》いてきた。

もう一度抱擁を交わすと、キャサリンは急いでホテルの部屋に戻り、シャワーを浴びて身支度を整えた。たった一日一緒にいただけなのに、親子の絆《きずな》を実感した。容貌《ようぼう》からちょっとした癖まで、マリオと似ているところは山ほどある。二人が本当の父娘《おやこ》だという証拠だ。

今、こうして化粧をしながら鏡を見ていると、眉の生え方や額の形は父から受け継いだものだとわかる。黒いクレープ素材のドレスを着て、黒いハイヒールに足をすべらせながら、キャサリンはマリオと話したことを思い返した。マリオとは様々な物事に対する価値観が似ていた。彼は母と出会ったいきさつを教えてくれ、ともに笑い、涙を流した。ただ二人とも、これ以上傷つけたくない互いの大事な家族であるガブリエラとスタンの話題だけは避けた。

部屋を出ようとしたところで電話が鳴った。ニューメキシコは今、午前十一時だ。父かもしれない。でも今まで父から電話をかけてきたことはなかった。そうするとマリオだろうか。身支度にあとどれくらいかかるか確認したいのかも。けれども胸の鼓動はやけに激しく打っている。もしかしてアレッサンドロ？　とたんに彼女の全身に警鐘が鳴り響いた。

キャサリンは途方に暮れて電話を見つめた。アレッサンドロはこうと思えば必ず行動に移す。今度はどういう意図でかけてきたの？　けれど考えてもわかりそうにない。不安と切望が入り混じる思いで受話器を取り上げたものの、キャサリンは熱い石炭に触ってしまったかのようにぱっと受話器を落として部屋を飛び出した。彼にはもう会わないと言ったじゃない。会ってはいけないのよ。

8

十五分後、町の北部にある三階建てのマリオの屋敷にキャサリンは足を踏み入れた。室内ではイタリアのポップミュージックが流れ、二十人ほどの着飾った人々が飲み物を片手に騒々しく部屋を歩きまわっている。年齢はマリオの同世代から若い人たちまで様々だ。アレッサンドロの姿はない。ほっとしながらもやりきれない思いでいっぱいだった。

マリオのガールフレンドも含めた客全員に取り囲まれ、キャサリンはマリオから紹介された。興味津々の視線をいっせいに浴び、なんだか有名人になった気分だ。ワイン醸造業者の娘が一滴もアルコールを飲めないとわかると、みな大笑いした。

ナポリ人は騒がしいくらい陽気な人たちだと母から聞いていた。彼らにとってパーティーは、たっぷりのおいしい料理と人生の楽しみを意味する。わたしもこの血を受け継いでいるのね。マリオを慕い、人生をパワフルに楽しもうとする友人たちの大らかさに、キャサリンはすでに引き込まれていた。

「ガブリエラがいないな」マリオがつぶやいた。

「きっと外のテラスだろう。おいで、見つけに行こう」

コーニスを巡らせた高い天井を見ると、この家の築年数がゆうに百年を超えているのがわかるが、室内には居心地のいいモダンな家具が配されている。テーブルいっぱいにおいしそうなイタリア料理が並ぶダイニングルームを抜け、開け放たれた大きなフレンチドアからテラスに出た。そこから幅の広い階段が続いている。

キャサリンはマリオについて階段を下り、長い楕《だ》円《えん》形のプールに向かった。プールの中では十二人くらいが立ち泳ぎをしながら談笑している。ガブリエラもその中にいた。

「ちょっと待っててくれ。あの子と話してくる」

「ええ、もちろん」ほっとしながらその場に立っていると、プールの端めがけて猛スピードで泳ぎを競い合っている二人の男性が目に入った。

先に水から顔を上げたのはアレッサンドロだった。運動選手並みの優雅な動きで見事な体を浮き上がらせ、濡《ぬ》れた髪を後ろになでつけている。と、ふいに鋭く光る黒いまなざしがキャサリンの視線をとらえ、彼女はびっくりして一瞬息が止まった。

彼の姿に目を奪われていたのに気づかれてしまった。キャサリンは気まずくなって目をそらし、僅《きん》差《さ》でタイル張りのプールの縁に手をついたベニートに視線を移した。けれどもキャサリンと目が合うや、ベニートの顔から笑みが消えた。

　今朝彼らと出かけた罪悪感が湧《わ》き上がり、キャサリンは踵《きびす》を返して家の中に戻ろうとした。だがすぐにアレッサンドロが追いかけてきた。

　彼はタオルを取って体を拭《ふ》きながら、骨抜きになるような視線をキャサリンに走らせる。

「今日はあれからどうだったんだい？」

「母にお礼を言いたい気分よ。マリオのようなすばらしい父に会わせてくれたんですもの」

　アレッサンドロは口元をほころばせた。「マリオは大喜びするだろう」

　キャサリンがうなずき、言葉を継ごうとしたところで、マリオの声がした。こっちにおいでと呼んでいる。今この瞬間、彼女はようやくマリオが父だという実感が湧いた。「今行くわ！」

　アレッサンドロは広い肩にタオルをのせた。「ぼくもきみのお母さんに感謝したいね。おかげでぼくの人生にきみが飛び込んできたんだから。きみと出会ってぼくは変わった。マリオと同じさ。彼の声にも表情にもかつてない幸福感があふれている。きみは人にそういう効果を与えるんだ」

「でも、ベニートとガブリエラは違うわ」キャサリンは苦痛に満ちた声でつぶやき、後ずさった。「行かなくちゃ」

　周囲の視線が二人に向けられていた。ガブリエラはキャサリンをにらみつけている。

　アレッサンドロの顔が曇った。「わかった。今のところはマリオにきみを譲ることにしよう」

　これで終わったわけじゃないという暗黙の警告が、中庭を横切る間ずっとキャサリンの頭から離れなかった。

　それから二度ほどガブリエラがアレッサンドロと話しているのを見かけた。彼はベニートを連れて談笑しながら歩きまわっていたが、キャサリンに近づこうとはせず、パーティーの途中で帰っていった。

それで安心したのか、客が引き揚げ、マリオにホテルまで送ってもらう段になると、ガブリエラは一緒に行くと言い出した。このまま波風を立てないようにしなければ。キャサリンは覚悟を決めて後部座席に乗り込んだ。車中、ガブリエラの態度はいつになく親しげで、マリオも喜んでいるようだった。マリオはホテルの前で車を止めて肩越しにキャサリンを振り返った。

「九時に迎えに行くよ。ポンペイ遺跡を見てまわるには一日かかるからね」

「楽しみだわ！　今日はどうもありがとう。一生忘れられない一日になったわ」

「ぼくもだよ、おちびちゃん《ピッチーナ》。ぼくのピッチーナが二人もいるなんてまだ信じられないな」マリオはキャサリンとガブリエラに満面の笑みを向けた。

　後部座席から車を降りると、驚いたことにガブリエラも一緒に降りてきた。「キャサリンを部屋まで送ってくるわ、パパ」月明かりの下、シルバーラメの高価なスリップドレスをまとったガブリエラはうっとりするほど美しい。キャサリンはいつか彼女と仲よくなれることを願った。

「すぐに戻ってきなさい。もう遅いし、明日は忙しいからね」

　マリオがそう言った理由が、疲れて早く寝たかったからなのか、それともまだ打ち解けない娘たちを二人きりにするのが心配だったからなのか、どちらかはわからない。でも後者のような気がした。わたしと同様、マリオも感づいているのだろう。ガブリエラには何か言いたいことがあるのだ。

　部屋に着き、ドアを開けるとガブリエラが言った。

「入ってもいいかしら？　ききたいことがあるの」

「もちろんよ。どうぞ」

　ガブリエラが部屋に入ると、キャサリンはドアを閉めた。その間にガブリエラはきょろきょろと部屋を見まわしている。見るものなんて何もないわ。荷物はあまり持ってきていないんだから。

「座る？」

「結構よ。いくつかききたいことがあるの。今日、予定より少し早くローマから戻ったから、ここのホテルに寄ったのよ。あなたが観光したいんじゃないかと思って。でも、お留守だったようね」

やっぱり……。「ごめんなさい。あなたが来るって知っていればよかったんだけど。イタリアにいるのが嬉《うれ》しくて、朝早くから散歩に出かけていたの」

ガブリエラの目がじっとキャサリンを見据える。

「わたしのこと、サンドロになんて言ったの？」

彼女ほど単刀直入な人はいない。「何も言わないわ。彼とベニートに観光案内をしてもらっただけ」

「最初の日のことよ。バーで彼と一緒だったでしょう。わたしのことを話していたって、知っているんだから」

キャサリンは眉をひそめた。「彼はあなたに頼まれてホテルに来たって言っただけよ。ベニートと約束があるから、あなたが来たら帰るって。事情はマリオから伝わっていたみたいで、ずっとわたしの話を聞いてくれたの。母のせいで多くの人たちを――あなたも含めて、傷つけてしまったことがたまらなくつらいってことを」今の話はすべて真実だ。

「でも、わたしが来てからサンドロの態度が変わってしまったわ」

ガブリエラがひどく傷つきやすく見え、キャサリンの体の内で何かがぎゅっとよじれた。とはいえ彼女を励ますこともできないし、このままではごまかしきれない状況になってしまいそうだ。彼女はまたすぐに鋭い質問を投げかけてくるだろう。その前に食い止めなければ。

「今日は長い一日だったたし、もう遅いわ。それにこれから父に電話しなきゃならないの。パーティーが終わったら電話するって言ってあるから。申し訳ないけど、もういいかしら？」

一瞬ガブリエラは探るような目を向けた。「わかったわ」

「それじゃ、また明日の朝ね」ドアまでガブリエラを見送りながら、キャサリンの頭はすでにパニック状態になっていた。アレッサンドロにはもう会えないと言ったけれど、彼は何かしら行動に移してくるはずだ。

ガブリエラが去っていくと、キャサリンは閉じたドアにぐったりともたれかかった。異母妹を思うと胸が痛み、寝不足でくたくただ。それでも五感は厳戒態勢になっている。ふいに電話が鳴り、キャサリンは飛び上がった。深呼吸をして自分を勇気づけてから、ベッドサイドテーブルの電話に出た。

「もしもし？」

「やっとつかまえた」アレッサンドロがつぶやいた。

「今ホテルの前だ。リムジンの中で待っている」

「い、行かないわ、アレッサンドロ」声が震える。「わかるでしょう？　ベニートの年じゃ、まだこういう変化を受け入れられないわ。今までずっと育ててくれたパパでないとだめなのよ。それにわたしには、妻を亡くして嘆き悲しむ父がいるわ。父はわたしまで失うことを恐れているの。明日はマリオと過ごすわ。彼はわたしを温かく迎え入れようとしながら、ガブリエラを傷つけまいともしているのよ。このホテルの所有者のあなたが自由にわたしの部屋に入ってこられるとしても、そんなことはしないってわかってるわ。あなたは高潔な人だもの。もうお別れね。い、いろいろとありがとう」再び声が震える。「決して忘れないわ。あなたのことも、一緒に過ごした時間も」そう言って電話を切った。

キャサリンの言葉にアレッサンドロは凍りつき、通話を切った。

薄暗いリムジンの中でベニートがじっとこちらを見つめている。

「彼女、来ないの？」

キャサリンをどうにかして追い払いたかったんじゃないのか？「ああ。もう二度と会わない」

彼女は二人の状況を思って強くなろうとしている。おそらく彼女が正しいのだろう。ベニートが受け入れるのはまだ無理だ。アレッサンドロはため息をつき、家に戻るよう運転手に指示した。

「どうして？」

「厄介な問題がありすぎるんだ」アレッサンドロは歯をきしらせた。

長い沈黙ののち、ベニートが口を開いた。「彼女、ぼくのことが嫌いだったんじゃない？」

ベニート……。

アレッサンドロは身を乗り出した。「それは違うぞ。事実、おまえのようないい子を育ててすばらしい父親だと彼女はほめてくれた」彼は苛立《いらだ》たしげに片手で髪をかき上げた。「とにかく、彼女はパパとおまえの生活を邪魔したくなかったんだ」

ベニートは窓の外に目を向けた。「彼女はガブリエラと全然違ってたね。血がつながっているなんて信じられないよ」

「確かにな」

「パパが彼女を好きな理由がわかる気がする。今までパパがつき合った女性の中で一番きれいだもん。ママを除いてだけど」

「女性の美しさは外見だけじゃないぞ、ベニート」

「わかってるよ」

「だが、もうどうでもいい。あと数日で彼女はアメリカに帰るんだからな。彼女のお母さんが最近亡くなって、お父さんが彼女を必要としているんだ」

「だからって、どうしてパパと一緒にいたがらないの？」

「一つには、ぼくらの関係がマリオを傷つけることを恐れているからだ」

「よくわからないよ。あ、そうか。ガブリエラがパパに気があるってこと知ってるんだね？」

まったく、いつから息子はこんなに鋭くなったんだ？「そういう事情があるから、キャサリンはよけいな波風を立てまいと決めたんだ」

「でもパパのこと、好きなんでしょう？」

アレッサンドロは頭を垂れた。「たとえ好き合っていたとしても、物事を進めるには条件が整わなければならないんだ」

「パパとママのときのように？」

「そうだ」

やがてリムジンが屋敷の前に着き、二人は車を降りて家に入った。

「サッカーの試合でも見ない、パパ？　録画してあるんだ」


キャサリンが去り、ようやくベニートの機嫌も直った。今が息子と話すいい機会だろう。ベニートをトラブルに巻き込もうとしている仲間のことをきき出さなければ。

「そりゃあいい。飲み物を持ってこよう」ぼくもソーダにしておいたほうがよさそうだ。

9

「紀元前二〇〇〇年以来、ローマの支配下にあったポンペイですが、紀元前七九年の運命の日、怒りを爆発させたベスビオ山の猛威が、二万人の住民の上に降り注いだのです」ツアーガイドが英語で説明した。「しかし、多くの命を奪ったこの悲劇的な出来事は、火山灰が町を埋め尽くして乾燥保存したことで、当時の瞬間をすべてそのままに留《とど》めたのです。美術品、建物……現存する様々な手がかりによってわたしたちは過去を垣間見ることができます」

かなりの猛暑となったこの日、キャサリンはマリオとソフィアとともにポンペイ遺跡を巡った。ガイドの言葉と古代の町並みのイメージが、一日じゅう頭から離れなかった。

夜七時にホテルまで送ってもらうと、キャサリンはシャワーを浴びて部屋で食事をとり、父に電話をして今日の出来事をすべて報告した。

ガブリエラが今日来なかったことを、マリオは気に病んでいたようだ。けれどもせっかくの娘との遠出を台無しにさせまいと気を配ってくれ、ソフィアの親しみやすさもあってとても楽しい一日になった。イタリアでの最後の日となる明日は、みんなでマリオのヨットで出かけることになっている。

アレッサンドロに関しては、なるべく考えまいとしていた。もちろん無理な話だけれど。キャサリンはどさっとベッドに身を投げた。ゆうべの電話以降、彼から連絡はない。留守電のランプも点滅していなかった。心のどこかでは、彼がわたしに会いたくてたまらなくなり、今この瞬間、ホテルのドアから現れてくれたらと願っている。でもきっと、もうすべて終わったと思っているのね。〝目的のためには手段を選ばない〟こともやめたのだろう。そんなことをすれば、みんなを不幸にしてしまうのだから。彼ともう会わなければ、誰も傷つけずにすんだという気持ちでニューメキシコに帰れる。

わたしの胸の痛みは別として。彼と過ごした至福のときをもう二度と味わえないかと思うと、胸だけではなく、呼吸をするたび体にまで痛みが走る。

ちょうどそのとき、電話が鳴った。キャサリンは寝返りを打ち、勢いよく受話器を取り上げた。もしかして彼が耐えきれずに電話をしてきたのかも！

「もしもし？」キャサリンは震える声で応《こた》えた。

「シニョリーナ・ダルトン？」

キャサリンは目をぱちくりさせて体を起こした。

「ベニート？」

「そうです《シ》。パパの具合が悪いんだ」

キャサリンは驚いて立ち上がった。「お医者様は呼んだの？」

「パパが必要ないって。でもぼくは必要だと思う」

「彼がわたしに来てくれって言っているの？」

「そうじゃないけど、あなたの言うことならきいてくれると思って。今ホテルの外にいるから来てください」

それ以上質問する間もなく、電話は切れてしまった。アレッサンドロは助けを必要としているようだ。

キャサリンは黄褐色のズボンと薄青色のニットに着替えてバッグをつかんだ。いやな予感を覚えながら急いでロビーに向かう。彼に何かあったらどうしよう。そう思うとぞっとして、入り口を飛び出した。

車道に止まったリムジンの脇《わき》でベニートが車のドアを開けて待っていた。

キャサリンは息を切らしてベニートに駆け寄った。

「どこかで怪我《けが》でもしたの？」

「ヨットで」

「あなたも一緒だったの？」

ベニートはうなずき、キャサリンを乗せてドアを閉めた。運転手はすぐにリムジンを発進させ、町中へ走らせた。ほどなくして車は沿岸道路をそれ、海を見下ろす屋敷に続く私道へと入っていく。

遠くに栈橋と何隻かのヨットが見えた。てっきりヨットに向かうのかと思いきや、意外にもリムジンは家の前で止まった。ホテルに来る前に、ベニートが彼を家に連れて帰ったのかしら？

ベニートは車から降りるキャサリンに手を貸した。

「こっちだよ」

アレッサンドロの三階建ての家はマリオの家と同じ区域にあり、外見も内装もそっくりだった。こんな状況でなければ、ゆっくり見てまわりたいところだけれど、今は何よりアレッサンドロが気がかりだ。

玄関広間を抜け、廊下を進む。羽目板張りの両開きのドアの前まで来ると、ベニートが指し示した。

「この中にいるよ」

心臓が喉元までせり上がるような思いで、キャサリンは慎重にドアを開け、中に足を踏み入れた。そこは上品な男の書斎だった。豪華な内装が施され、壁一面に本が並んでいる。真鍮《しんちゅう》製ランプの薄明かりで、机の椅子に座るアレッサンドロの姿が見えた。顎の下には無精ひげが生え、髪には手で梳《す》いたあとがある。栗《くり》色の丸首シャツに白いショートパンツといういでたちからして、セーリングから戻ってきたばかりという感じだが、もう仕事ができるくらい回復しているようだ。彼女はコンピューターの横に置かれたスコッチのボトルとグラスに目を落とした。

「アレッサンドロ？」そっと声をかけてみた。

すると彼は勢いよく振り向き、キャサリンを飛び上がらせた。「キャサリン――」向き合ってみると、彼の顔は青白い。「どうしてここにいるんだ？」

彼女はごくりとつばをのんだ。「ベニートがホテルに電話をくれたの。あなたの具合が悪いから来てくれって。リムジンで連れてきてくれたのよ」

アレッサンドロは革張りの椅子から弾《はじ》かれたように立ち上がった。まさかという顔をしている。「息子が言ったのか？　ぼくの具合が悪いって」

「ええ。ヨットで何かあったようなことを言っていたから、怪我をしたのかと思ったの。お医者様を呼んだのってきいたら、まだだって。わたしの言うことならあなたがきくと思ったみたい」

アレッサンドロが近づいた。「今日は一日セーリングに出ていて、少し前に帰ってきたんだ。今は兄からのEメールに返信していたところだ」彼がすっと息を吸い込むのが聞こえた。「どういうことかわかるかい？」彼の声はかすれている。

「ええ。ベニートはあなたが心配だったのね」

「きみに別れを告げられてから、ぼくがまともじゃなくなっていくのがわかったんだ。きみをここに連れてくれば、医者も必要ないと思ったんだろう。ベニートが独断でこんなことをするとはな。これであの子が本当はきみを嫌っていないってことがわかっただろう？」

ベニートがわたしをかついでここに連れてくるなんて。キャサリンは信じられない思いがした。

「きみが来てくれるなんてまさに奇跡だ」

「放《ほう》っておけるわけないでしょう！　血を流しているあなたの姿が目に浮かんだんですもの。もっと悪かったらどうしようって――」

「まさか。ぴんぴんしてるさ」花嫁を抱いて敷居をまたごうとでもするように、アレッサンドロはさっとキャサリンを抱き上げ、しっかりと胸に引き寄せた。「ゆうべ、プールから出てきたときにこうしたかったんだ。美しい人《ベリッシマ》」

キャサリンが恥ずかしそうにアレッサンドロの胸に顔をうずめると、彼の胸はときめいた。

「どこに連れていくの？」

「ぼくのヨットさ」

「いいアイデアだとは思わないわ」

「今、二人に必要なのはこれしかない」

「アレッサンドロ——」

数分後、アレッサンドロはキャサリンを抱えたまま船内に入り、薄暗い寝室へ下りていった。「怖がらないでくれ。力ずくできみを奪うつもりはない。安全な場所で二人きりになりたかっただけだ。あのホテルではぼくの顔は知られすぎているし、寝室にきみを連れ込むところを使用人に見られて変な噂《うわさ》を立てられたくはないからね。心配なのはきみの名誉だ。ぼくのじゃない。マリオの娘であるきみは標的にされやすいんだ」

「よくわかっているわ」くぐもった声で言った。

「といっても、もしベニートがきみを連れてきてくれなかったら、誰かに見られる危険も顧みず、今夜遅くにきみを訪ねていっただろうな。きみと二人きりになりたくてたまらなかったんだ」アレッサンドロはキャサリンの髪にささやきかけた。

「わたしだってそうだけど、すべきじゃないってわかっているでしょう？」声が震える。「ゆうべ、ガブリエラがわたしの部屋まで来たの。話があるって。バーでわたしがあなたに何か言ったせいで、あなたが彼女を避けるようになったと思っているわ。もちろん否定したわよ。でも、あなたとわたしが本能の赴くままに朝からサルディニアに飛んで、つかの間のロマンスを楽しんだなんて言えるわけないわ！」

「あれはつかの間のロマンスなんかじゃない」アレッサンドロは声を荒らげた。「まあいい、ガブリエラに話を戻そう。今日彼女から明日の遠出に一緒に来ないかと誘われたが断った。彼女は甘やかされていて、断られるのを嫌う。ぼくが彼女に興味を持つことはないって事実を受け入れたくなくて、きみに何か言ってくるだろう。だが子供じみたわがままだ。いつかもっと大人になるときがくる」

キャサリンは震えながら、いっそうアレッサンドロに身を寄せた。「でも今はどうにもならないわ」

彼はキャサリンを抱えたままベッドに腰を下ろした。こらえきれずに顔を下げ、彼女の首筋にキスをする。キャサリンが小さく喜びの声をあげると、たまらず魅惑的な口を探し当てた。少しためらってから、キャサリンは彼の首に腕をまわして引き寄せた。あっという間に二人は再びキスを交わしていた。

喜びが湧《わ》き上がり、彼は仰向けに寝転んで自分の上にキャサリンを引き寄せた。彼女のすべてを感じたい。美しい顔を両手で包み込みながら叫んだ。

「どうしようもなくきみが欲しい、キャサリン」

「わたしもよ。怖くなるくらいあなたが欲しいわ」

もはやためらうことなく、キャサリンは情熱的に唇を彼の唇に押し当てた。ようやく彼の口が離れ、呼吸ができるようになると言った。「あなたの奥様も、こんな気持ちになったのかしら？」

アレッサンドロは目をしばたたいた。

「マリオから、ずっとわたしの母を忘れられなかったって聞いたとき、あなたの奥様もあなたにとってかけがえのない女性だったってことを聞いたわ」

初めは彼女が何を言おうとしているのかわからなかったが、やがてアレッサンドロの顔は険しくゆがんだ。話が妙な展開になってきている。寝返りを打ってキャサリンを組み敷き、じっと目を見つめた。

「何が言いたいんだ？」小刻みに震える彼女の下唇に魅了され、そっと口づけた。

「十七年間もずっと再婚しなかったのは、奥様を忘れられない証拠よ」キャサリンの目はうるんでいる。

「初めて愛した女性だったの？」

アレッサンドロは彼女の額に落ちた髪をそっと払った。「そうだが……それがぼくらとなんの関係がある？」

「初恋は人生で一度しか経験できないわ」キャサリンは悲しげにつぶやいた。「奥様は、情熱と夢に満ちあふれた若き日のアレッサンドロ・ルチェッシに愛されたのよ。さぞかしすてきだったでしょうね」

　アレッサンドロはキャサリンの腕をつかんでいた手を肩へとすべらせ、探るような目つきで彼女を見据えた。「どうしてそんなことを言い出すんだ？」

　キャサリンはかぶりを振った。「よくわからないわ。気持ちがぐちゃぐちゃなの。それほど強く惹《ひ》かれ合う人とはもう巡り合えないのよ」

「ぼくたちは巡り合った」

　彼女はうめいた。「今のわたしとサンアントニオを発《た》ったときのわたしが同じとは思えないわ」

「きみは変わったんだ。ぼくだって、マリオのためにしぶしぶガブリエラを助けようとホテルに駆けつけたときの自分とは別人だ。ぼくたちは出会い、惹かれ合ってしまった。二人にとっての大異変が起き、その結果、今のぼくらが生まれたんだ。そんなのは不可能だというルールを誰が作った？　わかるなら教えてくれ」

「わたしの言いたいことはわかるでしょう？」

「答えられないようだね」彼は質問を変えた。「きみの両親の絆《きずな》は確かなものじゃなかったのか？」

　キャサリンの目に苦痛が満ちた。「なぜそんなことをきくの？」

　彼は首をかしげた。「何かひっかかるんだ。きみは自分の気持ちというよりお父さんの気持ちを代弁しているような気がする。なぜだろうと考えた。もしお父さんが、きみのお母さんに違う男性との子がいたことで、その愛を心から確信できなかったとしたら、自分は二番目でしかないと思っただろう。初めからその不安感がきみにも伝わっていたのかもしれない。だからきみはこれ以上お父さんも自分自身も傷つけまいと、そんなに必死になっているんだ」

彼女は目をそらした。「そうなのかしら？」

「昨日マリオと出かけるまでは、お母さんに腹を立てているようだったからね。そう考えると、きみがぼくらの関係に危惧《きぐ》を抱くのにも説明がつく」

キャサリンが体を離そうとしているのを感じたが、アレッサンドロは許さなかった。

「わたしたち、肉体的には惹かれ合っていたかもしれないけれど、本物の関係を築いたわけじゃないわ……。そんなこと、無理なのよ！」

彼は半袖《そで》から出たキャサリンの温かい腕をぎゅっとつかんだ。「だからぼくと縁を切るというのか？　きみの母親がマリオと別れたように、きみもぼくと別れることで、父親へのある種のつぐないになるとでも思っているのか？　お父さんが妻に求めていたものを、娘のきみが埋め合わせできるわけないじゃないか。むろん、わかっているだろう？」

キャサリンは顔をそむけた。「そんなことをしようとしていたなんて気づかなかったわ」

「ならぼくを罰したかったんだ。マリオがお母さんを傷つけたように、ぼくがきみを傷つける前に。結局そういうことじゃないのか？」

「ばか言わないで。あなたを傷つけたくないのよ」

「そう思いたいだけさ」

「心から思っているわ！」

「だとしても、きみは二人の間に平行線を引いてしまったじゃないか。いいか、キャサリン。ぼくはマリオじゃない。彼らの状況とは違う。きみだってお母さんと同じじゃないんだ」

キャサリンは憤怒《ふんぬ》の声をもらした。「わたしはただ、わたしたちの関係がほかの人たちを傷つけることになるって言っているだけよ」

「お父さんにぼくたちのことをわかってもらえれば、話はもっと簡単になる」

「父は絶対に理解してくれないわ」

「何を？　初めて会った瞬間にきみの人生を百八十度変えてしまった男と出会ったことをかい？　きっとお父さんだって、まったく同じようにお母さんを好きになったんだと思うよ」

「そうかもしれないけど……今は母を亡くしたばかりで、どんなショックにも耐えられないわ。それは誰よりもあなたが一番よくわかっているはずよ。だから今まで再婚しなかったんでしょう？　マリオだってショックを受けると思うわ」

「マリオは強くて動じない男だ。それに彼にはソフィアもいる。一緒に事情を説明しよう。同じ経験をしたんだから、すぐに理解してくれるはずだ」

「ガブリエラのことを忘れているわ――」

「しっ」アレッサンドロは唇で彼女を黙らせた。

「彼女ならすぐに立ち直るさ。いつか成熟した大人になれば、ふさわしい男性と恋に落ちるだろう。明日、遠出から帰ってきたら、よく話し合って計画を練ろう。リムジンにきみを迎えに行かせるよ」

キャサリンはうめいた。「リムジンって、まだ外で待っているの？」

「いや。もし本当にホテルに戻りたければ、ぼくが家の車で送っていく。どうしたいか言ってくれ」

キャサリンは降参とばかりに一度大きくため息をつき、黙り込んだ。

アレッサンドロは彼女の髪に顔をうずめた。「そうだと思ったよ。今夜はずっときみを抱き締めていたい。互いをよく知るためにも。無理な要求じゃないだろう？」

「わからないわ」キャサリンはそっと声をあげた。

「ぼくにはわかる。きみに必要なのはぼくと一緒にぐっすりと眠ることだ。明日はイスキア島でシュノーケリングする体力が必要だからね」

「聞いたことがあるわ。あの辺でダイバーたちが昔のローマの大型帆船を探しているのよね？」

「年がら年じゅうさ。ぼくも兄さんたちと探してまわったよ。生まれたときからあの海は裏庭のようなものだからね」

「まったく無縁の世界だわ。わたしのうちは陸地だらけの乾燥地帯だもの。水気なんてまるでないの。ちっちゃな小川でさえ純金を見つけるようなものよ。ダイヤモンド・ダストだってないし。あるのは、ただの……砂《ダスト》ぼこりよ」

彼はくすくす笑った。「全部聞きたいところだが」起き上がって明かりを消すと、二人の上にキルトをかけ、腕を伸ばしてキャサリンを抱き寄せた。「まずは書斎でのキスの続きをしたい」

二人は一緒になるべきではない。いくらそう叫んでいても、アレッサンドロの唇が迫ってきたとたん、キャサリンは彼を求めていた。もう彼なしでは生きていけないというように。

10

遅い午後の太陽の下、キャサリンはマリオの小型ヨットの上でデッキチェアに横たわり、日光浴をしていた。遠くにはマリオがエメラルドの島と呼ぶイスキア島が見える。右舷《うげん》側ではマリオとガブリエラが泳いでいる音が聞こえる。ソフィアは少し前にシャワーを浴びに船内に下りていったので、今は一人きりだ。ゆったりしたヨットの揺れが心地よく、キャサリンはうつらうつらしていた。

昨夜はアレッサンドロと身を寄せ合い、キスを交わしながら語り合ううちに、いつしか眠りに落ちていた。彼の自制心は驚異的と言わざるを得ない。でも何もしないと約束してくれたのだ。そして今まで彼が約束を守らなかったことはない。

　朝になればすべてがもっとはっきりすると彼は言い、その予言は的中した。七時に目覚めると、迎えのリムジンが来る前に、アレッサンドロが調理場にすばらしい朝食を用意してくれた。彼にみずみずしい桃のスライスを食べさせてもらい、のみ下すごとにキスが降ってくる。キャサリンは体がとろけそうになった。そう、これが恋というものなのね。

　今までは恋するという気持ちがどんなものなのか知らなかった。でもナポリに来て、アレッサンドロがわたしの世界を照らしてくれた――想像もつかなかった方法で。けれど無視できない事実が一つある。彼には結婚歴があり、新しい妻は必要ないということ。わたしがイタリアを去れば、また気晴らしとなる別の女性が現れ、彼の人生は続いていくのだろう。

　そして、わたしは牧場に戻って父にもっと親孝行をし、やりがいのある仕事を見つけよう。アレッサンドロのことは大切な思い出としてずっと心に残る。彼はわたしが初めて愛した男性。もうほかにはいらない。彼は初めて愛した女性と結婚し、その妻を亡くした。それから十七年誰とも再婚しなかったのだから、きっとこれからも同じ信念を通すはずだ。

　彼にはベニートも、彼らを愛する大勢の家族もいる。そして大物企業家として、ナポリの財界の中心人物としての成功が彼の人生の大半を占めている。彼にはそれで充分だろう。

「キャサリン？　起きてるの？」

　目を開けると、ソフィアが別のデッキチェアを引き寄せて隣に座った。柔らかな語り口の、この魅力的な金髪の女性がキャサリンは大好きだった。彼女といるときのマリオはとても幸せそうに見える。

「寝ていないわよ」アレッサンドロの感触がまだキャサリンの全身に残っていた。まるで肌の奥深くで絶えず火が燃えているみたい。

「白状するわ。あなたのお母さんに電話で娘がいると知らされたってマリオから聞いたとき、ガブリエラと同じような気持ちになったの。あなたを嫌いになると思っていたわ。でも大間違いだった。あなたはマリオにそっくりだもの。思いやりがあって。彼はあなたを心から愛しているわ」

ソフィアの言葉に思わず涙がこみ上げた。「そんなふうに言ってもらえて嬉《うれ》しいわ。わたしもマリオが大好き。今の言葉は、そのままあなたにも当てはまるわ。父はあなたを心から愛しているもの」

「わたしたち、結婚を望んでいるのよ……。でも気づいていると思うけど、ガブリエラは協力的じゃないの。今はとても不機嫌だし。サンドロに振り向いてもらいたいのに、うまくいかないからだと思うけど。彼はあなたをそういう対象として見てはいないのよって言えたらいいんだけど、勇気がなくて」

ソフィアの言うとおりだ。ガブリエラは甘やかされているし、年のわりに幼いところがある。マリオもなかなか娘に厳しくできないのだろう。今回だけは異母妹のことを客観的に考えられる。

キャサリンは立ち上がった。「ねえ聞いて、ソフィア。マリオと母が結婚しなかった本当の理由は、彼のお母さんが母を気に入らなかったからなの」

「なんですって？」

「本当よ。マリオは母が強くなってくれるのを望んだけれど、母は臆病《おくびょう》すぎて彼のお母さんと向き合う自信がなかったの」

「あなたのお母さんがそう言ったの？」

「そうよ。どうかわたしの母のようにはならないで、ソフィア。今すぐマリオと結婚してちょうだい。それが二人にとって正しい道なんだから。そうしたら、ガブリエラとも対等に渡り合えるわ。もし彼女の思いどおりにさせてしまったら、マリオは二度も本当に好きな人と一緒になれないことになるわ」

ソフィアはキャサリンの腕にそっと手を置いた。

「大好きよ、キャサリン。あなたって本当に優しい人ね。それに、すばらしく聡明《そうめい》だわ」

「いいえ。ただ死ぬ間際の母の告白を聞いて以来、いろいろ考えさせられたから。いろんな事がわたしの目を開かせてくれたの」そして、ある人が……。

アレッサンドロを好きになったことで、現実を直視し、それを受け入れることを学んだ。今夜アメリカに帰ると決めたら、ずいぶんふっきれた気がする。夜行便も予約済みだ。今朝マリオが迎えに来る前にすませておいた。まさかヨットにのせたスーツケースに荷物が全部入っているとはマリオも思っていないだろう。船を降りたらマリオに頼もう。ホテルではなく空港に送ってほしいと。

当然マリオは理由をききたがるだろう。そうしたらこう言うつもりだ。名残惜しいくらいがちょうどいいのだと。特に今は彼の結婚が控えているのだから。きっとこれで彼のお尻にも火がつくだろう。

ホテルもチェックアウトしていた。電話にも出ず、ドアのノックにも答えなければ、そのうちアレッサンドロもわたしが去ったことに気づくだろう。でも、そのときにはもうサンアントニオに着いている予定だ。ルチェッシ帝国からははるかに離れた世界に。

彼はわたしに留《とど》まってほしいのかもしれない。まわりにいる女性たちとは違うタイプのわたしに。でもその思いもやがては薄らいでいく。どんな女性も彼の心を永久につかむことはできないのだから。

「ちょっと焼けすぎてるわよ」ソフィアが警告した。

「そうね。体もべたべたするし、シャワーを浴びてくるわ」日焼け止めを落として髪を洗い、マリオとガブリエラが戻るまでには着替えて帰れるようにしておこう。「じゃ、またあとでね」

「キャサリン……来てくれてどうもありがとう。あなたに勇気をもらったわ」

「よかったわ」さあ、あとわたしに必要なのは、計画をやり遂げる勇気を持つことよ。

ヨットを桟橋にぶつけることなく横づけに止めたベニートにアレッサンドロは拍手を送った。

「ありがとう《グラッツィエ》、パパ」

息子がロープを結ぶために桟橋に飛び移ったところでアレッサンドロの携帯電話が鳴った。発信元を確かめる。ホテル・セレスティーナからだ。

キャサリンが島から戻ったら電話するよう、支配人に伝えておいたのだ。それにしては早すぎる。イスキア島へは行かないことにしたのだろうか？　頭の中で警鐘が鳴り響き、彼は電話に出た。

「もしもし、ルチェッシだ」

「申し訳ありません、シニョール。シニョリーナ・ダルトンは、今朝電話をいただいたときにはすでに精算とチェックアウトをすまされていたようです」

今朝だって？　彼は勢いよく立ち上がった。

「フロントの者全員に、シニョリーナ・ダルトンがお見えになるのを注意して見ておくようにと伝えておいたんですが、今さっき、客室清掃員から九時ごろにチェックアウトされたという話を聞きまして」

「知らせてくれて助かった」アレッサンドロは怒りに唇を引き結び、電話を切って悪態をついた。

「どうしたの、パパ？」

ベニートの声で彼は振り向いた。「キャサリンが今朝、ホテルをチェックアウトしたそうだ」

「もうアメリカに帰ったってこと？」

「わからない」あるいは今夜はヨットに泊まり、明朝そこからマリオが空港に送ることにしたのだろうか。だがそうは思えなかった。

「イスキア島に行くつもり？」

アレッサンドロはうなずいた。「財布と鍵《かぎ》を取ってくる。モーターボートで行こう」ガブリエラのおかげで彼らのいる場所はわかっている。

ものの数分でモーターボートのロープをほどき、アレッサンドロはベニートとともに乗り込んだ。ボートを発進させてゆるやかに入り江を抜け、エンジンを全開にして波間を疾走する。

「うわっ、ねえ、パパ——」ベニートは倒れる前にあわてて腰を下ろした。「そんなに彼女が好きなら、結婚すればいいんじゃない？」

彼ははっとして振り向いた。「いいのか？」

「うん。パパに何かあったんじゃないかって心配したときの彼女の顔を見るべきだったよ」

「そうか？」アレッサンドロの顔がほころんだ。

「そうさ。心からパパのことを愛してるんだ」

胸がいっぱいになり、アレッサンドロは手を伸ばしてベニートの髪をくしゃくしゃにした。「パパは心からおまえを愛してるぞ」

あとは彼女に追いつくだけだ。考えていることはお見通しだ。大事《おおごと》になる前にぼくの前から姿を消そうとしたのだろう。だが彼女は戦略的ミスを犯した。こうなれば、あの夜マリオの家でやるべきだったことをやるまでだ。ぼくを本気にさせてしまったな。

小一時間で、キャサリンはジーンズと白いブルゾンふうの半袖《そで》ブラウスに着替えた。髪はドライヤーである程度乾かしたが、海の上にいるせいでまだ湿っている。

ソフィアの警告は正しかった。全身しっかりと日に焼け、腕も顔も火照っている。頬紅はいらないわね。口紅だけで充分だ。化粧を終えてサンダルをはくと、船室を出てマリオのいるデッキへと上がった。

マリオとソフィアは船首の近くにいた。驚いたことに、背の高い男性二人と一緒だ。白いカジュアルパンツとTシャツ姿から、初めはマリオのヨット仲間かと思った。日に焼けてくつろいだ様子のマリオも同じ格好をしている。マリオはキャサリンに気づいて手を振った。

「お客さんだよ、おちびちゃん《ピッチーナ》！」

アレッサンドロの特徴的な横顔を目にしたとたん、キャサリンは息が止まりそうになった。二人ともどこから来たの？　鼓動が激しくなる。これでは、どうしたって彼の前から姿を消せそうにない。一瞬たりとも彼を見くびるべきじゃなかったんだわ。

キャサリンはすばやくあたりを見まわした。ガブリエラの姿はない。シャワーを浴びに自分の船室に行ったのだろう。アレッサンドロとの距離を縮めるにつれ、彼の貫くような視線を感じた。その黒い目は、キャサリンのつま先から頭のてっぺんまで、余すところなく、ゆっくりとなめまわしていく。キャサリンの頬はかっと熱くなった。

「きみは本当に美しい」マリオは感慨深げにつぶやいて、キャサリンの腰に腕をまわした。

「まったく同感だ、マリオ」アレッサンドロの目はキャサリンの顔から離れない。

「こんにちは、ベニート。ごきげんいかが《コメ・バ》？」アレッサンドロに見つめられた緊張感から逃れたくて、キャサリンは何か言わずにはいられなかった。

「こんにちは《チャオ》、キャサリン」ベニートは人差し指を立ててにっと笑った。「上出来だよ」マリオから教わった片言のイタリア語を面白がってくれたらしい。

マリオがくすくす笑った。「ぼくの長女は学ぶのが速いんだ」

アレッサンドロがまぶしい笑顔を見せた。間違いなく最高にゴージャスな男性だ。

「きみに似たのさ、マリオ。ぼくがこんなに彼女が好きなのは、だからかもしれない。きみに認めてほしいんだ。彼女とのつき合いを続けることを」

世界がぐらりと揺れ、キャサリンはマリオにもたれかかった。いったい今、何を言ったの？

わずかな沈黙のあと、マリオが再び口を開いた。

「〝続ける〟とはどういう意味だ？」当然の疑問だろう。耳の中がどくどく脈打っている。キャサリンは憤怒《ふんぬ》の思いでアレッサンドロから目をそらした。しかし、彼が放った言葉を打ち消すこともできない。こうなることを必死で避けようとしてきたのに、その願いも空気の中へ消えてしまった。

「先週ホテルのロビーで初めてキャサリンに会い、一瞬で惹《ひ》かれ合ったんだ。実はきみがローマから帰ってきた日、ベニートとぼくはサルディニアで仕事があったんで、朝早くホテルに行って彼女を説得し、一緒に連れていった。コンティ社とルチェッシ社の合併の成果を見たら楽しんでくれるかと思ってね」

マリオは娘の背中にまわしていた手を離して振り向き、彼女の目をじっと見つめた。信じられないことに、にっこりと笑う。「それじゃ、ぼくがワインの製造過程を説明しているときも、うちのコルクについてはすでに何もかも知っていたわけだね？」

「ええ……何もかもってわけじゃないけれど」キャサリンは打ち明けた。

するとソフィアが笑い出し、場の雰囲気がいっきに和んだ。キャサリンは安堵《あんど》のあまり倒れそうだった。マリオの茶色の目がきらりと光ったのは、怒りからではないのだ。むしろ、この知らせに少なからず喜んでくれているような気がする。

だがアレッサンドロの満足げな笑みを目にしたとたん、これで終わらせるつもりはないのがわかった。彼の商売敵には同情を覚える。彼に勝てるはずなんてないのだから。キャサリンは腕を組み、アレッサンドロが次に放つ言葉に身構えた。もう彼を止められはしない。

「ゆうべ彼女がポンペイから帰ってきたあと、ぼくは彼女との関係をさらに深めようとした。だが彼女はそれを拒んだ。ナポリに来たのは実の父に会うためだと言ってね。彼女は何よりもきみを傷つけたくないんだ。今ぼくとベニートがここにいるのは単なる偶然だと言うこともできた。ボート乗りを楽しんでいて偶然きみのヨットを見かけたのだと。だが、それは真実じゃない。今日の午後、ホテルの支配人から電話があって、キャサリンがすでにチェックアウトしたと教えてくれた」

キャサリンがはっと息をのむと、マリオは即座にどういうことだときくような目を向けた。

「ぼくを避けるために今夜帰国するつもりじゃないかと不安になって、先手を打つことにしたんだ。誰もが満足する解決法がないかと思ってね」

マリオは面白がっているようだ。「興味深い話だ。それで？」

アレッサンドロは燃えさかる目でキャサリンを見つめた。「彼女も気づいていると思うが、ぼくは欲しいものはとことん求める男だ。もし彼女が同意し、今すぐ仕事に戻らなくてもいいのなら、しばらくぼくの家に招きたい。ベニートの英語もその間に上達するだろうからね」

「パパ！」

ベニートが大きな声をあげ、全員が笑った。

アレッサンドロは続けた。「キャサリンとぼくは、お互いをもっとよく知る時間が必要だ。だがマリオ、きみのスケジュールに合わせたい。それならきみも二人の娘と好きなだけ一緒に過ごせるだろう」

マリオはにやりとしてアレッサンドロを見つめた。「相変わらず両者に利益が出るような取り引きをまとめるのがうまいな。あとはキャサリンの気持ちしだいだ」問いかけるような目をキャサリンに向ける。

「もちろん、ぼくはまだきみに帰ってほしくないし、ずっとここに住んでくれるのが理想だ」愛情に満ちた声だ。「きみしだいだよ、ピッチーナ」

キャサリンはその場でふらっとよろけた。ガブリエラに与える影響を考えると、頭がくらくらする。

「そんなことできるのか、よくわからないわ。まだいくつか問題が残っているし……」一つには父のことがある。「でもパパとまだ別れたくないのは確かだわ」

「サンドロともだろう」マリオは娘の腕を軽く叩《たた》いた。

「それなら決まりだ」アレッサンドロはキャサリンの視線をとらえた。まるでキスをするような目つきだ。キャサリンは体の中がとろけそうだった。

「何が決まりなの？」

ガブリエラがデッキに立っていた。黄褐色のショートパンツとオレンジ色のトップスがよく似合っている。キャサリンはぞっとなり、アドレナリンが勢いよく体を駆け抜けた。

マリオがガブリエラに近づき、娘の肩に腕をまわした。「キャサリンはしばらくサンドロの家で過ごすことになった。ベニートの英語の勉強のためにもいいそうだ。これで、みんなでもうしばらく休暇を楽しめそうだな。ちょうど医者にも休養が必要だと言われてただろう」マリオは肩越しに振り向いた。

「さあ、行こう、ソフィア、ベニート。向こうのデッキに給仕係がディナーを用意してくれている。みんなはどうか知らないが、ぼくは腹ぺこだ」そう言ってキャサリンにウインクを投げ、ソフィアとガブリエラを連れて歩いていった。ベニートもその後ろに続いた。

キャサリンはぶるっと震えた。マリオは実に見事に張りつめた空気を解いてくれたけれど、ガブリエラのショックと痛みはきっと相当なものに違いない。

力強い手がキャサリンの首の後ろに差し入れられ、そっと首をもんだ。「こうするしかなかった」アレッサンドロはささやいた。「マリオはわかってくれたよ。きみのお母さんに出会ったときのことを思い出しているはずだ。一度あの惹きつけられる感じを経験したら、決して忘れることなどできないからね」

キャサリンはうつむいた。「そうかもしれないけど、ガブリエラの前でひけらかしたくないの。いつか彼女と仲のいい姉妹になりたいと願っているのに、これじゃ来世までそんな奇跡は起こらないわ」

髪の中で彼の指がそっと動き、体にかすかな快感が走った。「きみはガブリエラのことをまだわかっていないな。彼女はきみが思うほどやわじゃない。むしろ、きみのほうが心配だ。このことをお父さんにも知らせたほうがいい。ぼくは先に行っているから、よければぼくの携帯電話を使ってくれ」

アレッサンドロはズボンから携帯電話を取り出し、キャサリンに手渡した。

「電話する気になったら、ぼくもお父さんと話をさせてくれ。ぼくの気持ちをきちんと説明して安心してもらいたい。きみは二十六歳の大人の女性だ。何をするにも誰の助けも許可も必要ないのはわかっている。これはぼく自身のためなんだ」彼は声を落とした。「きみのお父さんがどれほどすばらしい娘を持ったかってことを知らせたい」

そんなこと絶対だめよ！　キャサリンは携帯電話を彼に返した。「ありがとう。でも電話は今夜するわ。一人になったときに」

「ぼくと二人になったとき、だろう？」彼は深みのあるベルベットのような声で断言した。

顔をそむけたままキャサリンは言った。「まだ何も決まっていないわ、アレッサンドロ。とにかく今はマリオがすてきなディナーを用意してくれているのよ。今夜はすでに一つショックを与えてしまったし、早く行ってなんとか事態を修復できるよう彼を助けなきゃ」

「きみの心の準備ができたら行こう」

「隣に座らないでね」

「マリオがすでに席順を決めていたら、ぼくらに選択の余地はあるのかな？」

わからない。何もわからないわ。

彼の手がキャサリンの肩に移り、ぎゅっとつかんでから離した。

「心配いらない。ぼくとベニートがなんとかするから。息子の英語力はまだまだだが、頭の回転はすばらしく速い。きっともう何か策を考えているだろう」

キャサリンに近づくと必ず生じるあらがえない力に従い、アレッサンドロは彼女の口の端にキスをした。

「許してくれ。まずはこうせずにはいられなかったんだ。さあ、行こうか？」

11

二人で反対側のデッキまで歩いていくと、大きな円テーブルに料理が運ばれているところだった。アレッサンドロの予想どおり、ベニートはソフィアとの間に席を一つ空けて座っている。賢いやつだ。

ベニートが二人に気づいた。「キャサリン、ぼくの隣に座ってよ。ここにある料理を英語でなんて言うか教えてほしいんだ」

「ええ、喜んで」

こわばっていたキャサリンの美しい体からふっと力が抜けるのをアレッサンドロは感じた。彼女はベニートが取っておいてくれた席へそそくさと走り寄った。ソフィアの反対側の隣にはマリオが座っている。おのずとアレッサンドロの席はガブリエラの隣になった。

「やあ《ブオナ・セーラ》、ガブリエラ。そのトップスは初めて見る。オレンジ色はきみにとても似合うね」

「それはどうも《グラッツィエ》」歯を食いしばるようにしてガブリエラはつぶやいた。

　彼はブルスケッタを取ってオリーブオイルに浸した。ほかの全員はすでにカネロニに取りかかっている。伏し目がちにそっとキャサリンの様子をうかがうと、彼女はベニートと楽しげに話していた。

「パーティーのとき、どうしてキャサリンをサルディニアに連れていくって言ってくれなかったの？」全員に聞こえるほど大声でガブリエラがきいた。

「客人の前で言う話でもないだろう？」

「わたしは客じゃないわ」

　引き下がるつもりはないようだ。「それはそうだが、きみのお父さんにも話していなかったんだ」

「もう彼女と寝たから、そんなことどうでもよかったんじゃない？」

「ガブリエラ・コンティ！」マリオの厳しい声が響いた。「今すぐキャサリンとサンドロに謝りなさい」

　ガブリエラは顎をこわばらせ、勢いよく立ち上がった。「なぜ？　パパはキャサリンの母親がナポリに来て二十四時間も経《た》たないうちに彼女と寝たんでしょう？　おばあさまにばれてたんだから。なのにどうしてそんなに怒るのよ！」そう言ってナプキンをテーブルに投げ捨て、船内に姿を消した。

「そっとしておいてあげましょうよ」立ち上がろうとするマリオをソフィアが引きとめた。「今は傷ついているけれど、じきに立ち直るわ」

　キャサリンのつらそうな顔を見るなり、アレッサンドロは立ち上がって彼女の後ろにまわり、慰めようと震える肩に両手を置いた。

「ソフィアは正しいよ、マリオ。遅かれ早かれ、ガブリエラは感情を爆発させていただろう。これも成長の一過程だ。どんなにつらいとしても。誰も彼女を責められないよ」

ソフィアはマリオの手をぎゅっと握った。「サンドロがきちんと打ち明けてくれてよかったのよ。ガブリエラが本当に裏切られたと感じる前に」

キャサリンは首を振った。「でもひどく傷つけてしまったわ。わたしなんて来なきゃよかったのよ」

「そんなことは言わないでくれ！」マリオの声は震えている。「そんなふうに考えてもいけないよ。きみはガブリエラとまったく同様に大事なぼくの娘なんだ。それにしても、いったいいつあの子は祖母からエリザベスの話を聞いたんだ？　話がゆがめられて伝わっている」

キャサリンとソフィアが顔を見合わせ、ソフィアが口を開いた。「そのことなら少し知ってるわ」

マリオが困惑顔で彼女を見つめると、アレッサンドロは口を挟んだ。「こうなった以上、キャサリンとベニートを連れて家に帰るよ」

「ぼくがガブリエラと話をつけるまで、それが一番いいのかもしれないな」マリオが言った。

「いつでもうちに寄ってくれ。昼でも夜でも」

マリオはうなずいた。「あとで電話するよ、おちびちゃん《ピッチーナ》」

「わかったわ」

「スーツケースを持ってくるわね」ソフィアがキャサリンに顔を向けた。「荷物は全部詰めてあるの？」

「ええ」

「すぐ戻るわ」

「ああ、パパ――」キャサリンはマリオの腕に飛び込み、すすり泣いた。「本当にごめんなさい」

「何を言うんだ。エリザベスから電話をもらってきみの存在を知ったとき、心底嬉《うれ》しかったんだ。そして会わずにはいられなかった。大丈夫だ。すべてうまくいくような方法を見つけよう」

キャサリンは涙を拭《ふ》いた。「そうね。パパは本当にすてきな人よ。だからガブリエラもショックだったのね。何よりもパパを敬愛しているんですもの」

今度はマリオがすすり泣く番だった。

アレッサンドロはベニートに視線を向けた。息子の目はどことなく輝いているように見える。事実を正直に話すことの大切さをわかってくれたのならいいが。去年からいったい何をたくらんでいるのか、まだ打ち明けようとはしてくれない。

ベニートが先にスーツケースをボートに運んでエンジンをかけている間に、アレッサンドロはキャサリンが梯子《はしご》を下りるのに手を貸し、ボートに乗り込んだ。彼女にライフジャケットを着せると彼は言った。「これからきみのことはぼくに任せてくれ」

キャサリンは傷ついた目で彼を見上げた。「いいえ、アレッサンドロ。今夜帰らなきゃ。あんなに取り乱したガブリエラを見て気づいたの。イタリアに来てから自分のことで頭がいっぱいで、父をないがしろにしていたわ。最初は実の父親に一目会えればいいと思っていただけなのに。これほど強くマリオに愛情を感じるなんて思ってもみなかった。そしてあなたと出会って……すべてが変わってしまったの」キャサリンは声を震わせた。「わたし……家族のことをほとんど忘れていたわ。傷ついたガブリエラを見て、父を同じように傷つけることはできないって思ったの。ガブリエラもマリオも苦しんでいるわ。そして父も。生まれてからずっとわたしのそばにいてくれた父が、今は独りぼっちなの。父のそばにいてあげなきゃ！　あそこがわたしの生きる場所――生きるべき場所なの。何もかもが速く進みすぎてしまったのよ。お願い、わかって」

「わかるよ」アレッサンドロはぼそりと言った。「きみと一緒に過ごして、ぼくの人生も急激に変化した。速く進みすぎたのは確かだ。だが、せめてあと数日いてくれないか？ 二人でじっくり考え、解決策を見つけるためにも」

　キャサリンは首を振った。「無理よ。そんなこと言わないで」

「ぼくたちのためと言っても?!」張り裂けそうな胸の痛みに彼は今にも叫び出しそうだった。

「父の心痛を思えば、わたしの願いや欲求なんて比べものにならないわ。父は実の娘でもないわたしを愛してくれているの。わたしは父が大好きだし、父のおかげで生きてこられたのよ」

「ぼくの願いや欲求は考えてくれないのかい？」

　罪悪感と痛みに圧倒され、キャサリンはまともに彼を見ることができなかった。

　それからナポリに着くまで沈黙が続いた。アレッサンドロは少し離れた場所で腕を組み、脚を心持ち開いて立っている。黒髪がわずかに乱れ、その姿はすばらしく雄々しい。だが、暗く沈み込んだ雰囲気が、彼の表情をいっそう近寄りがたいものにしている。くっきりとした男らしい顔を見て、キャサリンの背筋にすっと寒気が走った。わたしは彼までも傷つけてしまったんだわ。

「ごめんなさい、アレッサンドロ」キャサリンは声をあげた。

　彼の官能的な口元に冷ややかな笑みが浮かんだ。「ぼくも悪かった。もうすぐ埠頭《ふとう》に着く。すぐにリムジンを呼ぶからいつでも帰れるよ」彼はあっという間に携帯電話を取り出し、番号を押した。

　彼のあっけない降参に、キャサリンは唖然《あぜん》となった。「わかってくれて、ありがとう」

「どういたしまして《フィグーラティ》、シニョリーナ」アレッサンドロは両手でマリオがよくやる〝問題ない〟という仕草をして見せた。「多少なりとも経験のあるビジネスマンなら、何かに致命的な欠陥が生じたときは察知するものさ。膨大な損失を被る前の引き際は心得ている」

致命的な欠陥？　彼の皮肉な口調にキャサリンはめまいを覚えた。「アレッサンドロ――」

「きみの世界へお帰り。追いかけたりはしないと約束する」彼の声がうつろに響く。「信じていい。これからはぼくの存在を恐れる必要はないから。出会う前より安全だ」

細めた黒い目は、もはやキャサリンへの欲望に燃えてはいない。アレッサンドロはその目を桟橋の端に到着したリムジンに向けた。

「ようやくきみの願いがかなったね」あざけるような言葉がぐさりとキャサリンの胸を突く。彼はスーツケースに手を伸ばした。

これほど冷たく暗い彼の一面は見たことがなかった。まるで突き破れないバリアを張られてしまったようだ。こんな彼は知らない。キャサリンは彼の手も借りずにあわててボートを降りた。

足早にリムジンへ向かうと、背後から規則的な足音がついてきた。運転手はキャサリンにあいさつをしてドアを開けた。リムジンに乗り込むと、アレッサンドロはスーツケースをキャサリンの向かいの席に置き、ちらりと彼女に視線を投げて身を引いた。身のすくむような冷ややかな一瞥《いちべつ》に、キャサリンはひどい孤独を感じた。

「いい人生を送ってくれ、シニョリーナ・ダルトン。さようなら《アリベデルチ》」

アレッサンドロがドアを閉めると、運転手は大通りに向かって車を走らせた。アレッサンドロと分かち合った至福の思い出が、いくつもの映像となって頭によみがえる。キャサリンは永遠に上がってこられない深い海の底へと沈んでいくような気がした。

アレッサンドロがキッチンへ入っていくと、息子が電話をしていた。ファウスティーノという友人に違いない。だが、アレッサンドロに気づくや、ベニートはあわてて電話を切った。

「キャサリンは？」

アレッサンドロは鋭く息を吸った。「行ってしまったよ」

「どういう意味？」

「もうぼくの人生に彼女はいないってことだ」

ベニートは笑った。「またまた、何言ってるのさ」

痛みと、ひどい空《むな》しさに襲われ、アレッサンドロは冷蔵庫を開けてビールを取り出した。

「ぼくにもくれる？」

「だめだ」彼はいっきにボトルの半分を飲み干した。「何があったのか、話してくれない？」

「いいんだ。それより、おまえがどれほどの問題を抱えているのか知りたい。その理由も」ビールの残りを喉に流し込んでから、アレッサンドロは息子と向かい合った。「そろそろ白状したらどうだ？」

ベニートは横目でちらりと父を見た。「キャサリンと何があったのか、先に話してくれたら言うよ」

ようやく親子の絆《きずな》を取り戻しつつあるのかもしれないな。アレッサンドロは首をかしげた。「何かあったというより、何もなかったんだ。彼女はアメリカに帰りたがり、実際に帰っていった」一息置いて言った。「もう彼女に会うことはないだろう」

「彼女を追いかけないってこと？」

アレッサンドロはカウンターにぐっと手をついた。「この期に及んで、なぜそんなことしなきゃならない？」

「そうしてくれれば、こんな不機嫌なパパと一緒に住まなくていいからだよ！」

アレッサンドロははっと我に返った。「すまない。おまえにあたるつもりはなかったんだ」

「いいさ。パパは二度と恋に落ちることはないんじゃないかってビートおじさんが心配していたけど、予想は外れたようだね。サルディニアで、パパとキャサリンはうんざりするほど幸せそうだったもん」

アレッサンドロはきつく目を閉じた。「ああ、幸せだったよ……短い間だったが」

「よくわかんないよ」ベニートは父親の目の前まで来た。「キャサリンはパパと結婚したくないの？」

アレッサンドロは再び目を開けた。「プロポーズはしていないんだ」

「どうして？」

「してもだめだってわかっているからさ」

「でもパパはいつも言ってるじゃないか。ルチェッシ家の一員たるもの、直感を信じて行動し、細かいことはあとで考えろって」

アレッサンドロは自嘲《じちょう》的に口をゆがめた。「そうだったな。だがキャサリンに会って変わったんだ。彼女にはあまりに多くの不安がつきまとっている。アメリカにいるお父さんのことをひどく心配して、ぼくとつき合うことに罪悪感を抱いているんだ。その思いが強すぎて、ぼくを受け入れまいとしていた。それなのに無理は言えないだろう」

「なんかパパらしくないよ」

アレッサンドロは息子をいとおしそうに見つめた。「去年からのおまえの反抗的な態度だって、ぼくの息子らしくないぞ。さあ、何があったか聞かせてくれないか？　キャサリンを忘れる手助けにもなる」

「怒らないって約束してくれる？」

「誓うよ」

ベニートはしばらく部屋をうろうろと歩きまわっていたが、ふいに立ち止まり、意を決したように顔を上げた。「去年、トルコの沿岸で沈没船の遺物を盗んで逮捕されたダイバーがいたよね？」

どの新聞にも載っていた事件じゃないか。なんてことだ。「それで？」

「その男は罰金を払って釈放されたと思うんだけど、今度はイスキア島で同じことをやってるんだ。去年の秋、ファウスティーノがボートに乗ってるときにその男と知り合って、彼を手伝っているんだ。引き揚げた財宝の一パーセントをもらう約束で」

つまり……。「おまえも手伝っているんだな？」

「いつもじゃないけど」

「もう何か見つけたのか？」

「うん、たくさん……。でも、どれくらいの価値があるかは知らないよ」

「金はもらったのか？」

「まだだけど、もうすぐらしいよ。個人のコレクターたちに売りつけて、たぶん夏の終わりころには金になるって言ってたから」

「今日聞いた中で一番いいニュースだ。法律が変わってきているのは知ってるな？　水中文化遺産を荒らせば禁固刑になりかねないんだぞ」

「うん、わかってる。だから不安になってきてたんだ。でもファウスティーノは笑い飛ばすばかりだから」

「油断していると、そのうち鉄格子の中で笑うはめになるだろう。明日の朝一番で弁護士に会いに行こう。警察沙汰《ざた》になる前に、おまえを救い出す方法を相談しなければ」

ベニートはいきなりアレッサンドロに抱きついた。

「ありがとう、パパ」安堵《あんど》に満ちた声だ。長い間ずっと罪悪感を抱えていたのだろう。ベニートとキャサリンは似たもの同士だな。

アレッサンドロは肩をすくめた。「おまえには助けてもらった恩があるからな」

「キャサリンのことは残念だよ。帰国したらきっとパパが恋しくてたまらなくなると思うよ」

ぼくを恋しく思う気持ちなど、妻に先立たれて孤独に苦しむ父親を思う気持ちにはとうていかなわない。スタン・ダルトンは無意識にしろ、娘の心を惹《ひ》きつけて離さないのだ。何しろ二十六年という歳月の差がある。勝負になりはしない。

「なあ、ベニート。思いついたんだが、弁護士に会いに行ったあと、旅行に出かけないか？」

「本気？」

「もちろん。ここにいたくないんだ。どこでも好きな場所でいいぞ。アメリカ以外ならな。ビートたちが戻ってくるまでは帰らない」

「うわっ」

12

アルバカーキ空港のターミナルを出ると、スタンが車を止めて立っていた。その姿を見るなり、キャサリンは父の胸に飛び込んだ。「ああ、父さん。もし来てくれなかったら、どうしようって思っていたわ」

「来るに決まっているじゃないか」スタンは娘を抱き締めたまま、しばらくあやすように揺り動かした。「帰ってきてくれて嬉《うれ》しいよ、ハニー。さあ、牧場に帰りながら話そう」

「ブレットは？」

「今夜は車で出かけるそうだ」

シートベルトを締める娘の顔をスタンはじっと見

つめた。「電話では、実のお父さんと会えたのはすばらしい経験だったと言っていたが、今のおまえは少しも幸せそうに見えないぞ」

キャサリンの目に涙がどっとあふれ出した。「ええ、幸せよ……マリオに会えたことは。できる限り彼の娘でもありたいと思うわ」

「よかった。おまえがそう言うのを願っていたよ。母さんは彼の子供が欲しいと思うくらいマリオを愛していたからね。きちんと事実を知らせたかったんだろう。連絡がなくてもしかたないところだが、マリオはきちんとおまえに連絡をくれた。立派な人だとわかったよ」

「ええ、すてきな人だったわ」キャサリンは答えた。

「でも、あとは何もかもがつらかった」

「何もかもって？」

どう言えばいいのだろう？「ある人に出会ったの」

「アレッサンドロのことかい？」

「ええ」キャサリンは静かに答えた。

「それで？」

「ああ、話してもしかたないわ。どうにもならなかったんだもの。ガブリエラは彼を好きだったし、彼には大切な息子もいたし、それに……」

「彼を愛してしまったのかい？」

キャサリンは両手に顔をうずめて泣き出した。

「おやおや。そうじゃないかと思い始めていたんだよ。父さんはおまえを愛しているが、一生オールドミスの娘と一緒にいるのはかなわないからな」

キャサリンは息をのんだ。「父さん……」

スタンはくすくす笑った。「で、何があった？　おまえを愛してくれなかったのか？　泣いている理由はそういうわけかい？」

「言葉では何も言ってくれなかったわ」

「だが、おまえがここまで苦しむ何かをしたんだろう？」

「彼の家にしばらく一緒にいてくれって……。でも、そんなことはできなかったわ！」

「どうして？」

「父さんのために家に帰りたかったの」

　長い沈黙ののちスタンは言った。「彼と一緒にいるよりも？」

「ええ……いいえ……わからないわ」

「キャサリン、彼はプロポーズしたのかい？」

　キャサリンは涙を拭《ぬぐ》った。「いいえ」

「なるほど。だから彼は単に火遊びを望んでいると思ったんだね」

「彼は奥さんを亡くしてからずっと独り身なの。十七年間も。もう結婚する気はないと思うわ」

「だが、彼の本当の気持ちがわかるくらい長く一緒にいたわけじゃないだろう。彼に父さんのせいだと思われるのはたまらないな」


　キャサリンはまじまじと父親を見つめた。「父さんのせい？」

「そうだ。父さんは、おまえなしではやっていけないって思ってるんだろう。見当違いもいいところだ」

　まさかそんな言葉が返ってくるなんてキャサリンは思いもしなかった。「父さん、わたしが言ったことを聞いていなかったの？」

「聞いていたさ。誰から見てもすてきな男性に別れを告げたんだね。マリオも義理の息子にしたいと思うような男性に。おまえは誤解をしているよ。父さんはおまえがいないとだめで、娘が何を言っても聞き入れないと思っているんだろう。父さんのことをまったくわかっていないな、キャサリン」

「キャサリンはたじろいだ。「何を言ってるの？」

「おまえを娘にしたのは、そうしたかったからだよ、ハニー。お母さんを愛していたんだ。たとえほかに好きな男性がいたと知っていてもね。よくあることさ。おまえには自分の人生を悔いのないよう生きてほしいと思っている。父さんが落ち込んでいるように見えていたとしたら、それはおまえが今までずっと実の父親に会えなかったのがつらかったせいなんだよ」

キャサリンの心臓が跳ね上がった。「知らなかったわ」

「そのようだね。おそらくアレッサンドロは、おまえが父さんから離れられないと信じているんだろう。だとしたら、おまえが去っていくのを止めなかったのも無理はない」

まさか、そんなこと。「それが理由だと思うの？」

「父さんは彼がマリオの親友だとしても気にしないよ。もしおまえに特別な感情がなければ、彼ほどの大物が息子連れで一週間ずっとおまえをエスコートなどしてくれるわけがない。牧場に着くまでにそのことをよく考えてごらん」

キャサリンは、もうそのことしか考えられなかった。牧場に到着するや、自分の部屋に駆け込み、マリオのオフィスに電話をかけた。ガブリエラとはちゃんと話ができたのか気になってしかたなかった。それにもちろん、アレッサンドロの家に行かずに帰国したことも知らせなければならない。

マリオの秘書が電話に出て保留にしてから五分後、ようやくマリオの声がした。

「おちびちゃん《ピッチーナ》……」

その声に、キャサリンは目をうるませて微笑《ほほえ》んだ。

「電話をくれるのを待っていたんだよ。少し前にサンドロの家に電話したら家政婦が出て、客は誰も来ていないし、サンドロとベニートはオーストラリアに休暇に出かけたと教えてくれたんだ」

オーストラリアですって？

「そりゃあ驚いたよ」

それはキャサリンも同じだった。この思いもかけない知らせに、急上昇していた気分がいっきにどん底まで落ち込んだ。「アレッサンドロの家にはいられなかったの、パパ。理由を全部はきかないで」ありすぎて説明できないから。

「大事なのは一つだけだ。それが見つかったら知らせてくれ」

スタンに励まされたことで、答えはすでに見つかっていた。あとはアレッサンドロともう一度話してみなければ。何も変わらないかもしれないけれど、もし父さんの言うとおりだったら……。

「ところで、ソフィアとぼくは結婚することにしたよ。三週間後にワイナリーで式を挙げる。パーティーに来ていた数名の友人を呼んでの静かな式だ」

「すばらしいわ！」キャサリンの心臓はある思いに早鐘を打ち出した。

「認めてくれて嬉しいよ。娘二人には参列してほしいが、来る気になれなければしかたないと思っている。それぞれ個人的な理由もあるだろうし」

ソフィアに説得されたのだろう。キャサリンは唇を噛《か》んだ。「アレッサンドロも招待するの？」

「ああ。親友だからね。だがこういう状況じゃ、もしかしたら来ないかもしれないが。次にナポリに来るときは――もちろんいつでも――パパの家に泊まってくれ。ここはきみの家でもあるんだから。わかったかい？」

キャサリンは目をうるませた。「ええ」

「愛しているよ」

「わたしも愛しているわ。またすぐ連絡するわね」

「じゃあまた《チャオ》、ピッチーナ」

「シニョール・ルチェッシ、次の面会の方がお見えです」

アレッサンドロは眉をひそめた。「今日はもう終わりだ。夕方から郊外の結婚式に参列すると言ってあっただろう。日にちを間違えているんじゃないか？」

「間違いではありません。さっき飛び込みで面会の申し入れがあったんです」

「飛び込みは受けつけない」秘書にはそう言ってあるはずなのだが。「急いでいるんだ」

家に戻って今着ているシャツから夏用スーツに着替えなければならない。岩礁で毒虫に刺され、着替えるのも一苦労だ。ウェットスーツを着ていたにもかかわらず、とげが肌まで達したのだ。傷のせいで左肩がまだひりひりと痛む。今ごろまでには治ると思っていたのに予想外に長引いている。

「どうしてもとおっしゃられています」

「シニョール・コンティの娘じゃないか？」

「そうです」

彼はかっとなった。ガブリエラだ。三週間前のヨットでの悲惨なディナー以来、彼女からはなんの連絡もない。まったく、式場で父親を手伝わないでここに来るとは、なんて親不孝な娘なんだ！

苛立《いらだ》たしさがいっそう増した。このごろやけに怒りっぽくなっている。昨夜ベニートがキャサリンの名前をぽろっと口に出したときもかっとなり、同じことを指摘された。

「駐車場に下りるから、それまで引きとめておいてくれ」アレッサンドロは椅子から腰を上げてオフィスを出ると、専用エレベーターに乗った。ドアが閉まりかけたところで、豊かに波打つ金色を帯びた赤毛の女性が、ハイヒールを鳴らしながらオフィスに入っていくのが見えた。心臓が激しく打つ。だがそこで、目の前の景色が遮断された。

必死にもう一度ドアを開けようとしたが遅かった。短く悪態をつき、停止ボタンを押す。するとエレベーターは二階分下り、階と階の間で止まった。オフイスに戻るまでに彼女が去ってしまったら……。

やっとエレベーターは上昇し、まもなくドアが開いた。アレッサンドロはオフィスに駆け込んだ。

「キャサリン、いるのか？」

「ここよ」

くるりと振り向くと、彼女の顔がそこにあった。アレッサンドロの胸はぎゅっと締めつけられた。彼女の着ているすみれ色のドレスは透けそうなほど生地が薄く、その下にある女性らしい体の線をほのめかしている。アレッサンドロは食い入るように彼女を見つめずにはいられなかった。

こめかみがどくどくと脈打つ。「どうして秘書に名前を言わなかったんだ？」

濃いブルーの目が不安げに彼を見つめている。

「桟橋であんな別れ方をしてしまったから、あなたにどう受け入れられるかわからなかったの」

「別れを告げたのはきみじゃないか」アレッサンドロは責めるように言った。「またきみに会えるなんて思いもしなかったよ」

キャサリンはごくりとつばをのみ込んだ。「あのときは、戻ってくるなんてわからなかったから」

「マリオの結婚式のためにまたイタリアに来たってわけかい？」

「そうよ」

彼は両のこぶしを握り締めた。「だが式場はぼくのオフィスじゃない。なぜここに来たんだ？」

「あなたも招待したってパパから聞いたの。それで一緒に行けないかと思って。もしほかに同伴する女性がいなければ、だけど」

「そんなのがいると思うかい？」アレッサンドロは辛辣《しんらつ》な皮肉をこめて言った。

キャサリンは柔らかな輪郭を描く顎をわずかに上げた。「わからないわ。ただ、もし誰かいるのなら出しゃばるつもりはないし……これまでのあなたとの関係につけ込もうとしていると思ってほしくなかっただけよ」

「どんな関係だ？　きみによると、ぼくらにはなんの関係もなかったんじゃないのかい？」

「いろいろ言ったけれど、あのときはそれが正しいと思ったのよ」

「でも今は違うと？」

「アレッサンドロ――」

「きみがまたお父さんを残してこられたなんて驚きだよ」アレッサンドロは吐き捨てるように言った。

今、夢ではなく本当に彼女がこの部屋にいるのだ。それもすぐ触れられる距離に。そう思うと彼の興奮は高まった。

「父さんもわたしがここに来ることを望んでくれたから……」キャサリンの声はしだいに小さくなった。

彼女はアレッサンドロをしげしげと見つめた。「肩をどうしたの？　ずっとさすっているけど」

「きみの心配には及ばない」

キャサリンはさらに近づいた。「触るたびに、痛そうな顔をしているわ」

「すぐに治るさ」

「マリオの家でパーティーをした夜は怪我《けが》なんてしていなかったわ。プールから出てきたあなたを見たもの。具合が悪いの？　顔が青いわ。オーストラリアで何かあったの？」

マリオからなんでも聞いているようだ。「ベニートと海にもぐっていたんだ。それで――」

「アカエイかクラゲに刺されたのね？」キャサリンは心配そうに叫んだ。

「いや、海毛虫だ。とげが二本刺さってピンセットで抜かなきゃならなかった」

「見せてくれる？」

「ここで？」

「ええ、今ここで」

「シャツを脱ぐのもつらいんだ。結婚式の前に着替えなきゃならないから、一度ですませたい」

「そんなに痛むのなら、近くの病院に寄って診てもらいましょう。感染が悪化していると怖いもの。結婚式に行く前に抗生物質をのんだほうがいいわ」

「もうもらったよ。ちょうどのみきったところだ」

「それなら、もっと必要よ」キャサリンの冷たい手のひらが額に触れた。「熱いわ、アレッサンドロ。熱が出てきているのよ。これで決まりね。今すぐ行きましょう」

　キャサリンはさっさとエレベーターに乗り込んで、アレッサンドロを待っている。彼はキャサリンの美しい顔をじっくりと眺めながらゆっくりした足取りであとに続いた。彼女はひどく心配そうな表情をしている。ぼくのためにここまで体を心配してくれた人など、もう何年もいない。

　それから十分も経《た》たないうちに、アレッサンドロの運転手は二人を病院で降ろした。緊急治療室《ER》の医師がすぐに傷を診察した。キャサリンもつき添うと言い張った。案の定、細菌に感染しており、刺し傷の周囲が何本かの筋となって赤く腫《は》れている。

「来てくれてよかったですよ。この種の傷は放《ほう》っておくと厄介なことになりかねません。処方を変えて、腫れが引くまでもっと強い痛み止めを使いましょう。処方箋《しょほうせん》を出しますので、薬局で薬をもらってください」

　ERの先にある薬局に寄ると、キャサリンが言った。「水をいただけますか？　シニョール・ルチェッシがすぐに薬をのまなきゃならないんです」

　アレッサンドロの名前を聞いた薬剤師は、あわてて水を持ってきた。彼が薬をのむのを見届けると、キャサリンはようやく胸をなでおろした。バッグに水のボトルを入れ、彼の痛くないほうの腕を支えて病院を出た。ほどなくして車はアレッサンドロの家に着き、運転手の手を借りて彼を支えながら、玄関の広間に入った。

「すぐに寝室に行きましょう。シャツを脱ぐのを手伝うわ。結婚式に行くまでしばらく横になるのよ。式が始まるまでまだ四時間あるから、三時間は寝られるわ。それからヘリコプターで向かいましょう」

「きみがそんないばり屋だとは知らなかったよ」アレッサンドロは不満げにつぶやいていたが、いったん寝室に入ると、驚くほど素直になった。

「服を脱がせるわね」キャサリンは彼のシャツのボタンを外し、できる限り肩に触れないよう慎重にシャツを脱がすと、近くの椅子に置いた。「さあ、ベッドに入って」キングサイズのベッドに歩み寄り、上掛けをめくる。

アレッサンドロは百九十二センチの立派な体を仰向けにしてベッドに横たわり、手脚を伸ばして安堵《あんど》のため息をもらした。かわいそうに、痛みでずっと体をこわばらせていたのね。かがんで肩に負担をかけないように、キャサリンは彼の靴を脱がせた。

「今夜戻ってくるまで、わたしのバッグに薬を入れておくわ。次の薬の時間はちょうど式が始まるときだから、中に入る直前にのみましょう。さあ、ほかにしてほしいことはある？」

アレッサンドロは痛くないほうの腕を伸ばしてキャサリンの手を握り、ぱっと彼女を見た。燃えるような黒い目には、いたずらっぽい光が躍っている。

「傷のまわりをさすってくれるナースが必要だ。気が狂いそうなくらいかゆくてたまらないんだ」

キャサリンは彼の手をぎゅっと握り返した。「右の肩を下にして横向きになってみて。あなたの背後にまわったほうがさすりやすいわ」

アレッサンドロの口元に小さな笑みが浮かび、キャサリンは分別も忘れてキスしたくなった。でもまずはやるべきことがある。彼の手をほどいてベッドの反対側にまわり、するりとベッドの中に入った。アレッサンドロの背中にぴったり寄り添うと、右肘を立てて自分の体を支え、彼の左の腕と肩をそっとなで始めた。

アレッサンドロは喉の奥から喜びの声をあげた。

「すごく気持ちがいい。やめないでくれ」

「もちろんよ。これで気分が楽になってくれれば何よりだもの。ベニートも刺されたの？」

「いや。あいつはかすり傷一つないさ」

「彼の問題は？　打ち明けてくれたの？」

「ああ。友達とつるんで、不法に沈没船の宝探しをしていたダイバーを手伝っていたんだ。だが幸いにも、ベニートが男の罪を立件するための証人になることで弁護士が話を収めてくれ、男は逮捕された。ベニートと友達のファウスティーノは、片棒を担いだ罪として一年間社会奉仕しなければならない。だが運よくまだ換金してはいなかったから、罰金を取られることはなかった」

「ベニートにとって、いい勉強になったかしら？」

「ああ。あの子が言ったんだ。嘘《うそ》をつくのは真実に立ち向かうよりもっとつらいと。ぼくたちの関係が複雑になっていくのを見ていて、考えたんだろう。これで息子も十代最大の難局を乗り越えたはずだ」

アレッサンドロの口調はしだいにゆっくりとなっていった。痛み止めが効いてきたのだろう。体はすでにぐったりとしている。睡眠が必要だわ。時間がきたら起こすことにしよう。

「言ったことがあったかしら？　どんな子にもあなたのような父親が必要だって」

「どんな父親にも、きみのような……妻が必要だ」

キャサリンの胸が激しく高鳴った。

アレッサンドロ……。

13

「アレッサンドロ？」

遠くから耳慣れた声が聞こえる。

「キャサリン？」

「そうよ、ダーリン」

今、ぼくを〝ダーリン〟と呼んだのか？　もしまだひどい罪悪感に苦しんでいるなら、こんなふうに呼んだりはしないはずだ。どん底まで落ち込んでいたアレッサンドロの感情は、抑えきれない喜びに転じた。

「起きる時間よ」

「起きているよ」しかし彼の目はまだ開かない。強い薬をのんだせいだろう。「ぼくを〝ダーリン〟と呼んだね」

「あら、そうだった？」

キャサリンのからかうような静かな声が聞こえた。ベッドの脇《わき》に立ってぼくを見ているのだろう。彼女の香りがする。

「ああ、呼んだよ。もう取り消せない」

「取り消したくないって言ったら？」

「もっと近寄って、もう一度言ってくれ」

「あとでね。今はあなたの身支度を手伝わなきゃ。あと三十分で出ないと、結婚式に間に合わないわ」

アレッサンドロは目を開けた。「いや今だ、キャサリン」

「もう……」キャサリンはゆったりと優しい笑みを浮かべ、アレッサンドロをうっとりさせた。「眠ったら、すっかりよくなったようね」

「お願いだ、いとしい人《アモラータ》。懇願しているんだ」

キャサリンは両手を腰に当てた。「偉大なるアレッサンドロ・ルチェッシが人間の女性に懇願するですって？」

「頼むよ、キャサリン。ぼくが何を求めているかわかっているはずだ」

「あなたと同じものを求めていなかったら、ここにはいないわ」

マットレスがたわんだ。キャサリンがベッドに腰を下ろしたのだ。彼女はアレッサンドロの顔の両脇に手をつき、顔を近づけて口の上で止まった。彼女の髪が鮮やかな赤いカーテンとなってアレッサンドロの顔を覆う。

「念のため、はっきり言っておくわね。あなたを愛しているわ。どうしようもなくあなたが好きよ、アレッサンドロ。もう一度、一緒にいてくれないかってきいてくれたら答えるわ。あなたがわたしを求める限り、この家でずっと一緒にいたいって」

アレッサンドロの唇がキャサリンの唇を軽くかすめた。「ぼくが年を取って、白髪頭になっても？」

「それこそ最高だわ。愛し合って人生をともに生きたってことだもの。子供を愛し、孫を愛して。父さんは孫のおじいちゃんになるのを待ち望んでいるし、あなたにも早く会いたがっているわ。牧場に何度も足を運ぶはめになりそうよ」

「ベニートもブレットに乗馬を教えてもらうのを待ち望んでいるさ」

「愛しているわ」

二人の唇は深く溶け合い、そのキスはアレッサンドロの心の最も奥深いところにまで響いた。やがて顔を上げたキャサリンに問いかけた。「永遠に？」

「ええ」キャサリンは熱っぽくささやき、彼の顔じゅうにキスの雨を降らせた。

「キャサリン――」

彼女は人差し指をアレッサンドロの唇に押し当てた。「わかっているわ。今は何を置いても、あなたの胸に抱かれてすべてを忘れたい。でもそれはあとにしましょう。まずは結婚式に行かなくちゃ。パパの大事な日ですもの。長女と親友が腕を組んで参列するのを見たら、きっとパパは心から喜んでくれるわ。たとえガブリエラが来る気になれなくても……」

「彼女も来てくれるといいんだが」アレッサンドロがつぶやいた。

「わたしもそう願っているわ。パパは彼女をとても愛しているもの」

アレッサンドロはもう一度彼女にキスをした。

「今日きみが会いに来てくれたのは奇跡だよ。きっと親切な神様がもう一度ぼくらの願いをかなえてくれたんだ」

キャサリンはうなずいた。「起き上がれる？」

「ああ。もう大丈夫だ」

キャサリンに愛していると言われたときから活力はすっかり戻っている。アレッサンドロは彼女の手を借り、横向きになって体を起こすと、床に足をついた。彼女のすべてを感じたくて、右腕でキャサリンを引っ張り、膝の上に座らせる。

「最後にもう一度だけ、美しい人《ベリッシマ》」

キャサリンは彼の首元に顔をうずめた。「だめよ。二人とも一度では満足できなくなるわ」

「時間までにはやめると誓うよ。ほら、両手も使わない」

彼女の魅惑的な口元の笑みがさらに大きくなった。

「手は必要ないでしょう。あなたの口だけで充分よ」

「そうかい？」アレッサンドロは笑みを返した。

「ぼくらの結婚初夜ももうすぐだ。それまでに左腕も完治させるよ。なんだってできるためにね。今はこの半分不自由な体に甘んじるさ。きみがぼくのこの切羽詰まった欲求を満たしてくれるのならね」

「それならすべてわたしに任せて」キャサリンはそ

っと両腕を彼の首にまわし、今までにないキスをした。そこには、妻として一生あなたを愛し、支えていきますという約束がこめられている。

その熱いキスに、アレッサンドロの中でうずいていた寂寥《せきりょう》感はすっかり癒《いや》されていった。

それから一時間のうちに、ヘリコプターはタウラージに着陸した。そこから待機していた車に乗り、数キロ先のワイナリーへ向かう。三週間前にも、キャサリンはこの場所を訪れていた。ぶどう園の真ん中に見事な黄土色の古い家屋がある。屋根つきの広いパティオには、華やかな装飾が施されたテーブルがいくつも置かれ、すでに参列者たちは席についていた。ふんだんに飾られた花の香りがあたりに立ち込め、まさに今から結婚式が執り行われるという雰囲気だ。

背後では、五重奏楽団が音楽を奏でている。花飾りで覆われたあずまやの前には、空席の椅子が四つあった。

「ちょっと遅かったかな」アレッサンドロはキャサリンの頬に軽く口づけた。「きみがそんなに魅惑的だからいけないんだ」

「同じ言葉をお返しするわ」キャサリンは震える声で返した。彼が触れると、熱線を当てられたようにすぐとろけてしまう。彼女は周囲を見渡した。「ガブリエラの姿を見た？」

「いや」

二人は参列者全員に笑いかけながら前に進んで席についた。キャサリンが右側に座ると、アレッサンドロは腕を伸ばして彼女をぐっと引き寄せた。

「今は彼女の心配はやめよう、アモラータ。マリオとソフィアのことだけ考えようじゃないか」

「そうね、今日は彼らの日ですもの」

ふいに音楽がやみ、家屋から神父が出てきてあずまやに向かった。そのあとをマリオとソフィアが続く。レースをあしらったクリーム色のツーピースを着たソフィアはとても美しい。しかしキャサリンの目はマリオに釘《くぎ》づけになった。ダークブルーのフォーマルスーツとタイを身につけた姿はとびきりすてきだ。だが新郎らしく目を輝かせていると思いきや、マリオの表情は悲しげで重々しい。まったく彼らしくない。

キャサリンは胸が痛んだ。理由はわかっている。

新郎新婦は参列者に振り向いた。キャサリンとアレッサンドロが身を寄せ合って座っているのを目にしたとたん、マリオの悲しげな表情が、全身からゆっくり湧《わ》き出たような微笑に変わった。

神父が二人の前に立つ直前、キャサリンの耳に足音が聞こえてきた。アレッサンドロと同時に振り返ると、ふんわりと広がる薔薇《ばら》色のドレスをまとったガブリエラが歩いてきた。隣には同世代の魅力的な男性を連れている。二人はすばやく席についた。

マリオが次女と愛情のこもった視線を交わすのが見えた。喜びに満ちたマリオの目には涙があふれている。

キャサリンはアレッサンドロの腕をつかんだ。

「きっと何もかもうまくいくわね、ダーリン」彼女は涙声でささやいた。

「もちろんさ。二度目の奇跡が起きたんだ」

アレッサンドロはキャサリンの指に指をからませた。これから待ち受ける二人の人生をしっかりと肯定するように。

キャサリンは嬉《うれ》しさで胸がいっぱいになり、そっとうつむいた。本当にすてきなことばかり。中でも最もすてきな神様の贈物は、手を握っているこの男性だ。

わたしが初めて愛した人。そして、最愛の人。

祝
ハーレクイン・ロマンス
日本創刊 45 周年！

ヘレン・ビアンチン
自伝的エッセイ

ハーレクイン日本創刊四十五周年を記念して、一九八〇年に日本デビューを果たしたニュージーランドを代表する大人気ロマンス小説家、ヘレン・ビアンチンが過去に自身の半生を綴《つづ》ったエッセイを特別掲載いたします。まるでハーレクインのヒロインのようにはつらつとした若きヘレンの人生の冒険譚《ぼうけんたん》をお楽しみください。

わたしは今、休暇でオーストラリアから遊びに来た友人たちと過ごしながら、これを書いている。皆で昔を懐かしむうちに、かつて住んでいたオーストラリアのクイーンズランド州北部を離れてここニュージーランドへ移ってきて十二年半もの歳月が流れたことを忘れてしまうほど、突如として記憶が鮮やかによみがえってきた。わたしにとって、オーストラリアはたくさんの思い出を魔法のように与えてくれた場所であり、そこで過ごした五年半はとても幸せなものだった。正直なところ、わたしの心は生まれ故郷のニュージーランドと、タスマン海を隔てた広大なオーストラリア大陸との間で迷っている。

一九六〇年の初め、わたしは女友達と一緒にオークランドから定期船オロンセイ号で出航した。しかし悲しいかな、船上のロマンスなどというものはなく、ただ荒天に見舞われて、その間ずっと客室に閉じこもっていた。シドニーに四日停泊したあと、目的地のメルボルン港に向けてふたたび出航した。それから一週間以内に、わたしたちは郊外のアスコット・ベールにある小さいけれどモダンなフラットに落ち着き、二週間もたたないうちに、市内で最もモダンな高層ビルに入る会社でそれぞれタイピストの職を得た。そして、旅に出るのに必要な車を買うため、わたしたちは猛烈に貯金を始めた。

共同貯蓄のおかげで、数千キロに及ぶ三カ月の旅に出ることができるようになったのは、一年後のことだった。

メルボルンからアデレードへ、次にポートオーガスタへ行き、さらにナラボー平原を横断してパースへ向かった。そこからアリススプリングス、ダーウィン、タウンズビル、ケアンズへと移動し、ケアンズで数カ月働いて、すでに底をつきかけていた預金残高を増やそうと考えた。

ところが、わたしたちの計画は脆《もろ》くも崩れ去った。地元紙には求人広告がただの一件もなく、就業相談所に行っても空振りだったことで、いよいよ恐怖がこみ上げてきた。本業である秘書の仕事を見つけたいとわたしたちは思っていたが、秘書職はおろか単純労働でさえ空きがなく、夜空に浮かぶ月が欲しいと願うほうがより現実的かもしれないような状況だったのだ！　あと数週間の猶予が欲しくて、わたしたちはそれぞれの実家に連絡をとり、遅滞なく送金してくれるようお願いをしたのだった。

そしてある日、就業相談所を訪れたわたしたちは、ついに仕事を見つけた――しかも、二人で一緒に働ける仕事を。わたしたちは安堵《あんど》しすぎてほとんど倒れる寸前だった！　翌朝さっそく、マリーバにある〈グレアム・ホテル〉の支配人と面接することになった。正直、わたしたちはマリーバがどこにあるのかさえ知らなかった。マリーバはアサートン高原を八十キロ余り内陸に入った場所にあった。ホテルで働いた経験がないことは問題ではなかった。ベッドメイキングや掃除は、何週間も暇を持て余していたわたしたちにとっては歓迎すべき仕事だったからだ。けれども残念なことに、わたしたちに与えられたのはそういう仕事ではなく、実際にはバーカウンターでビールを注《つ》いで出す係だった！

黒のプリーツスカートにぱりっとした白のブラウスというでたちで初めてバーの仕事をした日のことは、忘れられないものとなった。わたしが注ぐビールは液体よりも泡のほうが多かったのだ！　それだけでなく、マリーバがタバコ農家の集落で、人口の八割がイタリア系、ユーゴスラビア系、アルバニア系男性であることなど、誰も教えてくれなかった。彼らのうちのほとんどが英語を少ししか話せなかったのだ――ほんの少ししか。

結局、ホテルのバーの仕事は一カ月半しか続かなかった。うれしいことに、タバコ協会のタイピストのポジションに空きが出て、午前九時から夕方五時までのオフィスワークに戻る機会を得たのだ。そのころ、わたしは北イタリアの都市トレビーゾからの移民男性と親しくなっていた。ダニーロの英語力は必要最低限のものにすぎず、わたしのイタリア語の知識にいたっては皆無――それはロマンスの始まりには過酷な状況だった！　にもかかわらず、二カ月後にはダニーロにプロポーズされ、わたしたちはその半年後にタバコの収穫シーズンが終わると同時に結婚した。わたしの女友達もまた、同じニュージーランド人と運命の出逢《であ》いを果たした。

娘のルシアが生まれたのは一九六三年後半で、わたしたちがタバコ農場を離れてニュージーランドに移ったのは一九六五年のことだった。そのとき母は末期がんを患っており、一人娘のわたしが母と一緒にいるべきだと思ったのだ。母は一九六六年末に生まれた息子のアンジェロを見るまで懸命に生き、静かに息を引き取るまでの七カ月間、孫たちとの時間を持てた喜びに浸った。悲しいことに、父も同じ年に亡くなった。

わたしたち夫婦には三人の子供が、つまり、一九六九年にもう一人の息子、ピーターが生まれた。

思い返せば、わたしは十二歳のとき、練習帳にまるで落書きのような文章を書き始めたが、作家になろうと意識したことはなかった。その落書きはどれも短編小説の形をしてはいたが、どこまでもだらだらと続いていきそうなとりとめのないものだった！

　ピーターが生まれて間もなく、マリーバとタバコ産業という現実に存在する舞台を背景に小説を書いてみようと初めて真剣に考えた。ある程度の形に仕上げるのに二年近くかかり、出版社に送る勇気をかき集めるのにさらに三カ月かかった。それなりに長所はあったけれど短すぎたため、再挑戦しなくてはならなかった。すると今度は長すぎて、刈り込みが必要だった。深呼吸をして、単語や文章、さらにはページ全体を削り始めた！　そして、またタイプライターを取り出し、原稿を打ち直した。『無口なイタリア人』と題されたその作品は一九七五年に受理され、ついに出版されたのだった。

　子育てに忙しく、思うように何時間もタイプライターに向かうことはできないけれど、わたしにとって書くことは強迫観念であり、楽しみでもある。執筆はだいたい、子供たちが学校に行っている間におこない、夜、子供たちが寝静まったころに一、二時間書くこともある。小説を書き上げたときの満足感は計り知れないものだ。しかし、ふたたびタイプライターに向かうまでにそう時間はかからない。登場人物の名前が浮かび、舞台が浮かび、それを数日間頭の中でこねくり回し、主人公たちの人物像を練り始める。そして、徐々に、また新たな物語が展開し始めるのだ。


故郷ニュージーランドを飛び出し、冒険と運命の出逢いを経て、偉大なロマンス小説家ヘレン・ビアンチンが誕生するまでのストーリーはいかがでしたか？　ハーレクインの歴史を華やかに彩ってきたヘレンの半生に思いを馳《は》せながら、四一九ページ以降に特別掲載されている、彼女の貴重な全作品リストと今後の刊行予定もぜひチェックしてみてくださ い！

祝
ハーレクイン・ロマンス
日本創刊45周年！

ヘレン・ビアンチン
全作品リスト

本リストには、これまでにハーレクイン・レーベルから刊行された作品が掲載されています。既刊作品は、書店でご注文いただいても入手不可能な場合がございますので、あらかじめご了承ください。尚、今後さまざまなシリーズで再版してまいります。今後の刊行予定を本付録の末尾にご紹介しています。

1『嵐のハネムーン』　古城裕子 訳　1980年2月20日刊R-26

2『愛の囚人』　細郷妙子 訳　1980年10月20日刊R-62

3『じゃじゃ馬天使』　岸上つね子 訳　1981年7月20日刊R-111

4『春めぐるとき』　小林町子 訳　1982年10月5日刊I-28

5『ある出会い』　本戸淳子 訳　1982年12月5日刊I-37

6『恋をするなら』　本戸淳子 訳　1983年4月5日刊I-61

7『砂漠の宝石』　高木とし 訳　1984年1月5日刊I-115

8『花嫁の庭』　富田美智子 訳　1984年1月20日刊R-291

9『天使のくちづけ』　古城裕子 訳　1984年2月5日刊I-121

10『無口なイタリア人』　井上圭子 訳　1984年6月20日刊R-321

11『天使のほほ笑み』　井上圭子 訳　1985年4月20日刊R-381

12『昨日の影』　井上圭子 訳　1985年9月20日刊R-411

13『魅惑の独裁者』　植田登紀子 訳　1986年2月20日刊R-441

14『苦いアンコール』　塚田由美子 訳　1986年10月20日刊R-489

15『閉じたアルバム』　泉　由梨子 訳　1989年12月20日刊R-717

16『炎に触れて』　小林町子 訳　1990年8月20日刊R-766

17『入江のざわめき』　古澤　紅 訳　1991年9月20日刊R-857

18『愛は喧嘩の後で』　平江まゆみ 訳　1992年4月20日刊R-906

19『一度は愛に傷ついて』　富田美智子 訳　1992年12月20日刊R-962

20『結婚の意味』　原　淳子 訳　1993年7月20日刊R-1011

21『囚われの結婚』　久我ひろこ 訳　1994年3月20日刊R-1067

22『情熱のとき』　泉　由梨子 訳　1996年2月20日刊R-1227

23『記憶を返して』　中原もえ 訳　1997年3月20日刊R-1306

24『愛に震えて』　古澤　紅 訳　1997年5月20日刊R-1318

25『熱砂に燃えて』　村山汎子 訳　1997年8月20日刊R-1335

26『バージンロード』　雨宮朱里 訳　1997年10月20日刊R-1347

27『愛に怯えて』　高杉啓子 訳　1998年6月20日刊R-1395

28『君がターゲット』　三好陽子 訳　1999年3月20日刊R-1466
（のちに改題。『求愛』　2020年2月5日刊R-3473）

29『誓いに薔薇の花びら』　久坂　翠 訳　1999年10月20日刊R-1522

30『華麗なる憂鬱』　茅野久枝 訳　2000年8月20日刊R-1602

31『お芝居が終わったら』　上村悦子 訳　2000年9月20日刊R-1609

32『誘惑の季節』　伊坂奈々 訳
（2000年11月5日刊X-13『クリスマス・ストーリー2000　四つの愛の物語』に収録）

33『愛は脅迫に似て』　萩原ちさと 訳　2001年7月20日刊R-1689

34『振り向けばいつも』　春野ひろこ 訳　2001年8月20日刊R-1698

35『愛を重ねる日々に』　萩原ちさと 訳　2002年4月20日刊R-1762

36『始まりは愛人』　鈴木けい 訳　2002年9月20日刊R-1802

37『こわれかけた愛』　萩原ちさと 訳　2002年10月20日刊R-1809

38『夜ごとの情熱』　鈴木けい 訳　2003年3月20日刊R-1850

39『危険な結婚』　萩原ちさと 訳　2003年11月20日刊R-1913

40『愛の惑い』　鈴木けい 訳　2003年12月20日刊R-1921

41『許せないプロポーズ』　春野ひろこ 訳　2004年2月20日刊R-1938

42『真夏のサンタクロース』　柿原日出子 訳
（2004年11月5日刊X-17『クリスマス・ストーリー2004　四つの愛の物語』に収録）

43『甘い屈辱』　鈴木けい 訳　2005年3月20日刊R-2025

44『翡翠色の情熱』　萩原ちさと 訳　2005年5月20日刊R-2037

45『奔放な一夜の行方』　有沢瞳子 訳　2005年12月20日刊R-2079

46『愛と疑惑の協奏曲』　青海まこ 訳　2006年4月20日刊R-2103

47『一夜の波紋』　愛甲　玲 訳　2006年7月20日刊R-2121

48『まやかしの社交界』　高木晶子 訳　2007年3月20日刊R-2174

49『屈辱に満ちた再会』　春野ひろこ 訳　2007年10月20日刊R-2230

50『縛られない関係』　山科みずき 訳　2008年3月20日刊R-2271

51『忍び寄る悪夢』　中村美穂 訳　2008年8月20日刊R-2310

52『捨てたはずの愛』　桜井りりか 訳　2008年10月20日刊R-2327

53『愛を演じる二人』　中村美穂 訳　2009年7月20日刊R-2402

54『運命に身を任せて』　水間　朋 訳　2009年12月20日刊R-2444

55『略奪されたキス』　青海まこ 訳　2010年6月20日刊R-2504

56『憎しみのかなたに』　槙　由子 訳　2010年7月5日刊R-2509
（のちに改題。『悪魔に捧げられた花嫁』　2019年4月5日刊K-607）

57『買われた妻』　馬場あきこ 訳　2010年8月5日刊R-2519

58『拒絶された花婿』　山田理香 訳　2011年1月5日刊R-2569

59『もう一度恋に落ちて』　田村たつ子 訳　2012年2月5日刊R-2700

60『彼を愛せない理由』　霜月　桂 訳　2012年5月5日刊R-2729

61『断罪のギリシア富豪』　若菜もこ 訳　2018年8月20日刊R-3350

〜〜今後の刊行予定〜〜

『悪魔に捧げられた花嫁』　槙　由子 訳

ハーレクイン文庫　2024年6月1日刊HQB-1235

『愛は喧嘩の後で』　平江まゆみ 訳

ハーレクイン・ロマンス　2024年7月5日刊R-3888

『断罪のギリシア富豪』　若菜もこ 訳

ハーレクイン・スペシャル・アンソロジー　2024年9月20日刊HPA-62

『スター作家傑作選〜タイトル未定〜』に収録

ハーレクイン®

ハーレクイン・ロマンス　2006年7月刊（R-2121）
ハーレクイン・ロマンス・エクストラ　2007年12月刊（RX-8）
サマー・シズラー　2010年7月刊（Z-22）

純愛を秘めた花嫁
2024年5月20日発行

著　　者	ヘレン・ビアンチン キム・ローレンス レベッカ・ウインターズ
訳　　者	愛甲　玲（あいこう　れい） 青山有未（あおやま　ゆうみ） 高橋美友紀（たかはし　みゆき）
発 行 人	鈴木幸辰
発 行 所	株式会社ハーパーコリンズ・ジャパン 東京都千代田区大手町 1-5-1 電話 04-2951-2000（注文） 0570-008091（読者サービス係）
印刷・製本	大日本印刷株式会社 東京都新宿区市谷加賀町 1-1-1
装 丁 者	高岡直子

ISBN978-4-596-77572-6 C0297

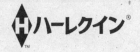

ハーレクイン・シリーズ 5月20日刊 発売中

ハーレクイン・ロマンス
愛の激しさを知る

幼子は秘密の世継ぎ	シャロン・ケンドリック／飯塚あい 訳	R-3873
王子が選んだ十年後の花嫁 《純潔のシンデレラ》	ジャッキー・アシェンデン／柚野木 菫 訳	R-3874
十万ドルの純潔 《伝説の名作選》	ジェニー・ルーカス／中野 恵 訳	R-3875
スペインから来た悪魔 《伝説の名作選》	シャンテル・ショー／山本翔子 訳	R-3876

ハーレクイン・イマージュ
ピュアな思いに満たされる

忘れ形見の名に愛をこめて	ブレンダ・ジャクソン／清水由貴子 訳	I-2803
神様からの処方箋 《至福の名作選》	キャロル・マリネッリ／大田朋子 訳	I-2804

ハーレクイン・マスターピース
世界に愛された作家たち
〜永久不滅の銘作コレクション〜

ひそやかな賭 《ベティ・ニールズ・コレクション》	ベティ・ニールズ／桃里留加 訳	MP-94

ハーレクイン・プレゼンツ作家シリーズ別冊
魅惑のテーマが光る
極上セレクション

大富豪と淑女	ダイアナ・パーマー／松村和紀子 訳	PB-385

ハーレクイン・スペシャル・アンソロジー
小さな愛のドラマを花束にして…

シンデレラの小さな恋 《スター作家傑作選》	ベティ・ニールズ 他／大島ともこ 他 訳	HPA-58

文庫サイズ作品のご案内

◆ハーレクイン文庫・・・・・・・・・・・・・・毎月1日刊行
◆ハーレクインSP文庫・・・・・・・・・・・毎月15日刊行
◆mirabooks・・・・・・・・・・・・・・・・・毎月15日刊行

※文庫コーナーでお求めください。

今月のハーレクイン文庫

5月刊 好評発売中！

Harlequin 45th Anniversary

帯は1年間 "決め台詞"！

珠玉の名作本棚

「三つのお願い」
レベッカ・ウインターズ

苦学生のサマンサは清掃のアルバイト先で、実業家で大富豪のパーシアスと出逢う。彼は失態を演じた彼女に、昼間だけ彼の新妻を演じれば、夢を3つ叶えてやると言い…。

（初版：I-1238）

「無垢な公爵夫人」
シャンテル・ショー

父が職場の銀行で横領を？　赦しを乞いにグレースが頭取の公爵ハビエルを訪ねると、1年間彼の妻になるならという条件を出された。彼女は純潔を捧げる覚悟を決めて…。

（初版：R-2307）

「この恋、絶体絶命！」
ダイアナ・パーマー

12歳年上の上司デインに憧れる秘書のテス。怪我をして彼の家に泊まった夜、純潔を捧げたが、愛ゆえではないと冷たく突き放される。やがて妊娠に気づき…。

（初版：D-513）

「恋に落ちたシチリア」
シャロン・ケンドリック

エマは富豪ヴィンチェンツォと別居後、妊娠に気づき、密かに息子を産み育ててきたが、生活は困窮していた。養育費のため離婚を申し出ると、息子の存在に驚愕した夫は…。

（初版：R-2406）